AF211163

Jo Haning

Der unwiderstehliche Sog
des Abendlichts über einer
sanften Hügellandschaft
zum Ende eines Sommertags

Zweite Auflage

Jo Haning

Der unwiderstehliche Sog des Abendlichts über einer sanften Hügellandschaft zum Ende eines Sommertags

Bibliografische Information der Deutschen Nationalbibliothek: Die Deutsche Nationalbibliothek verzeichnet diese Publikation in der Deutschen Nationalbibliografie; detaillierte bibliografische Daten sind im Internet über dnb.dnb.de abrufbar.

Die automatisierte Analyse des Werkes, um daraus Informationen insbesondere über Muster, Trends und Korrelationen gemäß §44b UrhG („Text und Data Mining") zu gewinnen, ist untersagt.

Zweite Auflage, November 2025

© 2025 Jo Haning
Verlag: BoD · Books on Demand GmbH, Überseering 33, 22297 Hamburg, bod@bod.de
Druck: Libri Plureos GmbH, Friedensallee 273, 22763 Hamburg
Cover: Stefan Elsing

ISBN: 978-3-7693-1917-0

Jo Haning

Jo ist seit Studienzeiten in der Internationalen Zusammenarbeit tätig. Nach ersten Auslandserfahrungen in Ghana und Kenia, die er in seinen Erzählungen "In Afrika 1989-1990" beschreibt, findet er sich durch einen Zufall 1997 nicht in Afrika, sondern in Litauen wieder. Der zweijährige Einsatz dort ist prägend für sein Leben.

In der Folge arbeitet er als Freiberufler in zahlreichen Projekten in Ost-, Mittel- und Südosteuropa. Später weitet er seinen geografischen Aktionsradius auf den Südkaukasus und Zentralasien aus. Parallel kommen Einsätze in Vietnam, China, Indien und der Mongolei hinzu.

Jo studiert zunächst Raumplanung, in seinen 40er-Jahren dann berufsbegleitend Journalismus. Er absolviert Ausbildungen in den Bereichen Friedens- und Konfliktforschung sowie psychologische Beratung.

Wenn er nicht auf Reisen ist, lebt und arbeitet er in einem Ort in Brandenburg, in der Nähe von Berlin.

Autorenwebsite: johaning.de

Für die echte Henrieke,
die reale Rosa und den wahren Franz.

Mit großem Dank und unendlicher Liebe.

Inhaltsverzeichnis

Vorwort

Ein Roman ist kein Tatsachenbericht.

Die in dieser Erzählung geschilderten Ereignisse und Handlungen sind fiktiv. Der Hintergrund, vor dem sie für die Leserin und den Leser ausgebreitet werden, basiert auf tatsächlichen Gegebenheiten und wahren Geschichten.

Einzelne Figuren könnten von real existierenden Personen inspiriert sein. Daher wurden sämtliche vorkommenden Personennamen und Bezeichnungen von Institutionen geändert.

Einleitung

Es sind die Achtzigerjahre des vergangenen Jahrhunderts. Johan träumt sich ganz weit weg aus der westfälischen Provinz. Am liebsten nach Afrika. Warum dorthin, weiß er auch nicht so genau. Es lockt ihn das Unbekannte, die Ferne, die Weite, die Unerreichbarkeit, Abgeschiedenheit. Als er endlich für mehrere Monate in Kenia arbeiten kann, fällt zu Hause die Mauer. Er kehrt in ein wiedervereinigtes Land zurück.

Er stellt schnell fest, wie viel er in den Monaten verpasst hat, die er in der Entlegenheit Nord-Kenias verbrachte. Ohne Zugang zu Nachrichten aus Deutschland, das sich nach dem Fall der Mauer auf eine Wiedervereinigung zubewegte. Die enormen gesellschaftlichen Veränderungen und die Diskussionen um die Gestaltung der gemeinsamen Zukunft bekam er kaum mit. Er landet zwar auf dem gleichen Flughafen, von dem aus er in sein persönliches Abenteuer gestartet war, aber kommt doch in einem ganz anderen Land an.

Natürlich reist er bei erster Gelegenheit nach Berlin, um dort mit eigenen Augen die niedergerissene Mauer zu sehen und die bis vor Kurzem geteilten Stadt zu erkunden. Erste Freunde von ihm sind bereits in den Ostteil gezogen und haben sich in leerstehenden Häusern einquartiert. Sie weihen ihn in die sich entwickelnde Szene der zusammenwachsenden Stadt ein und er findet Gefallen an den spontanen Partys, flüchtigen Clubs und Bars.

„Wenn ich schon zurück nach Deutschland gehe und dort in einen Job einsteige, dann nach Berlin."

Die Aussicht auf einen Job in den beiden gerade wieder zusammenwachsenden Berlin-Hälften kann zumindest halbwegs kompensieren, was er aufgibt: eine aufregende Tätigkeit in der Entwicklungszusammenarbeit, wie er sie gerade erst kennengelernt hatte.

Sein allererster Besuch in der ehemaligen DDR führt ihn in den „Ost-Harz", was ihn sofort fasziniert. Durch die Grenzlage wurde nicht viel Fläche zersiedelt. Er fährt und wandert durch fast menschenleere Gebiete zwischen den kleinen Dörfern und Städtchen, deren Bewohner ihm die wildesten Anekdoten aus den letzten Jahrzehnten erzählen. Je weiter Johan in den Osten vordringt, umso fremder ist ihm das Land, aber umso mehr reizt es ihn, es kennenzulernen.

Irgendwie, so stellt er fest, muss er sich hier dieselben Fragen stellen wie in Afrika. Bei seinen ersten Ausflügen nach Brandenburg verliebt er sich in dessen Landschaften. Der Hohe Fläming, der Spreewald, das Havelland, das Oderbruch – er nimmt hier die Weite, das Unverbaute, die Abgeschiedenheit – ja, auch die Einsamkeit wahr, die ihn in Afrika so sehr in den Bann gezogen haben. In dieser Zeit erfährt er, dass er zur Hälfte Brandenburger ist: Seine Großeltern mütterlicherseits stammen aus einer brandenburgischen Kleinstadt, sind in den Kriegswirren jedoch von dort nach Westen, bis an die niederländische Grenze geflohen.

Berlin in den 90ern – Johan lernt alle Facetten kennen und genießt das Meiste davon. Die Freunde kommen aus West und Ost, alle feiern, die meisten studieren, nur wenige arbeiten bereits so wie Johan. Da er sich immer wieder von den abenteuerlichen Verlockungen der Partys, Konzerte und Nächte in improvisierten temporären Clubs und Kneipen mitreißen lässt, lernt Johan, die Arbeitstage mit einem ordentlichen Schlafdefizit zu überstehen.

Aber irgendwie ist das Leben selbst im wilden Osten Deutschlands anders als er es sich erträumt hat. Obwohl alles gut anläuft. Er findet gut bezahlte Jobs und kann an ganz unterschiedlichen Projekten im Osten Berlins und in den neuen Bundesländern arbeiten. Das Geld reicht locker, um ein aufregendes Leben zu führen. Und um auf Reisen zu gehen: Zurück nach Kenia, fünf Jahre nachdem er erstmals dort war.

Auf dieser und weiteren Reisen nach Afrika und Indien merkt Johan, wie sehr er noch der Idee nachhängt, einen Job, so wie er ihn in Kenia ausgeübt hat, anzunehmen. Alles, was er anfasst, vergleicht er mit dem, was er dort erlebt und gefühlt hat.

Hätte er eines der Stellenangebote, die damals auf dem Tisch lagen, annehmen sollen? Jetzt erscheint ein erneuter Einstieg in eine solche Karriere in der Internationalen Zusammenarbeit verschlossen.

Prolog

Freiheit.

Ich dachte, ich sei so frei, wie es nur wenigen Menschen möglich ist. Das konnte ich überzeugend erzählen und glaubte es selbst. Ich konnte die Signale meiner Gefühle und Gedanken ignorieren.

Wirklich frei bin ich erst, seit ich das unsichtbare Korsett sprengen konnte, lange nachdem ich es zu spüren begann und es schließlich erkannte.

Eine Sprengung ist immer dramatisch. Es geht um Leben und Tod.

Teil I

Teufelsberg

1997.

Johan sitzt in einem provisorisch eingerichteten Besprechungsraum in den Ruinen riesiger Abhöranlagen aus den Zeiten des Kalten Krieges. Hier, auf dem Teufelsberg in Berlin, müsste er genau das spüren, wofür er nach Berlin gekommen ist: Wie die Stadt nach Wegen sucht, mit ihren Vergangenheiten umzugehen und dabei Schritte in die verheißungsvoll erscheinende Zukunft unternimmt.

Allerdings spürt er davon nichts. In dem Meeting geht es um eine mögliche Nutzung des Areals als Hotelanlage. Und die Ingenieurgesellschaft, für die Johan aktuell gerade tätig ist, soll einen Auftrag zur Untersuchung verschiedener Varianten für die Verkehrserschließung bekommen. Er ist maximal halb bei der Sache. Und was er denkt, hat weniger mit Berlins Spannungsverhältnis zwischen Vergangenheit und Zukunft zu tun, als vielmehr mit seinem eigenen. Wie sehr er sich in langweiligen Besprechungen wie dieser in den letzten Jahren – und verstärkt in den vergangenen Monaten – eine berufliche Rückkehr in die Entwicklungszusammenarbeit vorgestellt hat. Wie sehr er davon träumt, wieder in Afrika arbeiten zu können!

Seit ein paar Tagen weiß er, dass sich dazu vielleicht demnächst eine Chance ergibt. Seit er hastig den lang ersehnten Brief der European Association for Co-Operation

17

geöffnet hat, die für die Rekrutierung von Personal für die Verwaltung der „Entwicklungshilfeprogramme und der humanitären Hilfe der Kommission der Europäischen Gemeinschaften und des Europäischen Entwicklungsfonds" zuständig ist. Darin teilen sie ihm tatsächlich mit, dass er für eine Stelle als „Beigeordneter Sachverständiger" in Frage kommt.

Es ist mehr als zweieinhalb Jahre her, dass er den ersten von vielen Schritten machte in dem Bewerbungsverfahren. Schon damals lebte er mit seiner Freundin Henrieke zusammen in einer gemeinsamen Wohnung in Berlin. Dennoch konnte er sich weitgehend ungebunden fühlen und nach Jahren des Angestelltendaseins und der Arbeit in Deutschland seine Fühler wieder in Richtung Ausland austrecken. Seine Freundin hatte seine Pläne von Anfang an unterstützt. Henrieke konnte sich sogar vorstellen, mit auszureisen.

Aber gerade im Hier und Jetzt genießen sie beide das Leben in Berlin. Und aktuell sogar mehr als je zuvor, denn sie haben vor Kurzem ihre Tochter bekommen – Rosa, ein Wunschkind! Im nächsten Monat soll sie getauft werden, auf ihrer Hochzeit.

Die Träume von einem erneuten Auslandsaufenthalt wurden also in den letzten Monaten deutlich in tiefere Schichten des Bewusstseins verdrängt. Außerdem: Das waren ja nur Pläne – bis jetzt.

Das Telefon klingelte früh am Morgen. Henrieke schlief noch, Johan wollte gerade zu dem Akquisitionstermin am Teufelsberg aufbrechen. Er hob eilig den Hörer ab und meldete sich unwirsch. Auf Englisch hörte er:

„Spreche ich mit Johan?"

„Ja, der ist am Apparat", beeilte er sich deutlich freundlicher zu antworten. In den vergangenen Monaten waren Anrufe, bei denen sich die Anruferinnen auf Französisch oder Englisch meldeten, immer wichtig und erfreulich gewesen, es ging in der Regel um Vereinbarung von Terminen für Auswahltests und Bewerbungsgespräche, oder aber es wurde ihm mitgeteilt, dass er einen Test bestanden habe und eine Runde weiter in dem komplexen Auswahlverfahren sei. Er hielt den Atem an vor Spannung.

„Ich rufe aus Brüssel an, es geht um die diesjährige Besetzung der Stellen für Beigeordnete Sachverständige in der Kommission der Europäischen Gemeinschaften."

„Ja ....?"

Johan stockte der Atem.

„Bestens! Also, ich kann Ihnen heute mitteilen, dass sie für einen solchen Posten ausgewählt wurden."

Das war genau das, was Johan hören wollte. Unglaublich, diese Worte einfach so unspektakulär aus dem Hörer fallen zu hören. Er wollte sich einfach nur freuen, aber das Gespräch war ja noch nicht zu Ende.

Oh je, habe ich jetzt eine zu lange Pause gemacht?

„Ja … ähem. Wow, das ist eine gute Nachricht. Da habe ich lange drauf gewartet und kaum noch mit gerechnet..."

„Ja, das Verfahren zieht sich. Es ist aber auch nicht ganz unkompliziert. Wir haben die erfolgreichen Bewerber den aktuell offenen Stellen gegenübergestellt. In Ihrem Fall haben wir aufgrund Ihrer Vorerfahrung versucht, sie möglichst in der Generaldirektion 8 unterzubringen."

Perfekt! Johan hatte Probleme, seine Freude nicht spontan ausbrechen zu lassen, sondern möglichst professionell zu bleiben. Die GD 8 der Europäischen Kommission ist – das weiß er natürlich – für die Zusammenarbeit mit den Staaten Afrikas, des Pazifikraums und der Karibik zuständig.

„Können Sie denn kurzfristig eingesetzt werden?"

Johan sackte das Herz in die Hose. Kurzfristiger Einsatz? Er wird in wenigen Wochen heiraten! Da gibt es noch einiges zu tun. Und Ihre Tochter ist gerade erst ein paar Wochen alt, da hat sich noch keine Routine eingestellt. Und in seiner Firma weiß man noch nichts von seinen Plänen, zu kündigen.

„Hm, was hieße den in diesem konkreten Fall ´kurzfristig´?"

„Sie müssen ja ein Pre-Posting-Programm in Brüssel durchlaufen, bevor sie zu Ihrem Einsatzort geschickt werden können."

Pause.

„Ja ..."

„Ich könnte sie in einem Programm unterbringen, dass im September anläuft. Das Pre-Posting dauert zwei Wochen. Sie sollten im Oktober dann im Einsatzland sein."

Okay, das müsste machbar sein. Die Hochzeit ist am Sommeranfang, wir hätten den ganzen Juli und den August zur Vorbereitung. Mit der Kündigung muss ich sehen – die Kündigungsfrist von drei Monaten kann ich nicht einhalten, aber aufgrund der mauen Auftragslage sind sie in der Firma sicher froh, einige Mitarbeiter kurzfristig loszuwerden.

Er antwortete: „Jetzt ist Anfang Juni. Das ist schon zu machen, auch wenn es sicher sportlich wird ... und wegen der Kündigung bin ich auf das Entgegenkommen meiner Firma angewiesen."

„Wir stellen unseren erfolgreichen Bewerbern ein Schreiben aus, in dem ausdrücklich darauf hingewiesen wird, dass Ihre Entsendung als ‚National Detached Expert' im Interesse Deutschlands ist." Johan weiß, dass jedem EU-Mitgliedsstaat sehr daran gelegen ist, möglichst viele der vakanten Stellen in den EU-Institutionen mit seinen Staatsangehörigen zu besetzen.

„Okay, zeitlich kriege ich das hin." Johan war erleichtert. Er fasste sich ein Herz: „Können Sie mir sagen, was mein Einsatzort sein soll?"

„Natürlich. Sie kommen in die Delegation in Freetown, Sierra Leone."

Kurze Zeit fiel ihm nichts ein. Er konnte keinen richtigen Gedanken fassen. Als er merkte, dass eine längere Gesprächspause entstand, fragte er leise und hoffte, als er sich sprechen hörte, nicht zögerlich zu wirken:

„Sierra Leone – herrscht da nicht gerade Bürgerkrieg?"

„Das stimmt schon, aber nach unserer Einschätzung der Lage, die natürlich laufend aktualisiert wird, ist es in der Hauptstadt durchaus noch sicher."

„Verstehen Sie mich nicht falsch, ich freue mich wirklich und kann mir auch vorstellen, in Freetown zu arbeiten. Aber wie Sie vielleicht wissen, werde ich mit Familie ausreisen.

Wie ist es denn dann mit der Sicherheit und der Bewegungs-
freiheit meiner Frau und meiner Tochter?"

„Tochter? Wieso Tochter? Hier steht nichts von einer
Tochter. Wie alt ist sie denn?"

„Bald zwei Monate …"

„Dann haben sie uns vielleicht noch nicht gemeldet,
dass sie eine Tochter haben?"

„Na ja, doch. Ich habe bei der zuständigen Stelle in
Deutschland Bescheid gegeben. Vielleicht haben die die Information noch nicht nach Brüssel weitergeleitet?"

Johan wurde unruhig. Hatte er einen Fehler gemacht,
der ihn jetzt aus dem Rennen beförderte?

„Wie auch immer, aber ich sehe hier aktuell keine Einschränkung für mitausreisende Familien. Das sollte also kein
Problem darstellen."

Johan atmete tief ein und aus. Also erstmal annehmen
und dann in Ruhe sehen, wie wir damit klarkommen, denkt
er. Dann beeilte er sich, dem Mann am anderen Ende der Lei-
tung zu versichern:

„Das beruhigt mich. Ich freue mich sehr über die Zusage
und auf die Stelle. Wie geht es denn nun weiter? Wie komme
ich an meinen Vertrag?"

„Den senden wir Ihnen zu, mit allen Angaben zur Ausreise und dem Pre-Posting. Sobald wir den unterschriebenen
Vertrag haben, informieren wir die Delegation in Freetown
und dann geht es an die Buchungen für das Seminar in Brüssel und den Umzug nach Sierra Leone."

Johan legte langsam den Hörer auf.

Sierra Leone. Ausgerechnet Sierra Leone. Nach mehr als zweijährigen Auswahlverfahren bietet ihm die Recruiting-Organisation endlich einen Job an. Und es handelt sich tatsächlich um einen Job in Afrika! Aber in einem Bürgerkriegsland.

Er beschloss, Henrieke noch nichts zu dem Jobangebot zu sagen. Zuvor braucht er dringend mehr Informationen zur Lage vor Ort und generell zu Freetown und Sierra Leone. Er schlich sich aus dem Haus, um seine Freundin und seine Tochter nicht zu wecken. Auf dem Weg zum Teufelsberg nahm er sich vor, nach dem Meeting in die Stadt zum Geographischen Institut der Universität zu fahren und dort in den Zeitschriften und Büchern nach Informationen zu suchen. Und sich mit Argumenten für das Gespräch heute Abend mit Henrieke einzudecken. Denn ihm schien, er könne – er dürfe – das Angebot nicht ablehnen.

Heidefeld

1997.

In der Besprechung sind seine Gedanken nicht bei dem Vortrag der Investoren, die an diesem Ort ein Luxusressort inmitten eines Schutzgebietes errichten wollen. Wenn er versucht, sich auf das Thema hier im Raum zu konzentrieren, merkt er, dass er schon auf Abstand gegangen ist.

Es fühlt sich gut an, sich nicht fragen zu müssen, ob man solch einen Auftrag aus moralischen Gründen wirklich bearbeiten will – und damit vielleicht seine Reputation zerstört, die man braucht, um an wirklich gute Aufträge und Projekte zu kommen. Dass er nicht aus einer Position der Schwäche um einen Auftrag betteln muss. Er kann das befreiende Gefühl schon spüren, das sich einstellen wird, sobald seine Entscheidung für den Posten in Freetown gefallen ist. Seine Gedanken schweifen immer und immer wieder ab – und immer öfter landen sie bei dem heute Abend anstehenden Gespräch mit Henrieke.

Nach dem Meeting schwingt er sich auf seine Vespa und fährt in die Bibliothek des Geographischen Instituts am Breitscheidplatz. In den Katalogen sucht er nach aktuellen Zeitungsartikeln zur Situation in Sierra Leone und nach Zeitschriftenartikeln zur Entwicklung in diesem westafrikanischen Land. Er sichtet Material und hofft dabei, auf Informationen zu stoßen, die aus dem für ihn unbekannten Sierra Leone ein Gebilde machen, dass ihn an Ghana erinnern kann.

Nach gut zwei Stunden macht er sich mit einem Stapel Zeitungen, Zeitschriften und ein paar Büchern auf den Weg zum Kopierer. Während er Seite für Seite interessante Artikel und Textstellen kopiert, stellt er sich vor, wie Henrieke auf seine Nachricht reagieren wird.

Wie soll ich es ihr überhaupt sagen? Und auf welche Reaktionen sollte ich mich einstellen?

Als er mit einer prall gefüllten Mappe voller DIN A4 Kopien im Rucksack zu seinem Roller geht, hat er immer noch keine Antworten auf seine Fragen.

Was, wenn Henrieke es rundherum ablehnt, mit Rosa nach Freetown auszureisen? Er merkt, dass er für sich schon entschieden hat, das Wagnis einzugehen.

Auf dem Weg nach Hause fährt er noch im Büro vorbei und ruft von dort aus die Vermittlungsagentur in Frankfurt/Main an, die für ihn Ansprechpartner auf deutscher Seite im Auswahlverfahren ist. Es stellt sich heraus, dass die Bearbeiter dort noch nichts von dem konkreten Stellenangebot wissen, aber hocherfreut sind und ihn ermutigen, die Stelle anzunehmen. Leider können sie ihm keinen Kontakt zu jemandem aus ihrem Netzwerk herstellen, der aktuell in Sierra Leone arbeitet oder vor Kurzem dort gearbeitet hat. Sie seien aber sehr gespannt auf seine Berichte.

Nach diesem Gespräch bleibt Johan etwas irritiert an seinem Schreibtisch sitzen. Ihm fällt ein, bei seinen damaligen Kolleginnen im Kenia-Projekt einmal nachzufragen, wie es aus ihrer Sicht um einen Einsatz in Sierra Leone steht: Julia arbeitet mittlerweile beim Bundesministerium für

Entwicklungszusammenarbeit, und Susanne bei einer großen internationalen Nicht-Regierungsorganisation.

Die beiden Gespräche beflügeln Johan. Susanne und Julia freuen sich riesig für ihn, sie wissen, wie sehr er nach einer
Möglichkeit sucht, wieder in Afrika zu arbeiten. Beide haben
auch schon Kinder und würden – so sagen sie – mit denen
durchaus nach Sierra Leone ausreisen. Sie sind der Meinung,
die Sicherheitslage werde von den zuständigen Stellen zuverlässig überprüft und eingeschätzt, bei Gefahr würde frühzeitig gehandelt. Und in den Hauptstädten Afrikas könne
man sich und Kinder sehr gut versorgen, auch medizinisch.
Konkret können sie beide niemanden nennen, der die Situation vor Ort aus eigener Anschauung kennt, aber sie würden
sich in ihren Kreisen umhören.

Das ist doch schon mal ein Anfang, macht sich Johan
Mut. Er ist der letzte Mitarbeiter im Büro, alle anderen sind
bereits gegangen. Er schaut durch die leeren Räume und
denkt daran, dass – wenn alles gut läuft – seine Tage hier gezählt sind. Aber da ist keine Wehmut! Beschwingt verlässt er
das Büro und rast mit seiner Vespa durch den dichten Feier-
abendverkehr nach Hause ins Heidefeld am Rande Berlins.
Als er den Roller im Garten des großen, aber nach dem Ver-
fall während der DDR-Zeit noch nicht wieder renovierten
Hauses parkt, in dem sie eine günstige Wohnung gemietet
haben, ist er nervös.
Wie wird Henrieke reagieren?

Bevor er das herausfinden kann, muss er erst einmal
seine Freundin und seine Tochter ausgiebigst begrüßen. Es

ist für ihn immer noch unfassbar, dass das hier seine Familie ist, dass er Verantwortung trägt für das kleine Wesen, das da so schutzbedürftig in seiner Wiege liegt. Ihm kommen wieder Zweifel: Kann ich wirklich so tun, als sei das kein Risiko, mit einem dann gut halbjährigen Kind in die Tropen zu reisen, und das auch noch in ein Land, in dem in weiten Teilen ein Bürgerkrieg herrscht?

„Ich muss mit dir reden."

„Worum geht's denn?"

„Die haben sich endlich aus Brüssel gemeldet."

„Wirklich? Ehrlich? Hast Du einen Job? Wo geht es hin?"

„Na ja, nicht in die Karibik oder in den Pazifik ...". Johan weiß, dass Henrieke Gefallen daran findet, sich auf einer Karibik- oder Pazifikinsel zu sehen, mit ihrer Tochter am Strand...

„Schade. Aber okay, stattdessen? Spann mich doch nicht so auf die Folter!"

„Nach Freetown."

„Ähm, wo ist das?"

„Westafrika. Sierra Leone."

Stille. Man hört das Knistern der Spannung bei Johan und das Rattern der Gehirnzellen bei Henrieke.

„Sierra Leone? Das ist nicht dein Ernst! Da herrscht doch Bürgerkrieg! Wissen die, dass wir ein Baby haben?"

„Ja, jetzt schon."

„Jetzt schon?"

„Ja, ich glaube, meine Mitteilung dazu ist nicht an alle Stellen weitergeleitet worden. Aber sie sagen, Freetown sei sicher."

„Willst du das machen?"

„Nur, wenn wir das zusammen machen!", stellt Johan sofort klar. Nicht eine Minute hat er darüber nachgedacht, alleine nach Sierra Leone auszureisen.

„Es ist, was ich mir gewünscht habe. Abgesehen von den Unruhen im Land. Aber das kann sich ja auch schnell wieder beruhigen. Aktuell gibt es keine Einschränkungen für einen Aufenthalt in der Hauptstadtregion. Die Lage wird beobachtet und wenn sich etwas ändert sofort neu bewertet. Ich denke, darauf kann man sich erstmal verlassen."

„Du würdest das also machen wollen?"

„Na ja, ich bin nicht uneingeschränkt begeistert. Natürlich mache ich mir Sorgen – ich habe den ganzen Tag nach aktuellen Infos gesucht."

„Wo denn?"

„In der Bibliothek. Außerdem habe ich in Frankfurt bei der Vermittlungsagentur angerufen. Die konnten nicht viel sagen, aber meinten, ich solle das machen. Es ist halt eine Chance. Und ich weiß nicht, ob da eine zweite kommt."

„Hm, …"

„Ich habe auch mit Susanne und Julia gesprochen. Sie würden es machen, auch mit ihren Kindern. Sie sagen, die internationalen Organisationen schicken einen nirgendwo hin, wo es zu gefährlich ist."

Henrieke atmet durch. Sie muss erstmal Johans Vorsprung an Gedanken aufholen.

„Och man, ich hatte mir das so vorgestellt, dass ich meinen Mutterschaftsurlaub mit dir und Rosa entspannt in einem tollen Land verbringe und wir es kreuz und quer bereisen und erkunden. In Sierra Leone könnten wir nicht durchs Land reisen, oder?"

„Im Moment nicht, aber das ändert sich ja ständig."

„Wir wären also in der Region um Freetown einge-schlossen."

„Wahrscheinlich", muss Johan zugeben. Das ist ein Ge-danke, der ihm selber überhaupt nicht behagt. Schnell er-gänzt er: „Aber Freetown ist echt eine spannende afrikani-sche Stadt …"

„Wann musst Du zusagen?"

„Na ja, irgendwie habe ich schon zugesagt …"

„Was?"

„Na ja, ich muss mir das doch warmhalten. Und absagen kann ich immer noch, die schicken ja jetzt erstmal den Ver-trag."

„Ich muss mir das genau durch den Kopf gehen lassen."

„Klar doch, ich ja auch. Ich habe mal interessante Stellen aus den Unterlagen kopiert. Das ist schon reizvoll … Und Susanne und Julia hören sich mal unter ihren Kollegen um, vielleicht können wir uns vor der Entscheidung nochmal mit jemanden unterhalten, der vor Ort ist oder war."

„Okay, lass uns da gemeinsam langsam rangehen. Ich will nicht, dass wir irgendein Risiko für Rosa eingehen."

Henrieke wirkt nun gestresst – und das ist wirklich nicht die Reaktion, die sich Johan erträumt hat, wenn er ihr die Nachricht von einem Angebot in Afrika überbringt.

„Ich doch auch nicht. Was meinst Du, wie enttäuscht ich bin, dass ich da jetzt einen Job angeboten bekomme, wie ich ihn mir seit Langem erträume: in der EZ, in Afrika, sogar gut bezahlt. Alles passt, sogar das Timing. Und dann ist es ein Land, in dem Bürgerkrieg herrscht."

„Weißt du, vor der Schwangerschaft hätte ich sofort zugesagt. Aber so... Irgendwie kann ich mich nicht richtig freuen. Wann sollte es denn losgehen?"

„Im September wäre ein zweiwöchiges Pre-Posting in Brüssel. Wir würden direkt anschließend daran von dort nach Freetown fliegen."

„Puh, dann kriegen wir das mit der Hochzeit und der Taufe gerade noch so hin."

Die Nacht ist unruhig. Mehrfach steht Johan auf, geht hinüber ins Kinderzimmer, das er kurz vor Rosas Geburt noch lindgrün gestrichen hat, mit einer dunkelgrünen Bordüre. Er steht an der Babywiege aus Bast, die sie als Erbstück von Henriekes Familie für Rosa ausgeliehen haben, schaut auf seine Tochter und hält eines ihrer kleinen Händchen. Draußen ist es stockdunkel, aber er muss kein Licht anmachen, um jede Kleinigkeit und jede Bewegung in Rosas Gesicht genauestens betrachten zu können, da die alte DDR-Laterne ihr angenehmes gelbes Licht bis in das Kinderzimmer wirft. Sie ziehen die weißen Stoffvorhänge nie vollständig zu.

Es müsste vollkommen sein, denkt sich Johan, während er genau fühlt, dass irgendetwas fehlt. Er schaut sich um, lauscht in die Nacht, kein Geräusch ist zu hören. Nur das ruhige Atmen seiner kleinen Tochter. Dieses Gefühl tief in ihm, irgendwo zwischen Kopf und Bauch, nistet sich ein, um zu bleiben.

Tegel

2006.

Johan reist viel in seinem neuen Job. Die vielen Flüge, die er absolvieren muss, resultieren nicht nur aus der großen Anzahl von Projekten in aller Welt, sondern auch aus der Tatsache, dass es sich bei den meisten der Länder, in denen er tätig ist, eher um kleinere, oft neue Staaten handelt, mit großem Nachholbedarf was die Flugverbindungen in die damaligen Zentren Europas angeht. Und da Berlin immer noch weit davon entfernt ist, ein Drehkreuz im Luftverkehr zu sein, beinhalten seine Flugverbindungen meistens einen oder zwei Zwischenstopps, was die Anfälligkeit für Störungen des Reiseverlaufs sehr erhöht.

Als Vielflieger klagt er über die regelmäßigen Verspätungen und Flugausfälle, die dazu führen, dass er viel zu oft – vor allem freitags – nicht bei seiner Frau und den zwei kleinen Kindern sein kann, sondern sich im Pulk mit vielen anderen Reisenden an auf der einen Seite überfüllten und auf der anderen Seite unterbesetzten Transferschaltern der unterschiedlichsten Flughäfen um Umbuchungen auf möglichst die nächsten Verbindungen kümmern muss.

Oft endet ein solcher Abend mit einer Übernachtung auf einem Flughafen. Oder man wird in ein Airport-Hotel einquartiert, was aber nicht wirklich eine bessere Option darstellt. Man muss sich am Counter anstellen, um einen Voucher für den Shuttle-Bus zum Hotel und für die Übernachtung zu bekommen. Dann steht man Schlange am

Shuttle, der verschiedene Hotels nicht etwas im Umfeld des Flughafens, sondern im weiten Umland Frankfurts oder Münchens abfährt. Beim Check-in im Hotel der Kategorie „Vertreter-Hotel" wartet die nächste Schlange. Nach der späten Ankunft bleibt zum Hungerstillen nur noch ein abgegessenes Buffet inmitten benutzen Geschirrs. Das Frühstück frühmorgens – der Shuttle-Bus fährt bereits in aller Herrgottsfrühe los, um rechtzeitig bei Schalteröffnung am Flughafen zu sein – besteht aus eingeschweißten Schnitten, den Kaffee kann man sich am Automaten ziehen oder aus Thermoskannen einschenken, die wahrscheinlich schon am Abend zuvor aufgefüllt wurden.

Johan muss viel zu viel Zeit an den Flughäfen verbringen. Das wird dadurch verstärkt, dass der für den Umstieg zwischen zwei Flügen einzuplanende Zeitpuffer im Laufe der letzten Jahre, insbesondere nach den Anschlägen von 11. September 2001 immer größer wurde.

Gleichzeitig sank die Aufenthaltsqualität an Bord und in den Abflugbereichen. Die Fluglinien und Flughäfen stellten auf Massenbetrieb um, der Anstieg der Fluggäste und Flüge erfolgte aber schneller als der Ausbau der Infrastruktur. Jeglicher Anspruch an Service und Gediegenheit des Fliegens wurde über Bord geworfen. Die Ankunfts- und Abflugbereiche wurden einander immer ähnlicher und führten gemeinsam immer unübersichtlichere Prozeduren ein. In den Terminalbereichen setzte sich eine langweilige Tristesse durch, der Aufenthalt am Flughafen wurde langweilig – oder zum Stresserlebnis.

Mit den Jahren hat sich Johan angewöhnt, die Wartezeiten mit dem Beobachten von anderen Reisenden zu verkürzen – Touristen und Geschäftsreisenden. Interessanterweise zählt er sich zu keiner dieser Kategorien.

Ganz besonders interessante Beobachtungen macht er an den Gepäcktransportbändern der Airports in den unterschiedlichsten Winkeln der Erde. Noch müde vom Flug betrachtet er die dort kreisenden Koffer und Taschen. Das ist insbesondere dann spannend, wenn die Passagiere mehrerer Flüge auf ihr Gepäck warten und sich somit Touristen, Geschäftsleute, Backpacker, Auswanderer und nicht eindeutig zu klassifizierende Reisende um die Gepäckbänder drängen – immer so dicht, dass diejenigen, die endlich ihren Koffer auf dem Band erspähen, nicht ohne Gewaltanwendung nach vorne gelangen können, um ihn aufzunehmen. Das gehört offensichtlich zum Spiel.

Welcher Koffer gehört zu wem? Was die wohl alles transportieren? Was ist in den prallen Koffern, die in Bishek von einem jungen Mann auf das Gepäckband neben dem Check-In-Schalter getürmt werden? Was ist in den Taschen und Rucksäcken der Reisegruppe in Belgrad verstaut, die nicht aussieht, als würden sie zu einem Wanderurlaub aufbrechen? Und was ist in den auf irgendeinem Flughafen weit weg in meterlange Folienbänder eingewickelten Koffern und Paketen? Was macht eigentlich der Zoll, wenn er ein solch verpacktes Gepäckstück kontrollieren will? Johan hat es ein paar Mal erlebt, dass er im Hotel seine Reisetasche öffnet und feststellen muss, dass diese komplett durchwühlt wurde. Manchmal findet er in einer solchen Situation oben auf seinen Sachen einen Zettel, auf dem steht, der Zoll habe den Koffer durchsucht.

Wie oft ist er ins Träumen geraten, wenn er den drei, vier Koffern hinterhergeschaut hat, die prinzipiell immer übrigbleiben und auf dem Band ihre Runden drehen und immer wieder an ihm vorbeikommen, während er zunehmend ungeduldig und verzweifelt auf sein Gepäck wartet. An manchen Flughäfen hat er erlebt, dass solche Gepäckstücke in einem Schuppen oder gar auf einer ungeschützten Fläche am Rande des Flugfeldes gesammelt werden und dort ohne weitere Beachtung auf ihre Besitzer warten. Er hat schon in mehreren Fällen seine beim Abflug aufgegebene Tasche aus einer solchen Situation befreit. Es ist nämlich keineswegs so, dass einem Flugreisenden sein verspätetes Gepäck in jedem Fall ins Hotel geliefert wird, sobald es mit dem nächsten Flug nachgekommen ist. Er erinnert sich noch genau an die Momente, in denen er in Podgorica, Skopje oder Chişinău während seines Einsatzes zum Flughafen musste, um inmitten von Bergen gestrandeten Flugreisegepäcks nach seiner Reisetasche zu suchen. Dabei stellte er fest, dass einige der Koffer schon Wochen in dem Gebirge verbracht hatten.

Freitagabends kann man in Berlin-Tegel an der Gepäckausgabe nach einer langen Reise mit mindestens einem Umstieg nochmal richtig viel Zeit verbringen. Johan hat das Gefühl, unzählige Stunden hier gewartet zu haben.

Oft hat er sich dann überlegt, einmal zu einer der Auktionen des Zolls zu gehen, auf denen Fluggepäck, das nach der Ankunft nicht abgeholt oder auf der Reise irgendwo liegengelassen wurde, versteigert wird. Letztendlich ist er nie hingegangen. Seine Überlegung: Viele Koffer werden ganz bewusst nicht abgeholt, weil die Besitzer nicht auf die Gepäckausgabe warten wollen. Das kann er gut verstehen. Wie oft stand er in Tegel, meist nach einer ohnehin verspäteten Ankunft, vor dem Gepäckband, ohne das sich etwas tat. Und seine Familie wartete. Dann ging er in Gedanken den Inhalt seiner Reisetasche durch und überlegte sich, einfach ohne diese nach Hause zu fahren. Aber immer fielen ihm dann doch wichtige Unterlagen oder Geräte ein, die er schlecht zurücklassen konnte. Aber wenn ein Berliner nach einer Pauschalreise zurückkommt, dann hat er doch wahrscheinlich hauptsächlich schmutzige Wäsche im Gepäck. Das würde sicher angesichts der langen Wartezeiten an der Gepäckausgabe spät in der Nacht nach einem langen Flug hin und wieder absichtlich zurückgelassen. Die Touristen, die nach Berlin kommen, benötigen ihre Klamotten für die langen Tage und Nächte in den Clubs, die warten auf ihre Koffer. Und Geschäftsreisende, so vermutet Johan, lassen ihr aufgegebenes Gepäck ebenso wenig zurück wie er. Also kann er sich nicht vorstellen, dass bei den Kofferversteigerungen an den Flughäfen ein paar überraschende Schnäppchen gemacht und Schätze geborgen werden können.

Zudem nimmt er an, dass Zollmitarbeiter die Koffer nicht nur auf Waffen, Drogen, Arznei- oder Betäubungsmittel, sondern auch auf Bargeld oder verderbliche Lebensmittel prüfen. Da mindert die Aussicht auf einen Schatzfund bei einer Auktion erheblich, sodass Johan sich bisher nie den letzten Schubs geben konnte, sich das einmal näher anzuschauen.

Obwohl es ihn immer noch reizt.

Kreuzberg

1997.

Johan hat das Gefühl, dass in ihm zwei Kräfte in unterschiedliche Richtung wirken und ihn zu zerreißen drohen. Da ist sein Wunsch, ein Leben mit seiner zukünftigen Frau und seiner Tochter, vielleicht sogar mehrerer Kinder, zu führen. Hier hat er ja auch bereits erste Schritte getan, hat angefangen, sich in Berlin etwas aufzubauen. Und ist bereit, Verantwortung als Familienvater zu übernehmen. Auf der anderen Seite steht sein Traum von einer Arbeit als Entwicklungsexperte in aufregenden Projekten in der ganzen Welt. Das ist keine Situation, die er mit einer klaren Entscheidung lösen kann. Er will sich nicht vorstellen, eines seiner Lebensziele aufzugeben.

Auch ohne gleich eine Entscheidung für oder gegen einen seiner beiden großen Träume treffen zu müssen, fehlen ihm bereits verlässliche Kriterien für den nächsten Schritt. Gäbe es die eindeutige Aussage, für Kleinkinder sei das Klima in Sierra Leone zu schädlich, die Umweltbedingungen in Freetown zu ungesund, die Infrastruktur im Gesundheitswesen auch in der Hauptstadt nicht akzeptabel, eine Eskalation der Unruhen und deren Ausdehnung auch nach Freetown unausweichlich – er hätte nicht weiter überlegt, sondern sofort abgesagt. Aber so überwiegen in seinem Kopf Erinnerungen an Nairobi, Mombasa, Accra und Kumasi – afrikanische Städte, die er kennenlernen durfte und in die er ohne zu zögern auch mit seiner kleinen Tochter ziehen würde.

Und es geht um eine große Chance. Er hat erfahren, wie schwer es ist, im Bereich Internationale Entwicklung einen Fuß in die Tür zu bekommen. Den hatte er bereits dort und die Tür stand für ihn weit offen, nachdem er sein Projekt in Kenia abgeschlossen hatte. Doch mit seiner Entscheidung, 1991 erstmal zu schauen, was in den neuen Bundesländern passiert, hat sich die Tür schneller als gedacht wieder geschlossen. Als er dann wieder anfing, Bewerbungen für Stellen im Ausland zu schreiben, war sie schon fast zu. Der Wert erworbener Berufserfahrung in der Entwicklungszusammenarbeit, insbesondere als Nachwuchskraft, verfällt schnell und Berufserfahrung außerhalb der EZ zählt gar nicht.

Ihm schwant also, dass es sich hier um eine ganz seltene, wenn nicht gar einmalige Chance handelt. Am Morgen nimmt er sich spontan frei. Er hat das Gefühl, in einem Gespräch mit Henrieke würden sich seine Gedanken – oder vielmehr ihrer beider Gedanken – viel besser sortieren lassen. Das beste Umfeld für ein solches Gedankensortieren, da sind sich beide einig, bieten ihre zahlreichen Lieblings-Frühstückslokale in Kreuzberg. Zum Glück hat sich ihre Tochter als vollkommen unkompliziert erwiesen, sie scheint die Atmosphäre in solchen Lokalen (und zu Johans großer Freude auch die von Biergärten!) durchaus zu mögen. Also sitzen sie zu dritt und warten, dass sich nach dem ersten Kaffee die Überlegungen so weit formieren, dass sie ausgesprochen werden können.

„Also, wo stehen wir?" startet Johan. Er will zumindest eine Tendenz erfahren, bevor das üppige Frühstück serviert wird.

„Du musst wissen: Ich freue mich, dass du im Bewerbungsverfahren erfolgreich warst", Henrieke schaut ihn an. „Es ist auf jeden Fall ein großer Erfolg für dich. Und eigentlich ist das Timing nicht schlecht: Wir können vorher wie geplant heiraten. Ich kann meinen Mutterschaftsurlaub nehmen und nach unserer Rückkehr wieder zurück auf meine Stelle. Du bist unzufrieden in deinem Job. Wie es mit der Firma weitergeht, ist unklar. Bei der EU würdest du gut verdienen. Und es wäre der Startpunkt für eine Karriere – wie auch immer – im Bereich Internationale Entwicklung. Und in Afrika hat es uns beiden gefallen."

„Das waren jetzt die positiven Punkte?", fragt Johan nach.

„Genau. Das sind schon eine Menge. Vor allem sind sie recht konkret. Die Gegenargumente sind: Es geht hier leider nicht um Kenia, sondern um Sierra Leone. Und es gibt dort Unruhen oder gar einen Bürgerkrieg. Der hat zwar noch nicht die Hauptstadt erreicht, aber wer weiß?"

„Also, es ist doch eigentlich nur ein Gegenargument: die Sicherheitslage, oder?"

„Ja, und dass wir halt besondere Anforderungen daran stellen, weil wir mit Kleinkind ausreisen würden."

„Okay, aber das weiß die Kommission ja jetzt, hoffe ich. Und sie würden uns dort nicht hinschicken, wenn die Sicherheitslage oder andere Umstände dagegensprächen. Viele Experten oder Entwicklungshelfer sind mit Kindern unterwegs, oft auch an Einsatzorten abseits der Hauptstädte, also richtig abgelegen, wie in Marsabit. Die kriegen das ja auch hin."

„Aber wenn alles so bleibt, wie es ist, würden wir uns ja nur in Freetown und Umgebung aufhalten können."

„Na ja, vielleicht wird das ja auch besser. Und würden wir denn mit Kleinkind wirklich so viel durch die Tropen reisen? Das würde doch anders als in Kenia und Tansania sein, als wir komplett ungebunden waren."

Das Frühstück wird serviert. Als die Kellnerin außer Hörweite ist, sagt Henrieke:

„Wir müssen auch bedenken, dass es möglich ist, dass deine Firma zu macht oder dich entlässt, und dann stehen wir erstmal ohne Einkommen da, denn ich kann frühestens in einem Jahr wieder zurück in meinen Job."

„Das ist ein weiteres Argument für den Job in Sierra Leone, oder?"

„Ich glaube einfach, dass wir uns diese Chance nicht entgehen lassen dürfen. Wenn die zuständigen Stellen sagen, wir können da alle zusammen hin, dann sollten wir das machen."

Johan fühlt eine bislang in Lauerstellung verharrende Erleichterung und Freude sich Bahn brechen. Unweigerlich beginnt er zu grinsen.

„Du hast ja ohnehin erstmal zugesagt", stellt Henrieke fest. „Jetzt schauen wir uns den Vertrag an. Und vielleicht kannst du ja herausbekommen, was passiert, wenn du unterschreibst und nachher verschlechtert sich die Lage."

„Alles klar, das kläre ich", strahlt Johan seine zukünftige Frau an. „Und ab jetzt läuft die Vorbereitung auf unser erstes großes Abenteuer als Familie: Einsatz in Freetown!"

Voller Appetit stößt er die Gabel in das Rührei und schaut dann kauend auf seine Familie.

„Das kriegen wir hin. Das wird großartig!"

„Ach so: Noch kein Wort zu unseren Eltern, bis wir nicht alles in trockenen Tüchern haben", wirft Johan ein, als er sich der Aufschnittplatte zuwendet.

„Oha, klar. Vielleicht sollten wir sogar bis nach der Hochzeit warten, bis wir damit rausrücken, dass wir ins Ausland gehen."

Da sind sie sich schnell einig. Beide Elternpaare leben in Nordrhein-Westfalen und leiden unter der Entfernung zu ihnen in Berlin. In jedem Telefonat kommt mindestens einmal der Hinweis, wie sehr sie darunter leiden, dass sie ihr Enkelkind so selten sehen. Es ist leicht auszumalen, wie sie die Nachricht von einem Umzug ins Ausland aufnehmen werden.

„Aber ich muss mit jemandem darüber reden – wir müssen das alles gemeinsam mit unseren Freunden durchgehen. Ist doch wichtig, was die dazu sagen."

„Irgendwie rechnen doch die meisten damit."

„Vielleicht. Aber jetzt, wo es konkret wird, und dann in dieser besonderen Situation und mit diesem speziellen Einsatzort. Ich fände es schon gut, wenn wir das im Freundeskreis offen kommunizieren."

„Gut, dann lass uns doch gleich heute eine Runde zu uns einladen."

In den folgenden Tagen ist Johan beseelt. Alle Zweifel sind zwar nicht weg, aber lauern im Hintergrund und kommen nur hin und wieder nach vorne, um Präsenz zu zeigen. Zum Beispiel, wenn er seine Tochter badet oder an ihrem Bettchen sitzt und ihre winzige zerbrechliche Hand hält.

Aber er genießt es nun, die ersten Schritte in der Vorbereitung auf die Ausreise zu tun.

Der Vertrag kommt. Aus den zahllosen Anlagen geht hervor, dass, sollte ein Einsatz an dem zugedachten Einsatzort aus Sicherheitsgründen nicht möglich sein, ein Ersatz gesucht wird. Auch sind dort die Regeln für den Fall einer Evakuierung erläutert.

Er unterschreibt den Vertrag. Nachrichten aus Sierra Leone schaffen es in der Zeit kaum in die Medien. Das verleitet Johan, sich einer trügerischen Sicherheit hinzugeben. Er hat aber auch den Kopf voll von Vorbereitungen für die Hochzeit.

Ihre Freunde sind begeistert von den Plänen. Er gibt kritische Stimmen, aber die Zustimmung und Ermunterung überwiegt ganz deutlich.

Im Zuge der Vertragsgestaltung für seinen Einsatz wird Johan dermaßen von Papierkram konfrontiert, dass er den Eindruck gewinnt, es sei wirklich jedes Detail durchdacht und Vorkehrungen für alle Eventualitäten getroffen. Das ist zwar nervig, aber trägt zu seinem Gefühl der Sicherheit bei.

Nach der Vertragsunterschrift steht der Termin bei seinen Chefs in der Firma an. Wie vermutet, sind sie überrascht, aber verstehen seine Entscheidung und wünschen ihm aufrichtig viel Glück.

Die Beantwortung der Frage, wann und wie sie es ihren Eltern beibringen würden, wird aufgrund der Geschäftigkeit in Vorbereitung auf die Hochzeit und parallel dazu auch schon auf die Ausreise immer wieder verschoben. Es ist ja auch nie dringend, da es auf jeden Fall nach der Hochzeit passieren soll. Das gelingt auch – fast.

Auf der Hochzeitsfeier im großen Kreis gibt es Spiele, die Johan zwar abgrundtief hasst und das auch schon seit Monaten ununterbrochen äußert, aber der Freundeskreis konnte sich nur zu einer Reduzierung solcher Spiele durchringen, nicht zu einem kompletten Verzicht darauf.

Und nun stehen Johan und Henrieke vor einer großen Leinwand, auf der die Umrisse des afrikanischen Kontinents zu sehen sind. Ihre Aufgabe besteht darin, einzelne Ländergrenzen oder Hauptstädte möglichst präzise einzutragen. Vielleicht ist bei diesem Spiel bei den Eltern noch kein Verdacht aufgekommen. Aber das ändert sich, als der Moderator bei der Übergabe des „Gewinns", also des Hochzeitsgeschenks, einer Spiegelreflexkamera, verkündet: „Damit ihr in eurer Zeit in Sierra Leone richtig gute Fotos machen könnt!" Ein gelungener Seitenhieb auf die Qualität der Dias, die Johan und Henrieke von ihren Afrikareisen vor ein paar Jahren mitgebracht hatten. Aber völlig missraten im Hinblick auf die vereinbarte Geheimhaltung.

Noch auf der Hochzeitsfeier müssen ordentlich Wogen geglättet werden. Aber nun ist es raus, irgendwie auch eine Erleichterung. Es wird bis in die Morgenstunden ausgelassen gefeiert, getanzt und getrunken. Und Johan lässt sich nun voll darauf ein. Er ist glücklich und stolz auf seine Frau und seine heute getaufte Tochter, die ihre Eltern in ihrer Feierei nicht stören will und in dieser Nacht erstmals durchschläft und nicht gestillt werden muss.

Zvartnots

2006.

Mitten in der Nacht landet Johan vollkommen übermüdet in Yerevan. Es ist seine erste Reise nach Armenien, der erste von vielen Einsätzen im Südkaukasus, die noch vor ihm liegen. Er hat den Sonntagabendflug ab Wien gebucht und ist um halb acht in Tegel in den Zubringer gestiegen. Trotz großzügig eingeplantem Puffer war es wegen des verspäteten Abflugs in Tegel beim Umsteigen in Wien knapp geworden. Mit Mühe hat er es noch rechtzeitig in den Flieger geschafft und steht nun nach der Einreiseprozedur in Armenien vor der Gepäckausgabe. Es ist für die späte Uhrzeit viel los am Flughafen, fällt Johan auf. Die Airlines fliegen kurz vor Beginn der Nachtflugverbote aus Wien, München oder Frankfurt ab, landen gegen Mitternacht Ortszeit in Yerevan, pausieren dort kurz und gegen 02:00h in der Früh geht es wieder zurück, um kurz nach Öffnung der Flughäfen in der EU landen zu können. So oder ganz ähnlich geht es auf vielen Verbindungen zwischen den EU-Städten und den Destinationen, die so vier bis sechs Flugstunden entfernt liegen.

Johan sieht sich um. Es ist trotz nächtlicher Stunde immer noch sehr warm. Er ist froh, von einem Fahrer der DGZ, der Deutschen Gesellschaft für Entwicklung und Internationale Zusammenarbeit, seinem Auftraggeber, abgeholt zu werden. Müde wie er ist, würde er sich nur ungern in den nach seiner Erfahrung zu erwartenden unübersichtlichen Trubel vor dem Flughafen um ein Taxi zum Hotel begeben müssen. Er wartet, starrt auf die Klappe in der Wand, wo sich aus seiner Perspektive der Anfang des Gepäckbandes befindet. Aber so ein Band hat weder Anfang noch Ende, es läuft und läuft und mal kommen in einem Pulk viele Gepäckstücke dicht gedrängt, und dann wieder eine Zeit lang kein einziges. Bislang ist seine Reisetasche nicht von der Klappe ausgespuckt worden. Er wird langsam ungeduldig.

Ob der Fahrer wartet? Die Passagiere seines Fluges sind so ziemlich alle bereits mit ihrem Gepäck hinter der Ausgangstür verschwunden. Auf dem ratternden Rondell ziehen die unvermeidlichen drei, vier geheimnisvollen Koffer ihre einsame Bahn, die es auf jedem Gepäckband der Welt gibt, die von niemandem aufgenommen und anscheinend nicht vermisst werden.

Irgendwann wird ihm klar, dass da kein weiteres Gepäckstück aufs Band geworfen wird. Er stöhnt und beeilt sich, zum Lost and Found Schalter zu kommen. Dort befindet sich – natürlich – bereits eine lange Menschenschlange. Er schaut auf seine Uhr.

Hoffentlich wartet der Fahrer! Die Bearbeitung der Meldungen der verlorenen Gepäckstücke dauert. Ausführliche Beschreibungen werden handschriftlich aufgenommen, Flugdaten notiert, Durchschläge weitergereicht, Unterschriften eingesammelt. Als er endlich an die Reihe kommt, ist es bereits nach 04:00 Uhr, er ist müde, nervös und will nur schnell raus, hoffentlich den Fahrer noch vorfinden, und dann ins Hotel. Er hat morgen um 10:00 Uhr seinen Antrittstermin im Ministerium. Auch bei ihm dauert es ewig, bis er seine Meldung vollständig aufgegeben hat. Am Ende der Prozedur drückt ihm einer der Bearbeiter einen handgeschriebenen Zettel in die Hand. Johan meint zu verstehen, dass er bei Vorlage dieses Zettels sein Gepäck ausgehändigt bekommt.

„Aber wann wird es denn hier eintreffen?"
„Mit dem nächsten Austrian Airlines Flug."
„Und wann kommt der hier an?"
Der Bearbeiter verlässt den Schalter durch eine hintere Tür und kommt erst Minuten später wieder zurück. Johans Nerven leiden.
„Am Mittwoch."
„Mittwoch erst? Aber ich brauche doch meine Sachen! Im Koffer befinden sich meine Anzüge …".
Der Mann hinter dem Schalter unterbricht ihn lächelnd und erklärt bestimmt:
„Bei Austrian Airlines bekommen sie eine Tasche mit den notwendigsten Utensilien."
„Bei Austrian Airlines … Und wo finde ich die?"
„Die haben ein Büro hier am Flughafen."
„Oh, danke, wie komme ich dahin?"
„Da müssen sie erst durch den Ausgang, dann wieder in die Eingangshalle und dort befindet sich das Büro in der Nähe der Check-in Schalter."
„Okay, dann gehe ich dort schnell vorbei. Ich brauche ja etwas für die Nacht, und morgen habe ich einen wichtigen Termin."
„Ah, sie können jetzt nicht zum Austrian Airlines Büro."
„Wieso nicht?"
„Der Flug nach Wien ist bereits abgefertigt. Sie schließen nach der Abfertigung und machen erst vor dem nächsten

Flug wieder auf. Aber die haben auch ein Büro in der Innenstadt."

„Ja klar, trotzdem Danke", stöhnt Johan. Er ist genervt, aber gleichzeitig erleichtert, sich nicht nochmal irgendwo anstellen und warten zu müssen, sondern zusehen zu können, jetzt schnell ins Bett zu kommen.

Er hastet zum Ausgang, inständig hoffend, dort jemanden ein Schild mit seinem Namen hochhalten zu sehen.

So ist es nicht ganz. Ein Armenier lehnt in der ziemlich leeren Ankunftshalle an einer Säule und richtet sich hastig auf, als er ihn sieht.

„Johan?"

„Ja, bin ich. Tut mir leid für die Verspätung, aber mein Gepäck ist nicht mit angekommen."

„Ah, kein Problem!", lacht der Fahrer, der ihm das Schild und einen Ausweis vor die Nase hält, aus dem hervorgeht, dass er tatsächlich für die DGZ arbeitet.

„Ich bin Zaza."

„Ich bin Johan. Freut mich unendlich, dich zu sehen."

„Komm, wir sehen zu, dass du schnell ins Hotel kommst. Ich soll dich morgen dort um 09:30 Uhr wieder abholen."

Johan stöhnt erneut.

„Meinst du, ich bekomme Zahnpasta und Zahnbürste im Hotel?"

„Auf jeden Fall, wir haben dich in einem sehr guten Hotel untergebracht. Das Armenia Marriott ist das erste Hotel am Platz."

„Freut mich zu hören." Johan lässt sich tiefer in den Beifahrersitz sinken. Nach einem Blick auf seine bequeme Jeans und die Turnschuhe an den Füßen wendet er sich erneut an Zaza.

„Nächste Frage: Ich habe ja keine angemessene Kleidung, die ich für den ersten Termin mit dem Minister anziehen kann. Wo bekomme ich denn jetzt noch einen Anzug her?"

„Das ist schon schwieriger." Zaza überlegt. „Es gibt natürlich in Yerevan die Läden, die ihr auch bei euch in Deutschland habt, aber erstens sind die hier sehr teuer, und sie machen frühestens um 10:00h auf. Du musst versuchen, morgen auf dem Markt etwas zu finden. Der ist nicht weit vom Hotel entfernt und öffnet schon um 06:00h."

„Oh Mann, da lohnt es sich ja kaum, sich noch hinzulegen."

„Wann kommt denn dein Gepäck an?"

„Am Mittwoch."

„Also", denkt Zaza laut, „Mittwochnacht, mit dem Flug aus Wien. Da bringen sie es dir frühestens am Donnerstagmorgen."

Johan fällt etwas auf: „Woher wissen die denn, in welchem Hotel ich bin?"

Jetzt lacht Zaza laut auf: „Alles klar, sie haben dir einen Abholschein gegeben, richtig?"

„Ja, klar."

„Nein, das ist nicht klar. Eigentlich sollten sie dich fragen, wohin sie das Gepäck liefern sollen und dir eine Telefonnummer geben, unter der du dich nach dem Stand erkundigen kannst."

„Oh, ich war so fertig und unruhig, dass mir das nicht aufgefallen ist."

„Da bist du nicht der Einzige. Also, besorge dir morgen etwas für den ersten Termin, den Rest für die Tage bis Donnerstag holen wir am Nachmittag. Dann fahren wir auch bei Austrian Airlines vorbei."

Die Fahrt vom Flughafen in Zvartnots zum Hotel im Zentrum von Yerevan dauert fast eine halbe Stunde, obwohl sie mit ziemlich hoher Geschwindigkeit durch die um diese nächtliche Stunde leeren Straßen jagen. Schließlich halten sie vor einem imposanten Gebäude, das an einem riesigen Platz, dem Republic Square, liegt.

„Ich hole dich also pünktlich hier ab", ruft Zaza und winkt beim Einsteigen fröhlich.

„Ja! Also bis in weniger als fünf Stunden", seufzt Johan.

Nach der quälend umständlichen und langsamen Check-in Prozedur kann sich Johan endlich auf das Bett in dem wirklich beeindruckenden Hotelzimmer sinken lassen. Er hat tatsächlich an der Rezeption Zahnpasta und -bürste bekommen. Nach einer schnellen Dusche stellt er im Bett den Wecker auf 08:00 Uhr. Keine drei Stunden Schlaf!

Und kann nicht einschlafen. Als er vom Wecker aus dem Tiefschlaf gerissen wird, hat er den Eindruck, er sei erst ganz kurz vorher eingenickt.

Tempelhof

1997.

Die Hochzeitsreise fällt sehr kurz aus. Einen Tag nach der Hochzeitsfeier, die in Westfalen stattfand, in dem Ort, in dem Johan aufgewachsen ist und wo seine Eltern heute noch leben, fahren sie für drei Tage an die Nordsee, in eine wunderbare Pension am Meer, in ein riesiges Zimmer mit Erker. Diese kurze Zeit zu dritt ist großartig und tut ihnen gut nach der trubeligen Hochzeitsvorbereitung. Es war ganz schön stressig bis hierher. Dass die ganze Planung ihrer Ausreise, die Klärung der vielen Details in der Vertragsgestaltung und das Festzurren der Rahmenbedingungen für den Umzug nach Freetown parallel mit den Hochzeitsplanungen stattfinden mussten – das hätten sie gerne anders geplant, wenn es denn eine Möglichkeit gegeben hätte. Aber es ist nun mal so, wie es ist.

Und dann die ganzen Traditionen, denen man bei einer Hochzeit auf dem Land nachkommen muss. Vor allem das „Kränzen" mit der Nachbarschaft seiner Eltern zwei Tage vor der Hochzeit hat Johan zugesetzt. Eigentlich hat er seitdem nur noch gefeiert. Aber hier, im rauen, salzigen Wind und dem kühlen Wasser kann er wieder zu sich kommen, das aufgeheizte Gemüt abkühlen, sich beruhigen.

Sie freuen sich sehr auf die kommende Zeit und nehmen es daher auch in Kauf, dass die Hochzeitsreise nun kürzer ist, als sie es unter anderen Umständen gewesen wäre. Es steht eine viel aufregendere Reise an und sie nehmen sich vor, ihren Honeymoon irgendwann nachzuholen – und wenn auch erst, wenn die Tochter soweit ist, dass sie sie nicht mitnehmen müssen.

Auch das kühle, gar nicht sommerliche Wetter nehmen sie so, wie es ist, genießen es sogar – als einen ganz bewusst wahrzunehmenden Kontrast zu dem tropischen Wetter, das sie in Sierra Leone erwartet. Die Tage vergehen wie im Flug. Sie schaffen es aber, sich in die Technik und Handhabung der Spiegelreflexkamera einzuarbeiten, mit der sie dann in Afrika die großartigen Landschaften und die vielen Details des Lebens in Freetown einfangen wollen.

Auf dem Weg zurück nach Berlin fahren sie nochmal bei Johans Eltern vorbei. Das liegt auf dem Weg und hatte sich somit angeboten. Ganz ohne Sorgen sehen Henrieke und Johan diesem Zwischenstopp allerdings nicht entgegen. Sicher hätten sie die Art und Weise, wie sie ihren Eltern beibringen, dass sie zusammen mit der neugeborenen Tochter für ein bis zwei Jahre nach Afrika ausreisen würden, anders wählen müssen. Aber so, wie es schließlich dazu kam, war es ja nicht geplant gewesen. Wie erwartet kommen jetzt, wo die Euphorie und die festliche Atmosphäre der Hochzeitsfeier etwas verblassen, die Bedenken der Eltern, ihr Ärger über die Entscheidung und die Tatsache, dass sie darin so gar nicht eingebunden waren, auf den Tisch.

„Wir wollten es halt nicht irgendwie am Telefon besprechen. Und als wir hier waren, wollten wir die Vorfreude auf die Hochzeit nicht trüben", erklärt Johan nicht zum ersten Mal. „Es hätte ja auch nichts geändert. Wir haben es uns wirklich gut überlegt."

„Ja, aber Afrika! Und dann in ein Land, in dem Bürgerkrieg herrscht. Und so lange…"

„Also, ihr könnt uns doch jederzeit besuchen kommen. Ja klar, Afrika – darauf habe ich doch immer hingearbeitet. Ich meine: die Reise nach Ghana, mein Stipendium, das Projekt in Kenia und dann das ewige Auswahlverfahren bei der Kommission! Ich habe euch doch immer davon berichtet, wie es da so läuft. Also, so richtig überraschend kann das jetzt auch nicht gekommen sein."

Zurück zu Hause warten bereits unzählige Unterlagen zur anstehenden Ausreise auf sie: Versicherungspolicen, Anfragen zu den Umzugsarrangements, Buchungsbestätigungen für das Hotel in Brüssel, Abfragen zu den Anforderungen an die Wohnung in Freetown, Vorschläge für Flugverbindungen, Termine für die medizinischen Checks etc.

Ihre Wohnung haben sie bereits gekündigt. Für die Möbel, die sie nicht mit nach Sierra Leone nehmen können, haben sie eine Garage angemietet. Die Gegenstände, die sie in der Zeit in Freetown brauchen werden, holt ein internationales Umzugsunternehmen ab. Sie werden für die Verschiffung nach Freetown in einen Container gepackt.

Als sie aus ihrer leeren Wohnung treten, mit ihrer Tochter im Arm, und den Schlüssel in den Briefkasten werfen, überkommen sie gleichzeitig freudig-erregte wie auch mulmige Gefühle.

Das mit den uneindeutigen Empfindungen und Einstellungen zu bevorstehenden Veränderungen scheint jetzt der Standard zu sein, überlegt sich Johan still. Bis vor ein paar Wochen kannte ich das gar nicht.

„Okay, there`s no way back!", versucht er die Stimmung zu heben und setzt seine Tochter in den großen Volvo Kombi, der mit all den Klamotten, die sie in Brüssel, auf der Reise nach Sierra Leone und dort in den ersten drei Wochen brauchen werden, voll bepackt ist. Es ist das Auto von Freunden, die sie heute in aller Frühe zum Flughafen Tempelhof fahren. Ihr eigenes haben sie vor ein paar Tagen verkauft.

In Tempelhof stehen sie leicht nervös vor dem Check-in: Ihr dort aufgetürmtes Gepäck wirkt wirklich beeindruckend. Allein die Sachen für das Baby nehmen einen großen Teil des zulässigen Gewichts ein. Den Kinderwagen, bereits mit Blick auf die Reise so ausgesucht, dass er sehr klein zusammenzu-falten und gut zu verstauen ist, sowie den Kinder-Autositz müssen sie als Sperrgepäck aufgeben. Aber dank Business-Class Tickets und sehr freundlichem Service geht das ebenso wie das Übergepäck ohne weiteren Aufpreis mit.

Als sie über das Flugfeld zum bereitstehenden Flugzeug laufen, die Tochter auf dem Arm, am Horizont die über dem innerstädtischen Flughafen aufgehende Sonne, wechseln sich wieder zwei bekannte Stimmungen ab. Die eine ist ge-prägt von der freudigen Erregung und Spannung, die mit dem Blick auf die kleine Propellermaschine und das riesige Flugfeld inmitten der Hauptstadt mit der vertrauten Silhou-ette noch gesteigert wird. Die andere ist eine melancholische, dominiert von dem Gefühl, eine ganze Menge von dem hin-ter sich zu lassen, das sie sich selber aufgebaut haben und das sie lieben, und das bis hierher doch prima funktioniert hat.

Yerevan

2006.

Johan studiert die an der Rezeption ausgehängte Liste mit den Umtauschkursen des Armenischen Dram und lässt sich den Weg zum Markt erklären. Er ist wirklich in der Nähe und er findet ihn sogleich.

Es ist ein Markt, wie er ihn auch in Afrika gesehen hat. Genauso lebhaft am frühen Morgen, vielleicht nicht so bunt und nicht ganz so laut. Auch nicht so fröhlich, ohne Musik. Aber es gibt tatsächlich alles zu kaufen. Johan geht strategisch vor und arbeitet eine Prioritätenliste ab. Dabei hilft ihm ein aufgeweckter Junge, der ihn anspricht, als er mit dem Zettel in der Hand inmitten des Marktgeschehens steht und versucht, sich zu orientieren. Der Junge schleppt ihn zuerst an einen Stand, an dem unzählige Anzüge hängen. Alle in dunklen Farben von dunkelbraun über grau bis schwarz. Johan zeigt auf einen grauen – das hält er für eine angemessene Farbe für seinen Zweck, das sollte zu den meisten Schuhen und Hemden passen. Der Verkäufer nimmt Augenmaß, stochert dann mit einer Stange, an deren vorderem Ende ein Haken von einem Kleiderbügel befestigt ist, in einer an einer Art Bauzaun vertikal übereinander hängenden Reihe von identischen Anzügen und angelt einen heraus. Johan zieht nur das Jackett über – das passt. Die Hose hält er sich an die Beine – ist zu lang. Mit ein paar schnellen Griffen wird eine kürzere Version des Beinkleides hervorgezaubert. Die scheint von der Länge zu passen, denkt sich Johan und überlegt, dass die Weite nicht ganz so entscheidend ist, da kann man einiges mit dem Gürtel machen, den er in seiner Jeans hat. Und er ist eher schlank bis dürr, sodass er keine Sorge hat, die Hose könne zu eng sein. Dass er sie partout nicht anprobieren möchte, sorgt für verständnisloses Kopfschütteln beim Verkäufer. Johan zuckt bedauernd mit den Schultern und deutet mit dem Finger auf seine Uhr.

Die Gestik ist eindeutig. Der Händler holt einen Taschenrechner, tippt eine Zahl ein und reicht den Rechner an Johan. Der versucht, anhand des Umtauschkurses zu ermitteln, wie viel der Händler hier gerade aufruft. Parallel schaut er den Jungen an, aber der zeigt keine Regung. Obwohl er es hasst, zu handeln, und sich natürlich bewusst ist, dass allen Beteiligten mehr als deutlich ist, in welch schwacher Verhandlungsposition er sich befindet, nimmt er den Rechner und tippt einen um zirka ein Viertel niedrigeren Betrag ein. Empört hebt der Verkäufer beide Hände gen Himmel, bevor er schnaubend seinen zweiten Preis eintippt. Johan schaut und nickt. Er hat keine Zeit mehr und will die Sache abkürzen. Also zahlt er wahrscheinlich viel zu viel, nimmt den Anzug, verabschiedet sich vom strahlenden Händler und folgt dem Jungen in einen anderen Gang des Marktes, wo er schon von Weitem die Schuhe auf den Tischen und in den auf verschiedenste Arten konstruierten Regalen sieht.

Hier ist es etwas leichter: Er nimmt ein paar schlichte schwarze Schnürschuhe, zeigt auf seine Füße, deutet mit seinen Findern eine „44" an und probiert das Paar aus, das ihm der Verkäufer hinstellt. Sie sind recht steif und etwas eng – und da Johan plant, trotz der Hitze zwei Paar Socken in den Schuhen zu tragen, um Druckstellen und Blasen zu vermeiden (als erste Schicht die oft getragenen und bequemen, in denen er gekommen ist, und darüber neue schwarze, die er noch erstehen muss), lässt er sich die Schuhe eine Nummer größer bringen. In Größe 45 passen sie, er kauft sie zu einem Preis, der nach einem ähnlichen Verhandlungsprozess wie zuvor beim Kauf des Anzugs zustande kommt. Die Socken und weiter noch ein weißes Hemd und eine Krawatte sind ohne anprobieren und nach ebenfalls jeweils kurzem Handeln gekauft.

Puh, das hat trotz allem länger gedauert als geplant. In gut zwanzig Minuten kommt Zaza.

Ohne den Jungen hätte er es überhaupt nicht pünktlich geschafft. Er gibt ihm einige Dram und hofft, dass das ein angemessenes Trinkgeld darstellt. Der Junge scheint zufrieden und dreht grinsend ab. Johan hastet zurück zum Hotel, auf sein Zimmer, wirft die Einkäufe aufs Bett und zieht sich um. Das heißt, er behält seine Unterwäsche an, ebenso die Socken, und zieht das Hemd und die neuen Socken drüber.

Es geht jetzt nur um die Optik, sagt er sich.

Also, rein in die Anzughose, die eigentlich mit Gürtel ganz gut sitzt, allerdings etwas unangenehm auf der Haut ist. Aber das ist nichts gegen das weiße Oberhemd: Der Stoff ist unfassbar steif, vor allem der Kragen. Dafür ist es faltenfrei. Aber es riecht dermaßen ungesund nach Chemikalien, dass Johan sich vornimmt, es gleich nach dem Termin gegen ein anderes Hemd auszutauschen, für das er durchaus bereit ist, mehr Geld zu zahlen. Dieses Hemd wird er dann im Hotel zum Reinigen geben und dann mal sehen … Socken und Schuhe, Krawatte - fertig. Genau 09:30 Uhr. Johan eilt zum Hoteleingang, wo Zaza schon wartet.

„Respekt!", ruft er schon von Weitem. „Alles hier vom Markt?"

„Jepp, und nur erstklassige Ware!"

„Na ja, aber schon gut für den Termin jetzt. Der Vize-Minister wird teilnehmen und du wirst einigen Leuten vorgestellt, die wichtig für das Projekt sind. Da ist der erste Eindruck wichtig. Hab mir schon etwas Sorgen gemacht und einen meiner Anzüge ins Auto gepackt."

„Na bestens."

Der Termin verläuft erfolgreich, obwohl Johan gegen seine Müdigkeit ankämpfen muss – und gegen den immer stärker werdenden Reflex, sich zu kratzen. Aber so, dass es keiner merkt. Er hat das Gefühl, der Hemdkragen verursache Schürfwunden am Hals. Die Chemikalien aus dem Hemd reizten die Haut. Während der Besprechung im tiefgekühlten Konferenzraum des Ministeriums für Territoriale Entwicklung geht das sogar noch. Aber draußen in der Hitze kommt es zu einer extrem hautreizenden chemischen Reaktion zwischen dem Hemd und dem Schweiß. Noch auf dem Weg zum Auto reißt sich Johan die Krawatte vom Hals und öffnet die obersten Hemdknöpfe. Er zieht das Jackett aus und krempelt die Hemdsärmel auf. Die Haut an den Armen ist knallrot. Er ahnt, dass er auch am Hals diesen Ausschlag hat. Im Auto schaut er in den Rückspiegel und sieht, dass es dort noch viel schlimmer aussieht: Es haben sich dort zusätzlich dunkelrote, juckende Pusteln gebildet. Schnell zieht er das Hemd aus und wird es auf den Rücksitz zu Jackett und Krawatte.

„Ich brauche ein oder besser zwei andere Hemden", sagt er zu Zaza, der zunächst belustigt geschaut hat, als Johan nach dem Termin zurück zum Auto eilte. Nun hat sich etwas Besorgnis in seinen Blick gemischt.

„Alles klar, ich fahre dich zu ein paar Geschäften, wo du fündig werden kannst."

Es startet eine Einkaufstour in der Innenstadt von Yerevan, bei der Zaza als ortskundiger Reiseführer Johan zu Läden schleppt, von denen er denkt, dass Johan sich so etwas vorstellt. So fahren sie zunächst zu einigen protzigen Nobelboutiquen, vor denen Johan sich bemüßigt fühlt, Zaza ausführlich zu erklären, dass er in solche Läden auch in Deutschland keinen Fuß setzen würde. Ableger europäischer Modeketten scheint es noch nicht nach Yerevan verschlagen zu haben und so landen sie bei einem Geschäft eines armenischen Schneiders, der eine große Auswahl von „Business-Shirts" im Schaufenster hängen hat. Der Laden und sein Besitzer sind Johan sympathisch, außerdem hat er das Gefühl, die Chauffeurdienste von Zaza bereits arg strapaziert zu haben, daher ist ihm klar, dass er hier ungeachtet der Preise (die ohnehin nicht ausgewiesen sind) zwei akzeptable Hemden nehmen muss.

Anschließend fahren sie noch beim Austrian Airlines-Büro vorbei. Dort bekommt Johan nach Schilderung seiner Situation ein Schulterzucken und immerhin ein kleines Übernachtungs-Set mit einem weißen T-Shirt, grauen Socken und Hygieneartikeln.

Zurück im Hotel duscht Johan ausgiebig und tatsächlich lässt das Jucken an den Armen nach, allerdings bleiben die

Pusteln am Hals und fangen später in der Hitze auch wieder an zu jucken.

Die Woche verläuft dann in der üblichen Dienstreise-Routine: Tagsüber Termine im DGZ-Büro und bei den Ministerien, in der terminfreien Zeit Dokumentenstudium sowie Vor- und Nachbereitung der Meetings und Workshops. Und abends dann Einladungen zu Essen oder geselligem Zusammenkommen mit Projektleitern und -mitarbeitern, den Mitarbeitenden der DGZ oder anderen in das Projekt involvierten Ministerien, Behörden oder NGOs.

Am Donnerstagmorgen fährt Zaza ihn dann zum Flughafen, um das Gepäck abzuholen. Johan hat zwar keine Nachricht erhalten, dass seine Reisetasche auch tatsächlich angekommen ist, doch Zaza erklärt ihm, das sei in den Fällen, wo den Passagieren einfach der Abholschein in die Hand gedrückt werde, auch nicht üblich. Er habe ja auch nicht angegeben, in welchem Hotel untergebracht sei. Johan erinnert sich, dass er beim Ausfüllen der Formulare am Lost and Found Schalter seine Heimatadresse und seine Mobilnummer angegeben hat, aber keine Angaben zur Erreichbarkeit in Armenien. Und vielleicht scheut die für die Zustellung der Gepäckstücke zuständige Stelle die Kosten für einen internationalen Anruf an eine deutsche Mobilfunknummer.

In Zvartnots angekommen findet er mit Hilfe von Zaza recht schnell eine Flughafenmitarbeiterin, die ihm den Weg zur Ausgabestelle für das verspätet eingetroffene Gepäck zeigen kann. Nach einem kurzen Blick auf seinen Abholschein lässt sie ihn vor einer geöffneten Tür unter einem

Schild stehen, das ausschließlich in Armenisch beschriftet ist und das er daher nicht entziffern kann.

Eine unüberschaubare Menge an Koffern und sonstigen Gepäckstücken stapeln sich in einem zirka 60 Quadratmeter großen Lagerraum. An einigen befindet sich noch der Baggage Tag, an anderen fehlt dieser. Einige wurden ganz offensichtlich geöffnet, es liegen auch Kleidungsstücke und andere Gegenstände herum, die wahrscheinlich einmal in einem verlorenen Koffer gesteckt haben. Eigentlich gibt es etwas von allem, was man so an den Check-in Countern und Gepäckausgaben dieser Welt sieht, nur seine Reisetasche findet er nicht. Dabei handelt es sich um ein relativ auffälliges und teures Exemplar, dass er sich nur angeschafft hat, weil er es mit den Meilen auf seinem Miles & More Konto bezahlen konnte. Durch seine zahlreichen Flüge quer durch Osteuropa hatte er inzwischen den Frequent Traveller Status erworben. Ärger steigt in ihm auf, als er seine Tasche mit seinen persönlichen Dingen, die er jetzt gerade sehr gerne bei sich hätte – er kratzt sich am Hals – auch beim dritten Rundgang durch den Raum nicht finden kann. Er sieht sich um, es ist niemand da, den er fragen könnte, wo die jeweils zuletzt hinzugekommenen Stücke abgeworfen oder gestapelt werden.

Er schaut auf den Zettel in seiner Hand. Darauf stehen nur seine Flugnummer und das Flugdatum, darunter ein kaum leserlicher Stempel mit einer Unterschrift. Er geht nochmal langsam durch die Halle und lässt diesmal einen leicht veränderten Blick auf die Koffer, Taschen und Pakete schweifen. Eine dunkle Reisetasche, die entfernt an die seine erinnert, fesselt seine Aufmerksamkeit.

Ob da wohl Kleidung drinsteckt, die mir passt? Johan ist überrascht über seine Gedanken, gibt sich ihnen aber mit einem leichten Kribbeln weiter hin.

Wer mit so einer Tasche statt einem soliden Koffer reist, ist sicher insgesamt etwas lockerer, legerer und sportlicher unterwegs, denkt er. Er selbst bevorzugt als Reiseausrüstung eher sportliche Stücke, die einen gewissen Hauch von Abenteuer verströmen. Hartschalenkoffer und Trolleys, in denen man sein Gepäck hinter sich herzieht, kommen für ihn absolut nicht infrage.

Je länger er auf die Tasche schaut, umso mehr wächst seine Aufregung. Obwohl er eigentlich noch gar keinen konkreten Plan hat. Aber die Tasche und ihr unbekannter Inhalt reizen ihn zunehmend. Die Tasche könnte jemandem gehören, der keine Lust zu warten hat und bewusst sein Gepäck zurücklässt. Abgesehen von der Tatsache, dass er einige der Inhaltsstücke in seiner Situation gut brauchen kann – er geht schon in Gedanken durch, wir er Kleidung aus der Tasche im Hotel zur Reinigung gibt – ist da auch die Vorstellung, mit dem Öffnen der Tasche Geheimnisse zu lüften. Bevor er sich ausmalt, was genau so ein Geheimnis sein könnte, sieht er sich auf die Tasche zugehen. Seine Hände entfernen das um die Griffe angebrachte Baggage Tag und befestigen es am nebenstehenden Koffer. Er greift die Reisetasche und geht festen Schrittes mit einem bestimmten Ausdruck im Gesicht (so hoffe er zumindest) zum Tor der Aufbewahrungshalle. Er wird nicht angesprochen, kann die Halle ungehindert Richtung Gepäckausgabe verlassen und dort den Ausgang ansteuern.

Brüssel

1997.

Am Flughafen in Brüssel herrscht ein Trubel, der ihnen noch einmal klarmacht, wie bequem das Boarding in Tempelhof war. Hier ist es deutlich schwieriger, mit Kind und Reisegepäck durch die Menschenmassen zu manövrieren. Als sie endlich ein großes Taxi gefunden haben, sind sie schon einigermaßen angespannt. Als sie dann endlich ihr ganzes Gepäck in das überraschend kleine Hotelzimmer gewuchtet haben – hat keiner bedacht, dass sie hier mit einem Kleinkind wohnen werden? – lassen sie sich aufs Bett fallen, legen Rosa zwischen sich, und schnaufen tief durch.

„Das war Teil eins der Reise", fasst Johan zusammen. „Soweit alles klar, oder?"

„Na ja, das Zimmer könnte etwas geräumiger sein", Henrieke schaut sich skeptisch um. „Und das Hotel hat ja auch keine Bereiche, in denen ich mich mit Kind aufhalten kann, wenn du arbeiten bist."

„Ja, schon richtig, aber es ist ja nur für zwei Wochen. Abends werden wir ja essen gehen. Ihr könnt mich von der Arbeit abholen. Tagsüber könnt ihr euch die Stadt anschauen – lass uns hoffen, dass das Wetter so gut bleibt."

Am folgenden Tag macht Johan sich auf den Weg zum Treffpunkt in einem Gebäude der Europäischen Kommission. Das Hotel in der Rue Franklin wurde offenbar so ausgesucht, dass es fußläufig zu vielen der Einrichtungen gelegen ist, die er in den kommenden Tagen aufsuchen muss. Im

Pre-Posting-Seminar finden sich angehende Mitarbeiter in EU-Delegationen in allen Winkeln der Erde und für alle möglichen Positionen. Zu Beginn bekommen sie umfassende organisatorische und technische Einführungen und praktische Hinweise, wie zum Beispiel zu den Geldtransfers.

In der Mittagspause geht Johan zur KBC-Bank am Rond Point Robert Schuman, wo er ein Girokonto in Belgischen Franken eröffnen muss, auf das sein Gehalt überwiesen werden kann. Von dort aus wird dann ein Teil des Geldes per Dauerauftrag an ein noch zu eröffnendes Konto in Freetown überwiesen. Das kann alles schon hier im persönlichen Gespräch mit dem Berater der Bank vorbereitet werden. Es ist offensichtlich, dass er es des Öfteren mit solchen Anliegen zu tun hat.

Johan merkt, wie schnell er hier mit seinen Französischkenntnissen an Grenzen stößt. Nicht nur in der Bank, sondern auch in den Stellen der Europäischen Kommission, in denen er vorstellig werden muss, wird vor allem Französisch gesprochen – deutlich seltener Englisch und fast nie Deutsch. Er kommt manchmal mit seinem Niederländisch, das er auf dem Gymnasium im Rahmen eines Euregio-Projektes lernen konnte, besser zurecht.

Auf seinem persönlichen Laufzettel stehen die wesentlichen Kontaktpersonen innerhalb des Brüsseler Hauptquartiers. Für ihn sind das vor allem Mitarbeiter innerhalb der Generaldirektion 8, die zuständig für die Zusammenarbeit mit den Staaten Afrikas, sind. Der Nachmittag vergeht mit Einführungen in die Beziehungen zwischen der EU und den Einsatzländern. Am nächsten Tag steht dann erstmals Landeskunde auf dem Programm und Johan soll sich morgens am Sitz der Generaldirektion 8 beim Sierra Leone Desk melden.

Nach dem letzten Termin eilt Johan zum Hotel zu Henrieke und Rosa. Er ist überwältigt von all den neuen Eindrücken und daher umso enttäuschter, als er merkt, dass Henrieke seine Begeisterung nur bedingt teilen kann.

„Es ist einfach sehr eng hier mit Kind. Alles ist umständlich. Ich muss die Milch in der Küche unten warm machen lassen. Dort ist aber nicht immer jemand greifbar. Mit dem Kinderwagen ist es dann auf den Straßen mühsam und in die Metro komme ich damit gar nicht rein – er passt nicht durch die Zugangsschleusen."

Johan schnallt sich den Babybjörn um, eine neuartige Trage für Babys, die sie sich mit Blick auf die wahrscheinlich nur in geringem Umfang vorhandenen und noch weniger für Kinderwagen geeigneten Straßen in Freetown angeschafft haben. Aber sie haben beim Ausprobieren schon in Berlin schnell gemerkt, dass ihre Tochter diese Art des Transports sehr genießt, sich dabei entspannt und oft auch schläft. Und Johan liebt es, seine Tochter auf diese Weise zu tragen. Es fühlt sich innig und sicher an. So laufen sie durch den abendlichen Cinquantenaire Park, bevor sie in der Nähe etwas essen gehen. Henrieke lässt sich mit dem Tag versöhnen. Dazu trägt auch die Aussicht auf die kommenden Tage bei, denn Johan erklärt ihr, dass es ein Programm für die mitausreisenden Begleiter gibt. Zudem hat er von einem Brüssel-Insider Tipps für das Wochenende bekommen.

Als er am nächsten Tag mit seinem Laufzettel in der Hand auf der Suche nach der richtigen Büroschlucht durch überall gleich aussehende, überwiegend menschenleere und stille Gänge streift, ist er überrascht, dass er anscheinend dorthin muss, wo am meisten los ist. Türen stehen weit auf, die dort offensichtlich arbeitenden Menschen rennen von einem zum anderen Büro. Durch die offenstehenden Türen kann er sehen, dass überall telefoniert wird und Gruppen angespannt lauschender Menschen um die Telefonierenden herumstehen. Keiner nimmt Notiz von ihm. Von den hektisch hin und her geworfenen Sätzen kann er nur Fetzen verstehen, denn alles wird auf Französisch gerufen.

Er nimmt sich ein Herz und spricht einen Mann an, der etwas abseits einer Menschentraube um den Schreibtisch in dem Raum steht, dessen Nummer auf seinem Laufzettel notiert ist.

„Entschuldigen Sie. Ich soll mich heute hier melden. Ich nehme gerade am Pre-Posting für eine Stelle in der Delegation in Sierra Leone teil".

Der Mann starrt Johan mit offenem Mund an und schaut dann in die Runde. Dort reagiert man noch gar nicht auf Johans Ankunft.

„Oh, das ist jetzt… Ich meine, hm, das müssen wir erstmal,… Nein, das wird sicher nichts. Aber warten sie, ich hole mal meinen Vorgesetzten." Er drängt sich an den Schreibtisch zu dem Mann, der den Telefonhörer in der Hand hält.

Er spricht ihn erst an, als dieser das Telefonat beendet hat – und unterbricht ihn dabei, gleich wieder eine Nummer zu wählen. Sie sprechen kurz – Johan kann nicht verstehen, was sie sagen, denn unmittelbar mit Ende des Telefonats sind alle Umherstehenden in einen lautstarken Austausch getreten. Der Desk Officer und der Mann, den er angesprochen hat, schauen verwirrt und irgendwie betreten zu Johan herüber. Als der Desk Officer aufsteht und um den Tisch herum auf Johan zugeht, verstummen die anderen Menschen im Büro und schauen zu ihnen beiden.

„Guten Morgen. Ich bin Jacques, Desk Officer Sierra Leone", beginnt er förmlich und streckt Johan seine Hand entgegen. Johan nimmt die Hand und stellt sich vor.

„Sicher. Sie wollen zu mir, ich bin informiert. Und wir haben sie erwartet, auch wenn das jetzt nicht so wirkt. Es ist nur so: Es gibt da Entwicklungen, die uns jetzt ganz in Beschlag nehmen. Die Delegation in Freetown musste evakuiert werden."

„Was?", Johan kann die Bedeutung des letzten Satzes nicht sofort begreifen.

„Heute Nacht haben die Rebellen auch die Hauptstadt erreicht. Es gibt Massaker, die Aufständischen hacken ihren Gegnern die Unterarme ab. Wir haben gerade noch rechtzeitig alle Mitarbeiter zusammensammeln und zum Flughafen bringen können. Viele sind bereits auf dem Weg nach Brüssel. Sie mussten alles zurücklassen. Wir versuchen gerade, die Ortskräfte in Sicherheit zu bringen. Wir wissen nicht, wie lange der Flughafen und die Grenzen noch offen sind."

Und jetzt? Johan unterdrückt die Frage. Da gibt es aktuell andere Prioritäten, das ist klar.

„Kann ich etwas tun?", fragt er unsicher.

„Ich denke nicht", sagt der Desk Officer, „und ich schätze, dass wir nichts für Sie tun können. Wir müssen nun sehen, was wir mit unseren Mitarbeitern aus der Delegation machen, wenn sie hier heute Abend oder morgen ankommen. Viele werden nicht wissen, wo sie wohnen können. Da sind sie in ihrem Pre-Posting gut aufgehoben. An eine Ausreise nach Sierra Leone ist vorläufig nicht zu denken."

„Verständlich, aber soll ich dann hierbleiben? Macht dann das Pre-Posting noch Sinn?"

„Das klären sie am besten mit der Personalabteilung. Ich habe auf jeden Fall erstmal keinen Posten mehr, auf den ich Sie jetzt schicken könnte."

„Alles klar. Ich drücke allen die Daumen, dass das glimpflich abgeht."

„Danke, wir müssen dann mal wieder ans Telefon. Die Lage ändert sich minütlich. Wenn es noch was gibt – ich meine, wenn es sich alles etwas beruhigt hat und wir klarer sehen, können Sie ja nochmal vorbeischauen."

„Gut. Bis dann."

„Bis dann."

Johan dreht sich um und verlässt unter den Blicken aller Anwesenden den Raum. Was war das denn für eine unwirkliche Situation?

Er schüttelt den Kopf, seine Gefühle lassen sich nicht einordnen und sorgen damit für eine beunruhigende Unruhe. Er schaut auf seinen Laufzettel. Darauf ist ein Termin bei der Personalabteilung vermerkt, er schaut auf die Raumnummer und versucht sich zu orientieren.

Das scheint nicht in diesem Gebäude zu sein, sagt er zu sich und verlässt den Flur mit den Sierra Leone-Büros und steuert auf die Aufzüge zu. Im Erdgeschoss fragt er Leute, die so aussehen, als kennten sie sich hier aus, nach der Raumnummer der Personalabteilung. Tatsächlich, sie ist in der Rue Archimède untergebracht.

Auf dem Weg dorthin kommt Johan die Idee, zuerst bei Henrieke vorbeizugehen und ihr von den Neuigkeiten zu berichten. Aber er ist ziemlich sicher, dass sie bei diesem schönen Wetter irgendwo draußen und nicht im Hotelzimmer ist. Und dann denkt er, dass es wahrscheinlich auch besser ist, wenn er ihr von den Entwicklungen erst dann berichtet, wenn er sie selber besser einordnen kann. Denn was für seine Fast-Kollegen aus Freetown gilt, trifft auf ihn und seine kleine Familie ja auch zu: Wenn er seine Stelle nicht antreten kann, hat er keinen Job. Und sie haben nach dem Pre-Posting-Seminar auch keine Unterkunft mehr.

Platz der Republik

2006.

Stoisch, immer noch verkrampft versuchend, sehr bestimmt zu schauen und auszuschauen, gelassen und sicher zu wirken, verlässt Johan den Flughafen. In der Hand eine fremde Reisetasche, schwerer als vermutet, was seine Nervosität, aber auch seine Erwartung nochmals steigert. Und irgendwie – Johan findet es irritierend, als er sich das eingestehen muss – auch erregend.

Vor dem Gebäude wartet Zaza. Er steht neben dem DGZ-Fahrzeug am Rande der Kurzparkzone und scherzt mit Flughafen- oder Parkplatzpersonal. Als er Johan kommen sieht, springt er ihm entgegen und nimmt ihm die Reisetasche ab.

„Wow, ganz schön schwer", bemerkt er, während der mit einer Hand die Tasche hält, und mit der anderen in seiner Hosentasche nach dem Autoschlüssel fingert.

„Da sind hauptsächlich Sachen drin, die ich in den letzten vier Tagen dringend gebraucht hätte." Johan bemüht sich, locker zu klingen. „Jetzt reisen sie übermorgen ungebraucht wieder zurück."

Als sie hinter dem Wagen stehen, hat Zaza den Schlüssel in der Hand und öffnet die Kofferraumklappe. Mit Schwung wirft er die Tasche hinein. Ein dumpfes Geräusch wie von aneinanderstoßenden Hohlkörpern aus Kunststoff lässt beide erstaunt aufmerken. Zaza schaut Johan an, der versucht, sich nichts von seiner Überraschung anmerken zu lassen.

„Da sind ein paar Dosen mit Müsli und Brot drin", erklärt er betont beiläufig.

Zaza grinst nur.

„Ja, ich weiß: typisch deutsch. Aber ich habe gerne mein gewohntes Frühstück", erklärt Johan und fühlt sich mies – allerdings nicht, weil er gerade eine Tasche geklaut hat und das mit Lügen vertuschen muss, sondern weil er nun in Zazas Augen als jemand dasteht, den er selber verlachen würde. Wie sehr schaut er doch auf die Touristen herab, die in ihren Urlauben möglichst alles so vorfinden möchten, wie sie es in Deutschland gewohnt sind. Und nun muss er glaubhaft eine Person verkörpern, die auf eine sechstägige Dienstreise nach Yerevan eigenes Müsli und Brot in ein Fünf-Sterne-Hotel mitnimmt.

„Ich setzte dich am Hotel ab, okay?"

„Alles klar. Ich kann es kaum erwarten, in meine eigenen Klamotten zu steigen."

„Und erstmal ein Müsli zu essen", ergänzt Zaza süffisant, und Johan sieht sein Grinsen im Rückspiegel.

„Ganz genau."

In den vergangenen Tagen hat sich Johan kleidungstechnisch damit beholfen, dass er den Anzug vom Markt getragen hat. In der Regel war es ohnehin so warm, dass er kein Jackett benötigte. Das zog er nur über, wenn sie einen offiziellen Termin hatten. Dann war es aber durchaus sinnvoll, etwas zum Überziehen zu haben, denn die Besprechungsräume waren alle ausnahmslos dermaßen heruntergekühlt, dass man sich, durchgeschwitzt aus der draußen brütenden

Hitze kommend, ohne Schutz sofort erkältet hätte. Das ist Johan schon häufiger passiert.

Das Hemd vom Markt zieht er nicht mehr an, stattdessen trägt er im Wechsel die zwei Hemden aus dem Bekleidungsgeschäft in der Innenstadt, die zwar teuer waren, aber aus leichtem, nicht so steifem Stoff sind und sich weich anfühlen. Und zudem nicht nach Chemikalien stinken. Trotzdem trägt er sie nicht auf der nackten Haut, sondern zieht immer eines seiner zwei T-Shirts drunter.

Als sie vor dem Hotel parken, eilen sofort zwei Angestellte auf sie zu, als sie sehen, dass der Kofferraum geöffnet wird. Johan ist das wie immer unangenehm, da er nie weiß, ob und wieviel Trinkgeld fällig wird und angemessen ist für die Dienstleistung, sein Gepäck auf sein Zimmer zu schleppen. Auch mag er die Geste nicht, mit der ein Trinkgeld überreicht wird. Er weiß nie, was er sagen soll und egal wie er es auch anstellt, es fühlt sich immer falsch an. Und je nachdem, was er aus der Reaktion, aus der Mimik der empfangenen Servicekraft beim Übergabeakt zu lesen meint, regt es ihn mitunter noch eine ganze Zeit lang auf, lässt ihn sich als eine Person fühlen, die er gar nicht ist oder sein möchte. Manchmal überkommt ihn gar eine unspezifische Wut.

In der heutigen Situation ist es ihm noch weniger Recht, als einer der beiden Hotelangestellten unaufgefordert nach der Reisetasche greift, sie aus dem Kofferraum wuchtet und sich sofort auf den Weg Richtung Rezeption macht. Aber er unterdrückt den Impuls, sich zu empören, auch weil Zaza neben ihm steht und er dadurch Aufmerksamkeit auf das

Gepäckstück gelenkt hätte, das ihm nicht gehört, das aber hier jeder Beobachter der Szene ihm zuordnet, was auch so bleiben soll.

Nachdem er sich von Zaza verabschiedet hat, folgt er dem Pagen mit der Reisetasche. Als er in die Hotellobby kommt, steht dieser bereits am Fahrstuhl. Als sie beide eintreten, drückt der Gepäckträger ohne nachzufragen den Knopf mit der richtigen Etagennummer. Dort angekommen geht er vor zur richtigen Zimmertür und stellt sich so auf, dass Johan die Tür bequem öffnen kann. Im Zimmer stellt der Träger die schwere Tasche mit einem leichten Stöhnen auf eine offensichtlich dafür vorgesehene, in den Einbauschrank integrierte Bank. Johan greift nach seinem Portemonnaie, geht die immer noch nicht vertrauten Dram-Scheine durch und ist sich sicher, in diesem Fall kein Risiko eingehen zu wollen und sammelt einen Betrag zusammen, bei dem er davon ausgehen kann, dass er als großzügig angesehen werden wird. Das ist auch der Fall und er atmet auf, als der Hotelangestellte schnell das Zimmer verlässt.

Allein mit dem fremden Fluggepäckstück in seinem Zimmer packt Johan ein unerwartetes Hochgefühl. Ja, es ist mehr als Neugier. Anspannung fällt ab und macht Platz für gespannte Erwartung. Verbunden mit dem Gefühl, etwas Verbotenes zu tun, unbeobachtet in die Privatsphäre einer unbekannten Person einzudringen, ergibt sich tatsächlich ein ganz spezieller, angenehmer Erregungszustand, in dem Johan gerne noch etwas länger verharren möchte. Er nimmt sich ein Bier aus der Minibar und setzt sich in den

Polstersessel, der zur Ausstattung seines geräumigen Hotelzimmers gehört.

Er betrachtet die Reisetasche. Auf den ersten Blick erinnert sie an die, mit der er sich auf den Weg nach Armenien
gemacht hat. Aber im Detail ergeben sich doch Unterschiede.
Sie sieht teuer aus, aber nicht so robust wie seine. Auch verfügt sie über keine Außentaschen. Sie ist absolut unauffällig,
es gibt keinerlei Aufdrucke, auch nicht der einer Marke oder
Ähnlichem. Es ist auch kein Anhänger mit der Adresse des
Besitzers angebracht.

Also gibt es auch außer dem bemerkenswerten Gewicht
und dem Geräusch, das man hört, wenn die Tasche zu unsanft bewegt wird, keinen Hinweis auf den Inhalt.

Am Flughafen hatte Johan daran gedacht, dass er darin
Kleidungsstücke finden würde, die er in dieser Woche in Armenien tragen könne, da seine eigenen ja weiterhin verschol-
len sind. Dieser Gedanke kommt ihm jetzt wieder in den
Sinn.

Aber dann dürfte es keine auffällige Kleidung sein,
denn es ist ja möglich, dass der Besitzer noch in Armenien,
wenn nicht gar in Yerevan weilt. Und es wäre sicher ganz
unangenehm, wenn er Teile des für seine Reise nach Armenien zusammengestellten Outfits– unabhängig davon, ob er
sie vermisst oder nicht – an Johan identifizieren könnte.

Noch bevor er die Tasche öffnet, wird Johan ein Di-
lemma klar: Wenn er sie bei seiner Abreise mit zum Flughafen nimmt, riskiert er, dass der Besitzer sie erkennt. Er
könnte auf dem gleichen Flug gebucht sein und ihn in der

Schlange beim Check-in erkennen. Wenn er sie nicht mitnimmt, wird das Verwunderung beim Hotelpersonal und bei Zaza auslösen, der ihn Samstagnacht zum Flughafen fahren wird. Dafür muss er unbedingt eine Lösung finden.

Aber jetzt muss er wissen, was er sich da ins Zimmer geholt hat. Johan steht aus dem Sessel auf und stellt sich vor die auf der Kofferablage abgestellte Tasche. Mit seiner rechten Hand kann er einen Schalter drücken, der die kleinen Strahler einer Lichtleiste oberhalb des Einbauschrankes aufleuchten lässt. Nun hat er gute Sicht auf die Reisetasche, deren Reißverschluss in Hüfthöhe sehr bequem zu erreichen ist. Das wirkt so einladend, dass er die letzten noch im Hintergrund verbliebenen Skrupel verdrängt. Er zieht langsam den Verschluss auf. Die Tasche ist nicht prall gefüllt, daher öffnet sich noch kein Spalt, durch den er schon einen ersten Eindruck vom Inhalt bekommen könnte. Als er den Verschluss vollständig geöffnet hat, hält Johan noch einmal inne und nimmt einen tiefen Atemzug durch die Nase. Beruhigt stellt er fest, dass ihm kein unangenehmer Geruch nach schmutziger Wäsche entgegenströmt, wie er es sich vorstellt, wenn man einen ersteigerten Koffer eines Urlaubsrückkehrers öffnet.

Dann klappt er den Deckel auf.

Er sieht obenauf gefaltete Hemden und Polo-Shirts, ganz offensichtlich frisch gewaschen und gebügelt. Er grinst. Hier also unterscheidet er sich von dem unbekannten Besitzer. Er würde Polo-Shirts niemals bügeln. Was die Hemden angeht, so ähnelt der Stapel in der Tasche denen, die er mit auf Dienstreisen nimmt. Johan trägt nicht gerne

Oberhemden, vor allem keine Business-Hemden. Als Stadtplaner konnte er diese weitestgehend vermeiden, denn der Dresscode in der Szene sieht eher schwarze Pullover vor, gerne mit Rollkragen. Als Berater in der Internationalen Zusammenarbeit braucht er nun jedoch öfter ein gebügeltes Oberhemd zu einem Anzug. Für Termine wie Anfang dieser Woche bei einem Vize-Minister. In vielen seiner Einsatzländer ist in den öffentlichen Verwaltungen – und mit denen hat er es meistens zu tun – der Anzug mit Hemd und Krawatte noch der erwartete Kleidungsstil.

Johan besitzt genau zwei Sets an Hemden, von denen jedes für eine zweiwöchige Dienstreise reicht. Nach der Rückkehr lässt er den benutzten Satz bei einer kleinen Wäscherei um die Ecke reinigen und – ganz wichtig – bügeln und legen, wie es die Besitzerin der Wäscherei nennt. Denn die Hemden sollen ja den nächsten Transport zum Einsatzort in der Reisetasche faltenfrei überstehen. Das gelingt nur, wenn man sie frisch gebügelt richtig legen lässt. Die kompakt gelegten und gestapelten Hemden kann er dann in der Plastikverpackung der Wäscherei belassen und gleich wieder zum Gepäck für den nächsten Einsatz legen.

Er greift nun erstmals in den Koffer. Seine Finger gleiten vorsichtig am Rand des Hemdstapels entlang und tasten nach dem untersten Hemd. Er greift dann unter den Stapel und hebt ihn aus der Tasche. Er legt ihn auf das Bett. Er nimmt das oberste Hemd und prüft die Größe. Es scheint, als könne es ihm passen. Es ist ein schlichtes Baumwollhemd in einem Cremeweiß, das ihm gefällt. Die vier anderen Oberhemden sind klinisch weiß, hellrosa, und zweimal hellblau. Er kann sich durchaus vorstellen, die zu tragen.

Bei den Polo-Shirts geht er genauso vor, wobei es sich herausstellt, dass nur oben auf dem Stapel ein Polo-Shirt liegt, darunter befinden sich einfache T-Shirts — ebenfalls gebügelt, wie er kopfschüttelnd feststellt. Sie fassen sich gut an, ebenfalls Baumwolle guter Qualität. Sie wirken wie neu, jedenfalls nicht oft getragen. Auch hier unterscheidet sich der Besitzer der Tasche von ihm: Johan nimmt meistens relativ alte T-Shirts mit auf seine Reisen, denn er trägt sie bei seinen Erkundungen der Städte, in die es ihn führt. Und da er diese zumeist zu Fuß unternimmt, möchte er es bequem haben – und auch möglichst wenig auffallen.

Unter den sauber gefalteten und gestapelten Hemden und Shirts kommen nun weitere Kleidungsstücke zum Vorschein: Eine Hose, Sockenpaare, mit denen offensichtlich Freiräume auf der linken Seite der Tasche ausgefüllt werden, und Unterhosen, gerollt, auf der rechten Seite. Johan nimmt einen der Slips und entrollt ihn. Während er überlegt, ob er Unterwäsche einer fremden Person anziehen würde, auch wenn sie augenscheinlich gewaschen ist, stellt er fest, dass auch die Unterhosen gebügelt wurden.

Bei der Hose handelt es sich um eine Jeans einer Designermarke, die Johan niemals kaufen oder anziehen würde. Vor allem nicht mit der Bügelfalte! Darunter liegt – verpackt in einem schwarzen Beutel, wie sie in Hotels als Wäschesäcke für die Wäsche, die die Gäste zur Reinigung geben wollen, ausliegen – ein Paar Segelschuhe aus dunkelbraunem Leder. Als Johan diese herausnimmt und feststellt, dass diese

mit Größe 44 sogar passen könnten, kann er in der Reisetasche eine blaue Tupperdose erkennen.

Der wird doch nicht wirklich Müsli und Brot mitgenommen haben, lacht Johan und nimmt die Dose in die Hand.
Deren Inhalt klappert dabei. Als Johan sie öffnet, wird ihm
klar, dass der Besitzer sie statt eines Kulturbeutels benutzt
hat: In ihr befinden sich ein Rasierpinsel, ein Nassrasierer mit
einer Schutzkappe über dem Rasierkopf, eine Tube Rasier-
creme, eine Tube Zahnpasta, ein Zahnbürstenetui aus Kunststoff mit einer Zahnbürste, eine Dose Hautcreme und ein
Deo-Stick. Dazu zwei Fläschchen mit Shampoo und Duschgel, die der gute Mann wohl aus einem Hotel hat mitgehen
lassen.

Johan nimmt nun die übrigen Unterhosen (blau und
grau) sowie die Unterhemden (weiß) und die Stofftaschentü-
cher (blau gemustert) heraus – und erkennt, dass auch diese
alle gebügelt wurden. Am Rand des Stauraums befinden sich
ein gerollter Gürtel und ein rotes Basecap, dazu Socken (alle
schwarz). Johan nimmt die Kleidungsstücke aus der Tasche
und legt sie zu den anderen auf den Tisch und den Sessel im
Hotelzimmer.

Dabei wird deutlich, dass sich unter der Kleidung und
der Tupperdose mehrere Lagen Bücher und Dokumente befinden. Johan hebt diese Stück für Stück heraus, stellt fest,
dass sie in Kyrillisch sind und legt sie auf den Beistelltisch
neben dem Sessel. Deshalb ist die Tasche so schwer!

Er stockt, als er an der untersten Lage angelangt ist. Das
sind keine Bücher oder Broschüren, die auf dem Boden der
Reisetasche verstaut wurden. Zu seiner Verwunderung

erkennt er, dass sich dort unten in der Tasche vier Pakete mit jeweils 500 Blatt Papier befinden.

Erstaunt nimmt Johan eine der Packungen heraus. Es scheint sich um ganz normales Kopier- oder Druckerpapier zu handeln. Dem Umschlag entnimmt Johan, dass es sich um Papierblätter im Format DIN A4, weiß, für Laser- und Tintenstrahldrucker, mit einem Gewicht von 80g pro Quadratmeter handelt.

Wer nimmt handelsübliches Kopierpapier im Fluggepäck mit auf Reisen? fragt sich Johan. Selbst auf einer Dienstreise schleppe ich doch nicht vier schwere Pakete mit. So ein Papier ist doch in den meisten Büros vorhanden und im Zweifelsfall kann ich es überall vor Ort kaufen.

Er wiegt das Paket in der Hand. Da fällt ihm auf, dass die Verpackung schon einmal geöffnet worden sein muss, denn die Falz, mit der der Umschlag an der Seite festgeklebt wird, steht etwas ab. In dem Moment, als er das Paket in seiner Hand dreht und wendet, wird das, was er für einen stabilen Papierstapel von 500 Blatt gehalten hat, überraschend instabil, löst sich aus seiner Form und aus dem nun plötzlich aufgleitenden Umschlagpapier fallen gelbliche Rechtecke auf den Teppich des Hotelzimmers.

Rue Archimède

1997.

„Was ist passiert?"

Die Mitarbeiterin der Personalabteilung für den Auswärtigen Dienst der Kommission hat offensichtlich noch nichts von den Entwicklungen in Sierra Leone mitbekommen. Das lässt Johan hoffen, dass auch Henrieke noch nicht irgendwo auf ihren Spaziergängen mit dem Kinderwagen durch die Innenstadt oder die Parks etwas hört oder liest. Die Medien haben Westafrika nicht ganz oben auf der Prioritätenliste, aber über einen ausufernden Bürgerkrieg werden sie durchaus berichten.

„Die Kampfhandlungen haben auf die Hauptstadt übergegriffen. Die Delegation ist evakuiert worden, die Mitarbeiter sind wohl auf dem Weg hierher", erklärt Johan der anfangs kühl und ablehnend dreinschauenden, nun zunehmend aufgebrachten Personalerin.

„Ich rufe Jacques an. Ich brauche die Information aus erster Hand. Wenn das stimmt, kommt da ja allerhand auf uns zu." Sie sucht nach einer Nummer, kommt nicht auf die Idee, dass Johan ihr die geben könnte, findet sie schließlich in einem dicken Verzeichnis, wählt und wartet kurz.

Das kann jetzt dauern! Johan hat ja gesehen, dass die Telefone am Desk „Sierra Leone" andauernd belegt waren. Doch sie kommt relativ schnell durch und scheint Jacques an der Strippe zu haben. Sie fragt schnell auf Französisch, Johan versteht nur die Hälfte, aber es geht um die Mitarbeiter: Wer sich jetzt wie kümmert, ob abgeschätzt werden kann, wann die Delegation wieder öffnen wird. Endlich, mit einem langen Blick zu Johan, kommt sie auf seine Personalie zu sprechen.

„Kann also nicht auf seinen Posten. Nicht absehbar, hmmm... Für euch hier auch keine Verwendung. Klar, verstehe. Ich schaue mal nach. Nein, das ist jetzt unsere Sache. Wir kümmern uns. Alles klar. Und euch alles Gute! Ich drücke die Daumen!"
Die Personalerin legt den Hörer auf und atmet tief ein. Sie schaut Johan an.
„Also, die Sache ist die: Sie haben einen gültigen Vertrag für eine Stelle als Beigeordneter Sachverständiger in einer Delegation der Kommission. Der bleibt gültig, auch wenn Sie nicht auf die Stelle können, die Ihnen in Aussicht gestellt wurde. Wir werden Ihnen einen anderen Posten anbieten."

„Okay, das ist ja gut – also für mich. Wie schnell geht das denn? Ich bin ja gerade im Pre-Posting..."
„Ja, das machen Sie erstmal weiter. Wir werden eine Anfrage an alle Delegationen senden und sehen, ob es irgendwo eine Verwendung für Sie gibt."
„Sie fragen alle Delegationen weltweit an?"
„Nein, erstmal bleiben wir bei der Generaldirektion 8 – dafür haben sie sich qualifiziert und die Stelle, die Sie besetzen sollen, ist auch dort zugeordnet."
„Das heißt, ich nehme weiter am Pre-Posting teil und warte, bis ich eine neue Stelle angeboten bekomme?"
„Ja. Am besten rufen sie mich jeden Tag einmal mittags und abends kurz vor Feierabend kurz an. Es kann sein, dass Sie sich hier irgendwo vorstellen müssen oder dass ein Head

of Delegation Sie telefonisch sprechen möchte. Das würden wir hier arrangieren."

„Verstehe. Meinen CV haben Sie ja – und auch die Infos zu meinem Familienstand und so? Ich meine, ich bin ja mit meiner Familie hier. Und wir haben keine Wohnung mehr, in die wir nach dem Pre-Posting zurück könnten."

„Hm, gut, dass Sie das nochmal sagen. Ich denke, wir können im Zweifel an das Budget für die Unterbringung vor Ort, wenn Sie länger in Brüssel bleiben müssen. Das müssen wir dann dort einsparen…"

„Okay, ich rufe dann heute Abend an."

„So schnell werde ich wohl nichts finden können! Aber klar, rufen Sie an. Ach so, und können Sie mir Ihre Flugtickets mitbringen? Die müssen wir schnell stornieren lassen."

„Klar, ich bringe sie morgen vorbei – mittags, dann spare ich den Anruf."

„Sehr gut, dann machen wir das so. Das ist ja mal wieder eine Geschichte…"

Bevor er zurück in das Gebäude in der Rue de la Loi geht, macht er einen kleinen Umweg zum Hotel, in dem sie untergebracht sind und wo er Henrieke mit Rosa beim Mittagsschlaf vermutet. Er hat richtig getippt, die beiden liegen lang ausgestreckt auf dem Bett – Rosa tief schlafend, Henrieke in einem Aktenordner mit Kopien verschiedenster Artikel zu Sierra Leone blätternd. Sie freut sich ihn zu sehen, hält aber sofort den Zeigefinder der rechten Hand vor die geschützten Lippen. Er versteht und gibt ihr wiederum ein Zeichen, dass er leise sein werde, schleicht sich zum Bett und legt sich vorsichtig hinter seine Frau. Eine Zeit lang schauen sie verzückt auf das kleine Geschöpf im Tiefschlaf. Was gibt es Friedlicheres?

„Du kannst den Ordner beiseitelegen", flüstert er Henrieke ins Ohr. „Wieso?"

„Der Bürgerkrieg – das ist nichts für unsere kleine Tochter."

„Was heißt denn das jetzt? Was willst du damit sagen?", Henrieke wird etwas ungeduldig, dreht sich, stützt sich auf ihre Arme und schaut ihn an.

„Die Kämpfe haben nun doch Freetown erreicht. Offenbar marodieren sie dort durch die Straßen. Ich habe keine Details, aber in der Kommission sprechen sie von Massakern und Verstümmelungen…"

„Das gibt es doch nicht! Das ist ja fürchterlich! Woher weißt Du das denn?"

„Vom Desk Officer für Sierra Leone. Und alle Mitarbeiter sind dort in heller Aufregung. Die Delegation ist evakuiert…."

„Oha, dann ist das also sehr real. Oh Mann, dass das ausgerechnet jetzt passiert."

„Ich bin ganz froh, dass es jetzt passiert ist und nicht erst in ein paar Wochen."

„Sind denn alle wohlauf?"

„Der Desk Officer sagte, alle ausländischen Mitarbeiter der Delegation seien auf dem Weg nach Brüssel, aber es gibt noch Ortskräfte vor Ort. Und inwieweit andere Ausländer dort festsitzen – ich habe keine Ahnung, ich habe überhaupt keine Informationen. Ich gehe heute Nachmittag nochmal in der Generaldirektion vorbei und frage, was man bis dahin weiß. Wir müssen später unbedingt die Nachrichten schauen."

„Was wird denn jetzt aus deinem Job?", fragt Henrieke, überlegt kurz und setzt hinterher: „Und was ist mit uns, wo können wir jetzt hin? Wir haben ja keine Wohnung mehr."

„Ich komme gerade von der Personalabteilung. Mein Vertrag hat weiter Bestand, sie suchen eine passende Stelle in einer anderen Delegation."

„Geht das denn so schnell? Wenn ich daran denke, wie lange das Auswahlverfahren gedauert hat…"

„Keine Ahnung, ich soll täglich nachfragen."

„Das heißt, wir könnten jeden Moment die Nachricht bekommen, dass wir in ein ganz anders Land ausreisen müssen?"

„Erstmal suchen sie wohl in den AKP-Staaten…"

Henrieke grinst: „Vielleicht also doch eine Südseeinsel!"

„Tja, mal sehen. Ich habe keine Ahnung."

„Das ist ja jetzt echt spannend. Und wenn sie so fix nichts Passendes finden?"

„Dann sitzen wir in diesem Loch fest…" Johan drückt Henrieke an sich, gibt ihr einen schnellen Kuss und springt auf.

„Ich muss los. Heute Abend, bevor ich zurückkomme, frage ich erstmals in der Personalabteilung nach."

„Ach so, was mir jetzt einfällt: Was ist eigentlich mit unserem Gepäck, ich meine mit dem Container, der ist doch auf dem Weg nach Freetown?"

„Puh, guter Punkt. Da frage ich nach."

Johan macht sich auf den Weg zurück zu seiner Pre-Posting-Gruppe und merkt, wie er bereits beginnt, sich dort als Außenseiter zu fühlen. Laut Seminarplan müssten jetzt alle in einem Workshop zu EU-Außenbeziehungen sitzen. Nach einigem Suchen findet Johan den richtigen Seminarraum und versucht, sich unauffällig auf einen leeren Platz in der letzten Reihe zu setzen.

„Sie sind der Kandidat für Sierra Leone, richtig?", richtet der Mann hinter dem Stehpult vorne das Wort an ihn.

„Bin ich. Entschuldigen sie die Verspätung, ich musste überraschend erstmal zur Personalabteilung."

„Ja, ich bin informiert und habe auch die hier Teilnehmenden eingeweiht. Es tut mir leid für Sie."

„Na ja, ich kann ja eigentlich froh sein, noch hier zu sein – ich schätze, wir müssen vor allem die Kollegen bedauern, die evakuiert werden mussten. Ich habe gehört, sie seien zwar wohlauf, mussten aber zum Teil alle persönlichen Sachen in Freetown lassen, weil es keine Zeit zum Packen gab."

„Ja, das ist auch mein Stand. Und Sie sollen hier erstmal weiter teilnehmen, da Sie ja in ein anderes Land abgeordnet werden sollen."

„Richtig, bislang habe ich aber keinen Anhaltspunkt, wann und wohin. Wahrscheinlich in ein Land, für das die Generaldirektion 8 zuständig ist. Ich schließe mich also am besten bei den länderkundlichen Seminaren denen für ein AKP-Land an."

„Machen Sie das. Auf den Namensschildern der Teilnehmenden ist immer auch das Einsatzland angegeben. Schauen Sie einfach, was da aktuell im Angebot ist und sprechen Sie die Kollegen an. Und sobald ich Ihr neues

Einsatzland kenne, stelle ich Ihnen den entsprechenden Kursplan zusammen."

„Besten Dank!"

Johan ist erleichtert, dass es nun weitergeht und die Aufmerksamkeit im Raum von ihm wieder zum Vortragenden wandert.

Nach Ende des Workshops bleibt er auf seinem Platz sitzen, bis alle anderen den kleinen Saal verlassen haben. Die meisten haben ihm entweder aufmunternde oder bedauernde Blicke zugeworfen. Nun geht er durch die leeren Reihen und schaut auf die Ländernamen auf den Namensschildern: Indien, Vietnam, Zimbabwe, Bolivien... unweigerlich beginnt in Johans Kopf das Gedankenspiel: Wo werden wir wohl landen? Auf welchem Kontinent, in welchem Land werden wir vielleicht schon in ein paar Tagen sein?

Er stellt fest, dass weiterhin ein afrikanisches Land bei ihm ganz oben auf der Wunschliste steht – im Idealfall ein relativ stabiles, welches man in der Zeit des Einsatzes auch mit gutem Gefühl bereisen kann. Klar, Ostafrika, vor allem Kenia und Tansania, stehen an der Spitze, aber ein Land, das er noch gar nicht kennt, wäre auch klasse. Sambia vielleicht? Er sitzt auf einem der Tische und träumt.

Dann fällt ihm auf, dass er auf seinem Laufzettel zwar die Zeit- und Ortsangaben für die länderkundlichen Kurse für Sierra Leone notiert hat, aber nicht diejenigen für die anderen Länder. Da hätte er einen der „Kollegen" fragen müssen, bevor diese alle entschwunden sind. Er beschließt, einfach erstmal eine Kleinigkeit essen zu gehen.

Nach dem Mittagessen gibt es weder beim Sierra Leone Desk noch bei seiner Personalsachbearbeiterin Neuigkeiten. Also holt Johan Henrieke und Rosa aus dem Hotel ab und sie verbringen den späten Nachmittag und frühen Abend in den umliegenden Parks. Es ist eine ganz eigenartige Stimmung, in der sie sich befinden: Irgendwie auf dem Sprung, schon von zu Hause weg, die Brücken abgebrochen, aber bereits kurz nach dem Anlaufen ausgebremst. Das Alte beendet, aber das Neue noch nicht im Blick. Das Bedauern darüber, dass sie nicht nach Sierra Leone können, wird aufgewogen durch die Aussicht, in ein anderes Land zu reisen, und die Hoffnung, dass es dort vielleicht sicherer sein wird als in Sierra Leone. Die Ungewissheiten, die im Hinblick auf den Einsatzort, die dortigen Bedingungen und den Zeitplan bestehen, regen zu wunderbaren Gedankenspielen und Träumen an.

Bei einem Bier in einer der kleinen Bars mit nettem Außenbereich auf dem Gehweg schüttelt Johan grinsend den Kopf: Was für ein Tag! Was für ein Start in meinen neuen Job und in unseren nächsten Lebensabschnitt!

Armenia Marriott

2006.

Schon auf den ersten Blick kann Johan erkennen, dass es sich um Geldbündel handelt, die da vor seinen Füßen auf dem Boden landen. Er blickt abwechselnd auf den nunmehr instabilen Rest eines Kopierpapierstapels in seiner linken Hand, unzureichend abgestützt durch seine rechte, und die ockerfarbenen Päckchen, die noch immer aus dem sich weiter lösenden Umschlag herausgleiten. Als nichts mehr fällt und er das Gebilde in seinen Händen ausreichend stabil glaubt, legt er es vorsichtig auf das Bett. Dabei rast sein Herz, wie er feststellen muss, als er den Blick zwischen dem Bett und dem Hotelboden hin und her fliegen lässt.

„Okay, das ist heftig!", sagt er laut zu sich selbst.

Auf der Bettdecke sieht er das Umschlagpapier, mit dem vermeintlich 500 Seiten Kopierpapier für den Verkauf verpackt gewesen waren. Nun, da es sich gelöst und aufgewickelt hat, muss man erkennen, dass es um eine Art Rahmen gewickelt war. Dieser Rahmen, das sieht Johan nun deutlich, besteht aus einem Stapel Papier, aus dem in der Mitte ein Rechteck ausgestanzt wurde. Einige unversehrte Papierblätter lassen darauf schließen, dass diese auf und unter der so geschaffenen Aussparung lagen. In dem auf diese Weise entstandenen Hohlraum im Innern des Papierstapels waren die gelblichen Stapel versteckt, denen sich Johan nun zuwendet.

Er sieht zu den auf dem Boden verstreuten Päckchen aus sauber gestapelten 200-Euro-Scheinen. So nimmt er zumindest an: Er schließt es aus den 200-Euro-Noten, die ganz oben und zuunterst auf den Stapeln liegen. Er nimmt eines der Geldbündel auf und starrt es ungläubig an. Dann – wahrscheinlich, weil er es in einigen Filmen so gesehen hat – lässt er den Daumen seiner rechten Hand entlang einer der kürzeren Seiten des Geldscheinstapels gleiten, wie bei einem Daumenkino. Auf diese Weise stellt er zumindest grob fest, dass die Päckchen wohl tatsächlich vollständig aus 200-Euro-Scheinen bestehen. Langsam und sorgfältig sammelt er alle auf dem Boden liegenden Bündel auf und legt sie zu denen auf dem Bett. Er schaut nochmal ganz genau nach, dass er keines übersehen hat, bevor er versucht, sie locker wieder so zu verpacken, wie er annimmt, dass sie verpackt waren.

Langsam wendet er sich wieder der gestohlenen Reisetasche zu. Vorsichtig greift er hinein und nimmt mit beiden Händen eines der drei noch darin verbliebenen Pakete heraus, wobei er darauf achtet, es waagerecht zu halten. So geht er zum Bett, setzt sich erneut auf die Kante und wickelt das Umschlagpapier auf. Wie auch beim ersten sind die Falze nicht verklebt. Schon beim Tragen hatte er gespürt, dass dieses Paket nicht so stabil ist, wie ein 500er-Stapel Kopierpapier sein sollte. Und tatsächlich: Als er die obersten 20 oder 25 Blätter hochnimmt, sieht er in einem Hohlraum im Papier drei nebeneinanderliegende Geldstapel, zuoberst jeweils wieder 200-Euro-Scheine. Er versucht, den linken Stapel mit einem Griff zu fassen und fühlt dabei, dass dieser aus mehreren Bündeln besteht. Also tastet er sich mit Zeige- und Mittelfinger bis zum Boden des Stapels und nimmt ihn als

Ganzes heraus. Dann hat Johan sechs unterschiedlich dicke Geldbündel in der Hand, die jeweils von einer Papierbanderole zusammengehalten werden. Diese Banderolen sind ganz offensichtlich manuell aus Papierstreifen und Klebeband gebastelt worden.

Professionell sieht das nicht aus. Johan vergewissert sich nun zügig, dass die Kopierpapierpakete drei und vier genauso präpariert und mit 200-Euro-Scheinen gefüllt sind, wie die ersten beiden, die offen auf dem Bett liegen.

Dann beginnen die Gedanken zu rasen. Dass es etwas Nervenkitzel bedeutet, einen fremden Koffer vom Flughafen zu entführen, hatte er ja erwartet und das auch genossen. Aber die Situation, in die er sich hier gebracht zu haben scheint, löst bei ihm eine ziemliche Besorgnis mit einer Tendenz zur Panik aus. Gleichzeitig meldet sich zunächst ganz zurückhaltend, aber immer besser vernehmbar eine innere Stimme. Schließlich kann er sie nicht mehr ignorieren: „Du bist auf einen Schlag ein reicher Mann geworden!"

Er widersteht der Versuchung, zu zählen, um wieviel Geld es sich handelt. Das ist doch nicht so wichtig. Bin ich jetzt wirklich reich? Kann ich das Geld ausgeben, für was ich möchte?

Irgendetwas hält die Freude und Glücksgefühle in ihm zurück. Muss ich nicht zuerst wissen, woher das Geld kommt? Gehe ich ein Risiko ein, wenn ich es behalte und ausgebe?

Johan merkt, dass er jetzt viele Fragen beantworten müsste, die er noch nicht einmal eindeutig formulieren kann. Er ist definitiv überfordert. Daher versucht er, sich darauf zu besinnen, was jetzt unmittelbar erforderlich ist, was er als Erstes tun muss.

Eher instinktiv fängt er an, die im Zimmer ausgebreiteten Sachen aus der fremden Reisetasche so zu verstauen, dass niemand beim Betreten des Hotelzimmers Verdacht schöpft. Auf keinen Fall darf jemand die Geldbündel oder die präparierten Kopierpapierpackungen hier finden. Also gilt es, das Geld und dessen Verpackung zu verstecken. Dazu bietet sich der Hotelsafe an. Dummerweise ist er zu klein, um vier Pakete mit insgesamt 2.000 Blatt Papier aufzunehmen. Also muss Johan das Geld ohne die Verpackung im Safe verstauen. Noch während er überlegt, ob das wirklich sicher ist, beginnt er, die jeweils drei Stapel pro Paket in den Safe zu stopfen. Zwar zählt er die Banknoten nicht, aber er prüft mit der Daumenkino-Methode, ob alle Geldbündel ausschließlich aus 200er Scheinen bestehen. Das scheint der Fall zu sein. Als er alle Bündel untergebracht hat, ist der Safe komplett gefüllt. Johan schließt erleichtert die Tür und stellt am Schloss einen Code ein (das Geburtsdatum seines Sohnes).

Die unversehrten Kopierpapierblätter legt er zusammen mit einem Umschlagpapier auf den Schreibtisch, dazu die Bücher und Broschüren aus der gestohlenen Reisetasche. Darüber drapiert er einige seiner eigenen Dokumente sowie sein Laptop samt Netzteil – es soll nach nächtlicher Arbeit im Hotelzimmer aussehen.

Die Papierstapel, aus denen in der Mitte ein großes Rechteck ausgestanzt wurde, und deren Umschläge packt er so in die Laptoptasche, dass sie zwischen Arbeitspapieren und anderen Unterlagen wie Kopien seiner Reisedokumente, Ausweise, Pässe und so weiter, nicht sofort auffallen, selbst wenn man den Reißverschluss öffnen würde.

Er stapelt die Hemden und Shirts in die Fächer des Wandschranks, stopft Unterwäsche, Taschentücher und Socken in zwei der schmalen Schubladen, die Hose hängt er auf einen Bügel an die Stange im Schrank, wo auch schon der Anzug und seine gekauften Hemden hängen. Die Tupperdose kommt auf die Ablage im Bad, die Schuhe unter das Bänkchen, auf dem die Reisetasche steht. Die sollte hier besser niemand sehen. Er stellt die Tasche in den Schrank und bedeckt sie mit den Beuteln für die dreckige Wäsche, auf denen das Logo des Marriott Hotels Armenia prangt. Außerdem wirft er das weiße Hemd, das er nie wieder anziehen wird, darüber.

Johan liegt quer auf dem Kingsize-Bett und kann trotz Müdigkeit und der tollen Matratze nicht schlafen. Seine Gedanken drehen sich natürlich um die Reisetasche und deren Inhalt, der im Nebenzimmer und vor allem im Safe verteilt ist.

Es sind vier Pakete, in denen jeweils drei Stapel mit 200 Euro Scheinen versteckt waren. Aus den 500-Blatt-Papierpacken ist jeweils ein gut 450 Blatt tiefes Loch geschnitten, circa 25 normale Blätter, aus denen nichts ausgeschnitten wurde, dienen als Unterlage, weitere 25 Seiten als Deckel. Das heißt, so überschlägt Johan ganz grob, dass jeder der drei Stapel in den vier Hohlräumen locker Platz für 400 Scheine bietet. Also 400 Scheine mal drei Stapel mal vier Pakete, und jeder Schein 200 Euro... Johan schluckt.

Die Unruhe steigt. Er muss überlegen, was es mit dem Koffer auf sich haben könnte.

Wer bringt soviel Geld in bar nach Armenien? Und holt es dann nicht an der Gepäckausgabe ab? Aus diesen Fragen leitet sich unmittelbar die nächste und entscheidende Überlegung ab: Wie wahrscheinlich ist es, dass jemand nach dem Gepäckstück sucht?

Johan versucht es systematisch zu durchdenken: Wenn das Geld legal in seinem Besitz war, dann hätte der Besitzer es ja einfach überweisen können. Oder aber, wenn er nicht über ein Bankkonto verfügt, bei der Einreise deklarieren können. Das Risiko, eine so große Summe in einer Reisetasche als Fluggepäck aufzugeben, geht doch nur jemand ein, dem das Geld nicht gehört oder der dessen Herkunft nicht nachweisen kann. Klar, es könnte also Schwarzgeld sein. Oder vielleicht sogar Falschgeld?

Aber warum holt er es bei der Ankunft nicht am Gepäckband ab? Vielleicht war der Besitzer nicht an Bord der Maschine gewesen. Vielleicht musste er umsteigen und hat den Anschlussflug verpasst.

Moment! Da war doch ein Baggage Tag an der Tasche gewesen! Johan war, als er den Gepäckabschnitt vom Griff der Tasche entfernte, ins Auge gesprungen, dass der Besitzer der Tasche nicht wie er über Wien gekommen war – er hatte das Kürzel MUC auf dem Tag erkannt und kurz daran gedacht, dass ungefähr bei jedem dritten Flug, den er über München nach Podgorica genommen hat, sein Gepäck am Münchener Flughafen hängengeblieben war. Dann könnte es doch sein, dass der Mann den Anschlussflug verpasst hat, aber mit dem nächsten Flug nach Yerevan gekommen ist und hier sein vorausgereistes Gepäck abholen wollte. In diesem Falle wäre also ein Mann hier vor Ort auf der Suche nach der Tasche und deren Inhalt.

Der Gedanke behagt Johan absolut nicht. Fliegt ein Flugzeug überhaupt ab, wenn sich an Bord Gepäck befindet, der dazu gehörige Passagier aber nicht?

Johan ist bislang immer davon ausgegangen, dass das Gepäck nur dann mitfliegt, wenn der Passagier selber ebenfalls an Bord ist. Unter normalen Umständen verlässt ein Flugzeug doch nicht den Boden, wenn Gepäck an Bord ist, dessen Besitzer nicht im Flugzeug sitzt. Wenn ein Passagier einen Flug verpasst, wird das gesamte aufgegebene Gepäck auf dem Flug identifiziert und das Gepäck des fehlenden Passagiers wird entladen, was natürlich zu einigen Verzögerungen führt. Dieser Gedanke hat ihn immer beruhigt, wenn er auf Flughäfen beim Transfer auf den langen Wegen zwischen zwei Terminals und an Sicherheitsschleusen festhing: Das Gepäck wurde sicher bereits verladen und bevor die das wieder heraussuchen, werden sie lieber auf mich warten.

Andererseits hat er selber bereits erfahren, dass sein Koffer mit dem gebuchten Flug abgeflogen ist, er selber aber nicht. Offenbar kann es Ausnahmen geben und das Gepäck durchaus allein weiterfliegen. Wahrscheinlich hängt das von den Regelungen der Fluggesellschaft und dem Flughafen ab.

Die Möglichkeit, dass der Besitzer der Tasche sie gerade jetzt im Moment hier in Yerevan sucht, ist also definitiv gegeben, stellt Johan fest.

Rue de la Loi

1997.

Am nächsten Morgen macht sich Johan erwartungsfroh auf den Weg zu den Gebäuden der Kommission, um die auf seinem Kursplan angegebenen Stationen aufzusuchen. In der ersten Veranstaltung werden die Teilnehmenden des Pre-Postings in die Geheimnisse der Arbeit in den Delegationen, die die Kommission weltweit als eine Art EU-Botschaften unterhält, eingeweiht. Er kann sich kaum auf die Vorträge konzentrieren, sondern betrachtet unauffällig die Tischkarten mit den Namen und Einsatzländern. Er vermutet, dass es unwahrscheinlich ist, in eines der Länder entsandt zu werden, in das einer der hier Anwesenden ausreist, denn dass zwei neue Mitarbeiter auf einen Schlag in die eher kleinen Delegationen kommen, kann er sich nicht vorstellen. Also nimmt er diese Länder von der Liste seiner möglichen Einsatzorte. Einige streicht er ohne weitere Überlegung, bei anderen denkt er sich: Schade, das hätte ich mir gut vorstellen können! Malawi, Äthiopien, aber auch Vietnam …

Als es in die spezifischen Ländervorbereitungen geht, schließt er sich – seinem Bauchgefühl folgend – der Kollegin an, die in der Delegation im Senegal arbeiten wird.

Die Veranstaltung findet in Französisch statt und er merkt, dass er damit größere Probleme hat als erwartet. Auch wenn er schätzungsweise 80 Prozent des Gesprochenen versteht, so reicht das nicht aus, um wirklich jeden Sachverhalt im Detail zu verstehen. Und es fällt ihm schwer, seine Gedanken auszudrücken und Argumente vorzubringen.

Ihm wird klar, dass es bei der Suche nach Einsatzländern eine weitere Einschränkung gibt: Es dürfen keine frankophonen Länder sein. Nach der Veranstaltung rennt er direkt zur Personalabteilung. Dort muss er zunächst warten, kann dann aber zu seiner Bearbeiterin ins Büro.

„Leider gibt es nichts Neues, was ich Ihnen berichten kann", beginnt sie das Gespräch.

„Sie sagten, Sie suchen weltweit nach einem Einsatzort, richtig?", fragt Johan nach.

„Ja, sicher. Wieso?"

„Na ja, wegen meiner Sprachkompetenzen kommen ja nicht alle Länder in Frage. Also, ganz konkret wird es für mich in frankophonen Ländern eher schwierig…"

„Wir haben ja die Ergebnisse aus Ihren Sprachtests."

„Gut, ich wollte nur nochmal darauf hinweisen. Aber da ist noch etwas ganz anderes: Wie sieht es eigentlich mit unserem Gepäck aus? Das wurde ja in Berlin abgeholt und sollte auf dem Weg nach Freetown sein."

„Hm, da habe ich noch keine Informationen. Seit wann ist es denn unterwegs?"

„Seit über zwei Wochen."

„Dann könnte es theoretisch bereits in Freetown sein. Praktisch gesehen würde ich aber vermuten, dass der Container noch unterwegs ist. Denn der muss ja erst vollständig gefüllt sein, bevor er auf die Reise geht. Sie können auch selber beim Transportunternehmen anrufen, sie haben ja einen Durchschlag der Dokumente – Leistungsnachweis, Inventory, Abholschein…"

„Gute Idee, danke!"

Der Nachmittag und die folgenden Tage vergehen, ohne dass ein neuer Einsatzort für Johan gefunden wird. Sein CV zieht mittlerweile laut Personalabteilung immer größere Kreise, es wird anscheinend nach einer geeigneten Stelle irgendwo im Bereich External Services gesucht. Das Gefühl der Beschwingtheit, der gespannten Erwartung auf das Kommende, auf eine überraschende Wende, die ja durchaus eine Weichenstellung für seine Laufbahn, weicht langsam einer Ermüdung, die mit einer Gereiztheit einhergeht. Dazu trägt das enge Hotelzimmer bei, und auch die Tatsache, dass Henrieke sich mit Rosa nicht wirklich gut in Brüssel bewegen kann.

Johan sieht, wie seine Mit-Teilnehmenden im Pre-Posting sich Schritt für Schritt auf ihre Ausreisen vorbereiten, bereits mit ihren Kollegen vor Ort in Kontakt sind, und beginnen, praktische Angelegenheiten wie den Umzug oder die Wohnungssuche anzugehen. Er fühlt sich überall am falschen Platz, vor allem beim Desk von Sierra Leone. Dort sind mittlerweile seine Fast-Kollegen aus der Delegation in Freetown eingetroffen – und sie berichten schreckliche Dinge.

Fragen nach seinem Gepäck kommen ihm unpassend vor. Er hört, dass die meisten Häuser der Expats geplündert wurden, nur wer ganz schnell war, konnte einige persönliche Gegenstände in Sicherheit bringen. Der Hafen wurde gesperrt, Schiffe laufen nicht mehr ein.

Mitte der Woche erfährt Johan vom Transportunternehmen, ihr Container sei auf einem Schiff, das gerade noch rechtzeitig vor der Schließung des Hafens kehrtmachen konnte und auf dem Weg zurück sei. Er solle so schnell wie möglich Bescheid geben, wohin das Umzugsgut nun geliefert werden solle.

Am Freitagmittag dann ein Hoffnungsschimmer: Der Head of Delegation in Jakarta sei an seinem CV interessiert und erwarte Johans Anruf. Nach einem Blick auf die Uhr und Berechnung der Ortszeit in Indonesien drängt die Personalerin, sofort anzurufen, um noch vor dem Wochenende Klarheit zu haben. Johan ist extrem nervös, Indonesien klingt großartig. Das wäre eine lange Anreise, wir würden in dieser riesigen Metropole leben, aber könnten uns zwischendurch auf einigen der vielen Inseln erholen – mehr geht ihm nicht durch den Kopf, als er den Delegationsleiter am Apparat hat. Das Gespräch verläuft freundlich, man kommt schnell auf den Punkt. Und der ist für Johan unerfreulich: Es wird eher ein Bauingenieur gesucht, der Ausschreibungsverfahren für große Infrastrukturprojekte begleiten kann. Enttäuscht legt Johan auf. Seine Personalbearbeiterin fragt kurz nach dem Grund, dann lächelt sie und sagt aufmunternd:

„Kein Problem, machen sie sich keine Sorgen, so langsam kommen Reaktionen auf unsere Anfragen herein. Ich denke, Montag werden wir Ihnen schon neue Angebote machen können. Was halten Sie von Kamerun?"

Die Stimmung am Wochenende schwankt, aber Dank des ersten konkreten Gesprächs am Ende der Woche, der aufmunternden Worte der Personalerin und der Beschäftigung mit der Frage, was denn von Kamerun zu halten ist, überwiegt die Zuversicht und die Gedankenspiele bereiten wieder mehr Freude.

„Ist Kamerun nicht frankophon?", wendet Henrieke vorsichtig ein.

„Soweit ich weiß, sind sowohl Englisch als auch Französisch Amtssprachen. Das würde also gehen, es sei denn, die Delegation arbeitet überwiegend in Französisch…"

„Und Kamerun liegt am Meer!"

„Es soll wirklich spannend sein – eine großartige Landschaft. Aber lass uns nicht zu früh freuen… Indonesien wäre auch cool gewesen."

„Aber du willst doch lieber nach Afrika."

„Ja schon, aber ich versuche, offen für alles zu sein. Ich weiß nicht, ob wir am Ende die große Auswahl haben werden. Eigentlich ginge unser Flug in einer Woche!"

In seiner Aufregung schwänzt Johan am Montagmorgen die ersten Kurse des Pre-Postings und geht am späten Vormittag direkt in die Rue Archimède zur Personalabteilung des External Service. Dort wartet tatsächlich seine Betreuerin mit einem Lächeln auf ihn:

„Sie können heute in der Delegation in Kamerun anrufen!"

„Großartig! Kann ich das wieder von hier tun?"

„Aber sicher. Setzen Sie sich in den Nebenraum."

Der Delegationsleiter ist ein freundlicher Niederländer, der sich offensichtlich über den Anruf freut – und noch mehr, als er erfährt, dass Johan auch Niederländisch spricht. Entspannt und in aller Ruhe setzt er das Telefonat in Niederländisch fort. Es ist ein durchaus angenehmes Gespräch, in dessen Verlauf Johan aber klar wird, dass es hier um ein Aufgabengebiet geht, in dem er sich nur wenig auskennt und, so der Head of Delegation, eine Einarbeitung nicht möglich ist – man brauche jemanden, der sofort die anstehenden finanziellen Transaktionen vorbereite.

„Also, das war wieder nichts", sagt er matt, als er ins Büro seiner Bearbeiterin zurückkehrt. „Die suchen einen Financial Officer – und der soll sofort loslegen können, darf also keine Einarbeitung brauchen."

„Na toll, das hätten wir ja auch im Vorfeld klären können. Aber der Delegationsleiter wollte sie unbedingt kennenlernen…"

„Ja, war auch ein nettes Gespräch, nur habe ich immer noch keinen Einsatzort."

„Nur nicht den Kopf hängen lassen! Warten Sie mal ab, was diese Woche noch so reinkommt."

Bis zum Donnerstag kommt gar nichts rein. Johan nimmt nur noch semi-motiviert am Pre-Posting teil, die anderen Teilnehmenden sind jetzt in der Phase, wo sie konkrete Detailfragen zu Versicherungen, Kontoeröffnungen, Kursen für lokale Sprachen, Wohnungssuche besprechen. Die ersten Kollegen reisen bereits am Freitag aus, sie verabschieden sich daher schon am Donnerstagnachmittag aus der Runde. Johan bezweifelt, dass er nach Abschluss dieses Pre-Postings ausreisen wird. Selbst wenn jetzt ein Einsatzort gefunden würde, wie lange wird es wohl dauern, die Flüge zu buchen und alle weiteren Schritte für die Ankunft in welchem Land auch immer vorzubereiten?

Ziemlich frustriert schlappt er am Donnerstagabend in die Rue Archimède. Die letzten Besuche waren irgendwie unangenehm, es hat sich ein Gefühl entwickelt, als sei er allen hier nur noch lästig. Heute darf er nicht vergessen zu fragen, ob er seinen Aufenthalt im Hotel verlängern soll – die Rezeption hat schon wegen der anstehenden Abreise angefragt. Vielleicht sollte er versuchen, in einem anderen Hotel unterzukommen? In dem kleinen Zimmer fällt ihnen mittlerweile die Decke auf den Kopf.

Johan zögert beim Eintreten in den kleinen, Akten-übersäten Büroraum der Personalabteilung. Anders als üblich springt die Bearbeiterin sofort auf, als sie ihn erblickt, nickt kurz und sucht dann hektisch nach etwas auf ihrem unordentlichen Schreibtisch. Schließlich zieht sie ein DIN A4-Blatt hervor mit dem Briefkopf der Generaldirektion External Services hervor und reicht es an Johan.

„Wir haben eine Stelle! Es passt inhaltlich gut – ich habe schon mit dem Delegationsleiter gesprochen. Er hat Ihren CV gesehen und sich sofort gemeldet. Sie suchen jemanden mit Erfahrung in Transformationsprozessen und Ihre Kenntnisse aus Ostdeutschland sind da relevant. Außerdem denkt er, Ihre Arbeitserfahrung im Management von EU-geförderten Projekten passe sehr gut zu den anstehenden Aufgaben. Es ist eine kleine Delegation, aber sie werden in den nächsten Monaten extrem wachsen und noch mehr Projektmanager einstellen."

Johan bremst sich, nicht zu vorschnell euphorisch zu werden.
„Echt? Und um welches Land handelt es sich?"

Armenian Market Հայկական Շուկա

2006.

Er muss Vorkehrungen treffen, dass der Besitzer des Geldes weder seine Kleidung, noch seine Reisetasche sieht und eventuell erkennt.

Und vielleicht sollte auch das Hotelpersonal diese Dinge nicht hier bei mir im Zimmer sehen, überlegt Johan.

Er wälzt sich im Bett, natürlich kann er kein Auge zumachen. Er geht alle möglichen Szenarien zum Ursprung des Geldes und dessen Stranden im Lost and Found am hiesigen Flughafen durch, die ihm völlig unsystematisch durch den Kopf jagen.

Die Tatsache, dass die Scheine gut verpackt und getarnt im aufgegebenen Fluggepäck transportiert und offensichtlich nicht deklariert wurden, spricht dafür, dass das Geld illegal im Besitz desjenigen gewesen ist, der es nach Armenien transportiert hat. Dann könnte es sein, dass der Besitzer entweder schon in München oder hier in Yerevan unerwartet verhaftet wurde, bevor er den Koffer abholen konnte. Oder er hat nach seiner Ankunft in Armenien einen Hinweis von Komplizen erhalten, dass sein Schmuggel aufgeflogen ist und er hat das Gepäck absichtlich zurückgelassen. In diesem Falle wären jetzt Zollbehörden und Polizei hinter der Reisetasche her.

Könnten die vielleicht die Halle mit den verlorenen Gepäckstücken überwacht haben und mir gefolgt sein? Wohl eher nicht, denn dann hätten sie sicherlich bereits zugeschlagen. Johan steht auf und schaut aus dem Fenster. Nichts

Verdächtiges zu sehen. Aber wonach sollte ich eigentlich Ausschau halten?

Er geht zurück ins Bett.

Vielleicht hat der Mann aber auch seine Komplizen in einem viel größeren Coup hintergangen und die Beute – oder einen Teil davon – abgezwackt. Er benutzt eine falsche Identität und erkennt am Flughafen in München oder hier, dass seine Tarnung aufgeflogen ist. Aus Angst lässt er den Koffer zurück und versucht, sich zu verstecken oder zu fliehen.

Oder der Mann wurde von seinen Komplizen betrogen, sie arrangieren den Schmuggel, nur um ihn dann im Stich zu lassen und den Koffer selbst abzuholen.

Der Koffer könnte aber auch Teil einer Vereinbarung sei: Der Mann hinterlässt den Koffer absichtlich am Flughafen, weil ein anderer Beteiligter ihn später abholen soll. Diese Person ist jedoch verspätet oder etwas läuft schief.

Johan kommt zu dem Ergebnis, dass in all diesen Fällen der Besitzer, andere Gangster oder alle zusammen jetzt hinter der Tasche her wären. Ebenfalls nicht sehr beruhigend.

Auch für den Rest der Nacht findet Johan keinen Schlaf. Natürlich nicht. Zwei große Emotionen kämpfen im Moment um die Vorherrschaft über seine Gedanken: Da ist erstens Angst. Er hat etwas Verbotenes gemacht, er hat sich – wenn auch nicht mit der ausdrücklichen Absicht – etwas angeeignet, das einen immensen Wert darstellt. Und irgendwo wird es einen Besitzer geben, der sich – wenn auch wahrscheinlich illegal – das Geld beschafft hat und wahrscheinlich nicht ohne Weiteres darauf verzichten will. Mindestens diese Person wird auf der Suche nach dem Geld sein.

Gleichzeitig ist ihm klar, dass, wenn er es schafft, das Geld für sich und seine Familie zu nutzen, er es ab jetzt ruhiger angehen lassen könnte. Deutlich entspannter leben. Mehr von seiner Familie haben. Diese Versuchung, in die er ganz unvermittelt geführt wurde, weckt das zweite aktuell in ihm kämpfende Gefühl: ein unwiderstehliches Verlangen mit einer Prise Gier.

Aber es ist ihm auch klar, dass er zunächst Gewissheit darüber erlangen muss, dass es sich nicht um Falschgeld handelt – oder um registrierte Banknoten aus einem Verbrechen. Und unabhängig davon wird er das Geld ja nicht einfach auf sein Bankkonto einzahlen können. Generell sollte er niemals zu viel auf einen Schlag davon ausgeben, denn es darf kein Verdacht aufkommen, dass er über eine geheime Quelle verfügt. Nicht bei den Behörden, nicht bei Nachbarn und Freunden. Auch nicht bei der Familie.

Wenn er also immer nur kleinere Beträge für Barzahlungen von dem Geld nehmen kann, muss er ein gutes Versteck dafür finden, auf das er problemlos und absolut unauffällig zugreifen kann. Und es muss sicher sein. Johan fragt sich, ob er Henrieke einbeziehen sollte…

Er richtet sich im Bett auf: Wie kann ich das Geld überhaupt aus Armenien herausschaffen? Kann ich damit einfach nach Deutschland fliegen?

Das scheint ihm doch sehr gewagt. Wird aufgegebenes Gepäck am Flughafen nach Bargeld durchleuchtet? Hier in Armenien offensichtlich nicht.

Oder die Art, wie es verpackt war, hat dafür gesorgt, dass es unentdeckt blieb! Er springt aus dem Bett und sucht das Papier, in dem das Geld eingewickelt war, auf dem Schreibtisch. Er kann keine Beschichtung erkennen. Es fühlt sich an, wie eine normale Verpackung von Kopierpapier – irgendwie leicht wächsern. Er legt das Packpapier zur Seite... vielleicht wird er es benutzen, wenn er mit dem Geld über die Grenze reist.

Aber soll ich mich das wirklich trauen? Er merkt, dass er nicht wirklich weiterkommt.

Besser, ich überlege erstmal, wie ich verhindern kann, dass es hier bei mir im Hotel gefunden wird. Und ich muss sicherstellen, dass mich der Besitzer oder diejenigen, die hinter dem Geld her sein könnten, nicht identifizieren können. Ich muss die Tasche und die Kleidung schnellstmöglich loswerden. Aber so, dass man im Hotel nicht misstrauisch wird. Und auch nicht Zaza, der ihn ja mit der Tasche bereits gesehen hat.

In ihm reift ein Plan. Oder zumindest ein Teilplan oder ein Überbrückungsplan, bis er einen richtigen, finalen Plan ausgearbeitet hat.

Am Morgen, so früh wie am Tag seiner Ankunft, geht er hinüber zum Markt. Schon von weitem sieht ihn der Junge, der ihn bei seinen Einkäufen am Montag begleitet – oder besser: geführt – hat und stürmt auf ihn zu. Johan erklärt, er brauche nun eine große Reisetasche, mit der er seine

Einkäufe nach Deutschland transportieren könne. Der Junge nickt und führt ihn durch die Marktgassen zu einem Stand, an dem es Koffer, Taschen und Rucksäcke in allen Größen und für alle Zwecke gibt. Johan hält Ausschau nach einer Reisetasche, die auf den ersten Blick so wirkt wie diejenige, die er aus dem Lost and Found Bereich des Flughafens mitgenommen hat, die aber auf den zweiten Blick deutliche Unterschiede aufweist. Das ist gar nicht so leicht, stellt er fest, als er Stück für Stück das Angebot an dem Marktstand durchgeht. An allen schwarzen Reisetaschen in der passenden Größe – er schaut nach Taschen, die etwas größer sind als die gestohlene – prangen großflächige Aufdrucke internationaler Labels. Bei einer gefälschten Adidas-Tasche kann er erkennen, dass die beiden Logos auf den Längsseiten relativ leicht zu entfernen sein dürften. Er kauft sie.

Nachdem er den Jungen wiederum mit einem üppigen Trinkgeld verabschiedet hat, nimmt Johan einen Umweg zum Hotel. Im Park vor dem Planetarium setzt er sich an einen unbeobachteten Platz und knibbelt das Dreiblatt an beiden Seiten der Reisetasche ab. Das geht leichter als gedacht.

Das müsste soweit passen. Er macht sich auf den Weg zurück. Durch die Tür zum Straßenrestaurant des Hotels kann er zu seinem Zimmer gelangen, ohne beachtet zu werden, da jetzt alle Gäste im Restaurant im ersten Stock mit der großartigen Aussicht über den Platz der Republik sind, wo das Frühstück serviert wird.

Er nimmt das „Do not disturb"-Schild vom Türknauf und öffnet die Zimmertür. Wie erwartet wurde das Zimmer noch nicht aufgeräumt, unabhängig vom Schild an der Tür ist es dafür auch noch zu früh.

Nun muss er zügig die Reisetasche, in er das Geld versteckt war, loswerden. Bevor er die Kleidung des Besitzers hineinpackt, prüft er nochmal genau, ob er nicht ein geheimes Fach in der Tasche übersehen hat. Oder einen Hinweis auf den Besitzer. Aber er kann nichts mehr entdecken.

Dann presst er die nun locker gefüllte Reisetasche in seine neue Fake-Adidas-Tasche. Das funktioniert erst, als Johan den versteifenden Boden entfernt hat.

Den kann ich später gut in die neue Tasche legen, fällt ihm auf und er legt ihn in den Schrank. Als er fast schon das Zimmer verlassen hat, geht er nochmal zurück ins Bad, packt sich die Tupperdose und stopft sie in die Reisetasche.

Er stockt. Langsam stellt er die Tasche auf dem Boden ab, greift hinein und zieht die Tupperdose wieder hervor. Er öffnet sie und starrt auf den Inhalt. Die zwei Fläschchen mit Duschgel und Shampoo fallen ihm nun erneut und diesmal ganz anders ins Auge: Auf dem schwarzen Untergrund prangt in goldenen Lettern ein ihm vertrautes Logo und der Schriftzug „Crna Gora".

Johan erkennt Logo und Schriftzug wie er auch die Bedeutung der zwei Worte kennt: Crna Gora ist Montenegrinisch für Montenegro. Die beiden Fläschchen stammen aus dem gleichnamigen Hotel in Podgorica. Er hat dort einmal übernachtet und ist sich ganz sicher.

Das ist die erste Spur auf den Besitzer, schießt es ihm durch den Kopf. Doch jetzt ist keine Zeit zu überlegen, welche Konsequenzen diese Erkenntnis haben kann – er ist in Eile, um seine Spuren zu verwischen.

Wieder bringt er das „Bitte nicht stören"-Schild außen an der Zimmertür an und macht sich auf den Weg, mitten durch die Lobby an der Rezeption vorbei. Diesmal soll man ihn ruhig mit dieser Tasche das Hotel verlassen sehen.

Aber wo kann er mitten in der Innenstadt von Yerevan eine Reisetasche unauffällig entsorgen? Mittlerweile füllt sich die Stadt, viele Menschen sind auf dem Weg zur Arbeit. Auch er muss zusehen, dass er nicht allzu spät im DGZ-Büro auftaucht. Und sein Plan sieht vor, dass er – nachdem er die verdächtige Tasche samt Kleidung losgeworden ist – noch zügig ein paar neue Klamotten kauft und diese in den Hotelschrank hängt. Und er muss ja auch in frischer Hose und Hemd bei der DGZ auftauchen, da man dort ja davon ausgeht, dass er gestern seinen Koffer bekommen hat.

Er wandert zunächst Richtung Süden, da er dort die weniger aufgeräumten und unübersichtlicheren Viertel der Stadt vermutet. Um nicht am Markt vorbei zu müssen, wo ihn vielleicht der Junge erkennen würde und er ihn nicht abschütteln könnte, nimmt er eine parallel verlaufende Straße, die ihn schon recht bald an ärmlichen Wohnblocks vorbeiführt, hinter denen sich weite Flächen mit Gewerbehallen anschließen, bei denen kaum zu sagen ist, ob sie noch in Nutzung sind oder verfallen. Johan muss gar nicht so weit gehen, um an eine schwer einsehbare Gasse zwischen zwei langgestreckten Lagerhallen zu gelangen, in der sich zu beiden Seiten der Müll stapelt. Schnell stellt er seine Tasche ab, zieht die darin verstaute Reisetasche hervor und wirft sie zwischen zwei der Schutthaufen. Dann pfeffert er die Tupperdose hinterher, zieht den Reißverschluss des heute Morgen gekauften Adidas-Plagiats wieder zu und macht sich auf den Weg in die Innenstadt, dort wo er Anfang der Woche mit Zaza einkaufen war.

Gezielt sucht er einen Laden auf, von dem er in Erinnerung hat, dass es Hosen gibt, wie er sie sucht. Viel mehr muss ich gar nicht besorgen, fällt ihm ein. Ich habe ja bereits zwei neue Hemden gekauft und muss nur noch heute mit Kleidung im Büro auftauchen, die aussieht, als sei sie in meinem verspätet angenommenen Gepäck gewesen. Er kauft eine khakifarbene Chino, die sich angenehm anfühlt, ohne sie anzuprobieren. Um die Fächer in seinem Hotelschrank etwas aufzufüllen, packt er noch drei T-Shirts dazu. Im Eilschritt macht er sich dann auf den Weg zum Hotel, wo er erleichtert feststellt, dass der Zimmerservice noch immer nicht aufgeräumt hat. Er hat schon zu oft erlebt, dass die „Do not disturb"-Schilder einfach ignoriert werden.

Er ist durchgeschwitzt, zieht sich aus und stellt sich unter die Dusche. Danach steigt er in die neuen Chinos, zieht eines der gebügelten T-Shirts unter eines der Hemden aus dem Laden des armenischen Schneiders und steigt in die Sportschuhe, die er auch auf dem Flug getragen hat. Er geht davon aus, dass das an einem Casual Friday eine akzeptierte Kleidung im DGZ-Büro ist. Morgen will er bei seinen letzten Terminen vor dem nächtlichen Rückflug nur eines der neuen T-Shirts zu den Chinos tragen. Das müsste doch so wirken, als hätte er seine Sachen tatsächlich nachgeliefert bekommen.

Bevor er das Hotelzimmer verlässt, lässt er nochmal ausgiebig den Blick durch alle Räume schweifen: Im Bad liegen die Hygieneutensilien, im Schlafzimmer das T-Shirt aus dem Notfallset von Austrian Airlines als Schlafanzug auf dem Bett. Im Wohnzimmer stapeln sich auf dem Schreibtisch Arbeitsdokumente und Reiseunterlagen so, als hätte er sie nachlässig beiseite geschoben, um eine Fläche zum Schreiben frei zu haben. Die unversehrten Blätter Kopierpapier fallen dort nicht auf, die mit der ausgestanzten Mitte trägt er in seiner großen Laptop- und Aktentasche bei sich. Im Schrank hängt der Anzug, die Hemden, die Krawatte, in den Schubladen befinden sich Socken und Taschentücher, in den Fächern die T-Shirts. Auf der Ablage neben dem Schrank steht die neue, unverdächtige Reisetasche. Nur wenn man genau hinschaut, sieht man, wo die gefälschten Adidas-Logos geklebt haben. Alles wirkt, als wohne hier jemand, der mit Gepäck für eine Arbeitswoche angekommen ist. Und unsichtbar im Safe, den hoffentlich wirklich niemand ohne den von ihm gewählten und eingestellten Code öffnen kann: das Geld.

Rue Franklin

1997.

„Litauen."

„Litauen?"

„Ja, einer der Baltischen Staaten…"

„Ich weiß, wo Litauen liegt. Das ist kein AKP-Land."

„Nein, Sie würden bei der Generaldirektion 1A arbeiten. Die ist zuständig für die Außenbeziehungen zu den Staaten in Europa und zu den Neuen Unabhängigen Staaten. Ein ganz junges Feld…"

Johan kann das gerade nicht so recht einordnen. Irgendwie bringt er Litauen nicht in eine Reihe mit Sierra Leone, Kamerun, Indonesien – oder mit den Ländern, in die seine Kollegen ausreisen. Und war er nicht im Bewerbungsverfahren auch wegen seiner Auslandserfahrung in Ghana und Ostafrika ausgewählt worden?

„Das ist die ehemalige Sowjetunion…", hört er sich einwerfen.

„Ja, aber die Baltischen Staaten streben in die EU und in der Vorbereitung wird die Kommission einige Unterstützungsprogramme fahren – daher der massive Personalaufbau in den Delegationen in den Beitrittsländern. Können Sie heute noch in Vilnius anrufen?"

Vilnius, richtig, das ist die Hauptstadt Litauens. Lag ihm gerade nicht auf der Zunge, sollte er aber wissen, wenn er mit dem Head of Delegation spricht.

Das Gespräch ist wieder sehr angenehm. Der Delegationsleiter ist ein Däne, der schnell auf den Punkt kommt. Johan könne sofort anfangen. Es warte viel Arbeit, Litauen hätte als Beitrittskandidat zur EU nun Zugang zu vielen Programmen in allen Sektoren. Momentan gäbe es vor Ort neben ihm, dem Delegationsleiter, nur den Wirtschaftsattaché, zudem einen Büroleiter, verschiedene Assistenten und Fahrer. Ein Politischer Attaché und ein Finanzattaché sowie litauische Experten würden schon bald rekrutiert. Der Wirtschaftsattaché sei Deutscher und übrigens gerade in Brüssel – vielleicht könne er ihn ja treffen? Über den Litauen Desk könne er herausfinden, wo er ihn erreichen kann. Und ja – er würde sich sehr über eine Zusage freuen.

Johan sagt erstmal zu, den Wirtschaftsattaché zu treffen und sich dann ganz bald mit seiner Entscheidung zu melden. Zur Personalerin, die mit einem halben Ohr mitgehört hat, sagt er:

„Klingt gut. Ich soll den Wirtschaftsattaché treffen, er ist gerade in Brüssel."

„Gut, dann suchen wir ihn mal. Also, die Generaldirektion 1A liegt hier", sie zeigt auf einen an der Wand hängenden Falk-Plan und deutet auf ein markiertes Gebäude in der Rue de la Loi, nicht weit vom Schuman-Platz. „Dort können Sie sich zu den Litauern durchfragen. Die sind alle so neu, da kenne ich mich noch nicht aus. Meinen Sie, Sie können sich bis morgen entscheiden? Dann können wir noch vor dem Wochenende einiges organisieren und in die Wege leiten."

„Ich schau mal… Das ist ja nun doch etwas ganz anderes, als ich erwartet habe."

„Ja schon, aber ich kann Ihnen verraten, dass wir aktuell nicht mehr viel im Köcher haben."

„Ach so, soll ich im Hotel Bescheid geben, dass wir länger bleiben?"

„Halten Sie sie doch bitte noch etwas hin. Wenn Sie sich entschieden haben sehen wir weiter. Kommen Sie also auf jeden Fall morgen am Vormittag hier vorbei."

Die Büros der Generaldirektion 1A liegen tatsächlich nicht weit entfernt und gut erreichbar, Johan schafft es, noch vor Feierabend dort anzukommen. Der Wirtschaftsattaché der Delegation in Litauen befinde sich in einer Besprechung, aber er könne gerne im Vorraum warten, erklärt man ihm. Es dauert nicht lange, und er sitzt einem Mann gegenüber, der ihn sofort beeindruckt. Seine klare Sprache, eine unmittelbar spürbare Haltung, die Fachkenntnis, Kompetenz, aber auch Zugewandtheit erkennen lässt, ziehen Johan mit jeder Minute, die das Gespräch andauert, in seinen Bann. Dieser Mann würde sein Vorgesetzter sein. Der Gedanke gefällt Johan. Er würde ein großes Aufgabengebiet weitgehend selbständig bearbeiten, könne sich aber der Rückendeckung seines Chefs – und, wie dieser betont – auch des Delegationsleiters sicher sein. Und Litauen sei wirklich schön…

Auf dem Weg in die Rue Franklin zu Henrieke und seiner Tochter ist Johan irgendwie bereits klar, dass er die Stelle annehmen muss. Die Aufgabe reizt ihn, ebenso die Tatsache, in einem kleinen, aber wachsenden Team anzufangen. Und er ist sich sicher, mit diesem Vorgesetzten gut auskommen zu können. Aber was wird Henrieke sagen?

Ihm fällt auf, dass er kaum Informationen zu Litauen hat – vielleicht hätte er beim Litauen Desk danach fragen sollen? Wäre wahrscheinlich uncool rübergekommen. Aber egal. Jetzt müssen sie also anhand dessen entscheiden, was sie bis hierher an Auskünften erhalten haben, und was sie noch so an Einschätzungen zusammentragen können.

Henrieke merkt sofort, dass es etwas Neues gibt, als Johan das Hotelzimmer betritt. Seine Bewegungen drücken aus, dass er dringend etwas verkünden muss, sein Gesichtsausdruck verrät, dass er unsicher ist.

„Und? Sag schon, gibt es ein Angebot?"

Johan nimmt erstmal seine Tochter auf den Arm, setzt sich mit ihr aufs Bett und fängt dann langsam an:

„Nun ja, ich habe tatsächlich ein konkretes Angebot und muss mich möglichst bis morgen entscheiden."

„Los, mach es nicht so spannend... Was ist es? Oder gibt es wieder einen Haken?"

„Nein, eigentlich ist es kein Haken. Aber es ist etwas anders, als wir es uns vorgestellt haben..."

„Nun ja, Sierra Leone wäre auch nicht auf Platz eins unserer Wunschliste gewesen, oder?"

„Genau. Und Litauen ist doch viel besser – vor allem sicherer..."

„Litauen?"

„Ja."

„Oh. Das liegt an der Ostsee, oder?"

„Genau. Einer der drei Baltischen Staaten. Soll sehr schön sein..."

„Wieso denn jetzt auf einmal kein AKP-Land mehr?"

„Na ja, ich hatte ja schon gesagt, dass sie weltweit suchen. Und in den neuen unabhängigen Staaten, die der EU beitreten wollen, haben die Delegationen halt viel zu tun."

„Hast Du eine Ahnung, wie es in Litauen ist?"

„Na ja, ich habe den Wirtschaftsattaché getroffen, ein Deutscher, und er hat erzählt, es sei ein wunderbares kleines Land, sicher, großartig zu bereisen... und Vilnius sei eine tolle Stadt, mit einem historischen Zentrum, man kann die Delegation und viele Ministerien fußläufig erreichen".

„Also kein Palmenstrand..."

Beim Abendessen berichtet Johan von den Details, die er im Telefonat mit dem Delegationsleiter und im Gespräch mit dem Attaché bekommen hat. Zudem erwähnt er die Einschätzung seiner Bearbeiterin in der Personalabteilung, dass sie aktuell keine weitere Rückmeldung aus den AKP-Staaten auf ihre Anfrage bezüglich freier Stellen für Beigeordnete Sachverständige erwarte.

Sie beschließen, zuzusagen.

„Wie geht es denn nun weiter?", will Johan wissen, nachdem er seiner Bearbeiterin aus der Personalabteilung mitgeteilt hat, dass er die Stelle annehmen werde.

„Wir kümmern uns um die Flüge, informieren die Delegation und bitten sie, Ihnen für die ersten Tage nach Ankunft ein Hotelzimmer zu buchen und parallel die Suche nach einer geeigneten Wohnung zu starten."

„Ich habe mit dem Transportunternehmen gesprochen..."

„Ach ja, klar, die brauchen einen neuen Auftrag von uns. Das übernehmen wir. Wenn der Container wieder hier ist, veranlassen wir den Weitertransport nach Vilnius."

Dieser Freitagabend wird sehr ausgelassen. In der Gewissheit, schon in den nächsten Tagen das beengte Hotelzimmer verlassen zu können und in ein unbekanntes Land aufzubrechen, genießen sie die Zeit. In kurzen Telefonaten informieren sie ihre Eltern und engsten Freunde, dass es nun zeitnah losgehen wird – nach Vilnius anstatt nach Freetown.

Die Flüge sind schnell gebucht – Business-Class (wichtig wegen des nochmals angewachsenen Gepäcks). Sie haben inzwischen zumindest soviel Wissen zu Litauen gesammelt um zu wissen, dass es dort deutlich kälter wird als in Sierra Leone. In den Tagen bis zum Abflug decken sie sich mit warmer Kleidung ein. Sicherheitshalber packen sie auch einige Medikamente und Babynahrung ein, da sie gelesen haben, in Litauen sei die Wirtschaft an einem Tiefpunkt des Transformationsprozesses von der sowjetischen Planwirtschaft zu einer Marktwirtschaft und es gäbe Engpässe bei der Versorgung. Johan besorgt sich zudem einen dunklen Anzug, da er mitbekommen hat, dass anders als in Sierra Leone in Litauen durchaus ein klassischer Dresscode angesagt ist.

Mit noch mehr Fracht als bei ihrer Ankunft reisen sie schließlich aus dem Hotel ab und checken ein zum Flug in das verhältnismäßig nahe, aber gefühlt weit entfernte Litauen.

Nalbandyan Str.

2006.

Johan verlässt sein Hotelzimmer und macht sich auf zum DGZ-Büro, das nicht weit entfernt in der Nalbandyan-Straße liegt. Als er an der Rezeption vorbeieilt, kommt ihm plötzlich ein beunruhigender Gedanke: Dass sein Gepäck nicht mit dem Flieger am Mittwoch aus Wien mitgekommen ist, bedeutet ja nicht, dass es nicht irgendwie doch auf dem Weg ist. Vielleicht wird es ja mit dem nächsten Flug nachgeschickt. Das würde bedeuten, dass es mit der Maschine ankommt, mit der er dann zurück nach Wien fliegen wird.

Wenn mein Gepäck am Flughafen ankommt, ich dann aber nicht mehr hier bin, um es abzuholen, was passiert dann? Er stellt sich vor, wie es ein paar Runden auf dem Gepäckband dreht und schließlich in der Lost and Found Halle landet. An seiner Reisetasche hat er ein Namensschild angebracht, genauer gesagt den Gepäckanhänger, den er als Inhaber der silbernen Miles & More Vielflieger-Karte der Lufthansa bekommen hat. Darauf stehen sein Name und seine Adresse (erst später wird er im Rahmen eines Sicherheitstrainings lernen, dass man niemals solche Anhänger mit den persönlichen Angaben am Gepäck anbringen sollte.)

Ob man nachvollziehen wird, dass ich bereits wieder zurück in Berlin bin? Für Johan ist es naheliegender, dass man versuchen würde, ihn in Yerevan ausfindig zu machen. Das wäre ungünstig, denn sowohl im Hotel als auch bei der DGZ geht man davon aus, dass er sein Gepäck bereits abgeholt hat.

Wohin wird nachgesendetes Gepäck überhaupt geliefert? Doch nicht an die normale Gepäckausgabe! Wahrscheinlich kommt es direkt zum Lost and Found.

Ob die dort gestohlene Reisetasche auf diesem Weg dort gelandet ist?

Er schätzt es als unwahrscheinlich ein, dass er es schaffen könnte, das nachgesendete Gepäck anzunehmen und dann noch rechtzeitig einzuchecken - und es dabei zusammen mit seinem neuen Gepäck wieder aufzugeben.

Besser, ich versuche das zu klären. Johan entscheidet, schnell noch beim Austrian Airlines Büro in der Innenstadt vorbeizuschauen und von dort aus dann zur DGZ zu gehen. Gut, dass heute nur Nachbesprechungen mit dem DGZ-Team und keine offiziellen Termine anstehen.

Im Austrian Airlines Office ist man durchaus hilfsbereit.

„Also, Ihr Gepäck ist nicht mit Ihrem Flug mitgekommen?"

„Richtig, ich habe eine Verlustanzeige aufgegeben, aber nur diesen Zettel bekommen", Johan zeigt die handgeschriebene Notiz vor.

„Ich war am Donnerstag beim Lost and Found, aber mein Koffer ist offensichtlich auch nicht mit dem Mittwochsflug mitgekommen. Nun fliege ich morgen zurück, und würde gerne vermeiden, dass mein Gepäck dann hier strandet."

„Klar. Dann lassen sie uns versuchen, anhand des Baggage Tags Ihr Gepäck zu tracken…"

„Aber ich habe meinen Passagierabschnitt ja bei der Verlustmeldung abgegeben und nur diesen Zettel bekommen."

„Ja, das machen die manchmal am Flughafen so. Aber auf dem Zettel ist die Gepäcknummer notiert, damit lässt sich Ihr Koffer identifizieren. Etwas umständlich… Ich vermute, dass der Koffer in Wien lagert."

„Können sie dann veranlassen, dass er wieder nach Berlin geschickt wird?"

Überraschenderweise kann veranlasst werden, dass die Reisetasche nicht den Weg umsonst nach Yerevan machen muss.

Während Johan zum DGZ-Büro läuft, versucht er, ein paar der Gedanken, die ihm permanent durch den Kopf gehen, zu sortieren. Er hat das Problem mit der gestohlenen Reisetasche gelöst. Die Tasche im Hotel sowie die meisten Sachen in seinem Hotelzimmer gehören wirklich ihm und sind unverdächtig – außer dem Inhalt des Safes.

Beim Sinnieren darüber, ob es möglich ist, die Scheine einfach mit nach Deutschland zu nehmen, drehen sich die Gedanken zunächst um die Frage, ob es im Handgepäck, also in seiner Laptoptasche, oder in der aufgegebenen Reisetasche unverdächtiger und sicherer ist. Da er keine Antwort finden kann, macht sich eine neue Angst bemerkbar.

Was passiert, wenn man mich mit dem Geld aufgreift? Was, wenn man mich schon hier in Armenien verhaftet? Kein schöner Gedanke. Er will definitiv kein Risiko eingehen. Da er bis morgen wohl keine Antworten auf seine Fragen gefunden haben wird, bleibt nur eine Lösung: Das Geld muss erstmal in Armenien bleiben. Zum Glück hatte er in dieser Woche ja erst seinen ersten Einsatz im neuen Projekt. Und der Einstieg ist ihm gelungen, weitere Einsätze sind geplant. Das heißt, er kann sicher sein, unauffällig im Rahmen eines Folgeeinsatzes zurückzukehren.

Fehlt nur noch ein sicheres Versteck.

Johan sucht Zaza auf.

„Alles klar?", begrüßt der ihn.

„Alles bestens. Sag mal, ich habe mir überlegt, dass ich eine Tasche mit Klamotten hier im DGZ-Büro deponieren möchte."

„Kein Problem, wir haben einen Store, da kannst du Dinge aufbewahren."

„Perfekt! Ich sage auch noch dem Büroleiter Bescheid."

Johan fühlt sich bemüßigt, noch eine Erklärung hinterherzuschieben: „Weißt du, einige meiner Unterlagen können gut hierbleiben. Außerdem habe ich ja einige Sachen, die ich gut bis zum nächsten Mal hier lagern könnte. Vielleicht lasse ich auch dauerhaft immer ein Notgepäck hier – für Fälle wie in dieser Woche."

„Ja, gute Idee."

Hm, war das jetzt zu auffällig? Schnell eine konkrete Frage nachschießen: „Ist samstags hier jemand im Büro? Sonst hole ich die Tasche heute Nachmittag noch."

„Mach das mal lieber. Samstags ist hier eigentlich keiner. Ach ja, ich fahre dich morgen Nacht zum Flughafen."

„Danke für das Angebot! Aber es ist echt nicht nötig, dass du die Samstagnacht opferst, um mich zu fahren. Ich kann auch ein Taxi nehmen."

„Oh, okay! Sehr schön! Dann lass dir am besten ein Taxi von der Hotelrezeption rufen..."

„Mach ich. Kannst du mich stattdessen gleich zum Hotel fahren, damit ich die Tasche dort abholen kann?"

„Ja, klar, wir können gleich los."

Auf dem Weg zum Hotel überlegt Johan, ob es wirklich eine so gute Idee ist, mit dem Wagen, mit dem er die Reisetasche vom Flughafen geholt hat, erneut vor dem Hotel vorzufahren. Was, wenn man ihn und Zaza seit Donnerstag beobachtet? Als sie sich dem Vorplatz des Hotels nähern, wo man parken und warten kann, versucht Johan zu erkennen, ob sich etwas Verdächtiges tut oder abzeichnet. Hier hängen viele Leute ab, einige schauen tatsächlich oder nur vorgetäuscht gelangweilt über den Platz der Republik oder zum Terrassenbereich vor dem Hotel, einige scheinen auf etwas zu warten. Mit einem flauen Gefühl steigt er aus dem Auto und sagt zu Zaza:

„Gib mir zehn Minuten. Ich beeile mich."

„Keine Hektik, ist doch bald schon Wochenende…"

Im Zimmer setzt er sich erstmal aufs Bett. Was denke ich mir eigentlich bei der ganzen Sache? Das Geld einfach in einer Reisetasche im Store des DGZ-Büros aufzubewahren!

Er geht nicht davon aus, dass jemand dort die Tasche öffnen und durchsuchen würde. Er fürchtet nicht so sehr, auf diese Weise entdeckt zu werden. Aber es fühlt sich falsch an, als würde er die Kollegen in seine Machenschaften hineinziehen und sie hintergehen.

Aber was genau ist sein Vergehen?

Ich habe bei der Gepäckabholung mein Gepäckstück vertauscht. Gut, das habe ich ganz absichtlich gemacht. Ich habe eine fremde Reisetasche genommen, weil mein eigenes Gepäck nicht in der Abholhalle war. Und klar, das war nicht richtig.

Johan muss sich aber eingestehen, dass es sich irgendwie gerechtfertigt anfühlte. Vielleicht weil er nun mal ein paar Sachen dringend benötigte. Und es wirkte ja so, als würden diese ganzen Gepäckstücke im Lost and Found-Raum gar nicht mehr abgeholt werden.

Aber was war, als er das Geld in der Tasche entdeckte? Hätte er da zur Polizei gehen können?

„Ich habe versehentlich einen anderen Koffer genommen, und siehe da, da war jede Menge Geld drin." Mit so einer Aussage bei der armenischen Polizei? Schwierig, aber nicht ganz undenkbar, wie Johan zugeben muss. Aber nun ist es zu spät. Er hat Beweismittel – die ursprüngliche Reisetasche und die Kleidung – vernichtet. Und das Geld in den Safe seines Hotelzimmers gepackt.

Was, wenn ich ein Schließfach nehmen würde? Der Gedanke kommt ihm vor wie in einem billigen Krimi und er stellt fest, dass er überhaupt nichts weiß von den Gepflogenheiten beim Anmieten eines Schließfachs. Und würde er einfach so mit dem Geld in einen Bahnhof – Wo sonst gibt es Schließfächer? – marschieren und es dort einschließen?

Er verwirft die Idee abrupt. Ich weiß ja nicht einmal, wo der Bahnhof in Yerevan ist und ob es dort Schließfächer gibt. Und ich kann das jetzt auch nicht herausfinden. In ein paar Minuten muss ich unten am Wagen sein.

Das Geld doch im Gepäck mitnehmen? Wenn es offiziell vermisst wird, kann es sein, dass der Zoll oder sonstige Behörden gezielt danach suchen. Und er ist unsicher, ob Geldscheine bei der Durchleuchtung des Gepäcks erkannt werden. Aber diese wurden beim Umstieg in München nicht bemerkt – lag das an der Verpackung? Er würde das gerne alles in Ruhe durchdenken. Also muss das Geld hier in Yerevan bleiben, bis er einen sicheren Weg gefunden hat, es außer Landes zu schaffen. Da führt kein Weg daran vorbei, da ist er sich jetzt sicher.

Johan öffnet den Safe. Beim Anblick der Bündel aus Geldscheinen muss er tief durchatmen. Dann holt er die neue Reisetasche aus dem Schrank – und auch den Einlegeboden aus der gestohlenen Reisetasche. Er geht zum Schreibtisch und verpackt die Geldscheinbündel so, wie er sie als Kopierpapier getarnt gefunden hat.

Dem letzten der Geldscheinbündel entnimmt er zwei Scheine. Beim Verpacken der Banknoten erinnert er sich daran, dass er beim letzten Einsatz in Podgorica Geld aus dem ATM-Automaten am Platz der Republik gezogen hat. Und wie so häufig hatte der Automat ihm die geforderten 400 Euro in zwei 200-Euro-Scheinen ausgespuckt. Er hatte sich wieder maßlos darüber geärgert, denn in keinem der Restaurants, die er normalerweise besuchte, würde man einen 200er akzeptieren. Die aus dem ATM gezogenen Scheine hat er dann in Berlin eingesetzt. Jetzt scheint ihm, dass er diese ärgerliche Episode ins Positive drehen kann: Sie erlaubt es ihm, relativ gefahrlos zwei 200-Euro-Scheine in seinem Portemonnaie mitzuführen. Sollte er das Geld vorzeigen müssen, wäre der Betrag zu niedrig, um verdächtig zu sein. Sollte bei einer Kontrolle oder beim Bezahlen mit diesen Scheinen herauskommen, dass es sich um Falschgeld handelt oder sonst was nicht mit ihnen stimmt, würde er sagen, er hätte sie letzte Woche am ATM am Trg Republike in Podgorica ausgezahlt bekommen.

Zu Hause will er versuchen, die Banknoten auf ihre Echtheit zu prüfen.

Schließlich verstaut er die vier wieder gepackten Fake-Papierpakete mit dem Geld nebeneinander in der gekauften Reisetasche, dann legt er den Einlegeboden aus der gestohlenen darüber. Nun noch die Arbeitsdokumente und sonstige Unterlagen, die er auf dem Schreibtisch liegen hatte, in die Tasche, dazu alle Kleidungsstücke, die sich im Schrank befinden – außer denen, die er am morgigen Rückflugtag noch brauchen wird.

Perfekt! Johan ist soweit zufrieden.

Auf dem Hotelvorplatz wartet Zaza am Wagen gelehnt rauchend auf ihn.

„Entschuldige, hat etwas länger gedauert, ich musste noch überlegen, was ich bis zum nächsten Mal noch brauchen werde. Aber eigentlich kann ich fast alle Unterlagen und einen Großteil meiner Klamotten hierlassen."

„Kein Problem", antwortet Zaza und greift sich die Tasche.

Johan zuckt etwas zusammen. Ob ihm das Gewicht der Tasche auffällt?

Zaza öffnet die Kofferraumklappe und wirft die Tasche hinein. Sie plumpst mit einem dumpfen Geräusch auf den Boden der Ladefläche.

„Das Müsli hast du schon gegessen?", grinst Zaza.

Erleichtert lacht Johan zurück: „Klar, ich bringe nächstes Mal neues mit…"

Im DGZ-Büro packen sie die Reisetasche in den Store. Johan bringt mit Klebeband ein DIN A4-Blatt mit seinem Namen daran an.

„Der Store ist immer abgeschlossen. Einen Schlüssel habe ich, ein anderer liegt im Sekretariat. Du kommst also an jedem Arbeitstag immer an deine Sachen. Wenn du willst, kann ich die Tasche aber auch mit zum Flughafen bringen, wenn ich dich dort abhole", erklärt Zaza.

„Nicht nötig", beeilt Johan sich zu sagen. „Bei der Ankunft sollte ja im Normalfall mein Gepäck auch angekommen sein. Und ich habe mir jetzt fest vorgenommen, immer die notwendigen Sachen für die erste Nacht ins Handgepäck zu packen."

„Weißt du schon, wann du das nächste Mal kommen wirst?"

„Nein, noch nicht. Das kläre ich gleich beim Abschlussgespräch mit dem Projektleiter."

In diesem Gespräch wird klar, dass es jede Menge Arbeit gibt und es ein Leichtes für Johan sein wird, eine baldige Rückkehr nach Armenien zu planen. Die Aufgaben in diesem Projekt sind wie für ihn zugeschnitten – was nicht ganz so verwunderlich ist, da er an deren konkreter Ausgestaltung im Laufe dieser Woche mitgewirkt hat.

Während ihm der Projektleiter gerade nochmal ausführlich den Arbeitsplan für die kommenden Monate darlegt, erscheinen in Johans Gedanken, die immer wieder zum Inhalt der Reisetasche im Store abschweifen, verschiedenste Ideen – wie Details eines Bühnenbildes im Dunkeln, über die für einen kurzen Moment ein Scheinwerfer seinen Lichtstrahl sausen lässt. Er kann ihnen jetzt im Gespräch nicht weiter nachgehen, aber als die Rede auf die Zusammenarbeit der armenischen und georgischen Planer kommt und auf gemeinsame Treffen auf beiden Seiten der Grenze, erkennt Johan, dass sich hier vielleicht eine gute Möglichkeit ergibt, das Geld auf dem Landweg außer Landes zu bringen. Sein Bauch sagt ihm, dass er schon einen Schritt weiter wäre, wenn das Geld nicht mehr in Armenien und seine Spur etwas verwischt wäre.

Vilnius

1997.

An einem grauen Tag im Oktober landen sie zum ersten Mal in Vilnius. Der Flughafen ist klein, erfreulich übersichtlich – ein starker Kontrast zum Brüsseler Airport. Ihr Reisegepäck kommt vollständig an und mit mehreren Gepäcktrolleys, dem Kinderautositz im Kinderwagen und der Tochter auf dem Arm schreiten sie durch die Tür in die Ankunftshalle. Der Mann, der ein Schild mit ihrem Namen hochhält, scheint angesichts der Menge an Gepäck überrascht.

„Ich glaube, da brauchen wir einen zweiten Wagen!", ruft er und schiebt sofort hinterher: „Ich bin Jean, der Administration Officer der Delegation. Freut mich, Sie zu sehen!"

„Aber wir sind schon zu dritt angekündigt, oder?", fragt Johan, halb im Scherz, und stellt sich, Henrieke und Rosa vor.

„Und wenn man bedenkt, dass wir drei Reisende sind und mindestens ein Jahr bleiben wollen, ist das doch gar nicht so viel Gepäck."

„Aber zu viel für den Wagen der Delegation. Ich besorge ein Taxi, das mit einem Teil der Koffer hinter uns herfahren soll."

Während Jean ein Taxi herbeiwinkt und beginnt, mit dem Fahrer zu verhandeln, schauen Henrieke und Johan sich um. Das Flughafenumfeld wirkt trist an diesem winterlichen und gar nicht goldenen Oktobertag. Die

Gebäude sind dringend renovierungsbedürftig, die Menschen, die ankommen, abreisen oder jemanden abholen wollen, sind überwiegend in gräulichen Tönen gekleidet. Die Autos stammen zum großen Teil noch aus sowjetischer Produktion und stoßen bläuliche Abgase aus.

Und dann beginnt es zu schneien.

Die Fahrt ins Hotel vermittelt einen etwas trüben ersten Eindruck der Stadt. Entlang der Straße zum Flughafen dominieren aufgelassene oder zumindest kaum genutzt wirkende Gewerbeflächen das Bild. Die Häuser an den Straßen am Rande der Innenstadt sind niedrig, mit überwiegend reparaturbedürftigen Dächern und unansehnlichen Fassaden. Da der Schnee nicht liegen bleibt, bilden sich matschige Pfützen in den zahlreichen Schlaglöchern auf der Fahrbahn und den Gehwegen. Erst als sie kurz vor dem Hotel sind, einer umgebauten ehemaligen Klosteranlage, erblicken sie die ersten der zahlreichen Kirchen von Vilnius und Abschnitte der die Altstadt umgebenden Stadtmauer. Zaghaft deutet sich an, was den Zauber dieser Stadt ausmacht.

Im Hof des Hotels staunen Johan und Henrieke nicht schlecht: Alles ist äußerst geschmackvoll renoviert und umgestaltet. Die Rezeption liegt treppauf hinter einem eindrucksvollen Eingangsbereich, die Treppe abwärts führt in ein Restaurant – durch die Glastür kann man die Kellergewölbe erkennen.

„So, das ist jetzt für die nächsten Tage eure Unterkunft", erklärt Jean – sie sind auf der Fahrt zum Duzen übergegangen. „Es war ganz schön schwer, so kurzfristig etwas

Passendes für eine kleine Familie zu finden. Und ich schätze, die Wohnungssuche wird nicht leichter. Aber hier solltet ihr erstmal ankommen können."

Als sie die Zimmertür öffnen, sind sie sprachlos: Ein riesiger Raum liegt vor ihnen, von dem weitere Zimmer abgehen. Schon beim ersten Blick stellen sie fest, dass das hier ein krasser Kontrast zum engen Hotelzimmer in Brüssel ist. Und der erste Rundgang bestätigt das: Es gibt zwei Schlafzimmer, einen großen Wohnbereich, zwei Badezimmer und einen Flur, in dem man den Kinderwagen und den Autositz bequem abstellen kann. Insgesamt ist die Suite mit 120 Quadratmetern größer als jede Wohnung, die sie jemals hatten. Später stellen sie erfreut fest, dass es in allen Räumen eine Fußbodenheizung gibt und dass die Badezimmer über beheizte Handtuchhalter verfügen. Das Frühstück unten im Restaurant ist im Preis mit inbegriffen.

Einziger Haken: Es gibt keine Kochgelegenheit in der Suite, was bedeutet, dass Henrieke (oder am Wochenende auch Johan) immer in die Hotelküche müssen, um das Fläschchen für ihre Tochter zuzubereiten. In der Nacht ist das ganz schön umständlich. Aber ansonsten: alles großartig. Beim ersten Frühstück erfahren sie vom Personal, dass kurz vor ihrer Ankunft der Präsident der Ukraine, Leonid Kutschma, in der Suite genächtigt hat.

Zur Delegation ist es ein kurzer, angenehmer Fußweg durch die Altstadt von Vilnius. An seinem ersten Tag versichert sich Johan, dass es mit der luxuriösen Unterbringung auch tatsächlich seine Richtigkeit hat.

„Alles kein Problem", erklärt Jean, „die Preise liegen unter den Limits der Kommission." Und es gäbe aktuell auch keine Alternative. Es seien noch nicht so viele Hotels auf einem angemessenen Standard. Vor allem im Mittelfeld gäbe es praktisch nichts.

„Das werdet ihr merken, wenn ihr hier Urlaubsunterkünfte buchen wollt: Entweder sind sie unrenoviert, heruntergekommen und oft ohne jeglichen Service, oder sie sind in der Luxuskategorie. Die ist für uns Ausländer erschwinglich – und für die wenigen reichen Litauer und die hier lebenden Russen."

Beruhigt stürzt sich Johan in die Arbeit. Wie angekündigt ist viel zu tun, aber er arbeitet sich schnell rein und es macht ihm Spaß. Ihm kommt zugute, dass viele der anstehenden Aufgaben für alle Beteiligten neu und die meisten der Mitarbeitenden in den litauischen Ministerien und Behörden ebenfalls relativ frisch auf ihren Posten sind. Die Kollegen in der Delegation sind großartig. Kurz nach seiner Ankunft werden einige Positionen mit litauischen Juristen und Wirtschaftsfachleuten besetzt. Das Arbeitsverhältnis zu seinen Vorgesetzten entwickelt sich so, wie er es sich nach den Gesprächen in Brüssel beziehungsweise am Telefon erhofft hat. Sie lassen ihm viel Freiraum, sind aber zur Stelle, wenn er Unterstützung, Klärung oder einfach eine Absicherung braucht.

Zudem haben sie ihn für eine Reihe von Fortbildungen hier in Vilnius als auch in Brüssel angemeldet. Er ist erstaunt, wie oft er nicht nur innerhalb von Litauen, sondern auch in die Nachbarstaaten und vor allem nach Brüssel reisen muss.

In Afrika waren Dienstreisen ins Ausland bei den Expats, die er kennengelernt hat, die absolute Ausnahme gewesen. Nun stellt er fest, dass es einen regen Flugbetrieb zwischen der Delegation und Brüssel gibt, in den auch er einbezogen wird: Er fliegt zu verschiedenen Abstimmungsterminen zu Fragen der Ausgestaltung der Kooperationen der Ostseeanrainer sowie der EU-Programme für die Beitrittskandidatenländer.

Das private Einleben als Familie in Vilnius kommt ebenfalls Schritt für Schritt voran, nur die Wohnungssuche gestaltet sich, wie Jean es vorausgesagt hat, extrem zäh. Letztendlich können sie nach sieben Wochen in der Hotelsuite in ein Apartment in einem Mehrparteienhaus einziehen. Groß genug, mit einem separaten Kinderzimmer und einer Küche mit Essecke. Nicht luxuriös, aber praktisch. Und gut gelegen auf einem der sieben Hügel von Vilnius (wie Rom!), am Rande der Altstadt, gegenüber der Deutschen Botschaft. Einen kleinen Luxus bietet die Wohnung dennoch: einen Kamin in der Küche. Ungewöhnlich, aber in den kalten Wintern nutzen sie ihn regelmäßig. Ihnen gefällt, dass sie die einzigen Nicht-Litauer in dem Haus sind.

Henrieke erkundet die Stadt, wobei sie sich mit dem Kinderwagen über die holprigen Kopfsteinstraßen und durch enge Gassen und Eingänge zu Geschäften und anderen Gebäuden kämpfen muss. Aber es ist überall sicher, es gibt keine No-go-Areas, sie müssen sich nicht um Tropenkrankheiten, giftige oder gefährliche Tiere kümmern – sie haben das Gefühl, hier freier leben zu können, als sie es in Freetown gekonnt hätten. Sie müssen nur wegen der Kälte aufpassen.

Zum Einleben kommt ihnen ein Umstand zugute, den sie gar nicht auf dem Schirm hatten: die Weihnachtszeit und damit eine Saison voller Empfänge und Feiern. Zu diesen Anlässen lernen Henrieke und Johan die Mitglieder des Diplomatischen Corps und viele weitere an den Botschaften in Vilnius Tätige kennen. Die ersten Empfänge bei Botschaften und Ministerien absolviert Johan als Begleitung des Delegationsleiters (der einen mit einem Botschafter vergleichbaren Rang einnimmt) oder des Wirtschaftsattachés. Da er gerade erst angekommen ist und noch keinen Anspruch auf Urlaub hat, wird er für die Weihnachts- und Silvesterdienste eingeteilt. Seine Vorgesetzten nutzen die Gelegenheit, über die Feiertage heimzufliegen. Ab dem 22. Dezember ist Johan somit alleinige Ansprechperson in der Delegation. Und er muss nun auch alleine zu den Empfängen.

Das ist ein Sprung ins kalte Wasser, aber hilft ungemein, schnell im neuen Job Fuß zu fassen. Zudem lernt Johan, wie solche „Receptions" mit Anstand zu überstehen sind: Niemals hungrig ankommen, immer bereits vorher ausreichend essen, damit man sich nicht bei erster Gelegenheit über das Buffet hermachen muss – und vor allem, damit man eine gute Grundlage im Magen hat, um die zahlreichen Wodkas besser zu vertragen, die bei den unzähligen noch vor dem Essen auszubringenden Toasts zu trinken sind. Die in Litauen beliebten Salate mit reichlich Mayonnaise (pikantiškos salotos) sind dazu besonders gut geeignet.

Henrieke begleitet Johan regelmäßig, nachdem sie eine Babysitterin finden konnten. Sie haben in kürzester Zeit vollstes Vertrauen zu Saulė entwickelt, die als Professorin für

Geschichte an der Universität arbeitet. Sie verdient dort aktuell so wenig, dass sie über den Zuverdienst sehr froh ist. Und sie freut sich, Henrieke und Johan nebenbei einiges zur Geschichte Litauens zu vermitteln.

Schnell stellt sich bei den verschiedenen Treffen um die Weihnachtszeit heraus, dass viele der Botschaftsangehörigen Kinder in Rosas Alter haben und ebenfalls über mangelnde Möglichkeiten klagen, diese mit Kindern gleichen Alters zusammenzubringen. Auf einer der Partys wird die Idee geboren, einen privaten Kindergarten zu gründen, und auch erste Interessenten werden hier gefunden. Henrieke treibt diese Idee voran, hat schnell einen Kreis interessierter Eltern von Kindern im Kindergartenalter zusammen, und dank der guten Kontakte der Botschaften kommen sie recht bald mit der evangelischen Kirche in Vilnius zusammen, die bereit ist, ihnen für den Zweck geeignete Räume zu Verfügung zu stellen.

Zum Ende der Adventszeit 1997 fühlen sich Henrieke, Johan und Rosa tatsächlich in Vilnius angekommen. Einzig die Tatsache, dass ihnen ihr beim Umzug per Container transportierter Hausrat noch fehlt, trübt diese Zeit.

Ein paar Tage nach ihrer Ankunft in Vilnius hatten sie sich bei Jean nach dessen Verbleib erkundigt. Denn schließlich vermissten sie so langsam Einiges ihrer Einrichtung, vor allem die Kindermöbel und Spielsachen für Rosa, aber auch die Anziehsachen – auch wenn sich im aufgegebenen Umzugsgepäck hauptsächlich Kleidung befand, die sie im Hinblick auf ein Leben in den Tropen eingepackt hatten.

Es brauchte mehrere Anläufe bis schließlich feststand, wo sich der Container befand: Er wurde versehentlich auf den Weg nach Kasachstan geschickt. Man müsse warten, bis das Schiff den Zielhafen erreicht habe und könne erst dann den Weiterversand nach Litauen veranlassen.

Bis zum Einzug in die Wohnung war das Gepäck immer noch nicht da, eine Ankunft nicht absehbar. Zwar war das Apartment teilmöbliert, aber Johan und Henrieke mussten sich mit neuem Bettzeug, Geschirr, Besteck, Wäsche und weiteren dringend benötigten Utensilien eindecken.

Kurz vor Weihnachten drängte Johan Jean dazu, nochmal mit Nachdruck nach dem Verbleib der Fracht zu forschen – und tatsächlich fand er nach einigen Telefonaten heraus, dass sich für die Delegation bestimmtes Versandgut im Lager des Zolls in Vilnius befindet. Allerdings sei dort wegen der Weihnachtsferien bis Mitte Januar niemand mehr zu erreichen. Erst nach detaillierter Erläuterung der Umstände und letztlich auch der Zusage, bei Abholung vor Weihnachten ein paar Flaschen Champagner aus den Beständen der Delegation mitzubringen, konnte vereinbart werden, dass Jean und Johan zum Zollgebäude fahren und das Umzugsgepäck identifizieren können. Überglücklich sah Johan in der riesigen Lagerhalle schon von Weitem Rosas auffälligen Kinderstuhl und dann den Rest seiner damals zum Transport nach Freetown aufgegebenen Gegenstände. Dank der Champagnerflaschen ging die Aushändigung der Fracht schnell vonstatten und am Abend des 23. Dezember können Henrieke, Johan und Rosa die Ankunft ihres weit gereisten, kurzzeitig verschollenen Gepäcks als eine vorzeitige Bescherung feiern.

Flughafen Yerevan

2006.

In der Nacht liegt Johan erneut lange wach. Zwar ist da nicht mehr die Last, die fremde Reisetasche und ihren Inhalt im Hotelzimmer zu wissen. Auch beruhigt es ihn, dass er eine Lösung gefunden hat, das Geld zu verstecken. Und er muss morgen nicht mit der gestohlenen Tasche zum Flughafen, man wird ihn also nicht daran erkennen können. Beim Check-in, wenn er kein Gepäck aufgeben wird, kann er darauf verweisen, mit Austrian Airlines vereinbart zu haben, seinen nicht nach Yerevan gelieferten Koffer zurück nach Berlin zu schicken. Soweit, so unauffällig.

Aber er denkt an die zwei 200-Euro-Scheine. Was, wenn es sich um Falschgeld oder registrierte Banknoten aus einem Verbrechen handelt? Die Lüge, er habe sie aus dem Geldautomaten in Podgorica, könnte ihm da sicher erstmal helfen. Eigentlich könnte er beruhigt sein. Ist er aber nicht.

Werde ich jemals wieder entspannt sein können? Irgendwie fällt ihm auf, dass er zwar ein Verlangen, eine Gier nach dem Geld gespürt hat, aber seit er entschieden hat, es zu nehmen, oder vielmehr, als ihm bewusst wurde, dass er es nicht so einfach wieder loswird, hat es in ihm noch keine Glücksgefühle ausgelöst. Vielleicht kommt das, wenn ich erstmal im Flieger sitze, denkt sich Johan, bevor er am frühen Morgen doch noch in eine kurze Tiefschlafphase fällt.

Er wacht spät auf. Fast zu spät. Er hat keinen Wecker gestellt, es ist Samstag und außer seiner Abreise heute Nacht ist nichts geplant. Aber Frühstück wird nur bis zehn Uhr serviert, er muss sich beeilen, das noch zu schaffen. Die morgendliche Hektik lohnt sich, denn das Frühstück hier im Hotel ist großartig. Ihm gefällt der große Raum im ersten Stock mit der Fensterfront zum Platz der Republik. Die Inneneinrichtung ist außergewöhnlich: eine behutsam modernisierte Version eines altehrwürdigen Saals mit viel dunklem Holz und einem riesigen Fresko an der Wand, welches natürlich die Anlandung der Arche Noah am Berg Ararat zeigt. An einer Theke werden auf Wunsch Eierspeisen zubereitet. Er lässt sich ein Rührei aus drei Eiern mit frischen Kräutern an den Tisch bringen.

Das Buffet besteht nicht – anders als in vielen Hotels – aus den immer gleichen einfallslosen Aufschnittplatten, Standardmüsli und Gurken- und Tomatenscheiben, sondern bietet armenische Käse-, Wurst- und Fleischsorten, Joghurt aus kleinen Tongefäßen, lokalen Honig, allerlei Früchte, natürlich überall Granatapfel prominent platziert, viel frisches Gemüse, Kräuter, und unzählige Süßspeisen. Als kurz vor zehn damit begonnen wird, das Buffet abzuräumen, packt sich Johan nochmal die Teller richtig voll, bestellt einen Kaffee und isst entspannt und in Ruhe in einer Ecke des sich nun leerenden Frühstückssaals.

Er versucht sich einzureden, er könne sein Leben doch jetzt insgesamt mehr genießen. Hat er nicht einen Schatz geborgen, der ihm Zugang zu deutlich mehr Gelassenheit in finanziellen Dingen gewährt? Diese Sicht auf die Dinge gefällt ihm: Er hat unverhofft einen Schatz gefunden. Ein Schatz hat auch immer einen – meist unbekannten – Besitzer, aber der Finder ist trotzdem stets glücklich und kostet den plötzlichen Reichtum in vollen Zügen aus.

Allerdings kann er diese Perspektive nicht lange beibehalten. Die Gedanken an seinen Schatz im Store des DGZ-Büros lassen seine Beunruhigung zurückkehren und sich ausbreiten. Ohne es genau benennen zu können spürt Johan, dass er ein ziemliches Risiko eingeht. Wie hoch ist die Chance, aufgespürt zu werden? Vom eigentlichen Besitzer des Geldes, von Kriminellen, die es ihm abjagen wollen, oder aber von Ermittlungsbehörden?

So macht es keinen Spaß, sich vorzustellen, was er mit dem Geld alles machen könnte. Ihm fällt nur ein, was er nicht machen kann. Vor allem kann er niemandem von seinem Schatz erzählen. Zumindest so lange nicht, wie er nicht ausschließen kann, Mitwisser in eine gefährliche Situation zu bringen oder durch deren eventuelle Indiskretion selber in Gefahr zu kommen.

Okay, von einem Lottogewinn würde ich auch erstmal niemandem erzählen. Johan merkt sofort, dass dieser Vergleich hinkt.

Am Abend steigt seine Nervosität weiter an. Er muss gleich zum Flughafen. Dem Ort, wo er seinen Schatz gefunden hat.

Nein! Es ist der Ort, von wo ich das Geld gestohlen habe. Vielleicht wartet jemand dort schon auf mich.

Jemand, der ihn beim Lost and Found oder auf Aufnahmen von Sicherheitskameras gesehen hat. Jemand, der weiß, dass er das Geld hat und irgendwann im Abflugbereich auftauchen wird, um das Land zu verlassen, seine Beute in Sicherheit zu bringen.

Nervös, wie er ist, beschließt Johan, schon recht früh das Taxi zum Flughafen zu bestellen. An der Rezeption erklärt er dem Rezeptionisten so laut, dass es auch der Hotelpage hört, der darauf wartet, seinen Koffer zum Taxi tragen zu können, dass er ohne Gepäck zurückreise, da er seine Tasche hier in Yerevan für seinen nächsten Aufenthalt in Armenien aufbewahren lasse.

Ja, er komme bald wieder. Und ja, er würde sehr gerne wieder hier in diesem wunderbaren Hotel absteigen.

Das Taxi kommt. Die Fahrt durch das nächtliche Yerevan ist anders als ähnliche Fahrten, die er nächtens in verschiedenen Hauptstädten zu den Flughäfen absolviert hat. Er ist hellwach, die Freude auf sein Zuhause, auf seine Familie unterdrückt er entschieden, damit er sich nicht dem Gedanken aussetzen muss, was wäre, würde er hier von kriminellen Banden zurückgehalten oder von den Behörden festgesetzt. Die Nervosität wird immer mehr zur Angst, je näher sie dem Flughafen kommen.

Mir kann nichts passieren. Ich habe nichts Verdächtiges dabei, betet Johan sich immer wieder vor. Seine linke Hand krampft sich um den Griff der Laptoptasche, in der tatsächlich nichts Verdächtiges ist. Aber seine Geldbörse fühlt sich tonnenschwer an in der linken Tasche seiner Hose. Er merkt, dass er zittert, als er sie hervorholt, um den Taxifahrer zu bezahlen. Er versucht, die 200-Euro-Scheine nicht zu sehen.

Schnell klappt er das Portemonnaie wieder zu und stopft es in die Hosentasche. Er dreht sich zum Eingang des Flughafens. Es herrscht Trubel um diese Zeit, die Situation ist unübersichtlich. Das Taxi hinter ihm fährt ab.

Nun muss er losgehen, wenn er nicht auffallen will. Möglichst unauffällig schauend versucht er seinerseits, Auffälligkeiten zu bemerken, aber gleichzeitig Gelassenheit auszustrahlen. Er stellt sich vor, wie er wohl auf einen Beobachter wirken muss und kommt zu dem Schluss, dass sein Versuch grandios scheitert und so hastet er die letzten Meter in die Halle, orientiert sich kurz und läuft schnurstracks zum Check-in-Counter für seinen Flug. Da er viel zu früh hier ist, ist die ankommende Maschine noch gar nicht gelandet, die Abfertigung hat noch nicht begonnen und er muss warten.

Er schaut sich in der Halle um. Er ist jetzt ein Passagier, der wartend in der Schlange vor dem Check-in steht. Und als solcher kann er ja nicht viel mehr machen, als herumzuschauen. An dem Gerät, an dem man sein aufzugebendes Gepäck in Folie einwickeln kann, hat sich eine Schlange gebildet.

Ist das eine Lösung? Wenn der Koffer derart eingerollt in meterweise Plastikfolie ist, wird er dann noch geöffnet? Na klar, im Zweifelsfall immer! Die Folie hält ja die Strahlen bei der Durchleuchtung nicht ab, und wenn dabei etwas Verdächtiges entdeckt wird...

Schon ist er wieder bei der Überlegung, ob Bargeld bei der Durchleuchtung im Gepäck erkannt werden kann. Das muss er unbedingt herausfinden.

Er schaut sich um. Die ersten Maschinen aus Europa sind gelandet, und ein paar Check-in-Counter öffnen. An seinem Schalter zum Einchecken nach Wien tut sich allerdings noch nichts.

Nach was halte ich eigentlich Ausschau?

Keiner scheint auf ihn zu achten, er kann nicht feststellen, dass ihn irgendjemand beobachtet.

Nur noch 90 Minuten bis zum Abflug und der Schalter ist immer noch nicht besetzt, auch auf der elektronischen Tafel über dem Gepäckband mit der Waage wird der Flug nach Wien nicht angezeigt. Mittlerweile steht schon eine beträchtliche Menge von Leuten davor. Allerdings nicht in einer Reihe, vielmehr hat sich eine Traube gebildet, ankommende Gruppen versuchen permanent, einzelne Passagiere bis ganz nach vorne zu schieben. Es ist eine unübersichtliche Situation und Johan ist sich nicht sicher, ob das gut oder schlecht für ihn ist. Er weiß nur, dass er etwas entspannter wäre, wenn er bereits eingecheckt wäre und die Sicherheitsschleuse passiert hätte. Dorthin können ihm zumindest Verfolger ohne Bordkarten nicht folgen.

Auf einmal hört er im Hintergrund den Aufruf zum Boarding für den Lufthansa-Flug nach München. Er zuckt zusammen. Wenn er es richtig auf dem Baggage Tag gesehen hatte, bevor er ihn abriss und wegwarf, war die gestohlene Reisetasche über München nach Yerevan gekommen. Ist es nicht naheliegend, dass diejenigen, die nach der Tasche suchen, sie auf dem Weg zurück nach München vermuten? Vielleicht haben sie die Abfertigung zum Flug nach München ausgespäht und wenden sich nun, da sie dabei keinen

Erfolg hatten, anderen Abflügen zu. Johans Nervosität steigt weiter.

Endlich blinkt die Anzeige über dem Check-In-Schalter auf und nach ein paar Minuten, in denen die Passagiere sich auf der Suche nach verbesserten Ausgangspositionen noch stärker nach vorne drängten, erscheinen zwei Damen in Uniformen von Austrian Airlines und beginnen sehr langsam mit dem Einchecken. Als er endlich an der Reihe ist erklärt er, ohne dass er danach gefragt wurde, dass er nur mit Handgepäck zurückreise und sein Koffer hier in Yerevan bis zu seiner nächsten Reise nach Armenien bei Freunden lagere. Die Frau am Schalter hat bereits genug damit zu tun, ihre Müdigkeit zu überspielen, da kann sie offenbar nicht auch noch verhindern, dass ihr ihr Desinteresse deutlich anzumerken ist.

Egal. Johan eilt zur Sicherheitskontrolle, wo er wieder eine ganze Weile in einer Schlange stehen muss. Er ist froh, als er endlich durch die Sicherheitsschleuse im Abflugbereich angelangt ist. Dort geht er zunächst zum Gate, an dem das Boarding für den Flug nach München nahezu abgeschlossen ist. Es stehen nur noch wenige Passagiere vor dem kleinen Stehpult, an dem zwei Personen vor dem Einstieg Reisepass und Bordkarte prüfen. Johan schaut sich nach auffälligen Typen um, die vielleicht etwas abseitsstehen und den Vorgang beobachten. Aber er kann nichts Verdächtiges feststellen. Die üblichen Passagiere, die bis zuletzt auf ihren Sitzen bleiben, um erst dann, wenn niemand mehr in der Schlange steht, zum Ausgang zu gehen, sind die einzigen, die hin und wieder einen Blick auf das Geschehen beim Boarding werfen.

Er schlendert weiter zu seinem Abfluggate, setzt sich in einen der wenigen Sitze und versucht, sich zu entspannen. Hier kann doch nichts mehr passieren, sagt er sich, zuckt aber immer wieder aufs Neue zusammen, wenn Leute zum Gate kommen und aufmerksam in die Runde schauen. Letztendlich sind das immer Passagiere, die nach einem freien Platz im Wartebereich suchen, oder nach bekannten Mitreisenden Ausschau halten. So bleibt Johans Anspannung hoch und das Warten eine Qual.

Als die angegebene Boardingzeit gekommen ist, tut sich erstmal nichts. Johan geht zu den großen Fenstern, die zum Rollfeld zeigen, und versucht, in der Dunkelheit zu erkennen, ob die Maschine von Austrian Airlines schon dort steht. In dem Moment wird die Landung des Flugzeugs aus Wien durchgesagt, und wenig später sieht es er auch anrollen.

Puh, jetzt wird noch ausgestiegen, entladen, gereinigt und erst dann kann das Boarding beginnen. Johan rechnet. Es wird einen ziemlich verspäteten Abflug geben.

Hoffentlich verpasse ich dadurch nicht meinen Anschlussflug nach Tegel. Er schaut auf seinem Flugplan. Etwas mehr als eine Stunde für den Umstieg. Das ist sportlich bei einer Ankunft aus einem Nicht-Schengen-Land. Und jetzt noch die Verspätung. Vielleicht können sie die ja im Flug aufholen, hofft er.

Als er endlich an Bord auf seinem Platz sitzt, ist ihm relativ egal, dass es stickig ist, der Flieger voll besetzt, es kaum

Komfort gibt in diesem Kurz- oder Mittelstreckenflugzeug, die Mitreisenden mit mehr als einem Handgepäck, meistens deutlich über den Maximalabmessungen, völlig unkoordiniert bei der Suche nach Stauraum sind. Die Kopfkissen wirken benutzt, zumindest die Decke ist eingeschweißt.

Er konzentriert sich. Versucht, seine Gedanken zu beruhigen. Wow, was war das für eine Woche. Aufgekratzt wie er ist, kann er auf dem unbequemen Flug nicht schlafen.

In Wien landen sie mit Verspätung, natürlich. Und man kann ihm nicht sagen, ob sein Anschluss noch funktioniert. Beim Ausstieg wiederholt sich das Chaos des Einstiegs: Das an verschiedenen Stellen verstaute Gepäck wird zusammengesucht, Passagiere drängen von vorne nach hinten, blockieren. Ausstieg natürlich nur vorne. Als Johan endlich aus der Maschine die Gangway hinuntertorkelt, fährt der erste Bus ab. Er und alle nachfolgenden Mitreisenden müssen auf den nächsten Bus warten. Warum der nicht schon hier steht und offensichtlich erst angefordert werden muss, bleibt ein Rätsel.

Wusste man in Wien nicht, dass die Maschine voll besetzt sein würde? Oder weiß man nicht, wie viele Passagiere in ein solches Flugzeug passen? Johan ist sauer.

Egal, irgendwann kommt der nächste Bus und die Menschen strömen hinein. Johan versucht, möglichst so spät einzusteigen, dass er nahe der Tür stehenbleiben kann und dann möglichst weit vorne in die Schlange vor der Passkontrolle gelangt. Als er denkt, der Bus sei nun voll, und einsteigt, quetschen sich noch 20 bis 30 weitere Passagiere hinein und am Ende steht er doch eingekeilt in der Mitte ... und sieht schon seinen Anschlussflug entschwinden.

Und er weiß, dass es samstags nicht so viele Flüge nach Berlin gibt. An der Passkontrolle wieder kein separater Schalter für Bürger aus dem Schengen-Raum. Es dauert. Johan überlegt wieder, ob gerade sein Gepäck in die Maschine nach Tegel verladen wird. Da fällt ihm ein, dass er ja gar kein Gepäck aufgegeben hat. Der Flieger wird also definitiv nicht auf ihn warten.

Endlich ist er durch die Kontrolle und rast zur Anzeigetafel mit den Abflügen. Natürlich, er muss in ein ganz anderes Terminal, und dort dann ganz nach hinten, fast an das letzte Gate. Er rennt, flucht über blockierte Laufbänder und erkennt dann, dass er nochmal durch eine Sicherheitskontrolle muss. Davor lange Schlangen. Kein Fast Track. Er wendet sich an eine Flughafenmitarbeiterin, die mit einem Funkgerät am Rande der Halle steht und aussieht, als führe sie Aufsicht über die Menschenmassen, die sich widerwillig in die mit Bändern auf Hüfthöhe abgegrenzten Reihen einsortieren und in einem langsamen Stop-and-Go vorwärts in Richtung der Rollbänder kriechen, auf denen sie ihr Handgepäck und Teile der Kleidung ausbreiten und auf ihre Durchleuchtung warten. Johan zeigt seine Bordkarte, weist darauf hin, dass sein Zubringerflug aus Yerevan zu spät hier gelandet sein, sein Anschlussflug aber pünktlich in wenigen Minuten abfliegen würde, und fragt, ob es eine Möglichkeit gäbe, schneller durch die Sicherheitskontrolle zu gelangen.

Gibt es nicht.

Klaipėda

Der Jahreswechsel 1997 – 1998.

Das erste Weihnachten als Familie feiern sie in ihrem frisch bezogenen und weitgehend eingerichteten und ausgestatteten Apartment. Es wird Johan immer als eines der stimmungsvollsten und intensivsten Weihnachtsfeste in Erinnerung bleiben.

Am 24. Dezember sitzt er morgens in der Delegation an seinem Arbeitsplatz. Außer ihm haben nur noch ein paar litauische Kollegen Dienst. Die Stimmung ist entspannt und ausgelassen. Johan hat den Fahrer der Delegation gebeten, mit ihm in der Mittagspause noch den Weihnachtsbaum zu kaufen und ihn gemeinsam in seine Wohnung zu tragen. Zudem wollen sie bei dieser Gelegenheit auch noch Holz für den Kamin besorgen. Den mitleidigen Blick des Fahrers kann sich Johan erklären, als sie bei den ersten der zuvor noch zahlreichen Verkaufsständen für Weihnachtsbäume vorfahren wollen: Viele sind geschlossen, einige sogar bereits abgebaut, und die verbliebenen haben nur noch kümmerliche Restbestände im Angebot.

Johan entscheidet sich für eine zwar recht große, doch eher sparsam mit Zweigen ausgestattete Tanne oder Fichte. Auch sind die Nadeln dünn und hart, aber das ist bei allen Bäumen, die er sieht, der Fall. Sein Baum ist zumindest einigermaßen symmetrisch und weitgehend gleichmäßig mit Nadeln bedeckt. Das ändert sich leider, als sie ihn über die Heckklappe in den Wagen schieben. Noch dazu rieseln auf dem Weg in die Wohnung bei jeder Unebenheit der Straße – und davon gibt es in Vilnius im Jahr 1997 eine ganze Menge – weitere Nadeln in den Innenraum des Delegationsfahrzeugs, das der Fahrer eigentlich schon für die Feiertage außen und innen gereinigt hat. Als der Baum endlich in der Wohnung steht, sieht er schon recht mickrig aus. Henrieke lacht sich schlapp und stellt fest, dass man heute unbedingt noch mehr Schmuck für den Baum kaufen müsse, um seine Blöße zu kaschieren.

So machen sie sich mit Rosa auf den Weg in die Altstadt. Der Fahrer fährt nochmal den Wagen aussaugen und alle treffen sich nachmittags wieder in den Räumen der Delegation, wo Johan eine Runde Kuchen spendiert und dem Fahrer ein kleines Geschenk als Dankeschön überreicht. Um 16:00 Uhr schließen sie die Delegation. Der Spaziergang zurück in ihre Wohnung durch das verschneite Vilnius am Heiligabend ist zauberhaft. Die ersten Kirchenglocken läuten, es herrscht kaum noch Verkehr auf den Straßen. Die noch aus Sowjet- oder noch früheren Zeiten stammende Straßenbeleuchtung wirft ihr gelbliches Licht auf die weißen Flächen. In den Taschen der Weihnachtsbaumschmuck, auf den zu Hause der nackte Weihnachtsbaum sehnlichst wartet.

Dort angekommen, wird die Ente in den Ofen geschoben. Das Feuer im Kamin in der Küche wird angezündet und im Wohnzimmer der Baum geschmückt. Es gibt jede Menge Geschenke, vor allem für Rosa. Johan und Henrieke haben einige der Spielsachen, die gestern mit dem ganzen Umzugsgepäck eingetroffen sind, in Geschenkpapier gewickelt, aber auch einige neue Geschenke in Vilnius besorgt. Zudem sind

Päckchen mit Geschenken für alle drei von der Familie und von Freunden rechtzeitig zugestellt worden. Vor dem Essen und der Bescherung rufen sie bei den Eltern an. Wegen der immensen Kosten, die ein Telefonat 1997 von Vilnius nach Deutschland noch verursacht, halten sie die Telefongespräche auch zum Weihnachtsfest recht kurz.

Die Weihnachtstage verlaufen harmonisch und vergehen wie im Flug. Das Wetter ist perfekt: Der Schnee liegt so hoch, dass Rosa, wenn man sie auf eine nicht geräumte Fläche stellt, nahezu vollständig im Schnee verschwindet. Alle Straßen sind weiß, sämtliche Geräusche gedimmt. Vom Verkehr, ohnehin stark reduziert, ist kaum etwas zu hören. Die Stadt ist voller Weihnachtsspaziergänger. Sie schlendern lange durch die Altstadt und die Parks von Vilnius, kehren hin und wieder in ein Café oder Restaurant ein. Am ersten Weihnachtstag kommt ein australisches Pärchen, das auch seit Kurzem in Vilnius lebt, zu Besuch. Mit diesem Paar entsteht eine über die jeweiligen Litauenaufenthalte hinaus andauernde Freundschaft. Der litauische Weihnachtsschmuck ziert seitdem jedes Jahr den Weihnachtsbaum der Familie.

Nach Weihnachten geht für Johan der Dienst in der Delegation weiter. Kurz vor Silvester steht dann der erste Besuch aus Deutschland an: Der Patenonkel von Rosa, ein alter Freund von Johan aus Schulzeiten, ist zusammen mit seiner Freundin von Berlin aus nach Vilnius gefahren. Für viele wäre das undenkbar gewesen, zu weit ist Litauen gedanklich von Deutschland entfernt. Dabei beträgt die Entfernung zwischen Berlin und Vilnius gerade einmal etwas mehr als 1.000 Kilometer. Erschöpft parken sie ihren Passat Kombi hinter dem Haus. Am nächsten Morgen ist der Wagen aufgebrochen und das Autoradio geklaut. Die beiden zweifeln etwas, ob sie tatsächlich den euphorischen Schilderungen von Henrieke und Johan, was das Leben in Vilnius angeht, Glauben schenken sollen – oder doch lieber den gängigen Klischees....

Silvester wollen sie in Klaipėda, der litauischen Hafenstadt an der Ostsee, verbringen und haben sich dazu privat eine Wohnung gemietet. Am 31. Dezember muss Johan noch bis mittags Dienst in der Delegation schieben. Wie erwartet fällt nicht viel Arbeit an. Mittags klingelt das Telefon.

„Hi Johan", tönt es aus dem Hörer. „Hier ist David."

„Hi David, welche Überraschung!" antwortet Johan, der den Attaché der Britischen Botschaft sofort erkennt.

„Wie kann ich helfen?"

„Also, uns ist gerade eingefallen, dass morgen ja die britische Ratspräsidentschaft in der EU beginnt."

„Das fällt euch aber früh auf....", wirft Johan ein, den seit den Weihnachtsfeiern und seit Anlaufen der Aktivitäten zur Gründung eines Kindergartens ein gutes Verhältnis mit David verbindet.

„Nein, ich meine, wir sind uns der Tatsache durchaus seit Langem bewusst, aber jetzt ist es so, dass wir morgen eine Europaflagge vor der Botschaft hissen sollen – und wir haben keine."

„Okay, ich denke, da kann ich helfen. Ich lasse eine Flagge aus unseren Beständen bei euch vorbeibringen."

„Das ist großartig! Besten Dank!"

„Keine Ursache! Und euch einen guten Rutsch!"

„Ja, Danke – Wir werden keine große Party schmeißen…" Johan versteht die Anspielung auf die etwas aus dem Ruder gelaufene Weihnachtsfeier in der Residenz sofort und muss grinsen.

Als sie sich gegen 15:00 Uhr mit dem VW Passat ohne Musik auf den Weg nach Klaipėda machen, wird es bereits dunkel. Die langen Dunkelphasen im Winter hier im Norden stören Johan überhaupt nicht, er empfindet sie als sehr passend für die Stadt und das Land. Mitten auf der Strecke setzt heftiges Schneetreiben ein.

Die Stimmung am Hafen von Klaipėda, wo sie mit Blick auf alte Kähne und verschiedenste Boote wohnen, ist wie gemacht für den Jahreswechsel.

Was für ein Jahr, sinniert Johan in einer ruhigen Minute. Die Geburt unserer großartigen Tochter, die Hochzeit mit meiner geliebten Frau, der Vertrag mit der Kommission, die Überlegungen wegen des Jobs in Sierra Leone, die aufregende Zeit in Brüssel, der Umzug nach Litauen, der überraschend andere Job in der Delegation in Vilnius.

Am nächsten Morgen, dem ersten Tag des Jahres 1998 steht Johan auf einer Sanddüne auf der Kuhrischen Nehrung, hinter sich das Haff, vor sich die Ostsee, an seiner Seite Henrieke, die seine Hand hält. Auf seinem Rücken schläft Rosa in dem Tragegestell, dass sie extra für solche Wanderungen angeschafft hatten. Ihre Freunde unten am Strand, weitere Besuche bereits angekündigt – Johan hat seit langem, seit seiner Zeit in Afrika, endlich wieder das Gefühl, hier in der Ferne bei sich angekommen zu sein.

Teil II

Berlin

2000.

Das neue Jahrtausend beginnt spektakulär. Farben explodieren, aus einer vernebelten Tiefe wummern Bässe, alles fühlt sich leicht und gleichzeitig so schwer an. Die Bewegungen verlaufen sanft, sie müssen einen unsichtbaren Gegendruck überwinden. Johan nimmt seine Umwelt wie in Trance wahr. Es ist früh am Abend des letzten Tages des 20. Jahrhunderts und er liegt still auf seinem Bett. Er hat starke Schmerzmittel genommen und es scheint, als wirkten sie besonders gut, da er ansonsten kaum Medikamente zu sich nimmt. Kaum dämmert er weg, jagen Alpträume ihn wieder aus dem Schlaf. In den Wachphasen erlebt er die tollsten psychedelischen Vorführungen seiner Sinne. Der stechende, klirrend-kalte Schmerz, der ihn den ganzen Tag über geplagt und in den Wahnsinn getrieben hätte, wäre er nicht mit der Einnahme einiger Tabletten dagegen angegangen, ist nun als dumpfes, pochendes Klopfen im gesamten Kopfraum wahrnehmbar – das aber sehr intensiv. Der Druck aus dem Inneren seines Kopfes lässt keine Geräusche durch die Gehörgänge an sein Trommelfell gelangen. Dafür spürt er die Explosionen, das Wummern und die Hitze in seinem Körper umso mehr.

So hatte er sich den Jahrtausendwechsel nicht vorgestellt. Er wollte mit Henrieke auf eine große Party bei

Freunden gehen, die Unterbringung aller Kinder war organisiert, alles für ein fulminantes Fest vorbereitet. Viele der Freunde und Bekannten hätte er erstmals nach seiner Rückkehr nach zwei Jahren in Litauen wiedergesehen. Und nun das: Kieferhöhlenentzündung. Kurz vor Silvester. Trotz seines Zustands kann er die Enttäuschung fühlen, als er um Mitternacht mit Henrieke anstößt – natürlich nur mit Wasser. Er nimmt wahr, wie sich die realen Feuerwerksraketen und Böller mit seinen Explosionen im Kopf mischen. Die Enttäuschung ebbt etwas ab, als sie vor dem Bett ihrer tief schlafenden Tochter stehen. Es wird ihr Jahrhundert sein, in das sie jetzt starten. Kurz nach Mitternacht muss er sich wieder hinlegen. Er nimmt noch eine Tablette und bevor diese ihre Wirkung voll entfaltet und ihn in einen von Alpträumen durchwirkten Schlaf schickt, fühlt er nochmal das tiefe Bedauern darüber, dass er mit seinen blöden Schmerzen Henrieke um das einmalige Erlebnis einer Milleniums-Party gebracht und sie dazu verdonnert hat, sich das Silvesterprogramm im Fernsehen ansehen zu müssen.

Am nächsten Morgen ist er früh wach. Er lauscht in die Stille. Tatsächlich sind keine Geräusche von außen zu vernehmen, anscheinend liegt die Straße und die ganze Nachbarschaft noch im Salz. Und auch das Getöse in seinem Kopf ist verschwunden. Dafür ist der Schmerz wieder da, allerdings stark geschwächt, so dass Johann glaubt, gut gegen ihn anzukommen. Er ist froh, wieder klare Gedanken fassen zu können und möchte diese nicht zu früh wieder mit Medikamenten vernebeln.

Was macht man an einem Morgen, nachdem man die großartigste Party des Jahrhunderts verpasst hat, auf die sich die gesamte Menschheit seit Jahren gefreut hat? Auf die seit mindestens zwölf Monaten alles ausgerichtet war? Johann denkt an das, was er sich vom unverbrauchten Jahrhundert erwartet. Er wird – grob und optimistisch gerechnet – 60 Jahre davon erleben. Und mindestens 35 Jahre davon wiederum wird er mit Arbeit seinen Lebensunterhalt bestreiten müssen.

„Seit heute bin ich offiziell selbständig."

Johan hat in den vergangenen Wochen seine eigene Firma gegründet. „Unabhängig. Frei."

Freier Architekt für Stadtplanung, wie die Berufsbezeichnung als Mitglied der Brandenburgischen Architektenkammer korrekt lautet.

Wobei ihm klar ist, dass es wahrscheinlich nichts wird mit der Akquisition von Stadtplanungsprojekten. Der Arbeitsmarkt hat sich seit 1997 dramatisch verändert. Hatte man Anfang bis Mitte der 1990er Jahre noch die Auswahl bei der Suche nach einem neuen Job im breiten Tätigkeitsfeld der Stadt- oder Regionalplanung, so stellt sich jetzt, Anfang der 2000er, die Situation gänzlich anders dar. Es haben sich einige wenige große Ingenieurgesellschaften etabliert, die den Markt in der Region Berlin und Brandenburg unter sich aufteilen. Kleinere Büros haben aufgegeben oder halten sich nur mit Mühe im Geschäft. Zudem geht gerade ein Umbruch durch die Szene: Um mit den großen Gesellschaften mithalten zu können, müssen auch die kleinen massiv aufrüsten und in technische Ausstattung investieren. Und die ist noch extrem teuer.

„Aber es sind doch die neuen Märkte im Osten, also in den Staaten Ost-, Mittel- und Südosteuropas dazugekommen", dachte sich Johan, als er Ende 1999 nach zwei großartigen Jahren aus Litauen zurückkam und zunächst versuchte, mit seiner frisch erworbenen Arbeitserfahrung im EU-Erweiterungsprozess eine interessante Anstellung zu finden. Er wendete sich daher an die Architektenkammer, deren Mitglied er noch ist, mit der Bitte, ihm eine Liste mit Büros zu nennen, die in Osteuropa (im weitesten Sinne) aktiv sind. Die Antwort war ernüchternd: Da gibt es in der selbsternannten Drehscheibe nach Osteuropa keine Unternehmen im Bereich Stadtplanung, die bereits so aufgestellt sind, dass sie ihre Aktivitäten nach Osten ausgerichtet hätten. Und die Architektenkammer hatte auch keine Übersicht oder Einschätzung zu dem, was diesbezüglich kommen mag, welche Chancen sich womöglich bieten und wie man sie konkret nutzen könnte. Ob er denn bereit sei, die Kammer zu diesen Fragen zu beraten? So kam er an seinen ersten Auftrag als Freiberufler.

Es war wie ein Wink des Schicksals: Er wollte ohnehin nicht wieder dort einsteigen, von wo aus er vor zwei Jahren Richtung Sierra Leone und dann Litauen aufgebrochen war: als Angestellter in einem Planungsbüro.

Wenn schon zurück nach Deutschland, dann nach Berlin.

Und wenn er schon nicht auf einen neuen Auslandsposten in der Entwicklungszusammenarbeit spekulieren durfte, dann wollte er zumindest seinen anderen Traum verwirklichen und sich selbständig machen.

Das mit der Selbständigkeit ist ein alter Traum von ihm. Genauso wenig, wie er sich erklären kann, dass er unbedingt nach Afrika wollte, kann er sagen, warum er in die Freiberuflichkeit strebt. Vielleicht ist es so: Er hat schon früh gemerkt, dass er kein Kandidat für eine Position in der Verwaltung ist. Jobs in der Wirtschaft sprechen ihn eindeutig mehr an. Und dort suchte er immer schon gezielt nach kleinen Planungs- und Ingenieurbüros, in die er zunächst als Werkstudent, später dann als Berufsanfänger einsteigen konnte. Und bei seinen vielen Jobwechseln nach dem Studium, in den wilden 90ern des letzten Jahrhunderts in Berlin, blieb er sich in einer Hinsicht treu: Er heuerte bei kleineren engagierten Büros an, die gerade an spannenden Projekten arbeiteten. Und wenn es nach Abschluss eines solchen Projektes kein ebenso interessantes Folgeprojekt gab, war er schon wieder auf der Suche. So lernte er in kurzer Zeit viele verschiedene Büros – und deren Organisation und Führung – kennen. Mit diesen Erfahrungen und mit dem Gefühl, in Litauen gefragte Zusatzqualifikationen erworben zu haben, fühlte er sich bereit, den Schritt in die Selbständigkeit zu wagen.

So ging er zum Arbeitsamt, erklärte seine Pläne und sich nicht mehr für arbeitssuchend, beantragte ein Übergangsgeld und startete mit einem ersten Mini-Auftrag in der Tasche in einer Ecke des Schlafzimmers, die ihm als Büro dient, als Freiberufler.

Und parallel dazu überlegt er seitdem, wie er als Einzelgutachter an Aufträge in der Internationalen Zusammenarbeit kommen könnte.

Für die nächsten drei Monate gibt es Übergangsgeld, was danach kommt, ist vollkommen unklar.

Morgens quietscht, piept und rauscht das Modem in der ihm eigenen Art, die alle, die dieses Geräusch jemals gehört haben, dazu verdammt, diesen Ton nie wieder zu vergessen. Aber er ist froh über die Internetverbindung über die Telefonleitung. Es ist ihm klar, dass diese technische Installation, so unausgegoren, störungsanfällig und langsam sie auch sein mag, eine Voraussetzung für seine zukünftige Arbeit sein wird. Und verglichen mit der Anschaffung von Rechnern, Monitoren, Plottern und Software in einem Stadtplanungsbüro ist ein internetfähiger PC und die Internetverbindung preislich erschwinglich.

Die Zeitungen in Berlin sind voll von Berichten über die sich nun öffnenden Staaten in Osteuropa. Osteuropa – das wird als Oberbegriff für die Staaten genutzt, die im Baltikum, Mittel-, Ost- und Südosteuropa liegen. Differenzierung ist nicht überall angesagt. Aus der Perspektive desjenigen, der die letzten zwei Jahre in Litauen verbracht hat, ist das Ausmaß an Unkenntnis und teils sogar Ignoranz gegenüber dem, was hinter dem vormals Eisernen Vorhang liegt und was sich dort abspielt, erstaunlich. Schon während er in Vilnius arbeitete war ihm aufgefallen, wie sehr sich das Interesse der Deutschen, auch der deutschen Wirtschaft, an den Ländern jenseits von Polen und Ungarn in Grenzen hielt.

Meine Erfahrungen mit den Erweiterungsprozessen und dem Management von EU-Programmen sind doch sicher sehr gefragt, ich muss nur sehen, wie ich sie erfolgreich verkaufe, bringt Johann seine Ausgangslage auf den Punkt und startet eine Akquisitionsrunde, bei der er sich an die internationalen Firmen und Organisationen wendet, deren Engagement ihm in Litauen aufgefallen war. Und seinem Gefühl und Wünschen folgend spricht er zunächst diejenigen Organisationen an, die in der Entwicklungszusammenarbeit tätig und dort breit aufgestellt sind.

Er bekommt erste Angebote, an Projekten in Litauen mitzuarbeiten, doch nach Ausscheiden aus dem Dienst bei der Europäischen Kommission ist ihm laut Vertrag eine einjährige Karenzzeit auferlegt, in der er nicht für andere Auftraggeber in Litauen arbeiten darf. Schnell stellt er fest, dass sich die von ihm angeschriebenen potenziellen Auftraggeber vor allem für seine Erfahrungen mit den EU-Ausschreibungsverfahren interessieren. Und so kommt es, dass er seine nächsten Aufträge im Bereich der Erstellung von Angeboten auf EU-Ausschreibungen von Projekten in Osteuropa findet. Das ist zwar nicht ganz das, was ihm vorschwebt, aber Johann fühlt, als habe er einen Fuß in der richtigen Tür.

Zu seiner großen Freude beauftragt ihn schon bald die Deutsche Gesellschaft für Entwicklung und Internationale Zusammenarbeit, die DGZ, mit der Erarbeitung solcher Angebote. Dafür muss er oft für ein paar Tage in deren Hauptquartier bei Frankfurt am Main arbeiten.

Sobald er eines der Gebäude auf dem weitläufig angelegten DGZ-Campus betritt, fühlt er sich wie am Tor zu einer Welt, von der er immer geträumt hat, die durch seine Afrika-Aufenthalte – und da insbesondere durch die Mitwirkung an einem DGZ-Projekt in Kenia – noch verheißungsvoller erscheint und zu der er sich immer Zugang gewünscht hat. Die

Begrüßungstafeln in vielen Sprachen an den Gebäudeeingängen, die Fotos und Kunstgegenstände aus aller Welt an den Wänden, die Menschen aus den unterschiedlichsten Kulturen auf den Fluren, das Sprachengewirr in den Gängen und in den Kantinen – alles das saugt er auf, genießt es und ist bereit, auch die eher langweilen, oft zeitraubenden und nervtötenden Tätigkeiten bei der Angebotserstellung zu übernehmen, wenn er dadurch seinen Fuß in der Tür zu dieser Welt halten kann.

So wie er bemüht ist, sich Zugang zu den Aktivitäten der DGZ in der Internationalen Zusammenarbeit zu verschaffen, so ist die DGZ zu der Zeit bemüht, einen Fuß in den Markt für EU-finanzierte Projekte im Kontext der EU-Erweiterung zu bekommen. Die Vorbereitung von Kandidatenländern – man spricht von „emerging markets" – auf den EU-Beitritt ist ein riesiges Aufgabenfeld. Und dort mitwirken zu können, will man sich entsprechend positionieren und engagiert sich stark in der Zusammenarbeit mit Osteuropa. Johan gelingt es bei seinen Aufenthalten im Hauptquartier, seine diesbezügliche Expertise innerhalb der DGZ ins Gespräch zu bringen.

Und so ergibt es sich in der zweiten Hälfte des Jahres 2000, dass die DGZ sich mit entsprechenden Anfragen an ihn wendet. Meist sind sie jedoch auf der Suche nach einem Langzeitexperten, der in Vollzeit im Einsatzland stationiert werden soll. Solche Aufträge kann Johan in seiner aktuellen Situation nicht annehmen. Dennoch erscheint es ihm wie der Beginn einer vielversprechenden, ausbaufähigen Kooperation.

Zusätzlichen Antrieb gibt ihm auch eine überraschende, wunderbare Nachricht. Henrieke erzählt ihm an einem ganz gewöhnlichen Tag, an dem er eigentlich vornehmlich an die dringende Notwendigkeit dachte, neue Aufträge an Land zu ziehen, beim Einkaufen im KDW (wo sie eigentlich nie einkaufen, aber deshalb kann er sich sehr gut an den Ort erinnern), dass sie erneut schwanger ist.

Zum Jahreswechsel von 2000 auf 2001 – dem echten Start in das 21. Jahrhundert, das ja erst am 1. Januar 2001 begann – hält Johan seine schwangere Frau in den Armen. Das erste Jahr seiner Freiberuflichkeit hat er ganz gut bewältigt, auch wenn richtig lukrative oder wirklich spannende Aufträge bislang ausgeblieben sind. Aber er ist zuversichtlich, dass sein Geschäftsmodell in jedem Fall funktionieren und für ein auskömmliches Einkommen sorgen wird. Vor allem gibt es die Hoffnung auf interessantere Projekte in der nahen Zukunft.

Gleich werden sie mit Rosa das Feuerwerk anschauen. Was für ein Auftakt in das dritte Jahrtausend!

Ljubljana

2001.

Der Anruf erreicht Johan am späten Nachmittag, als er sich gerade daran macht, in seinem nach dem Umzug noch provisorischen Arbeitszimmer den Computer herunterzufahren.

In ihrer Drei-Zimmer-Wohnung, in die sie nach Rückkehr aus Vilnius eingezogen waren, war es bereits zu dritt sehr eng, und er hatte als Büro nur eine Ecke im – zugegebenermaßen recht geräumigen – Schlafzimmer. Aber es war eben insgesamt eher suboptimal. Vor allem, nachdem sich der neue Nachwuchs angekündigt hatte.

Und dann ergab sich plötzlich die Chance, ein kleines Haus am Rande Berlins zu mieten. Das frisch bezogene Häuschen ist großartig: Zwar klein, von der Quadratmeterzahl sogar kleiner als ihre alte Wohnung, aber in mehr als drei Zimmer auf zwei Ebenen unterteilt, mit einem trockenen Keller und zusätzlichem Stauraum auf dem Dachboden. Und ganz entscheidend: mit einer großen Terrasse und einem kleinen Garten! Es war wirklich ein Glücksfall. Ganz offensichtlich hat beim Besichtigungstermin ihr Charme als Kleinfamilie in freudiger Erwartung des zweiten Kindes eine Rolle bei der Entscheidung der Vermieter gegeben. Sie sind ganz verzückt von Rosa.

Und nun sitze ich hier in meinem ersten richtigen Arbeitszimmer, Johan streckt den Rücken auf seinem Küchenstuhl durch – für einen Schreibtischstuhl hat es noch nicht gereicht. Durch den zweiten Umzug innerhalb eines Jahres sind nochmal Kosten entstanden, die so nicht eingeplant waren. Und die neue Miete ist auch etwas höher als die alte.

Er hat heute wieder Gespräche geführt, um Optionen für Kooperationen mit Organisationen auszuloten, die in der Internationalen Zusammenarbeit tätig sind und Verstärkung für eines ihrer Projektteams suchen. Er hat ja bereits gemerkt, dass die Möglichkeiten dort am größten sind, wo es um Projekte in Osteuropa geht. Das entscheidende Argument in seinen Akquisitionsgesprächen ist immer seine Arbeit in Litauen und seine Arbeitserfahrung in der Zusammenarbeit mit den Staaten Osteuropas. Zu seinem Leidwesen interessiert seine Arbeit in Afrika niemanden, oder höchstens am Rande. Er steckt fest in seiner Schublade in einem nach geografischen Regionen unterteilten Aktenschrank.

Nun gut, Osteuropa ist ja nicht gänzlich uninteressant für mich, sagt er zu sich selbst und schaut sich in seinem Arbeitszimmer um, das bald schon das zweite Kinderzimmer werden wird. Die Zeit in Litauen war unbeschreiblich schön und wertvoll für uns als neugegründete Kleinfamilie. Und die aktuellen Entwicklungen sind extrem spannend. Die Unabhängigkeitserklärungen der osteuropäischen Länder, deren Annäherungen an die EU. Parallel dazu die Jugoslawienkriege, deren Ende sich gerade zaghaft andeutet.

Ich bewege mich mit meiner Arbeit irgendwie am Puls der Zeit, macht Johan sich klar und kann daraus durchaus eine starke Motivation ziehen. Aber er spürt, dass irgendetwas fehlt. Immer hofft er auf eine Gelegenheit, sich für einen Job in einem klassischen Projekt der Entwicklungszusammenarbeit – so wie in Afrika – ins Gespräch zu bringen: im Rahmen der Tätigkeiten bei der DGZ oder wenn er bei Konferenzen seine Visitenkarten vornehmlich unter den Vertretern von Entwicklungsorganisationen oder -Consultings verteilt. Aber alle sind an ihm als EU-Experte interessiert.

Trotzdem kommt es auch in diesem Bereich zunächst nicht zu konkreten Aufträgen. Oft werden ihm Jobs angeboten, für die er in das Einsatzland ziehen müsste. Das ist ihm jetzt, wo sie gerade umgezogen sind, Rosa in der Kita untergebracht ist und das zweite Kind seine Ankunft für Ende des ersten Quartals 2001 angekündigt hat, nicht möglich. Der mehr oder weniger konkret ausgesprochene Deal zwischen ihm und seiner Frau sieht vor, dass nun, nachdem sie ihm zwei Jahre auf seinen Posten in Litauen gefolgt ist (und sie wäre mit Neugeborenem sogar mit in das Bürgerkriegsland Sierra Leone gekommen!), sie sich erstmal wieder in ihren Job einarbeitet und versucht, dort voranzukommen. Zumal es auch für sie als Raumplanerin interessante Zeiten sind: Die Landesplanung in Brandenburg hat sich zu einer gemeinsamen Behörde mit dem Land Berlin zusammengefunden, es wird über eine Vereinigung der beiden Bundesländer diskutiert, Landesentwicklungspläne, Regionalpläne und vieles mehr müssen erstmals aufgestellt werden.

„Ich stehe aktuell für eine Position als Langzeitexperte nicht zur Verfügung und kann deshalb die Stelle als Team Leader oder Key Expert nicht annehmen."
Diesen oder ähnliche Sätze hört sich Johan also des Öfteren in dieser Zeit verkünden. Meistens sagt er mit einer

gewissen Schwermut ab, denn es befinden sich durchaus spannende Posten unter den Angeboten.

Da er keine Vollzeitstelle im Ausland annehmen kann, sucht er nach Aufträgen, die er aus seinem Büro bearbeiten kann, mit ein- oder zweiwöchigen Einsätzen vor Ort im Projekt.

Ich sollte es in meiner Situation als einen großen Vorteil ansehen, dass man mich geografisch vor allem Osteuropa zuordnet, redet sich Johan oft ein. Hier sieht er die Chancen auf einen solchen Auftrag als deutlich höher an. Für einen Einsatz in Afrika kommt nichts anderes als eine Entsendung vor Ort als Langzeitexperte infrage. Aber für Projekte in Ost- und auch Südosteuropa müsste es doch möglich sein, andere Modelle zu finden.

Jede Menge Berater fliegen für ihre Wirtschaftsprüfungsgesellschaften montags früh nach Frankfurt und kommen Freitagabend zurück. Mit einer Stunde Flugzeit könnte ich in Warschau sein, bei zwei Stunden in einem Großteil der osteuropäischen Hauptstädte.

Okay, dem steht entgegen, dass Berlin es immer noch nicht geschafft hat, zu dem Drehkreuz nach Osteuropa zu werden, das den Regierenden immer vorschwebt, muss Johan selber einwenden. Für Flüge nach Ost-, Mittel- und Südosteuropa sind dann doch eher München und Wien zu den entscheidenden Drehkreuzen geworden, was bedeutet, dass er für seine Dienstreisen immer teure Umsteigeverbindungen buchen und deutlich längere Reisezeiten kalkulieren muss. Das macht die Argumentation bei der Akquise den potentiellen Auftraggebern gegenüber nicht leichter.

Johan schaut auf das klingelnde Telefon. Er ist im Begriff, nach unten ins Wohnzimmer zu gehen, wo schon seine Frau mit Rosa und der Schwiegermutter, die für ein paar Tage zu Besuch ist, auf ihn wartet. Wer ruft freitags noch so spät am Nachmittag an?

Keiner aus dem Osten, Johan denkt an den Spruch seiner ostdeutschen Kollegen in seinen früheren Jobs: „Freitag nach eins macht jeder seins."

Er nimmt ab. Es ist tatsächlich niemand aus dem Osten Deutschlands. Der Gesprächspartner sitzt bei Frankfurt am Main und kommt schnell zur Sache.

„Wir haben Ihren Lebenslauf schon länger auf dem Schreibtisch. Sie sind ja mit uns vertraut und kennen auch unsere Projekte in Osteuropa. Nun, wir haben die Ausschreibung für ein neues Projekt gewonnen, allerdings ist uns einer der Key Experts kurzfristig abgesprungen. Wir haben an Sie als Ersatz gedacht. Das würde inhaltlich sehr gut passen, es geht um die Vorbereitung auf das Management der EU-Strukturfonds."

„Klar, das ist interessant für mich. Und ich bin generell sehr offen für Aufträge von der DGZ, wissen Sie ja. Um welches Land geht es denn?"

„Slowenien."

„Slowenien. Hm, das ist doch fast um die Ecke. Müsste ich dorthin ziehen?"

„Naja, zum Pendeln ist es dann doch zu weit weg, oder?"

„Vielleicht fürs wöchentliche Pendeln. Aber könnten wir uns nicht auf ein anderes Modell einigen? Also Vor-Ort-Einsätze von bis zu drei Wochen, zwischen denen ich eine Zeit zu Hause verbringen kann."

„Das machen wir nicht oft. Die Reisekosten sind einfach sehr hoch. Auch wenn Slowenien eines der nahegelegenen Länder ist, Sie müssten doch dorthin fliegen."

„Nun ja, ich könnte gegebenenfalls mit dem Honorar entgegenkommen. Und vielleicht ist eine Anreise mit der Bahn möglich. Ich würde zusagen, wenn wir ein Modell finden, in dem ich nicht dauerhaft in Ljubljana sein muss."

„Gut. Wir müssen den slowenischen Partnern unser Projektteam schon bald vorstellen. Ich denke, wir finden eine Lösung. Sind Sie an Bord?"

„Bin ich."

Wieder streckt Johan den Rücken durch, dehnt die Arme zu beiden Seiten und strahlt beim Blick durch das kleine Fenster mit dem Abendhimmel um die Wette. Sein erster großer Auftrag! Und wenn das mit den intermittierenden Einsätzen funktioniert, kann das ja als Modell für zukünftige Aufträge in anderen Ländern gelten.

Ihm geht auf, dass er gar nicht nach der Laufzeit des Vertrags gefragt hat. Egal. So viele Alternativen hat er ja aktuell nicht. Ehrlich gesagt ist es überschaubar, was er auf dem Tisch hat – und dabei handelt es sich ausschließlich um Mitarbeiten an Ausschreibungsunterlagen für verschiedene Auftraggeber. Aber jetzt geht es endlich wieder raus, „ins Feld"! Und das auf eine Art, die er mit seinem Familienleben vereinbaren kann.

Grinsend geht er hinunter ins Wohnzimmer. Henrieke fällt sofort auf, dass er etwas mitteilen muss – und offensichtlich handelt es sich dabei um eine gute Nachricht.

„Ich habe gerade einen Auftrag hereinbekommen."

„Kannst Du wieder ein Angebot schreiben?"

„Nein, viel besser. Ich kann für die DGZ in ein EU-Projekt einsteigen, als Key Expert."

„Das ist ja – Wo musst Du denn dann hin?", Henrieke stutzt in ihrer Begeisterung.

„Nach Slowenien. Aber nicht auf eine Vollzeitstelle dauerhaft vor Ort. Es soll eine Möglichkeit für mich geben, in unterschiedlichen Abständen zu pendeln. Details stehen noch nicht fest."

„Die wären aber durchaus wichtig..."

„Ja, schon. Entscheidend ist doch: Zum ersten Mal gibt es für mich die Chance, als Freiberufler in einem Projekt in der internationalen Zusammenarbeit mitzuarbeiten. Und ordentlich zu verdienen – auch wenn ich vielleicht mit meinen Honorarvorstellungen runter gehen muss, weil für mich mehr Reisekosten anfallen. Aber wie gesagt, Details werden noch geklärt."

„Slowenien ist traumhaft schön", sagt Johans Schwiegermutter.

Wien

2006.

Wieder einmal schafft er es nicht pünktlich nach Hause, zu seiner Familie, vor allem zu seinen Kindern, die ihn heute zum zweiten Frühstück, spätestens zum Mittagessen erwarten.

Johan fühlt sich schlapp, spürt jetzt die Müdigkeit nach einer Nacht auf dem Flughafen und in einem viel zu engen Sitz in einem überfüllten kleinen Flugzeug. Auch die schlaflosen Nächte der Woche machen sich nun deutlich bemerkbar. Es fällt ihm schwer, sich zu beeilen, um möglichst schnell zum Transferschalter zu kommen. Um hoffentlich mit dem nächsten Flug mitzukommen. Mutlos und erschöpft reiht er sich dort in die Schlange ein. Wie er das Schlangestehen hasst!

Wieso sind von den zwölf Plätzen am Schalter nur zwei besetzt? Und wieso dauert es bei jedem einzelnen Passagier so lange?

Seine einzige Hoffnung ist der Gedanke, dass samstags die Flieger nicht ganz so ausgebucht sind. Und dass er deshalb noch auf die nächste Maschine kommt. Aber wann geht die ab? Normalerweise, an einem Wochentag, gibt es mehrere Verbindungen zwischen Wien und Berlin. Aber heute?

Als er endlich an der Reihe ist, geht es überraschend schnell, was vor allem daran liegt, dass er ja kein Gepäck aufgegeben hatte. Er bekommt einen Platz auf dem nächsten Flug, der allerdings erst am frühen Nachmittag geht. Also noch ein Tag am Flughafen, kein Frühstück, Spielen, Mittagessen, Spaziergehen, Kaffeetrinken mit der Familie.

Ihm fällt ein, dass er, wenn er in Tegel gelandet ist, erstmal zum Lost and Found Counter muss, um zu fragen, ob sein Gepäck, das auf dem Weg nach Yerevan am Flughafen Wien hängengeblieben ist, wie vereinbart wieder zurück nach Tegel geschickt wurde und bereits dort auf seine Abholung wartet. Hoffentlich haben die überhaupt samstags geöffnet, denkt er sich. Wann genau er am Abend zuhause ankommen wird, hängt jetzt auch noch davon ab, wie lange es bei der Gepäckausgabe dauert.

Johan seufzt, nimmt sein Blackberry und ruft Henrieke an. Sie haben vor einiger Zeit vereinbart, dass sie sich nur in dringenden Fällen gegenseitig anrufen. Zu Beginn seiner Tätigkeit als freiberuflicher Berater, als die erhofften Aufträge für Auslandsprojekte endlich eintrafen, hatte er während seiner Einsätze täglich zuhause angerufen, lange mit Henrieke gesprochen und sie anschließend gebeten, auch noch seine Kinder an den Apparat zu holen. Aber er hat schnell gemerkt, dass diese Telefonate ihm nicht gut tun. Er fühlte sich danach zunehmend auf eine schwer zu fassende Weise leer. Es war, als käme jedes Mal eine Sehnsucht auf, die er mit aller Macht zu unterdrücken versuchte.

Und natürlich spürte er, dass die Kinder am Telefon oft gar nicht wussten, was sie sagen sollten. Es kam ganz selten eine wirklich ergiebige Unterhaltung in Gang. Und wenn eines der Kinder über seine Erlebnisse des Tages berichtete, gewann die Sehnsucht den Kampf. Traurigkeit und Zerrissenheit gesellten sich dann regelmäßig dazu. Brachten Rosa oder Franz die Frage auf, wann er denn wieder nach Hause käme, kam von ihm immer nur ein und dieselbe Antwort. Es hätte ihn überfordert, sich hier immer wieder etwas Neues einfallen zu lassen. Es war relativ leicht, wenn er für eine Woche unterwegs war, es war sehr schwer, wenn er am Anfang eines mehrwöchigen Einsatzes stand.

Es ist auch nicht so, dass sie sich wirklich dafür interessieren, wo er sich gerade befindet und was genau er dort macht. Henrieke fragt bei neuen Einsatzorten schon mal nach, aber seine Begeisterung für spannende Projekte und das Kennenlernen neuer Städte und Länder teilen sie nicht im Ansatz.

Am Anfang hatte er monatliche Telefonrechnungen zwischen 300 und 600 Euro. Besonders teuer in dieser Hinsicht waren seine Aufenthalte in Moldau und Zentralasien. Also hatten Henrieke und er eines Tages beschlossen, die Telefonate zu begrenzen. Er schrieb bei Ankunft im Hotel eine Textnachricht, rief dann nur noch an, wenn er wirklich Lust dazu hatte und es etwas zu besprechen gab. Und natürlich bei mehrwöchigen Reisen an den Wochenenden.

Und wenn etwas mit der Rückreise nicht klappte. Diese Anrufe hasste er. Sie waren leider ziemlich häufig.

„Hallo ich bin's", startet Johan.

„Ach, und bist Du in Wien?", Henrieke ist bereits skeptisch.

„Ja, aber ich habe den Anschlussflug verpasst. Die gute Nachricht: Ich bin auf den nächsten Flieger gebucht."

„Und die schlechte? Schaffst Du es zum Mittagessen? „

„Leider nicht. Ich komme erst am frühen Abend an. Und dann muss ich in Tegel meinen Koffer suchen gehen. Ich weiß nicht, wann genau ich bei Euch sein werde."

„Wir wollten doch heute zusammen zu Ikea. Das klappt dann wohl nicht…"

„Nein, kaum."

„Und nächste Woche bist Du schon wieder weg…"

„In Montenegro, ja, ich weiß."

„Die Kinder brauchen aber nun langsam ein paar Möbel in ihren Zimmern. Und sie freuen sich schon so darauf, zusammen einkaufen zu gehen."

„Ich freue mich auch darauf, aber ich kann doch nichts daran machen, dass mein Flug Verspätung hatte."

„Warum eigentlich?"

Keine Ahnung. Das hat uns niemand gesagt. Also, da war jetzt kein richtiger Grund, nur Verzögerungen überall."

„Na toll."

„Genau."

So oder ähnlich war das schon x-mal gelaufen. Wie er das hasste. Dann kommen reflexartig seine ewigen Überlegungen nach vorne: Wie kann ich an Aufträge kommen, für die ich nicht so viel ins Ausland reisen muss? Wie kann ich meinen Job gestalten, damit der kompatibler mit meinem Familienleben wird?

In den vergangenen Jahren hatte er Einiges probiert. Schon recht bald nach Aufnahme seiner freiberuflichen Tätigkeit hatte er sich einen Raum in einer Bürogemeinschaft von Planern verschiedener Disziplinen gesucht. Und das nicht nur, weil er nach der Geburt seines Sohnes sein

Arbeitszimmer zugunsten eines zweiten Kinderzimmers in ihrem kleinen Haus räumen musste. Er hatte gehofft, dass es ihm als Mitglied dieser Bürogemeinschaft besser gelingen würde, auf dem deutschen Markt Fuß zu fassen. Das funktionierte aber nur sehr bedingt.

Die Mitglieder der Bürogemeinschaft – großartig in einem Loft in einer Seitenstraße des Kurfürstendamms gelegen – waren ganz überwiegend in Berlin und Umgebung tätig. Nur er nicht. Zu Beginn hatte es Fälle gegeben, in denen sie sich als Bietergemeinschaft um Aufträge bemüht hatten, doch oft gab es irgendein Problem, das verhinderte, den Zuschlag zu bekommen. Meistens ging es um die Rechtsform oder die Referenzen. Klar, Johan hatte fast ausnahmslos Referenzen von Projekten aus dem Ausland. Die wurden allerdings oft in den offiziellen Ausschreibungsverfahren nicht anerkannt. Während er sich aufwändig um Projekte in der Nähe bemühte, an zahlreichen Wettbewerben und Ausschreibungen teilnahm, sich auf Vernetzungstreffen herumtrieb, fielen ihm die Auslandsaufträge nach ersten erfolgreichen Projekten in Slowenien und Zypern einfach zu. Und so wuchs seine Liste mit den ausländischen Referenzen und seine Entfremdung mit den anderen in der Bürogemeinschaft.

Als die Etablierung von eMails und die Verbreitung von Mobiltelefonie bei stark sinkenden Preisen ein Sekretariat zunehmend überflüssig machten, stellte Johan fest, dass er in seinem Büro nur noch die Räumlichkeiten nutzte, aber nicht mehr die Vernetzung mit den anderen Mitgliedern, nicht mehr das Sekretariat und auch kaum noch die Geselligkeit.

Er war während seiner Einsätze oft wochenlang nicht dort. Und wenn er da war, dann kam er früh am Morgen, nachdem er die Kinder in den Kindergarten oder die Schule gebracht hatte – oder die irgendwann alleine dorthin gefahren waren. So früh war kaum jemand der anderen in der Büroetage anzutreffen. Sie meisten der Architekten, Stadt- oder Landschaftsplaner kamen in der Regel erst am späten Vormittag, blieben dann bis in die Nacht, während Johan zuhause sein wollte, wenn die Kinder aus der Schule kamen.

Als Johan und Henrieke dann ein kleines Haus kauften und die Renovierung planten, war schnell klar, dass er zukünftig die Büromiete sparen würde. Und die Pendelzeit. Stattdessen baute er sich sein Büro ins Erdgeschoss, sorgte für eine gute Internetverbindung, kaufte eine passende Computerausstattung. Mit den Leuten aus der Bürogemeinschaft hatte er dann noch einmal zusammengearbeitet, als diese seine Qualifikation und Erfahrung bei der Erstellung des Masterplans für ein neues Stadtzentrum in Almaty in Kasachstan nutzten. Kurz darauf löste sich die Gemeinschaft auf, weil die Miete zu stark gestiegen war. Vier Jahre hatte er dort seinen Sitz gehabt und vergeblich gehofft, dass ihm die Kooperation und Vernetzung mit den anderen Mitgliedern der Bürogemeinschaft und deren Auftraggebern oder das Renommee der Adresse in Top-Lage Zugang zu auskömmlichen Projekten in Deutschland verschaffen würden.

In dieser Zeit sind Johans Hoffnungen auf Aufträge in Deutschland weiter gesunken – gerade, als er gerne mehr Zeit in seinem Büroraum im eigenen Haus, das nun der Familiensitz (und seine Altersvorsorge) sein würde, verbringen wollte. Aber nun benötigen sie Geld für Tilgung, Zinsen und Renovierung, und er kann erstmal bei der Auswahl von Aufträgen nicht allzu wählerisch sein.

Und natürlich möchte er die Auslandsprojekte, die er jetzt bearbeiten darf, auch nicht missen. Er fühlt sich dort meistens genau richtig am Platz, für diese Kooperationen genau richtig ausgebildet. Er mag die Abwechslung bei Einsatzorten und Aufgabenstellung, die Herausforderungen – das genaue Gegenteil von Routine. Also geht es doch eher darum, wie er „seine" Projekte familienfreundlicher gestalten kann.

Kann mir da nicht das gestohlene Geld helfen? überlegt Johan in der Frequent Traveller Lounge am Flughafen Wien. Die Tasche mit seinem Schatz scheint ihm gerade so weit weg. Nicht nur räumlich. Auch seine Gedanken waren seit der Landung hier woanders. Nun, da er zum Warten gezwungen ist und es für ihn hier nichts Interessantes zu sehen oder tun gibt, versucht er, das, was ihm letzte Woche passiert ist, zu sortieren.

Zunächst einmal scheint es ihm nun, aus der Distanz, angemessener, wenn er das Geld in seiner Tasche als gefunden statt als gestohlen betrachtet. Es ist ihm nun eher so, als sei ihm da etwas passiert. Er selbst war ja weniger aktiv, hatte keine klaren Absichten, es ist ihm irgendwie etwas zugefallen. Also passt „gestohlen" nicht wirklich, und er entscheidet, das Geld als „gefunden" anzusehen.

Einen Schatz findet man eben. Punkt.

Das fühlt sich soweit akzeptabel an, stellt er zufrieden fest und holt sich ein Bier.

Štefanova ulica

2001 – 2005.

Slowenien und seine Hauptstadt sind in der Tat traumhaft. Die Anreisen mit dem Flugzeug ab Tegel gehen über Wien, Frankfurt oder München, wo Johan in den Flieger der Adria Airways umsteigt. Die Landung am kleinen Flughafen etwas außerhalb von Ljubljana erinnert ihn an den Flughafen Vilnius. Schnell ist er durch die Abfertigung, sein Gepäck kommt ebenfalls schon nach kurzer Zeit über das Gepäckband. Durch die Scheiben der Ankunftshalle sieht Johan die Berge, die ihn bei jedem Flug aufs Neue beeindrucken. Beim Landeanflug gleitet das Flugzeug durch lange, tiefe und breite Täler, er kann die schneebedeckten Gipfel, die Felswände, darunter dann Wälder und Wiesen, einzelne Höfe und Hütten, kleine Dörfer, Wege und Straßen sehen. Vereinzelt sind kleine Gewässer zu erkennen, am Talgrund Flüsse und größere Seen. Alles wirkt idyllisch und friedlich.

Er hat monatlich ein bis zwei Wochen in Ljubljana zu tun. Wenn es passt, legt er zwei oder mehr Einsätze zusammen und reist mit der ganzen Familie an, die inzwischen auf vier Personen angewachsen ist. Ihr Sohn Franz wurde geboren und seitdem ist Henrieke wieder im Mutterschaftsurlaub. Das heißt, sie kann ihn mit den Kindern relativ problemlos auf seinen Einsätzen begleiten. Daher hat er sich ein Apartment in der Štefanova ulica in der Hauptstadt gemietet, mit einer Wohnküche, einem Schlaf- und einem Kinderzimmer. Außerdem verfügt es, da es im zwölften Stock liegt, über einen Zugang zur Dachterrasse. Zu der Zeit haben alle

Gebäude in der Innenstadt von Ljubljana maximal zwölf Stockwerke, so dass sie einen fantastischen Ausblick genießen können, den nur wenige andere Wohngebäude bieten. Von ihrem Mietshaus sind sie innerhalb weniger Minuten fußläufig im Tivoli-Park als auch mitten in der Stadt am Prešeren trg, dem Hauptplatz von Ljubljana.

Wenn sie zu einem der gemeinsamen mehrwöchigen Aufenthalte anreisen, nehmen sie den Autoreisezug von Berlin-Wannsee. Besser geht es nicht. Abends gegen 20 Uhr fahren sie den Wagen auf den Autoanhänger des Nachtzuges, dann machen sie es sich zu viert in ihrem reservierten Familienabteil gemütlich. In den ersten Jahren wird noch nach Bezug des Abteils ein Schlummertrunk serviert. Am Morgen bekommt man ein frisches Frühstück, während der Zug durch die Alpenlandschaft gleitet. Man ist gegen acht Uhr in Villach und Johan sitzt um zehn in seinem Büro im slowenischen Wirtschaftsministerium. Über die Jahre wird der Service leider zunehmend schlechter. Es fällt nicht nur das Getränk am Abend weg, sondern es wird mehr und mehr beim Frühstück gespart: Gab es zunächst noch richtiges Geschirr und Besteck auf einer weißen Tischdecke und frische Brötchen, die in München entgegengenommen wurden, so werden zuletzt nur noch Frühstückstüten mit eingeschweißten Produkten wie Schmierwurst, Streichkäse und Schokocreme in das Abteil geworfen. Aber im Vergleich zur Flugreise mit zwei Erwachsenen und zwei Kindern ist das immer noch günstiger und bequemer, zumal es keine Direktflüge von Berlin nach Ljubljana gibt. Und sie können jede Menge Gepäck mitnehmen, was bei zwei jüngeren Kindern ein echter Vorteil ist, vor allem wenn man sich sowohl alpin als auch maritim ausstatten muss. Und schließlich haben sie so ihr Auto vor Ort zur Verfügung.

Das brauchen sie zwar nicht unbedingt in der sehr fußgänger- und kinderfreundlichen Stadt Ljubljana, aber es ist großartig, damit Ausflüge in die nahegelegenen Berge oder ans Meer machen zu können. Oft fahren sie samstags nach einem Bummel über den großartigen, stimmungsvollen Wochenmarkt in Ljubljana in die Alpen, wandern zu einem der fantastischen klaren Seen oder reißenden, türkisfarbenen Flüsse und essen in einem Berggasthof ein deftiges Abendessen, um am Sonntagmorgen in etwas mehr als einer Stunde an die Adriaküste zu fahren und den ersten Cappuccino in einem Café an einer Strandpromenade zu sich zu nehmen, während die Kinder schon am oder im Wasser sind.

Die gemeinsamen Aufenthalte in Slowenien nutzen sie dann auch für ihre Urlaube. Nachdem sie im zweiten Jahr eine entspannte Woche auf einem Bauernhof in der Nähe von Ptuj verbracht und anschließend noch eine weitere Woche auf einer kroatischen Insel die warmen Tage direkt am fast leeren Strand genossen haben, möchten die Kinder dieses Modell in den Folgejahren wiederholen. Das machen sie auch dann noch, als Johan gar nicht mehr regelmäßig in Slowenien arbeitet.

So wird die Wohnung in Ljubljana gut genutzt, bis ihre Tochter in Berlin eingeschult wird und gemeinsame Aufenthalte in Slowenien nur noch in den Sommerferien möglich sind.

Danach wird es für Johan schwieriger, seine Arbeit mit seinem Familienleben in Einklang zu bringen. Es gibt viel zu tun in Ljubljana und sein Vertrag wird immer wieder verlängert. Zwar steigt Henrieke nach ihrem Mutterschaftsurlaub erstmal nur in Teilzeit wieder in ihrem Job ein, dennoch wird es sehr stressig für sie in den Wochen, in denen Johan im Ausland ist. Er ist mittlerweile nicht nur in Slowenien unterwegs, sondern hat parallel Projekte in Zypern, Rumänien und Bulgarien, in denen er in unterschiedlicher Intensität arbeitet. Die Arbeit an sich macht ihm extrem viel Spaß, er liebt die Arbeit in den Transformationsprozessen. Die Diskussionen in Europa sind geprägt von der anstehenden Erweiterung um zehn Staaten und der Öffnung weiterer Länder. Es fühlt sich gut und richtig an, in Osteuropa zu arbeiten.

Die Art der Projekte, die er bearbeitet, bringt es mit sich, dass er es mit Verwaltungen, meist mit Ministerialverwaltungen auf höchster staatlicher Ebene zu tun hat. Und das ist zwar oftmals unfassbar zäh, aber abwechslungsreich. Das bulgarische Wirtschaftsministerium zum Beispiel ist ein kafkaeskes Bürokratiemonster, ein unansehnliches Gebäude in der Innenstadt Sofias, durchzogen von langen Gängen mit abgetretenen Linoleumböden. Das fahle Licht aus den Neonröhren muss sich den Weg durch rauchgeschwängerte Luft bahnen. In den mitunter fensterlosen Besprechungsräumen, die, wie die einzelnen Büroräume auch, mit Bergen von Akten in braunen Umschlagmappen vollgepfropft sind, ist die Luft so dicht, dass man, von seinem Stuhl in Richtung einer der Neonröhren schauend, die Regenbogenfarben in blassem Pastell in Kreisen um die Lichtquelle sieht. Diese Gänge und Räume werden von unzähligen Männern dominiert, die alle gleich aussehen und nur beim genaueren Hinsehen Unterschiede im Alter offenbaren. Alle tragen braun-grau-farbene, schlechtsitzende Anzüge über cremeweißen Hemden (oder sind es ehemals blütenweiße Hemden, die in der Nikotin-Luft die Farbe des Inneren von Zigarettenfiltern angenommen haben?) mit Krawatten, die man nicht mal auf einer 70er-Jahre Party ironisch tragen könnte. Sie bewegen sich entweder ängstlich-hektisch oder ängstlich-unauffällig. Das sind die niederen Ränge. Oder sie stapfen mürrisch, herrisch und mit suchendem, herausforderndem Blick durch die Gänge, gefolgt von zwei oder drei Lakaien der ersten Gruppe. Das sind die Vertreter der höheren Ränge. Vertreter der ganz hohen Ränge sieht man so gut wie gar nicht, wenn man nicht gerade einen Termin mit einem von ihnen hat.

Dagegen sind die Ministerien in Ljubljana zu Anfang der 2000er Jahre bereits modernisiert. Oder befinden sich in einem Modernisierungsprozess. Die Annäherung an die EU und die Vorbereitung auf den EU-Beitritt werden überwiegend als willkommener Impuls gesehen. Das betrifft die Gebäude als auch die Verwaltungsvorgänge, anders als in Bulgarien, wo Johan deutliche Beharrungskräfte ausmachen kann. Die Mitarbeiterschaft des slowenischen Wirtschaftsministeriums ist im Hinblick auf die Altersstruktur deutlich ausgeglichener, auch was das Geschlechterverhältnis angeht. Die deutlich höhere Zahl an jungen Mitarbeitern und der höhere Anteil an Frauen sorgen für ein spürbar besseres Arbeitsklima. Es herrscht eine dynamische, offene Atmosphäre, es werden ganz selbstverständlich viele Sprachen gesprochen, neben denen der Nachbarstaaten auch Deutsch und Englisch. Als temporärer Mitarbeiter erhält Johan völlig problemlos eine Zugangskarte zu allen Räumlichkeiten des Ministeriums und zu einigen anderen Regierungs- und Verwaltungskomplexen und kann sich damit selbständig durch die verschiedenen Gebäude bewegen. Zudem steht ihm ein eigener Arbeitsplatz mit Computer zur Verfügung. Die Minister, Staatssekretäre und sonstigen leitenden Beamten arbeiten nicht räumlich abgetrennt oder gar „versteckt", sondern mit ihren Büros mitten unter denen der anderen Mitarbeiter, man trifft sich auf dem Flur und in der Kantine, es ist sogar möglich, bei solchen Treffen spontan einige Informationen auszutauschen oder auf dem kurzen Dienstweg Angelegenheiten zu klären.

Seine Aufträge sehen in der Regel weiterhin eine Präsenzpflicht vor. Meistens wird er nur für die Tage bezahlt, die er am Einsatzort arbeitet. Honorare für eine Vor- oder Nachbereitung abrechnen zu können, ist die absolute Ausnahme. Johan übernimmt daher weiterhin die Erstellung von Angebotsunterlagen im Rahmen von EU-Ausschreibungen und nun auch die Erarbeitung von EU-Förderanträgen – was ganz gut läuft, denn seine in Litauen erworbenen Kenntnisse helfen ihm, die Anträge in der geforderten Logik und erwünschten Antragslyrik zu verfassen, was eine sehr hohe Erfolgsquote zur Folge hat. Diese Arbeit macht alles andere als Spaß, aber er kann sie von zu Hause aus erledigen, zumindest zum größten Teil.

Nach der ersten EU-Erweiterungsrunde 2004 nehmen die Aufträge aus Slowenien und den anderen der EU beigetretenen Ländern schlagartig ab. Johan muss die Wohnung in Ljubljana, die ihm sehr ans Herz gewachsen und mit wunderbaren Erinnerungen verbunden ist, aufgeben und wohnt bei seinen Einsätzen danach wieder in Hotels – oder, da er die Atmosphäre in den großen Hotels immer weniger mag, in einer kleinen Pension am Platz der Französischen Revolution.

Es wird nun deutlich schwieriger, an Aufträge zu kommen, denn wo sich bislang die auf den Erweiterungsprozess spezialisierten Consultants um Projekte in zwölf Ländern bewerben konnten, bleiben ihnen jetzt nur noch die Projekte in Rumänien und Bulgarien. Anfang 2005 hat Johan einen einzigen Auftrag: die finale Abwicklung der langjährigen Projekte in Slowenien. Zwar gelingt es ihm, dank seiner Erfahrung und dem guten Ruf, der den Projektteams vorauseilt, die in Slowenien und Zypern erfolgreich gearbeitet haben, Aufträge für die Mitwirkung an Projekten sowohl in Bulgarien, als auch in Rumänien zu ergattern. Aber es ist ihm klar, dass er sich neu orientieren muss.

Über seine langjährige Arbeitserfahrung in Slowenien fokussiert sich Johan auf die Staaten des westlichen Balkans. Mit Erfolg: Die DGZ nimmt ihn für ein Projekt in Mazedonien, das damals offiziell Former Yugoslav Republic of Macedonia – FYRoM – heißt, unter Vertrag. Im selben Jahr startet er als Key Expert in einem Projekt in Montenegro, das ihn recht lange beschäftigen wird.

Podgorica

2006.

Johan steht vor dem Hotel Crna Gora in Podgorica. Kurz genießt er die frische Luft, schaut über den großen Boulevard hinüber in den Kraljev Park, dreht dann aber nach rechts ab und geht die wenigen hundert Meter zum Regierungskomplex, in dem auch das Außenministerium und das Ministerium für Internationale Wirtschaftsbeziehungen und Europäische Integration – kurz MIREI – untergebracht sind. Letzteres ist sein Ziel.

Seit Ende 2005 arbeitet er dort im Rahmen eines großen EU-Projektes, das die Montenegriner bei ihrer Annäherung an die Europäische Union unterstützen soll. Die Partner in Podgorica sehen in Slowenien, das sich als erste Teilrepublik Jugoslawiens für unabhängig erklärt hat und nun EU-Mitglied ist, ein Vorbild und möchten gerne von deren Erfahrung profitieren. Es ist also nicht verwunderlich, dass das Konsortium, welches die EU-weite Ausschreibung des Verwaltungsreformprojektes in Montenegro gewinnen konnte, ein Projektteam ausschließlich mit slowenischen Experten angeboten hat – plus Johan, dem seine Slowenien-Erfahrung zur Position als Key Expert verhilft.

Zu Beginn des Projektes ist Montenegro noch Teil des losen Verbundes zweier eigenständiger Staaten namens „Serbien und Montenegro". Als es sich Mitte 2006 nach einem Referendum für unabhängig erklärt, kommt eine groß angelegte Verwaltungsreform in dem ehemals sozialistischen Land ganz nach oben auf die politische Agenda. Damit bekommt auch das Projekt, in dem Johan arbeitet, eine größere Bedeutung. Es soll nun den Ausbau der staatlichen Behörden unterstützen, um sie auf ihre neuen Aufgaben als unabhängiger Staat vorzubereiten.

Deutlich mehr Arbeit also. Gleichzeitig verliert das Projekt einen großen Teil des montenegrinischen Personals, denn als unabhängiger Staat muss Montenegro Botschaften in anderen Staaten und bei internationalen Organisationen eröffnen. Die Mitarbeiter des MIREI, die bereits geschult wurden und zu deren Qualifikation es gehört, Englisch zu sprechen, werden in die neuen montenegrinischen Botschaften in Washington, Belgrad sowie Brüssel und Genf entsandt.

Andere Mitarbeiter, auch in den übrigen Ministerien – allesamt nicht sonderlich gut bezahlt, eine Anstellung in der Verwaltung gilt daher nicht als attraktiv – sehen Chancen in der Privatwirtschaft. Die zeitgleich stattfindenden Entwicklungen in der digitalen Welt locken viele der jungen Montenegriner. So erlebt Johan, wie einer seiner montenegrinischen Kollegen seinen Verwaltungsjob kündigt und sich damit selbständig macht, die Domains mit der neu geschaffenen Domain-Endung „.me" für Montenegro, die er zuvor reserviert hat, zu verkaufen. Für Domains wie rent.me, call.me, oder follow.me werden einige Tausend Euro bezahlt, erklärt er seinen Kollegen am letzten Arbeitstag.

Es ist eine spannende Zeit und Johan mag die Arbeit in dem kleinen, jungen Staat. Und so ist er nun in Pendel-Mission zwischen Berlin und Podgorica unterwegs. Mindestens einmal pro Monat ist Johan für eine Woche in Podgorica und hat einen Schreibtisch im Ministerium. Insgesamt ist die Verwaltung in dem kleinen Staat nicht so bräsig wie in Bulgarien, aber auch nicht so offen wie in Slowenien. Und dass es hier Einflüsse gibt, die sich in keinem Organigramm wiederfinden, wird in der Arbeit im MIREI schnell deutlich.

Bereits 1996 löste Montenegros Regierung ihre Verbindung zur serbischen Regierung und entwickelte ihre eigene Wirtschaftspolitik. Das führte dazu, dass in Montenegro 1999 die D-Mark als Parallelwährung eingeführt wurde. Die enormen Abwertungen des jugoslawischen Dinars hatten das Vertrauen in diese Währung zerstört und ausländische Investoren abgeschreckt. Seither wurden sogar Renten und Gehälter in D-Mark ausbezahlt. Im Folgejahr hat die noch jugoslawische Teilrepublik Montenegro den Dinar aus dem Verkehr gezogen. Mit der Einführung des Euro seit 2002 wurde auch das umlaufende DM-Geld in Montenegro in Euro-Münzen und -Scheine umgetauscht. Jetzt ist hier der Euro gesetzliches Zahlungsmittel.

Montenegros Nutzung des Euro, obwohl es nicht Teil der Eurozone ist, bedeutet, dass, im Gegensatz zu den Ländern der Eurozone, Montenegro keine eigenen Euro-Noten im Umlauf hat. Demzufolge können sich Banknoten von außerhalb des Landes hier leicht ansammeln. Das bietet gute Gelegenheiten für das ansässige organisierte Verbrechen, Geldwäsche zu betreiben. Da Montenegro keine eigenen registrierten Banknoten hat, können kriminelle Banden große Mengen unregistrierter Euro-Noten durch das Bank-System kaufen und sie gegen Banknoten aus anderen Ländern tauschen, da die Banken nicht überwachen, wo die Scheine herkommen.

In seinen Gesprächen mit Vertretern der Europäischen Kommission und der Europäischen Agentur für Wiederaufbau ist Johan klar geworden, dass man das Problem zwar kennt, sich damit aber lieber nicht befassen möchte. Es wird allgemein davon ausgegangen, dass eine große Anzahl der 200- und 500-Euro-Noten im Umlauf in Montenegro durch organisierte Verbrecher für Geldwäsche und andere Aktivitäten benutzt werden.

Vor diesem Hintergrund wundert es auch niemanden, dass die Regierung in Montenegro immer wieder im Fokus von Untersuchungen zum Zigarettenschmuggel in ganz großem Maßstab steht. Generell ist allen bewusst, dass im Falle von EU-Beitrittsverhandlungen die Verhandlungskapitel zum Rechtsstaat harte Nüsse sein werden.

Für Johan spielt das alles nur als ganz spezifisches Lokalkolorit eine Rolle. Probleme mit dem Justizsystem, Bürokratie, Kleptokratie und überbordende Korruption sind in so einigen Ländern, in denen er arbeitet, große Probleme. In Rumänien und Bulgarien wurde deswegen der zunächst für 2004, zusammen mit den anderen zehn Kandidatenländern Ost-, Mittel- und Südosteuropas anvisierte Beitrittstermin um drei Jahre nach hinten verschoben. Bei seinen aktuellen Tätigkeiten im bulgarischen Wirtschaftsministerium wundert er sich, wie offen die bulgarischen Behörden so kurz vor dem Beitritt zur EU immer noch versuchen, Schlupflöcher bei der Kontrolle der EU-Strukturfonds offenzuhalten.

In Montenegro fällt Johan auf, dass seine Kollegen aus dem Ministerium in ihrer Freizeit in Aktivitäten eingebunden zu sein scheinen, von denen sie sich gegenseitig nur zuraunen und ihm mit verschwörerischem Blick nur Andeutungen äußern, von denen er so tut, als verstünde er, was gemeint ist. Es ist ihm auch eigentlich egal. Immer wieder lässt er sich von seinen Kollegen zu abendlichen oder nächtlichen Aktivitäten mitschleppen – viele von denen hätte er im Nachhinein gerne verpasst. Auch wenn es dabei Gelegenheiten für Einsichten in eine Welt gab, zu der er ansonsten keinen Zugang hat. Wüsste er sonst, dass er diesbezüglich wirklich nichts vermissen musste?

Einer, der großes Talent darin hat, Johan zu etwas zu überreden, zu dem er nicht wirklich Lust hat, ist Dejan. Eigentlich arbeitet Dejan gar nicht im MIREI oder in einer anderen Verwaltung. Er hat keine formelle Position inne und ist auch gar nicht offiziell ins Projekt eingebunden. Aber er ist immer dabei, er wird gerufen, „wenn es etwas zu klären oder zu organisieren" gibt. Er ist ein Typ, dem man nichts abschlagen kann. Zum einen, weil er selber sehr hilfsbereit ist, was zum Teil so weit geht, dass er seine Hilfe aufdrängt. So empfindet es jedenfalls Johan des Öfteren. Er hat den Eindruck, dass Dejan jede Person, die ihm wichtig erscheint, sofort einzuwickeln versucht. Johan scheint es, als ginge es Dejan dabei darum, möglichst viele Kontakte in sein Umfeld einzubinden, sie durch ein Gespinst aus immer aufs Neue versicherter Freundschaft und ein von ihm postuliertes System des Gebens und Nehmens wortwörtlich an sich zu binden. Irgendwie schafft er echte oder vermeintliche

Abhängigkeiten bei den anderen, während er selber frei bleibt und die Kontrolle behält.

Johan ist auf der einen Seite davon abgeschreckt und begegnet Dejan eher abwartend und vorsichtig, andererseits ist er mitunter unsicher, ob er nicht zu misstrauisch und voreingenommen ist. Wieso kann er nicht einfach annehmen, dass es sich um vorbehaltlose und von Hintergedanken freie Hilfsangebote und Freundschaftsdienste handelt?

Die Antwort ist leicht: Weil er mit Vertretern dieser speziellen Art von Menschen seine Erfahrungen gemacht hat. Mehrfach bereits. Sie erkennen ihn anscheinend schnell als Opfer, dem es schwerfällt, Nein zu sagen.

Johans Problem ist, dass es ihm einerseits unendlich zu schaffen macht, bei seinem Nein zu bleiben, und ihn dann ein schlechtes Gewissen plagt. Wenn er sich trotz seines Bauchgefühl überreden lässt, regt er sich wahnsinnig darüber auf, wieder gegen seinen Willen zu etwas gedrängt worden zu sein und es fühlt sich an, als wäre er erneut in eine Falle getappt, als Opfer ausgeguckt worden.

Mittlerweile ist er jedenfalls sehr skeptisch, wenn er Menschen wie Dejan begegnet. Er hat Angst vor Ansprüchen und Forderungen, die entstehen können, wenn er zu sehr in eine Freundschaft einsteigt oder Hilfsangebote annimmt. Und ärgert sich gleichzeitig über sein Misstrauen und seine Angst.

Bei Dejan ist sich Johan allerdings sicher, dass er ein Geschäftsmodell aus seiner Fähigkeit gemacht hat, Leute für sich einzunehmen und sie an sich zu binden, und bei passender Gelegenheit ein Entgegenkommen einzufordern.

Auch bei Johan gibt Dejan sich Mühe. Er schleppt ihn durch die Kneipen Podgoricas und er organisiert ausschweifende Aktivitäten, die Johan zwar überhaupt nicht reizen, weil sie ihn an das pubertäre Gehabe verwöhnter Kinder neureicher Russen und Serben erinnern, die wissen, dass sie in Montenegro machen können, was sie wollen. Aber er bringt es nicht zustande, Dejan genau das zu sagen. Vielleicht weil er nicht uncool wirken möchte?

Dejan: „So ein Wochenende an der Küste ist doch genial! Wir lassen es richtig krachen! Oder willst du dich lieber langweilen? Was ist schon los in Podgorica?"

Solche Wochenendaktivitäten starten in Montenegro immer an der Küste, in Budvar, Kotor oder Bar. Hier befinden sich die Luxus-Immobilien mit privatem Meereszugang, meist im Besitz undurchsichtiger Konsortien mit serbischem oder russischem Hintergrund. Nach der Unabhängigkeit beschleunigt sich der Ausbau großer Hotelkomplexe direkt an den Stränden, die in diesem Zuge oftmals privatisiert werden. Buchten, in denen die Gäste kleinerer Hotels oder privater Unterkünfte in den nahegelegenen Dörfern vormals baden konnten, sind für diese nun versperrt.

Reiche Jugendliche bilden Partygesellschaften, die in den angesagten Küstenorten Cafés und Restaurants kapern. Die Wortführer der Gesellschaften ordern lautstark und ohne weitere Abstimmung reichlich alkoholische Getränke – immer auch Wodka und Loza, den lokalen Traubenschnaps. Und unfassbar viele Speisen, wobei Kaviar, Hummer und teurer Fisch auf keinen Fall fehlen dürfen.

Dann geht es in die anderen angesagten Kneipen, später in die Nachtclubs und Casinos entlang der Küste, meist weit außerhalb der Städte. Von Ort zu Ort gelangt die Gruppe dabei in einem Konvoi aus den riesigen, protzigen Geländewagen mit verdunkelten Scheiben. Der Alkoholkonsum der Fahrer spielt keine Rolle. In den Nachtclubs und Casinos werden der Gruppe junge Frauen zugespielt, das Eingehen auf diese Angebote ist normal, ein Ablehnen muss glaubhaft begründet werden und führt ansonsten zu einer Verschlechterung des Ansehens in den Augen der anderen Gruppenmitglieder (auch der Frauen!).

An den Casino-Tischen wird um hohe Geldbeträge gespielt - auch hier gilt: Wer nicht mitzieht, braucht gute Gründe. Getrunken wird Champagner, ansonsten teure Cocktails und Shots. Bei Bier darf nur bleiben, wem der Ruf als deutsche Spaßbremse nichts ausmacht. Wenn man erstmal in so einem Casino festhängt, kommt man ohne Weiteres nicht wieder weg, denn Podgorica liegt eine gute Autostunde entfernt. Man muss also durchhalten, bis der Fahrer, in dessen Auto man auf dem Hinweg mitgenommen wurde, zum Aufbruch bereit ist. Und das kann schon mal bis zum Morgengrauen dauern.

Einmal gilt es, eine hochrangige Veranstaltung auf die Beine zu stellen, auf der das Projekt seine bisherigen Erfolge vorstellen und die weiteren Schritte mit den montenegrinischen Partnern vereinbaren soll. Alle an der Organisation beteiligten Personen sind sich sofort einig, dass als Austragungsort kein Saal in Podgorica infrage kommt, sondern man an der Küste suchen muss. Als die eigens angereiste Projektleitung zwei oder drei zur Auswahl stehende

Räumlichkeiten besucht, stellt Johan fest, dass es sich dabei jeweils um ein Luxus-Hotel mit Casino, Pool und exklusivem Strandzugang handelt. Alle wirken von außen relativ ähnlich: weiß, kühl, kubistisch, viel Glas, Infinity-Pools – und zu Johans gar nicht so großer Überraschung auch von innen. Gastronomisch scheint man keine Unterscheidungen zu erwarten, denn die Menü-Optionen werden nicht verglichen. Da die Veranstaltung über zwei Tage gehen soll, werden Gäste in der Anlage übernachten müssen. Also lassen sie sich die Zimmer zeigen. Die zum Meer ausgerichteten Räume verfügen über einen Balkon mit einer gläsernen Brüstung, so dass man vom Bett aus die Adria sehen kann. Mehr noch, die Wand zum Bad ist ebenfalls aus Glas, somit kann man sogar auf der – Überraschung! – gläsernen Badewanne aufs Wasser blicken.

Als sie mit dem Hotelmanager auf der Terrasse vor dem Veranstaltungsaal im Erdgeschoss stehen, dreht sich dieser um, deutet mit einer Hand auf die Fassade des fünf- oder sechsstöckigen Gebäudes und betont mit wichtiger Stimme: Und alle diese Glasflächen sind aus absolut schusssicherem Glas! Alle nicken bedeutungsvoll, während Johan sich fragt, wieso man in einem Hotel in einem Urlaubsort an der Adria unbedingt schusssicheres Glas braucht.

Das Event wird ein voller Erfolg, das Glas wird dabei nicht auf seine Schusssicherheit getestet, und so bucht man diese Location auch für die Abschlussveranstaltung.

Skopje

2006.

Es ist sein 40. Geburtstag. Johan sitzt in einer Art Biergarten am Ufer des Vardar. Vor ihm der Fluss, der jetzt, im Hochsommer viel zu wenig Wasser für sein großes Bett führt. Linker Hand überspannt ihn die große, uralte Steinbrücke, die den neueren, südlich gelegenen Teil von Skopje mit der Altstadt im Norden mit ihren engen Gassen, dem Basar und dem die ganze Stadt überragenden Fort verbindet. Hinter ihm, auf der Promenade, an der sich Cafés, Kneipen, Biergärten und Restaurants aneinanderreihen, die allesamt den Raum zwischen dem breiten Fußgängerweg und der steil abschüssigen Böschung mit Tischen, Stühlen und bequemen Outdoor-Möbeln in weißen Pavillons belegt haben, herrscht feierabendliches Treiben. Die Sonne steht noch recht hoch am Himmel und die Sitzplätze außerhalb der acht Schattendächer werden durch geschickt gespannte schattenspendende Segel geschützt, mancherorts wird die Luft durch feinsten Wassernebel angenehm gekühlt. Dazu wird Wasser aus dünnen Leitungen, welche geschickt in den Pergolen und sonstigen Konstruktionen verlegt sind, aus unzähligen Verteildüsen in die Sommerluft gesprüht. Herrlich.

Johan genießt diesen Feierabend. Er ist früher als sonst zusammen mit seinen Kollegen aus dem heißen DGZ-Büro aufgebrochen, um hier am Fluss ein paar Runden anlässlich seines Jubeltages zu schmeißen. Er ist gerne in Skopje, die Stadt ist unspektakulär, aber einladend und leicht zu erkunden. Die Stimmung, vor allem jetzt im Sommer ist großartig.

In seiner freien Zeit durchstreift er sämtliche Stadtteile zu Fuß, endet dann entweder in der Altstadt in einem türkischen oder albanischen Restaurant, oder aber am zentralen Macedonia Square.

Die DGZ ist zu der Zeit in Skopje in einer Art Barackenstadt untergebracht, die nach dem schweren Erdbeben von 1963 eingerichtet wurde. Das Beben hatte die Stadt dem Erdboden gleichgemacht. Mehr als 1.000 Menschen starben, rund 4.000 wurden verletzt, 200.000 Menschen waren von heute auf morgen obdachlos. Etwa 80 Prozent der Stadt wurden zerstört. Heute noch zeigt in der Ruine des einstigen Bahnhofs von Skopje, die nach der Katastrophe im zerstörten Zustand belassen wurde, die zum Zeitpunkt des Erdbebens stehen gebliebene Bahnhofsuhr 05:17 Uhr an.

Für den Wiederaufbau arbeiteten Ost und West zusammen, aus den Ruinen des Bebens sollte mit internationaler Unterstützung eine moderne Stadt erwachsen. Zuvor aber mussten zunächst Provisorien für den Übergang geschaffen werden. Dazu gehörte der Bau von Behelfsunterkünften und Fertighäusern, die angelehnt an sowjetische, schwedische und finnische Vorbilder schnell errichtet werden konnten. Diese Provisorien zeigen sich sehr langlebig und noch Anfang der 2000er Jahre sind einige Verwaltungen und internationale NGOs in einem Baracken-Viertel untergebracht. Es gibt dort nur eine provisorische Infrastruktur, das Quartier ist etwas vom Rest der Stadt abgegrenzt und deshalb sehr ruhig. Es hat sich in den Jahrzehnten in den Randbereichen und auf den freien Flächen im Innern ein dichter, grüner Bewuchs entwickelt, aus dem es ständig laut zwitschert. Ein kleines Café nimmt Bestellungen entgegen und bringt

Kaffee, Tee und kalte Getränke in die verschiedenen Baracken. In der Sommerhitze herrscht dort eine Atmosphäre, die Johan an seine Zeit in Marsabit erinnert. Vielleicht kann er aus diesem Grund nicht in die Klagen der meisten Kollegen über die Kälte im Winter und die Hitze im Sommer einstimmen.

Das Projekt, in dem er arbeitet, ist im Wirtschaftsministerium angesiedelt und Johan kann einige seiner Kenntnisse und Erfahrungen aus Slowenien einbringen. Er schätzt seine mazedonischen Kollegen und ist gerne auch nach Feierabend mit ihnen zusammen.

„Alles in allem ist das eine gute Art, einen runden Geburtstag zu feiern", denkt sich Johan. Klar, er wäre gerne zu Hause und ließe sich dort von Frau und Kindern verwöhnen, würde abends mit seinen Freunden losziehen oder bei sich zu Hause im Garten feiern. Aber das wird er nachholen.

Es ist für ihn in den vergangenen Jahren immer schwerer geworden, seine Einsätze in Zeiten zu legen, die nicht mit wichtigen Familienterminen kollidieren. Bei zwei Kindern im schulpflichtigen Alter sind da schon so einige Fixpunkte, zu denen man zu Hause sein muss. Neben den Geburtstagen, den Weihnachtstagen einschließlich Jahreswechsel und Ostern sind das vor allem möglichst drei Wochen in den Sommerferien. Im Idealfall gelingt es, den gemeinsamen Familienurlaub in der Zeit zu machen, in der Kita und Hort Schließzeit haben.

Auch die übrigen Ferienzeiten sind Zeiträume, die er erst dann mit Einsätzen belegt, wenn es nicht anders geht.

Dann gibt es noch die Termine, die ebenfalls wichtig sind, und die kurzfristig dazukommen: Schulaufführungen, Veranstaltungen der Sportvereine und der Musikschule, der Theater-AG etc.

Die Adventszeit ist immer extrem stressig. Zum einen gibt es viel zu tun, weil vor der großen Weihnachtspause und dem Jahresende immer noch Einiges, was das ganze Jahr lang liegengeblieben ist, fertiggestellt werden muss (und unverbrauchte Mittel, die zum Jahresende verfallen, noch ausgegeben und abgerechnet werden müssen) und daher viele Reisen und Einsätze anfallen. Zum anderen ist das die Hochzeit der Aufführungen und sonstigen Veranstaltungen der Schulen und Vereine.

An einem Freitag im Advent hatte Rosa eine Hauptrolle in der Weihnachtsaufführung ihres Jugendchores. Wochenlang wurde intensiv geprobt und sie sprach von nichts anderem mehr. Natürlich sollte die ganze Familie zum Zuschauen kommen. Auch Johan freute sich riesig auf dieses Highlight der Vorweihnachtszeit. Unglücklicherweise musste er in der Woche der Aufführung noch einmal nach Mazedonien. Er hatte für den Freitag extra auf einen frühen Rückflug über Wien bestanden, der teurer war als die Flüge über Budapest oder Belgrad, die sonst für ihn gebucht werden. So würde er es rechtzeitig in die Schulaula schaffen. Allerdings lief es auf der Rückreise wieder einmal nicht rund: Es gab aus unerklärlichen Gründen einen verspäteten Abflug aus Skopje.

Johan wurde bereits beim Check-in sehr nervös und regte sich ziemlich auf, als er weder beim Einchecken noch am Abfluggate herausfinden konnte, ob er seinen Anschluss in Wien noch erreichen wird. Das Bordpersonal zeigte sich aber nicht nur außerstande, ihm Auskunft zu geben, sondern auch noch extrem genervt von seiner Frage. In Wien landeten sie erst nach der Einstiegszeit für seinen Flug nach Berlin. Auf der Anzeigetafel sah Johan jedoch, dass dessen Abflug sich um wenige Minuten verspäten würde. Er rannte wie verrückt, drängte sich an Pass- und Sicherheitskontrollen rücksichtslos nach vorne (was er hasst!), raffte nach der Leibesvisitation seine Sachen zusammen, raste (ohne den Gürtel wieder in die Hose gesteckt zu haben) zum Gate und erreichte es in letzter Sekunde. Völlig durchgeschwitzt fiel er in seinen Sitz. Die Türen des Fliegers wurden direkt hinter ihm geschlossen.

Dennoch machte das Flugzeug auch nach zehn Minuten keinerlei Anstalten, sich von seiner Position hin zur Startbahn zu bewegen. Irgendwann, als die Unruhe auf den Sitzen zu groß wurde, kam die Durchsage, der Start verzögere sich, da man es wegen der Verspätung nicht zum ursprünglich geplanten Zeitraum für die Landung in Berlin schaffen könne und es noch keinen neuen Slot gäbe.

Offensichtlich musste man in Berlin lange nach so einem freien Slot für die Maschine aus Wien suchen, denn erst nach über einer Stunde, in denen die Passagiere angeschnallt und ohne Information auf ihren Sitzen bleiben mussten, ging es los. In Tegel landeten sie natürlich auf einer Außenposition, mussten ewig auf die Busse warten, gab es keine schnellere Abfertigung der EU-Bürger bei der Passkontrolle und kam das Gepäck erst, nachdem zwei andere Flüge, deren Passagiere sich in dem kleinen Ankunftsbereich rund um das Gepäckband drängten, abgefertigt waren – also sehr spät.

Mehrfach hatte Johan durchgerechnet, ob und wie er es noch pünktlich zu Rosas Aufführung schaffen könne. Jetzt schien alles verloren. Doch dann fuhr der Flughafenbus direkt nach seinem Einstieg ab. Er kam schnell zum Wagen und der Freitagnachmittag-Feierabendverkehr war nicht so dicht wie sonst. Er gab ordentlich Gas und hielt in dem Augenblick vor der Schule, als in der Aula die Aufführung begann. Der Zuschauerraum war bereits abgedunkelt, als er ihn betrat und er hatte Schwierigkeiten, Henrieke und Franz ausfindig zu machen. Da sah er sie: Sie saßen ziemlich weit vorne in der dritten Reihe. Er drängte sich zu ihnen, ignorierte die demonstrativen Seufzer und das Aufstöhnen der Zuschauer, die allesamt pünktlich da waren und jetzt etwas rücken mussten, um ihm Platz zu machen. Er hob seinen kleinen Sohn hoch, setzte sich auf den Stuhl und Franz auf seinen Schoß, was diesen sichtlich freute. Ein Kuss für Henrieke und die Aufführung begann.

Es wurde die Weihnachtsgeschichte von Charles Dickens gespielt. Als Johans Puls sich beruhigte und er realisierte, dass er es geschafft hat und entspannen kann, ergriff ihn der Zauber der Geschichte und der Atmosphäre in der Aula. Mit Franz auf seinem Schoß, Henrieke neben sich und auf der Bühne seine Tochter, die festliche Stimmung im Saal, die von den Kindern mit Inbrunst, purer Freude und Stolz vorgetragenen Lieder – er konnte nicht anders, als sich gehen zu lassen. Eigentlich wurde er eher mitgerissen von etwas, das er nicht fassen konnte.

„Was, wenn ich das verpasst hätte?"

Er merkte, dass ihm die Tränen unaufhaltsam über die Wangen liefen.

Bukarest

2005.

Sie sitzen in einem großen Besprechungsraum in Bukarest, im Ministerium für Regionalentwicklung. Vor sich Berge von Papier: Es handelt sich um Förderanträge für grenzüberschreitende Projekte entlang der rumänischen Grenzen mit der Ukraine und der Republik Moldau. Zusammen mit verschiedenen Experten aus unterschiedlichen EU-Ländern entscheidet Johan in einem Auswahlgremium über die Vergabe der ausgeschriebenen Finanzmittel.

Im Laufe des Auswahlprozesses fällt ihm immer deutlicher auf, dass kaum ein Projektvorschlag eines moldauischen Antragstellers bewilligt wird.

„Klar, so wie die Programme gestrickt sind, sind die Moldauer bei der Antragstellung benachteiligt", stellt sein Gegenüber fest. Gerhard ist neben seiner Professur als Gutachter in Projekten der internationalen Zusammenarbeit tätig. Über gemeinsame Einsätze in DGZ-Projekten in Armenien und dem Südkaukasus haben sie sich kennengelernt und angefreundet. „Vor allem, weil sie keine Erfahrung mit EU-Anträgen haben."

„In Litauen habe ich eine ähnliche Situation erlebt", erinnert sich Johan: „Am Anfang kamen in den EU-Programmen für den Ostseeraum kaum Projekte aus Litauen durch. Dann haben wir eine Reihe von Trainings zur Beantragung von EU-Fördermitteln aufgelegt. Und das hat sofort Wirkung gezeigt: In der nächsten Ausschreibungsrunde waren die ersten Anträge erfolgreich."

„Nicht schlecht!"

„Genau. Und danach entwickelte sich eine unglaubliche Dynamik: Die geförderten Projekte wurden umgesetzt – das konnte man konkret sehen und das spornte so andere an, an den Trainings teilzunehmen und Anträge zu stellen."

„Das bräuchte es auch hier!"

„Ja, denke ich auch. Mittlerweile werden solche Trainings in allen EU-Kandidatenländern durchgeführt."

„Also haben die rumänischen Antragssteller seit Jahren die Möglichkeit, an diesen Trainings teilzunehmen."

„Genau."

„Und in der Ukraine? Dort laufen doch keine Vorbeitrittsprogramme..."

„Nein, aber dort haben sie Regionale Entwicklungsagenturen, die an grenzüberschreitenden EU-Programmen teilnehmen können. Deren Mitarbeitende werden entsprechend ausgebildet. Ich selber habe in einem solchen Projekt in Czernowitz gearbeitet", bringt Johan ein, während sich eine Idee in seinem Kopf ihren Weg bahnt.

„Das alles fehlt in Moldau", stellt Gerhard fest, und es ist klar, dass auch ihm ein paar interessante Gedanken kommen.

„Wer hat dich denn damals in dem Projekt in Czernowitz bezahlt?", fragt er.

„Das war ein DGZ-Projekt", erinnert sich Johan.

„Können wir nicht eine deiner Projektkonzeptionen nehmen, für Moldau anpassen und der DGZ vorschlagen, daraus ein Projekt zu machen?"

Es dauert keine zwei Wochen, da erhält Johan von der DGZ die Einladung, nach Chişinău zu reisen und dort aus der Projektidee einen konkreten Projektvorschlag zu erarbeiten. Es stünden Mittel aus einem Fonds für Pilotvorhaben zu Verfügung.

So startet Johan in ein neues Projekt, das ihn über viele Jahre begleiten wird.

Zu der Zeit beginnen Johan und Henrieke, konkreter über einen Hauskauf nachzudenken. Sie leben nun schon seit 1992 in diesem Ort am Rande Berlins, unterbrochen nur von den Zeiten in Litauen und Slowenien. Die Kinder waren hier im Hort und gehen nun auf die örtliche Grundschule und das Gymnasium. Er ist also an der Zeit zu überlegen, ob sie hier nicht Wohneigentum anschaffen wollen und können. Johan widerstrebt der Gedanke daran, sich zu verschulden. Allerdings gefällt ihm die dauerhafte Abhängigkeit von Vermietern auch nicht. Zudem muss Johan auch an sein Alter denken. Als Freiberufler ist eine eigene Immobilie die beste Altersvorsorge. Da Henrieke, wenn aktuell auch nur in Teilzeit, aber doch auf einer vollen Stelle im öffentlichen Dienst angestellt ist, klappte es mit einem Kredit für den Hauskauf – zu Konditionen, die Johan als Selbständigem niemals eingeräumt worden wären, obwohl er in den vergangenen Jahren immer deutlich mehr verdient hat als Henrieke.

Als sie plötzlich das Angebot bekommen, das altes Siedlungshäuschen aus den 1930er Jahren, auf großem Grundstück, aber vollkommen renovierungsbedürftig, zu kaufen, schlagen sie zu.

Schwechat

2006.

Mit diesem Geld im Hintergrund: Kann ich es da Projekt-mäßig nicht ab jetzt etwas lockerer angehen lassen? überlegt Johan bei einem weiteren Bier in der Lufthansa-Lounge an Wiens Flughafen.

Wäre doch klasse, mehr mit den Kindern machen zu können, nicht mehr so oft reisen zu müssen. Er seufzt.

Aber würde ich jetzt aus einem der laufenden Projekte aussteigen? Eigentlich nicht. Die Aufgaben im Südkaukasus, in Montenegro, Mazedonien und Moldau sind überaus spannend. Einige der Projekte hat er selber entwickelt. Und er arbeitet in Teams, in denen er sich sehr wohlfühlt und die er nicht im Stich lassen möchte.

Außerdem kann ich ja nicht wirklich irgendwo aufhören, solange ich nicht weiß, wie ich überhaupt an das Geld herankomme. Und ich muss vorsichtig sein, dass niemand Verdacht schöpft.

Bei diesem Gedanken kommt wieder ein ungutes Gefühl hoch, eine Ahnung, aufpassen zu müssen, jeden Schritt sorgsam überlegen zu müssen, irgendwie auf der Flucht zu sein.

Aber wo kann ich die Tasche unauffällig und sicher verstauen, oder besser: verstecken?

Bisher ist sein Plan, sie erstmal im DGZ-Fahrzeug auf der Fahrt zu einer Veranstaltung für armenische und georgische Planer nach Georgien zu bringen, um von dort aus dann weiterzusehen.

Am besten ich plane den nächsten Einsatz so, dass ich nach Yerevan fliege, wir dann im Grenzgebiet zu Georgien einen Workshop durchführen, ich von dort aus nach Tbilissi weiterfahre und von dort zurückfliege.

Dann fällt ihm ein, dass an den Grenzübergängen in Osteuropa, und sicher auch im Südkaukasus, Fahrzeuge durchaus sorgfältig kontrolliert werden. Vielleicht sollte er sich in einem ersten Schritt ein Bild von der Situation an der armenisch-georgischen Grenze machen und anschauen, wie die Grenzkontrollen dort laufen?

Johan holt sich noch ein Bier. Kostet ja nix.

Mit dem Alkoholgehalt im Blut steigt sein Mut, sich vorzustellen, was er mit dem Geld machen könnte. Für den kleinen Luxus reicht es, immer mal wieder niedrige Beträge aus der Reisetasche zu holen und ganz locker im Portemonnaie mitzunehmen. Dazu ab und zu zur Tarnung in Podgorica am ATM 200-Euro-Scheine ziehen.

Außerdem kann ich das Geld einsetzen, um Baumaterialien oder Handwerker für die Renovierung zu bezahlen. Oder für Möbel, die uns wirklich gefallen, ohne Kompromisse. Ich sollte nur erstmal nicht versuchen, das Geld auf mein Konto einzuzahlen.

Ihm fällt ein, dass er nächste Woche in Podgorica sein wird. Vielleicht könnte er mal nachhorchen, ob Ausländer in Montenegro ein Konto eröffnen können. Dort wird das Geld ja nicht geprüft, wenn man es einzahlt. Zumindest hat er das irgendwie so mitbekommen. Oder ist es zu riskant, sich danach zu erkundigen? Immerhin war der ursprüngliche

Besitzer der Reisetasche mit dem Geld mindestens einmal in Podgorica und ist im Hotel Crna Gora abgestiegen.

Zum Glück bin ich nächste Woche im Hotel Kerber.

Das Kerber ist die günstigste Unterkunft in Podgorica, vor allem, wenn man eines der Zimmer ohne richtige Außenfenster bucht. Es gibt darin durchaus ein Fenster, das geht allerdings zu einem schmalen Schacht hin, der vielleicht gerade mal 1,50 mal 1,50 Meter groß ist und durch den kein Licht in das Zimmer dringt. Johan hat bei den Vertragsverhandlungen mit seinem Auftraggeber zugestimmt, bei den Übernachtungskosten zu sparen, um dafür mehr Reisen im sehr schmalen Budget vorsehen zu können. Seitdem ist Schluss mit den Übernachtungen im Crna Gora.

Was passiert, wenn mich der Besitzer des Geldes in Montenegro sieht und bemerkt, dass er mich auch schon in Yerevan gesehen hat. Der glaubt doch nicht an einen Zufall, ist sich Johan plötzlich sicher. Das Gleiche gilt für andere Leute, die hinter dem Geld her sind. Ich sollte auf jeden Fall davon ausgehen, dass irgendjemand das Geld vermisst und danach sucht. Das ist doch wahrscheinlicher als alles Andere. Also vorsichtig bleiben.

Das bedeutet auch, erstmal weiterarbeiten und reisen wie geplant. Das heißt, er muss morgen mit der Abendmaschine mit JAT nach Belgrad und von dort mit wirklich sehr knapper Umsteigezeit weiter nach Podgorica. Mit Schaudern denkt er daran, mitten in der Nacht vor dem Flughafen mit den Taxifahrern diskutieren zu müssen, sehr spät im Hotel anzukommen und nur wenig und schlechten Schlaf zu bekommen.

Jetzt tröstet ihn die Vorfreude auf einen behaglichen Abend mit Henrieke und den Kindern. Überpünktlich, um ja nicht noch durch eigene Schusseligkeit vielleicht den Ersatzflug zu verpassen, steht er am Gate und wartet dort auf seinen Rückflug. Zum Glück verläuft dieser Flug planmäßig. Nach der Landung in Tegel macht er sich auf die Suche nach seinem Gepäck. Wie erwartet ist es nicht am Ankunftsgate, man schickt ihm zum Lost and Found. Dort kann man ihm erst helfen, als nach langem Suchen eine Notiz zu seinem Vorgang auftaucht. Nur – man findet die Reisetasche trotzdem nicht. Genervt diskutiert Johan so lange mit verschiedenen Flughafenmitarbeitern, bis er seine Adresse angeben darf und ihm zugesagt wird, seine Tasche nach dem Auffinden dorthin zu schicken.

Das hat Zeit gekostet und Johan ist genervt, er will nur noch schnell nach Hause und für den Rest des Tages nicht mehr ans Reisen denken müssen. Er wartet auf den Bus, der ihn zu seinem Auto bringt, das wie immer im Wohngebiet hinter dem Jakob-Kaiser-Damm parkt.

So ein Mist, dass ich gleich morgen wieder losmuss. schlägt mit dem Handballen auf die Hupe, weil ein Wagen vor ihm nicht zügig genug über die Kreuzung fährt und ihn diese Unachtsamkeit eine unnötige Ampelphase einbrockt.

Natürlich wird die Tasche nicht am Sonntag zugestellt. Johan erfährt nicht einmal, ob sie inzwischen gefunden wurde. Er muss also einen anderen Koffer für seine Reise nach Montenegro packen.

Bevor sie mit der gesamten Familie am Sonntag in eines ihrer Lieblings-Frühstückslokale aufbrechen, versucht Johan anhand einer Anleitung der Bundesdruckerei im Internet zu erkennen, ob es sich bei seinen 200-Euro-Banknoten um gefälschte Exemplare handelt. Aber allem Anschein nach sind sie echt. Das beruhigt ihn. Bleibt also nur noch die Frage, ob sie markiert oder registriert sind.

Aber das wird man in kleineren Geschäften ja nicht prüfen können. Johan steckt die Scheine zurück in sein Portemonnaie.

Nach dem ausgiebigen Frühstück zückt er eine der beiden Banknoten.

Ich habe es leider nicht kleiner, ich habe nur zwei von denen aus dem Geldautomaten bekommen, erklärt er entschuldigend der Kellnerin, obwohl er gar nicht mit Sicherheit sagen kann, ob sie angesichts des Scheines irgendeine Reaktion gezeigt hat.

„Kein Problem", die Bedienung verschwindet hinter der Theke.

Johan spürt die Nervosität wachsen, lenkt sich im Spiel mit seinen Kindern ab, während er darauf wartet, dass das Wechselgeld an den Tisch gebracht wird. Als sich die Kellnerin nähert, versucht Johan, aus ihrem Gang oder ihrer Mimik abzulesen, ob es Probleme geben könnte. Er schafft es nicht. Da steht sie bereits am Tisch, legt einen Teller mit dem Wechselgeld und zwei Bonbons auf den Tisch und wünscht ihnen noch einen schönen Sonntag.

Johan ist erleichtert und lässt ein großzügiges Trinkgeld zurück.

MIREI

2006.

„Guten Morgen, wie war dein Flug?"

Das ist die typische Begrüßung an einem Montag in seinem Büro im MIREI. Die allermeisten Mitarbeitenden sind offen und sympathisch, der Umgang mit ihnen ist leicht. Das liegt nicht nur daran, dass die meisten hier sehr jung sind – jünger noch als Johan. Es ist auch die Euphorie, mit der sie bei der Sache sind. Die Fortschritte, die Montenegro macht, sind mit der Unabhängigkeit vor allem für die Angestellten dieses Ministeriums sehr deutlich spürbar gewesen. Es gibt zahlreiche Aufstiegschancen, die Stimmung ist optimistisch.

„Gut! Ich bin über Belgrad geflogen. War mal wieder super eng beim Umstieg. Ich dachte, ich bekomme den letzten Flug nach Podgorica nicht mehr. Musste sogar schon mein Gepäck abholen, aber dann haben sie doch gewartet und ich bin in einem Kleinbus mit meiner großen Reisetasche übers Flugfeld zum Flieger gefahren worden. Die Tasche haben sie einfach im Passagierraum vorne vor die erste Reihe gestellt. Hab ich so auch noch nicht erlebt."

„Tja, hier ist man hilfsbereit und gut im Improvisieren – und im Ignorieren von Sicherheitsregeln."

„Das hört aber auf, wenn ihr der EU beitreten wollt", scherzt Johan.

Das Zimmer im Hotel Kerber erwartet ihn so trostlos, wie er es beim letzten Mal verlassen hat. Manchmal, wenn sie nicht ausgebucht sind, gönnen sie ihm als Stammgast ein etwas besseres Zimmer zum vereinbarten Tarif – mit einem Fenster mit Blick zum Parkplatz. Diesmal nicht.

Das Kerber-Frühstück ist so schlicht, dass er deswegen nicht extra früher aufsteht. Er holt sich lieber auf dem Weg zur Arbeit einen Deutschkaffee in einem der kleinen Cafés an der Straße der Freiheit, der Slobode, wo am Abend der traditionelle Korso stattfindet. Oft trifft er dort auch schon Kollegen und bekommt die neuesten Nachrichten geliefert.

Heute steht er an der Theke und während er den etwas stärkeren Milchkaffee genießt, denkt er an die letzte Nacht. Er hat lange wach gelegen und über verschiedene Fragen zu seinem wertvollen Fund in Yerevan sinniert.

Warum wird ein hoher Geldbetrag in bar von Montenegro nach Armenien geschafft? Wenn es illegal erworbenes Geld war, hätte man es direkt in Montenegro waschen können. Aber auch Armenien scheint ein guter Ort für das Reinwaschen von Geldern zu sein. Als er seinen Einsatz in Yerevan nachbereitete, hat er in den Berichten des Europarates zu Armenien gelesen, dass Sachverständige große Unzulänglichkeiten bei der Ermittlung und Ahndung von Geldwäsche in Armenien festgestellt und die Behörden aufgefordert haben, umgehend dagegen vorzugehen. Der Bank- und der Immobiliensektor in der armenischen Wirtschaft seien am anfälligsten.

Was also, wenn das Geld in Montenegro im Immobiliensektor investiert werden sollte, dann aber durch die Unabhängigkeit und EU-Annäherung die Bedingungen ungünstiger wurden und eine Ausweichmöglichkeit gesucht und in Armenien gefunden wurde. Das könnte doch zum Beispiel für die in Montenegro sehr aktiv russischen „Anleger" eine gute Option sein.

Alles reine Spekulation, ist sich Johan im Klaren. Aber eine schlüssige Erklärung für die Verbindung von Montenegro und Armenien.

Wofür er aber noch keine Erklärung hat, ist die Frage, warum das Geld per Fluggepäck nach Yerevan transportiert, dort aber nicht abgeholt wurde. Es besteht natürlich die Möglichkeit, dass die Übergabe der Reisetasche scheiterte und die Besitzer das Geld nun bei den armenischen Behörden vermuten und es abgeschrieben haben. Johan findet dieses Szenario am besten.

Allerdings es ist genauso möglich, dass der Besitzer die Reisetasche absichtlich nicht vom Gepäckband geholt hat, weil er sie nicht persönlich aus dem Flughafen tragen wollte. Vielleicht sollte sie zu einem späteren Zeitpunkt aus dem Lost and Found geholt werden. Vielleicht durch Bestechung der dortigen Mitarbeiter. In diesem Fall wird jetzt sicher nach dem Geld gesucht.

Also sollte er vermeiden, erkannt zu werden. Er könnte seine Frisur ändern. Da er sein Haar bereits recht kurz trägt, bieten sich nicht allzu viele Optionen an. Die beste scheint zu sein, sich so einen Haarschnitt verpassen zu lassen, wie er hier sehr beliebt ist: Nacken und Seiten ausrasiert, das Haar oben nur ein paar Millimeter lang gelassen. Dazu ein Dreitagebart, für den er allerdings leider mindestens fünf Tage brauchen wird. Am Morgen hat er sich nicht rasiert und sich vorgenommen, in der Mittagspause zum Friseur zu gehen. Auf der Straße setzt er sofort seine Sonnenbrille auf.

„Welchen Friseur kannst du mir empfehlen?", wendet er sich an Miroslav, der einen solchen Haarschnitt trägt, wie sie ihm für sich als Teil seiner Tarnung vorschwebt, und als er dessen fragenden Blick bemerkt, ergänzt er: „Ich hätte gerne eine Sommerfrisur, etwas ganz unkompliziertes."

Und dann hört er sich sagen, ohne dass er weiter darüber nachgedacht hätte: „Ich möchte mir ein Motorrad kaufen, und da brauche ich eine Frisur, die auch nach dem Helm absetzen noch gut aussieht."

Miroslav ist sofort bei ihm: „Echt? Ein Motorrad? Was für eine Maschine denn? Hast du sie schon ausgesucht?"

„Nein, noch nicht. Aber ich habe mir vorgenommen, die Augen aufzuhalten und mich umzuschauen. Es soll auf jeden Fall eine Enduro sein."

Johan wundert sich über sich selbst, dass ihm diese Geschichte mit der Enduro so von den Lippen geht. Bisher hatte er nur manchmal davon geträumt. Er wünscht sich schon seit Jahren, wieder eine Enduro fahren zu können. Aber das war keine aktuelle Überlegung! Andererseits: Es passt ganz gut in die Situation. Er hat mit 18 den Motorradführerschein gemacht und ist verschiedene Enduros gefahren – und seine 125er Vespa für die Stadt. Die hatte er vor der geplanten Abreise nach Slowenien verkauft, da ein Transport nach Ljubljana zu teuer gewesen wäre. Zu der Zeit verunglückte ein Cousin von Henrieke tödlich bei einem Zusammenstoß mit einem Auto, welches ihm die Vorfahrt genommen hatte. Er saß dabei auf seiner Vespa. Danach reagierte sie sehr empfindlich auf seine vorsichtigen Nachfragen, was sie denn davon hielte, wenn er sich wieder ein kleines Motorrad zulegen würde.

„Außerdem ist es doch so: Wann willst du denn mit dem Motorrad fahren?", argumentierte Henrieke.

„In der Woche bist du unterwegs, dann steht die Maschine nur rum. Wenn du am Wochenende hier bist, kannst du doch auch nicht Motorrad fahren, dann würdest du uns ja kaum noch sehen."

Dagegen war kaum was zu sagen und im Prinzip war Johan diesbezüglich auch einsichtig, so dass er seinen Wunsch nach einem Motorrad erstmal – und dann immer wieder – zurückstellte. Nun sah die Sache aber anders aus. Er könnte mit dem Geld aus der Reisetasche ein Motorrad von Dejan kaufen und es hier in Montenegro fahren. Und zwar ohne, dass Henrieke davon etwas erfahren würde. Es würde auch nicht die Finanzierung der gerade laufenden Renovierungsarbeiten am Haus beeinflussen.

In der Mittagspause geht Johan zum Friseur, den Miroslav ihm empfohlen hat. Es ist ein unscheinbarer kleiner Laden in der südlich des Ministeriums gelegenen Altstadt, in der Nähe der Morača. Alle der zahlreichen im Laden herumstehenden Menschen – Johan kann nicht einschätzen, wer hier Kunde und wer einer der Friseure ist – sind Männer mit sehr akkuraten Haarschnitten. Ihm wird sofort ein freier Stuhl zugewiesen und nach nur 30 Minuten verlässt er den Salon mit genau so einer Frisur. Perfekt!

Am Abend zieht er am ATM am Platz der Republik 600 Euro. Wie erwartet und diesmal auch erhofft, bekommt er drei 200er Scheine ausgezahlt.

Anschließend isst er in einem Café am Korso und versucht, sich in der lockeren Abendstimmung auf die Planung seines nächsten Aufenthaltes in Armenien zu konzentrieren. Er will diesen so arrangieren, dass er nach einem Workshop im Grenzgebiet, wahrscheinlich in Dilijan, einen Abstecher nach Georgien machen kann. Unauffällige Nachfragen bei den Kollegen der DGZ im Südkaukasus haben ergeben, dass es auch an der Grenze zwischen Armenien und Georgien eine doppelte Grenzkontrolle gibt, bei der einzelne Personen und Gepäckstücke durchsucht werden. Zwar werden die DGZ-Fahrzeuge meist durchgewunken, aber die Passagiere müssen aussteigen und zu Fuß über die Grenze und durch die Kontrollen. Er würde sich diese Prozedur gern einmal genau anschauen.

Am nächsten Morgen kann Miroslav gar nicht abwarten, Johan mit einer tollen Nachricht zu überraschen. Er berichtet von seinem Treffen gestern Abend mit ihrem gemeinsamen Bekannten Dejan. „Du weißt ja, wie Dejan ist. Immer tausend Sachen am Laufen."

Zusammen mit ein paar Freunden aus Montenegro habe er anscheinend im Import-Bereich Wege gefunden, Dinge schneller zu regeln, als es der normale Lauf der Angelegenheiten hier vorsähe. Und in diesem Rahmen auch ein paar Motorräder aus Italien importiert, um sie hier zu verkaufen. „Und stell dir vor: Da sind auch ein paar Enduros darunter!"

Zum Mittagessen treffen sie Dejan am Stand mit den besten Pljeskavica-Burgern der Stadt.

Chişinău

2005.

Die Ankunft in Moldau haut Johan um. Er hatte zwar in der Vorbereitung gelesen, dass diese junge Republik das ärmste Land Europas sei, aber die unverhüllte Armut überrascht ihn doch.

Das ist etwas ganz anderes als alles, was ich bisher gesehen habe, stellt er fest. In Afrika war es anders, es war räumlich und gedanklich so weit weg, eine Welt für sich. Ebenso in Indien. Aber hier, nach gerade mal etwas mehr als zwei Flugstunden...

Und es unterscheidet sich so sehr von den Staaten der EU, dem Westbalkan oder auch dem Südkaukasus. In Chişinău gibt es zu der Zeit kaum Viertel, in denen man nicht die Armut der Bewohner unmittelbar spüren kann. Die Straßen, die vom Hauptboulevard Ştefan cel Mare abzweigen, sind meist nur in den Einmündungen zum als Prachtstraße sowjetischen Stils angelegten Boulevard asphaltiert. Ein Großteil der Straßen und Wege besteht aus zerbröselten Beton- oder ausgefahrene Sandpisten. Es wird an allen Ecken und auf freier Strecke gebettelt. Als Möglichkeiten zur Verpflegung der Besucher stehen entweder wenige Luxusrestaurants zur Verfügung, denen man ihre Existenzberechtigung als Treffpunkte für die Organisatoren und Profiteure organisierter Kriminalität sofort ansieht, oder eben ganz einfache Buffets, in denen schon der erste Blick in die gläsernen Vitrinen verrät, dass es nur eine eingeschränkte Auswahl an meist einfachen Speisen gibt. Diese besteht fast ausschließlich aus Varianten gehackten Fleischs, Kohl und Kartoffeln.

Die DGZ unterhält in Chișinău ein Projektbüro. Johan trifft den Projektleiter, der ist von seiner Idee angetan:

„Also, ich kann mir schon vorstellen, dass Euer Konzept hier funktionieren würde. Aber ich sehe keine Strukturen, an die wir so ein Vorhaben andocken könnten."

Er erläutert, dass man in Moldau einige Jahre hinter den Nachbarländern zurück sei. Aber die jetzige Regierung plane die Einführung einer regionalen Ebene im Staatsaufbau und habe auch die Idee, Entwicklungsagenturen einzurichten, aus Rumänien übernommen. Die deutsche Bundesregierung wolle Moldau zukünftig beim Aufbau dieser Strukturen unterstützen. Dazu gäbe es schon Beschlüsse aus den Regierungsverhandlungen.

„Demnächst sollen jede Menge Projekte für technische Hilfe in diesem Bereich ausgeschrieben werden."

„Darauf können wir aber nicht warten", wirft Johan ein.

„Natürlich nicht. Aber wir können ja heute schon grob abschätzen, in welche Richtung es gehen wird", erklärt er und führt aus, die moldauische Regierung werde zunächst drei Regionen errichten: eine im Norden, eine im Zentrum und eine im Süden des Landes. Und da die Regierung keine Regierungsgewalt über Transnistrien habe, würde dieser Landstrich ebenfalls außen vor gelassen. Das Gleiche gelte für große Teile im Süden, die zum autonomen Gebiet Gagausien gehören. Die DGZ werde in Erwartung dieser Lösung zunächst mit den existierenden Kreisen und Gemeinden arbeiten, zu einer Gebietsreform beraten und dann dabei helfen, die Regionalverwaltungen arbeitsfähig zu bekommen.

Der Projektleiter dreht sich zur Wand hinter seinem Schreibtisch, wo eine große Karte des Staatsgebietes der Republik Moldau hängt.

„Was ich mir also für eure Projektidee vorstellen kann ist Folgendes: Ihr arbeitet zunächst im Norden des Landes, das ist politisch unproblematischer als im Süden. Im Norden gibt es die Grenze mit der Ukraine und mit Rumänien. Als Partner sucht ihr euch eine der Kreisverwaltungen im Norden Moldaus aus, mit denen wird die DGZ auf jeden Fall auch zukünftig arbeiten."

„Wie soll ich denn eine Verwaltung finden, die willig ist, mit uns zusammenzuarbeiten?"

„Na ja, du fährst da morgen hoch und klapperst die alle ab."

„Wie…"

„Wir haben einen Wagen, den kannst du für eine Woche haben. Die moldauische Beraterin in unserem Projekt ist bereit, dich zu begleiten. Viorica spricht Rumänisch und Russisch – letzteres werdet ihr im Norden brauchen."

„Perfekt!"

„Sie versucht heute, alle Kreisverwaltungen anzurufen und Treffen mit denen zu vereinbaren. Und dann sehen wir weiter. Wenn die Idee dort vor Ort überzeugt, braucht ihr einen Raum, von dem aus ihr arbeiten könnt. Und alles Weitere sieht man dann, wenn es an die Feinplanung und die Kalkulation des Budgets geht."

„Wow, klasse! Das ist wirklich unkompliziert!", Johan ist begeistert.

„Komm, ich stelle dir Viorica vor. Sie ist in unserem Projekt so etwas wie die Büromanagerin. Sie kümmert sich um all die bürokratischen Dinge – und von denen fallen in diesem Land viele an."

„Außerdem bin ich die Fahrerin", Viorica ist zur Tür hereingekommen und streckt Johan ihr Hand entgegen. Hätte sich Johan auf Grundlage der Aufgabenbeschreibung ein Bild von ihr machen müssen, es wäre dicht an der Realität gewesen: Sie wirkt äußerst patent, zupackend, energiegeladen und zielstrebig.

„Ich freue mich, dich kennenzulernen", beeilt sich Johan zu sagen. „Und ich finde es großartig, dass wir zusammen auf die Tour in den Norden gehen. Ich bin zum ersten Mal in Moldau und kenne mich absolut nicht aus…"

„Klar, habe ich schon gehört. Dann wird das ziemlich spannend für dich", grinst Viorica ihn an.

„Ich hoffe, das passt in deine Pläne, mich für den Rest der Woche zu begleiten."

„Ja, kein Problem. Ich muss öfters mal für ein paar Tage auf Dienstreise, das ist schon Routine. Mein Mann kann damit umgehen."

„Bestens. Was können wir jetzt vorbereiten?"

„Ich habe schon die Kreisverwaltungen angerufen. Die, bei denen wir in den kommenden Tagen einen Termin bekommen haben, fahren wir der Reihe nach an. Für die Gespräche bist du zuständig, ich werde übersetzen."

NRW

Seit 1999

sind die Weihnachtsfeiertage minutiös getaktet. Bei der Vorgabe des Taktes kann Johan allerdings schon seit Jahren nicht mehr mitreden, er ist nicht der Dirigent im Weihnachtskonzert.

Das ist seit der Rückkehr aus Litauen so – seit sich die Frage stellt, wo sie Weihnachten feiern werden. Wobei es vor allem darum geht, wo und wann genau Rosa und Franz ihre zwei Großelternpaaren sehen werden.

Die Frage stand sofort im Raum, als sie Ende Oktober 1999 in Berlin in ihrer Wohnung standen. Sie hatten ihre neue Bleibe von Vilnius aus mieten müssen, was sich als relativ schwierig herausstellte – bis Henrieke die Tatsache, dass sie als Diplomatenpärchen vor der Heimkehr nach Berlin stünden, bei ihrer Antwort auf Wohnungsanzeigen wirksam in Szene setzte. Der Wink mit den Diplomatenpässen, die sie als Mitarbeiter der Delegation der Europäischen Kommission ausgestellt bekommen hatten, verfehlte die beabsichtigte Wirkung nicht. Es kam eine gute Anzahl von vielversprechenden Einladungen zu Wohnungsbesichtigungen zusammen und an einem Wochenende flog sie nach Berlin, um diese wahrzunehmen. Für ihre eingeschränkte terminlich Verfügbarkeit für Besichtigungen hatte man vollstes Verständnis.

Sie entschieden sich für eine große Altbauwohnung mit drei Zimmern. Es war schon klar, dass das eventuell eng werden könnte, wenn Johan dort sein Büro aufbauen würde, und so war es dann ja auch. Aber eine Vierzimmerwohnung hätte sie finanziell überfordert, da nicht absehbar war, wann Johan das erste Geld verdienen würde. Und es waren ziemlich große Zimmer. Mit direktem Gartenzugang. In der Nähe des Kindergartens, in dem sie Rosa schon vor ihrer Abreise angemeldet hatten.

„Wann kommt ihr uns denn besuchen? Und wie machen wir es Weihnachten?"

Diese Fragen kamen von allen Großeltern noch in der Woche der Rückkehr. Da gab es keine Karenzzeit.

„Na ja, da haben wir uns noch keine Gedanken gemacht."

„Aber ihr seid doch auf jeden Fall hier!"

Beide Großelternpaare konnten in ihrer Argumentation darauf verweisen, dass jeweils die Geschwister samt Familie auch da sein würden und man doch als ganze Familie feiern sollte. Vor allem, da Henrieke, Rosa und Johan jetzt doch so lange so weit weg gewesen seien.

Dummerweise wohnen die Eltern von Henrieke im Rheinland - genau wie ihre Schwester samt Familie. Gut drei Stunden Autofahrt weiter nördlich leben Johans Eltern im Münsterland, wo auch sein Bruder mit Familie sein Zuhause hat. Damit ist klar: Um die Wünsche nach Weihnachten in zwei Familienkreisen zu ermöglichen, müssen Henrieke und Johan mit Rosa nach Nordrhein-Westfalen fahren, sich regelmäßig zu den staugefährdeten Zeiten auf die Autobahn begeben und von einem Weihnachtsbaum zum anderen fahren, während ihr eigener traurig und verlassen sein einsames Weihnachten in Berlin verbringt.

Die Weihnachtstage sind somit für einen Teil der Familie eher hektisch und weniger besinnlich – und leider immer für den gleichen Teil. Versuche, auch mal in Berlin zu feiern, scheitern am Widerstand der Großeltern. Sie versteifen sich in ihrer Argumentation, dass man immer zu Hause im Kreise der Familie gefeiert habe, dass es diesbezüglich eine Tradition gäbe und man nicht bereit sei, diese zu ändern. Die Einwürfe von Henrieke und Johan, sie könnten sich aber gut daran erinnern, dass in ihrer Kindheit die Weihnachtsfeste zu Hause und nicht bei den Großeltern gefeiert wurden, werden auf beiden Seiten ignoriert. Ebenso wie die Frage, wie der Übergang zu neuen Traditionen gestaltet werden könne.

Am ersten Weihnachtstag wird gefrühstückt – aber nicht zu spät, denn: „Wir wollen ja früh zu Mittag essen, Henrieke und Johan müssen danach los und werden zum Kaffeetrinken im Münsterland erwartet". Während in der Küche die Gänse zubereitet werden, wird das Chaos im Wohnzimmer beseitigt. Parallel müssen die Sachen der Kinder zusammengesucht und die Koffer für die Weiterreise gepackt werden.

Suppe, Gans und Schokopudding sind noch nicht verdaut, da sitzt Johan am Steuer, hinter sich zwei überdrehte Kinder, neben sich eine geschaffte Henrieke. Die Stunden auf der Autobahn nutzt er, um durchzuschnaufen. Bei seinen Eltern dann Begrüßung, warten auf die Familie seines Bruders. Dann nochmal eine Bescherung. Dann Kaffeetrinken.

Zurück in Berlin ist es schwer, Weihnachtsstimmung aufkommen zu lassen. Henrieke und Johan bemühen sich nach Kräften. Der eigene Weihnachtsbaum wird bei jeder Gelegenheit in den Mittelpunkt gerückt, die Kerzen entzündet. Die Kinder werden aufgefordert, nochmal alle Geschenke vorzuführen. Es werden Weihnachtsbesuche bei Freunden gemacht und Freunde eingeladen. Aber bald schon stehen die Überlegungen, wie man den Jahreswechsel verbringen wird, im Vordergrund.

Wochenenden, in denen er einfach nur entspannen kann, werden zu einem Schatz für Johan. So wertvoll, dass er schon Tage zuvor aufgeregt ist, sich so sehr darauf freut, dass er in Stress gerät, wenn auf der Rückreise von einem Einsatz eine Verspätung droht. Weil die Zeit im kleinen Kreis mit Henrieke und den Kindern immer schwerer zu sichern wird, gibt er nach und nach seine Hobbys auf. Das Segelboot, das Motorrad – alles Freizeitbeschäftigungen, für die er sich Zeit ohne seine Lieben nehmen müsste. Dieser Abwägung fallen sie schließlich zum Opfer.

Regiunea de Dezvoltare Nord

2005.

Seine erste Reise durch den Norden Moldaus wird Johan nicht wieder vergessen. Die Straße dorthin ist, sobald man Chişinău verlässt, schlimmer zu befahren als sie Piste von Isiolo nach Marsabit im Norden Kenias. Dieser Vergleich drängt sich ihm nicht nur wegen der Beschaffenheit der Straße auf, sondern auch wegen der leicht welligen Landschaft, weitestgehend ohne Wälder, weite, steppenartige Felder, kaum einmal ein See oder ein Fluss. Die Dörfer, durch die sie fahren, wirken wie aus einem anderen, zurückliegenden Jahrhundert. Kleine, geduckte Bauernkaten stehen an den Dorfstraßen, viele mit geflickten Ziegeldächern, andere mit Wellblech gedeckt, dahinter in zweiter Reihe oder hinter dem Ortsausgang, liegen oft noch kleine Ansammlungen von winzigen Häusern, die eher als Hütten zu bezeichnen sind. Sie scheinen aus anderswo überschüssigen Baumaterialien zusammengewerkelt zu sein, die Dächer hier sind aus Dachpappe. Esel- oder Pferdekarren sind weit verbreitet. Die Dorfbrunnen sind in Betrieb, Viorica erläutert, dass sie oft die einzige Wasserquelle in entlegenen Dörfern darstellen.

Es ist später Sommer und sehr heiß. Die sandigen Böden sind ausgetrocknet, ihr Auto zieht eine riesige, langgestreckte Staubwolke hinter sich her. Am Abend werfen die vereinzelt in der Landschaft stehenden Bäume lange Schatten im warmen gelb-orangenen Sonnenlicht. Auch das alles erinnert Johan an Afrika.

Anders sieht es in den Städten aus. Meistens sind es die Kreisstädte der Landkreise im Norden Moldaus, in denen sie Halt machen: entweder um ein Gespräch mit einem Vertreter der Kreisverwaltung zu führen, oder um etwas zu essen. Wenn sich der Abend nähert, steuert Viorica gezielt eine im Voraus reservierte Übernachtungsmöglichkeit an. Sie erzählt, dass letztendlich die Verfügbarkeit von Hotelzimmern für sie beide den Routenverlauf ihrer Reise bestimmt habe. Nicht in jeder Kreisstadt gibt es Möglichkeiten zum Übernachten. Mancherorts gibt es zwar Hotels aus Zeiten, als Moldau Teil der Sowjetunion war und es Urlauber aus anderen Teilen des riesigen Landes gab, aber heutzutage sind die Grenzen mehr oder weniger dicht, der Tourismus in Moldau ist zum Erliegen gekommen. Und Johan versteht auch, warum das so ist. Die Städte, durch die sie fahren, locken ihn überhaupt nicht, viel lieber würde er auf dem Land übernachten. Die Dörfer wirken so völlig verschlafen und zeitvergessen – er empfindet das durchaus als reizvoll und könnte sich vorstellen, diese dörfliche Ruhe zu genießen. Aber Viorica weist ihn darauf hin, dass es in den Dörfern weit und breit keinerlei touristische Infrastruktur gebe, es sei schwierig, dort unterzukommen und sich zu verpflegen.

Die Gewässer auf dem Land – so einladend sie manchenorts auch scheinen – sind zum allergrößten Teil stark verschmutzt, wenn nicht gar vergiftet. Zum einen durch den zunehmend zum Problem werdenden Müll, zum anderen durch die intensive Landwirtschaft. Viorica zitiert neueste Studien die besagen, dass nur 5% der Wasserquellen im ländlichen Moldau wirklich trinkbares Wasser führen. Aus diesem Grunde haben die moldauischen Behörden neben Trinkwasser und nicht-trinkbarem Wasser eine dritte Wasserkategorie eingeführt: technisches Wasser. Dieses ist zwar verschmutzt, könne aber im Haushalt zum Beispiel zum Waschen sowie im Garten zum Bewässern genutzt werden, aber nicht zum Trinken oder Kochen.

Die wenigen größeren Städtchen in dieser Landschaft wirken auf den ersten Blick abweisend, und das bleibt dann auch beim zweiten Blick so. Zwar ist es für Johan als Stadtplaner durchaus interessant, die Eigenarten dieser Art von Städten zu betrachten und zu sehen, wie dieser Mix aus fast dörflichen Vierteln mit einstöckigen Bauernhäusern und mehrgeschossigem Siedlungsbau im Stil der Sowjetunion in Verbindung mit völlig überdimensionierten Straßen und Plätzen funktioniert – oder eben auch nicht. Der öffentliche Raum ist vernachlässigt, kaum einmal sind Parkanlage so weit in Schuss, dass sie zum Verweilen einladen. Auf den riesigen Plätzen in den Zentren stehen kaum Bäume, es gibt nur wenig Schatten, so dass sich tagsüber wegen der Hitze niemand dort aufhält. Nachts aber auch nicht. In der Regel sind die Gehwege vor den wenigen Geschäften und Bars die belebtesten Areale, die dortigen Straßenmöbel scheinen aber von den Inhabern der Läden und Kneipen aufgestellt zu sein. Nach Ladenschluss trifft man kaum noch Menschen auf den Straßen an. Die Geschossbauten sind heruntergekommen, man sieht den Fassaden und den Eingangsbereichen den Renovierungsstau deutlich an. Straßen und Gehwege sind von riesigen Schlaglöchern durchsetzt, das Fahren erfordert höchste Aufmerksamkeit.

Die Hotels, in denen sie übernachten, sind höchst unterschiedlich, aber allesamt sehr speziell. In Soroca befiehlt der Landrat dem Direktor des Hotels Victoria, dem größten Hotel in der Region mit mehr als 200 Betten, welches allerdings seit Langem geschlossen ist, sie dort unterzubringen. Somit schlafen Viorica und Johan in zwei Zimmern in einem ansonsten völlig leerstehenden riesigen Hotelbau mit acht Geschossen und langen Fluren. In Edineț und Drochia kommen sie in kleinen privaten Pensionen unter, wo die Zimmer mit allerlei überschüssigen Möbeln aus privaten Haushalten vollgestellt sind. Die Betten sind durchgelegen, unter den schweren Bettdecken kann man es mitten im Sommer nicht aushalten, die dünneren, nicht bezogenen Wolldecken möchte man nicht direkt auf der Haut haben. In Ocnița, einem Örtchen mit einem offiziellen Grenzübergang zur Ukraine auf der direkten Straßenverbindung nach Lwiw, gibt es kleine Gästehäuser, in denen Grenzpendler und Händler übernachten. Diese sind mehr als einfach.

Dafür laufen die Gespräche in den Kreisverwaltungen vielversprechend. Überall stößt Johan mit seiner Idee auf offene Ohren. Allerdings wird es immer dann schwierig, wenn es darum geht, wie man ein solches Projekt vor Ort installieren könnte. Johan erklärt, er brauche einen offiziellen Projektpartner, der auch einen Eigenbeitrag zum Projekt leistet. Das könne zum Beispiel die Bereitstellung eines Büroraumes sein. In Soroca sprechen Viorica und Johan direkt mit dem Rayonspräsidenten, also dem Landrat des Kreises Soroca. Er versteht den Nutzen der Unterstützung, die Johan vorschlägt, sofort, er hat auch schon eine Reihe möglicher Projekte im Kopf. Er ist bereit, als Projektpartner zu fungieren und zeigt einen Raum im Gebäude der Kreisverwaltung, in dem das Projektbüro eingerichtet werden kann.

Johan und Viorica sind sich einig, dass dieses Angebot nahezu perfekt ist. Soroca liegt direkt an der Grenze zur Ukraine, die hier vom Fluss Dnister gebildet wird. Es gibt in Soroca eine Fähre, mit der man den Fluss überqueren und in die Ukraine einreisen kann. Und der Landrat scheint ein sehr aktiver Politiker mit großem Einfluss nicht nur im Rayon Soroca zu sein. Der zur Verfügung stehend Raum muss zwar noch mit Möbeln und Computer ausgestattet werden, aber das wäre mit dem verfügbaren Budget durchaus zu stemmen.

Zurück in Chişinău diskutiert Johan mit dem DGZ-Projektleiter, wie nun am besten vorzugehen sei. „Wir müssen zunächst als DGZ ein Memorandum of Understanding mit dem Landrat von Soroca vereinbaren. Du kannst in der Zwischenzeit das Konzept soweit ausarbeiten, dass die im DGZ-Hauptquartier das Budget aufstellen können. Die Beschaffung der Möbel und der Computerausrüstung können wir von hier mit der Hilfe der Kollegen aus Kyjiw machen. Für ein Fahrzeug wird es nicht reichen…"

„Klar. Aber wie können wir das mit dem Transport denn organisieren? Nach Soroca kommt man ja nicht so leicht."

„Im Prinzip könnt Ihr dann unseren Wagen nutzen – ich benötige ihn ja nur für die Hälfte der Zeit. Und ich habe auch noch meinen Privatwagen hier. Und wenn die DGZ erstmal ein richtiges Landesbüro in Chişinău eröffnet, dann wird es schnell einen ganzen Fuhrpark hier geben."

Corto Maltese

2006.

„Montenegro ist ein großartiges Motorradland", denkt Johan laut. „Man kann in die Berge fahren, aber auch an der Küste entlang über kurvige Landstraßen gleiten – immer von atemberaubenden Landschaften umgeben. Man ist schnell in Kroatien und Albanien an einsamen Stränden und in wilden Bergen. Eine Enduro hier zu haben wäre schon großartig."

Miroslav nickt: „Und du hast ja noch über 15 Einsätze vor dir, selbst wenn dein Vertrag nicht noch mal verlängert wird. Das lohnt sich schon. Man kann hier auch fast den ganzen Winter durchfahren. Vielleicht nicht ganz oben in den Bergen, aber ansonsten..."

„Auf jeden Fall schon mal besten Dank für den Hinweis! Schick mir doch mal Details zu dem Motorrad, wenn du welche von Dejan bekommen kannst. Und ich schlafe heute eine Nacht drüber. Es ist auf jeden Fall eine einmalige Gelegenheit. Vielleicht können wir uns morgen mittags oder am Abend mit Dejan treffen? Dann kann er mir ja ein konkretes Angebot machen."

In der Tat, auch bei näherem Überlegen erscheint die Gelegenheit außerordentlich verlockend – und wird sich so sicher erstmal nicht wieder ergeben. Johan sieht sich schon auf seiner Enduro die Straße zur Bucht von Kotor hinunterbrettern und durch den wunderbaren Durmitor Nationalpark mit seinen Bergen und Schluchten knattern. Die Gedanken, die ihm jetzt durch den Kopf gehen, haben nichts zu tun mit den sorgenvollen Grübeleien und angsterfüllten Abschätzungen von Wahrscheinlichkeiten für das Eintreten unangenehmer Ereignisse – wie zum Beispiel verhaftet oder entführt zu werden. Hier geht es um die Verwirklichung eines Traums, die greifbar nah ist. Und die nur mit einem Teil des gefundenen Geldes möglich ist. Die Probleme, die sich dabei konkret stellen, lassen sich regeln.

Ich muss klären, wie es mit der Zulassung laufen kann. Aber dafür hat Dejan sicher eine Lösung. Und wahrscheinlich wird er mit einer Barzahlung sehr einverstanden sein. Vielleicht kann ich das Gespräch so drehen, dass er von sich aus Barzahlung verlangt – dann fällt es weniger auf, dass ich gerne Bargeld loswerden möchte.

Das Motorrad sollte so um 7.000 Euro kosten, das wäre ein sehr günstiger Preis für diese Enduro in Deutschland. Das hat er nochmal nachgeschlagen.

Bleibt die Frage, wie ich das Geld von Yerevan hierher schaffen kann.

Johan beschließt, das Gespräch mit Dejan abzuwarten und dann weiter nachzudenken. Die Aussicht, bald mit einem Traummotorrad seine Einsätze hier bestreiten zu können, nimmt ihn zu sehr in Beschlag. In der Nacht schläft er wieder unruhig, spürt aber dabei eine angenehm positive Aufregung.

Nach der Arbeit am Mittwoch gehen Johan und Miroslav direkt nach der Arbeit in die Corto Maltese Bar zwischen Ministerium und dem Korso. Dort sind sie mit Dejan verabredet, der auch pünktlich auftaucht. Er bestellt einen Kaffee und legt die Unterlagen zum Motorrad auf den Tisch.

„Miroslav hat mir erzählt, du kennst die Maschine?"

Johan nickt. „Ja, so ein Modell hatte mein Vater früher. Also ein Vorgängermodell. Darauf habe ich Motorradfahren gelernt. Seitdem bin ich immer Enduro gefahren."

„Für die Landschaft hier in Montenegro sind sie ideal!"

Miroslav springt Dejan bei: „Mit dem Motorrad musst du dir keine Gedanken mehr machen, wie du an entlegene Strände kommst."

„Ja, perfekt! Und wie ist das mit dem Preis?"

Dejan holt ein weiteres DIN A4-Blatt aus seiner Umhängetasche.

„Also, wir haben hier eine Lieferung bekommen. Das sind Neufahrzeuge. Wir wollen sie hier in Montenegro verkaufen. Bei Verkäufen an Ausländer arbeiten wir mit einem Notar in Herceg Novi zusammen. Das geht recht zügig, wir haben ja alle Papiere. Du müsstest nur eine Versicherungsbestätigung schicken oder mitbringen."

„Okay, das wollte ich noch fragen. Scheint also bestens gelöst."

„Ja, meine Kollegen machen das ja nicht zum ersten Mal. Das mit der Zulassung funktioniert ganz problemlos. Die Kosten für den Notar und so kommen natürlich auf den Preis…"

„Klar – ich habe gestern gegoogelt: In Deutschland würde mich eine solche Maschine ungefähr 7.000 € kosten."

Dejan schaut ihn an. „So viel billiger ist es hier auch nicht. Klar, wir zahlen weniger Steuern, aber meinen Schnitt muss ich auch machen und es gibt noch einige Kollegen, die mitverdienen müssen. Aber für 6.500 inklusive Zulassung könntest du eines der Motorräder bekommen, und zwar schon nächste Woche – plus die Zeit, die der Notar braucht."

Johan nickt. „Verstehe ich, das wäre für mich in Ordnung. Es ist billiger als in Deutschland, zudem bekomme ich die Maschine sofort, und ich habe sie hier im Montenegro, wo ich sie auch einsetzen will, das heißt, ich muss sie nicht erst von Deutschland nach Montenegro schaffen. Alles in allem doch eine super Gelegenheit für mich, oder?" Johan versucht den Eindruck zu verwischen, dass es ihm auf das Geld nicht so genau ankommt. Das ist ja erstmals tatsächlich so der Fall, was ihm ganz schön ungewohnt und auch irgendwie unangenehm vorkommt.

„6.500 Euro", betont Dejan jetzt, „aber bitte in bar. Das Geld ist ja nicht für mich alleine. Ich möchte es also nicht auf mein Privatkonto haben und ein Firmenkonto gemeinsam mit meinen Kollegen habe ich nicht. Du verstehst…"
Johan nickt erneut und versichert, das sei kein Problem.
„Ich bin am Wochenende wieder in Deutschland. Dann kann ich dort das Geld von der Bank holen und bringe es einfach zum nächsten Einsatz hier in Podgorica mit. Und ich sehe natürlich zu, dass dieser Einsatz möglichst bald stattfinden wird!"
Mit einem Blick zu Miroslav sagt er: „Lass uns morgen bei der Besprechung mit der Projektleitung die Terminplanung für meine nächste Arbeitswoche hier vornehmen."

Miroslav lächelt vielsagend und rührt in seinem Kaffee.

„Ach, eins noch", versucht Johan, so belanglos, wie möglich hinterher zu schieben, „Gibt es etwas, was ich bedenken sollte, wenn ich so viel Bargeld über die Grenze bringe?"

Miroslav und Dejan schauen sich an und grinsen.

„Nein, sei mal unbesorgt. Sicherheitshalber kannst du einen Kontoauszug mitnehmen, aber unsere Zollkontrollen sind diesbezüglich sehr entspannt."

„Das wird sich sicherlich im Zuge der EU-Annäherung ändern", schiebt Miroslav immer noch grinsend nach.

„Ja, aber auch dann sollte es kein Problem sein, bis zu 10.000 €, vielleicht sogar bis zu 20.000 € in bar über Grenzen hinweg zu transportieren, oder?"

Johan gibt ehrlich zu, dass er sich mit dem Thema bisher noch überhaupt nicht befasst hat.

„Mensch, Johan!", Miroslav schlägt ihm auf die Schulter, als Dejan gegangen ist. „Du hast ein Motorrad gekauft! Wollen wir darauf was Anständiges bestellen und damit anstoßen?"

Johan lehnt sich zufrieden zurück. „Das ist genau das, was ich jetzt auch vorschlagen wollte. Zwei Whisky Sour bitte."

In seinem tristen Hotelzimmer legt er sich rücklings aufs Bett und ärgert sich, dass er, statt sich über den Kauf eines Motorrads zu freuen, sich nun damit befassen muss, wie er das Geld zum Bezahlen in bar zu Dejan schaffen kann.

Vielleicht sollte ich etwas mehr Geld mitnehmen, überlegt Johan, als er daran denkt, dass er sich eine Motorradausrüstung, zumindest aber Helm, Handschuhe und ein gutes Schloss für das Bike zulegen muss.

Das wird maximal 1.000 Euro kosten.

Er beschließt, 7.400 Euro – es gibt ja nur 200-Euro-Scheine – abzuzählen und nach Podgorica zu bringen.

Zurück nach Montenegro, denkt Johan, welch Ironie! Und auf einmal kommt ihm ein einleuchtender Gedanke: Der Weg, den das Geld auf dem Weg von Podgorica nach Yerevan genommen hat, ist wahrscheinlich der sicherste für den Rückweg. Schließlich ist es bei diesem Transport nicht ausfindig gemacht worden.

Was also, wenn ich einfach nach dem nächsten Einsatz in Yerevan zurück nach München fliege und von dort aus nach Podgorica?

Ihm fällt ein, dass er in diesem Monat auch noch dringend nach Moldau muss.

Oh je, das sind drei Einsätze hintereinander – ich muss mich gut auf die Diskussion mit Henrieke über diese Terminkette vorbereiten. Irgendwann muss ich mal wieder ein, zwei Wochen zu Hause verbringen.

Besuche bei den Eltern sind ebenfalls längst wieder fällig, er mag gar nicht dran denken.

HQ

2005 ff.

„Es lief einfach großartig! Mit so viel unbürokratischer Unterstützung hätte ich wirklich nicht gerechnet", euphorisch berichtet Johan Gerhard von den Erkenntnissen, die seine Erkundungstour nach Moldau gebracht hat. Sie haben sich getroffen, um das Konzept für das Moldau-Projekt fertigzustellen.

Sie planen, für zwei Jahre an drei Wochen pro Monat Beratungen in Soroca anzubieten, dazu nach Bedarf Informationsveranstaltungen und Trainings. Die Verwaltung des Rayon Soroca stellt die Räume und das Telefon. Die DGZ stattet den Raum aus, und sagt zu, dass die Ausstattung samt Computer nach Ablauf des Projektes in den Besitz der Verwaltung übergeht, die damit dann in eigener Regie das Beratungsangebot aufrechterhalten soll.

„Damit haben wir echt geringe Anlaufkosten – die Büromöbel sind in Moldau günstig, und die Computerausstattung kostet auch nicht die Welt."

Ein dritter Experte ist schnell gefunden, jeder von ihnen übernimmt somit eine Woche pro Monat.

„Mehr geht bei mir auch nicht", stellt Johan klar, „Ich habe ja schon das Projekt in Montenegro, wo sie von mir erwarten, dass ich mindestens einmal pro Monat für eine Woche in Podgorica bin."

Zu dritt stellen sie als Projektteam das fertige Konzept der DGZ in deren Hauptquartier vor. Dort wird es allgemein begrüßt und abgesegnet. Für Johan ist es ein großartiges Gefühl, ein eigenes, wenn auch kleines Projekt konzipiert und zur Umsetzung gebracht zu haben. Und das Gefühl wird noch besser, als sich schon bald der Erfolg des Projektes einstellt: An den Tagen, an denen die „Sprechstunden" im Projektbüro stattfinden, stehen die Interessierten in langen Schlangen vor der Tür. Und die Informationsveranstaltungen sind so gut besucht, dass sich die Frage stellt, wo sie durchgeführt werden können, denn es gibt kaum passende Räumlichkeiten in der Region.

Als nach Abschluss der nächsten Ausschreibungsrunde bekannt wird, dass tatsächlich Fördergelder für die beantragten Projekte wie Kulturhäuser oder Umstellung auf ökologischen Landbau an moldauische Antragsteller gehen, nimmt der Run auf die Beratungen nochmal zu.

Natürlich ist Johan stolz und er genießt das positive Feedback und die Anerkennung. Er hat einen guten Vertrag mit einer langen Laufzeit bekommen. Auch gefällt ihm die weiterhin unkomplizierte und unbürokratische Durchführung „seines" Projektes. Aber es ist halt auch ein ziemlicher Stress, diese Arbeit mit seinem Familienleben zu koordinieren. Er fliegt im Schnitt einmal pro Monat für eine Woche nach Moldau, ebenso nach Montenegro. Dazwischen muss er immer wieder auch mal nach Mazedonien.

Und dann „passieren" solche Dinge wie das mit dem Projekt in Armenien. Bei seinen Bemühungen, Projekte in seinem eigentlichen Kompetenzfeld, der Stadtplanung, zu akquirieren, spricht er am Rande einer Veranstaltung mit einem Städtebauprofessor der Technischen Universität Berlin.

Dieser berichtet ihm von einem spannenden Vorhaben in Armenien, wo es um verschiedene Aufgaben im Rahmen der Einführung einer Raumplanung geht. „Das ist richtige Pionierarbeit", betont er, und spätestens jetzt ist Johans Interesse geweckt. Er ist auch stolz und fühlt sich geschmeichelt, als am Ende der Veranstaltung der Professor ihn fragt, ob er sich nicht eine Rolle in dem Projekt vorstellen könne. Daraus wird dann ein längeres Engagement, dass sich zunächst nach Georgien und dann in den gesamten Südkaukasus ausdehnt.

Bei seinen Reisen nach Moldau stellt sich schnell eine Routine ein. In den Wochen, in denen er „Sprechstunden" hat, steigt er morgens um vier Uhr in das Taxi nach Tegel. Manchmal, um Geld zu sparen, fährt er mit dem eigenen Wagen bis zum Jakob-Kaiser-Damm, parkt dort im Wohngebiet in der Nähe der Station des Busses, der zum Flughafen fährt und kauft ein Kurzstreckenticket. Natürlich gibt es keinen Direktflug von Berlin nach Chişinău, er nimmt die erste Maschine um 06:00h nach München, steigt dort hektisch um und landet mittags in Moldau. Manchmal, wenn er spät dran ist mit dem Buchen, ist der Flug nach München bereits ausgebucht und er nimmt die Verbindung über Wien.

Nach der Landung in Chişinău gibt es mehrere Möglichkeiten: Entweder Johan wird vom DGZ-Fahrer Ion am Flughafen abgeholt und nach Soroca gefahren oder er nimmt sich ein Taxi zum DGZ-Büro, bekommt dort einen Wagen zur Verfügung und fährt selber die Strecke, für die man zu der Zeit gut drei Stunden benötigt, wenn nichts dazwischen kommt. Wenn Ion ihn fährt, gibt es wiederum zwei Optionen: Entweder er fährt gleich wieder zurück nach Chişinău, oder er bleibt mit ihm bis Donnerstagabend in Soroca. Letzteres gefällt Johan am besten. Ion ist ein stets gut gelaunter, pragmatischer und hilfsbereiter Moldauer, der in der Zeit in Soroca, wenn er nicht gerade irgendwen irgendwohin fahren muss, mit allen möglichen Leuten in den Verwaltungen, im Hotel, auf dem Markt, in der Schlange der Antragsteller in Kontakt kommt, viel erzählt und fragt, gut hinhört und so immer wieder erstaunliche Informationen an Johan weiterleiten kann.

Die Assistentin, die sie eingestellt haben, verbringt die meiste Zeit im Beratungszimmer in der Kreisverwaltung von Soroca. Ihre Eltern leben dort. In den Wochen, in denen keine „Sprechstunden" angeboten werden, kann sie im DGZ-Büro in Chişinău aushelfen. Ein Angebot, das sie gerne wahrnimmt. Aurica ist eine perfekte Assistentin. Sie hat sich schnell in die Eigenarten des Förderprogramms eingearbeitet, rührt die Werbetrommel, weiß aber auch, wem sie was versprechen kann, koordiniert zuverlässig die Beratungstermine und die Informationsveranstaltungen, sie übersetzt und dolmetscht, kurzum: Die Auswahl war ein Volltreffer.

Wenn Johan also in Chişinău landet, ist immer alles gut vorbereitet. Das ist ein wesentlicher Pluspunkt, denn Projekte, bei denen er vor den Einsätzen vor Ort noch viel inhaltlich vorbereiten und organisieren muss, hat er genug. Und oft genug bekommt er diese Vorbereitung, wie auch die Nachbereitung, nicht einmal bezahlt. Auch aus diesem Grund kann sich Johan nicht vorstellen, aus „seinem" Projekt in Moldau auszusteigen oder auch nur weniger zu arbeiten. Es läuft einfach zu gut.

Im Dickicht

2006.

Johan genießt seine Woche in Berlin. Zwar hat er viel zu tun und muss die anstehenden Einsätze in den verschiedenen Projekten koordinieren und vorbereiten, doch er schätzt es sehr, das von seinem Arbeitszimmer aus tun zu können. Morgens mitzubekommen, wie die Kinder das Haus verlassen, nachmittags da zu sein, wenn sie wiederkommen. Umso schwerer liegt es ihm im Magen, dass er eine fast dreiwöchige Reise planen muss. Bevor er die Buchungen der Flüge und Unterkünfte angehen kann, muss er mit Henrieke reden.

„Ich muss nächste Woche nach Moldau", beginnt er die übliche Terminabstimmungsdiskussion mit ihr, als sie nach dem Abendessen am Tisch sitzen und die Kinder sich verzogen haben, um noch zu spielen, bevor sie ins Bett geschickt werden.

„Blöd ist, dass ich anschließend nach Armenien und Montenegro muss."

„Dann bist du drei Wochen hintereinander auf Dienstreise! Und musst wahrscheinlich an den Wochenenden fliegen!", Henrieke ist alarmiert.

„Na ja, nach dem Einsatz in Moldau komme ich auf jeden Fall Freitag zurück, aber es kann sein, dass ich dann schon wieder am Sonntag los muss. Aber ich überlege, ob ich nicht von Yerevan aus direkt nach Podgorica fliege. Dann würde ich übers Wochenende in Podgorica arbeiten und dafür schon am Mittwochabend zurückkommen."

„Und kannst du dann etwas länger hierbleiben? Wir müssten dringend mal wieder zu unseren Eltern. „

„Ja, schon klar. Natürlich, das kriege ich hin."

Bei den Buchungen muss Johan etwas tricksen. Denn zwar arbeitet er in Moldau und Armenien für die DGZ, aber in Montenegro für ein Europa-Institut aus Berlin, die als kleinere Organisation mit einem überschaubaren Budget für Auslandsprojekte bei den Kosten für die Flüge und Hotels streng darauf achten, dass die jeweils günstigste Option gewählt wird. Zum Glück ist es bei der von Johan präsentierten Reiseroute so, dass das Europa-Institut einen Flug, nämlich den Hinflug nach Montenegro, einspart und der DGZ es egal ist, ob Johan auf seinem Rückflug aus Yerevan nach Berlin oder Podgorica fliegt.

Sein aktueller Plan sieht vor, in Armenien zu testen, wie ein Grenzübergang nach Georgien kontrolliert wird. Von dem gefundenen Geld wird er nichts bei sich haben. Auf dem Flug über München nach Podgorica will er 7.500 Euro mitnehmen. Es ist die Route, über die das Geld seines Wissens nach Yerevan gekommen ist. Wenn er also einen Teil davon, verpackt wie er es vorgefunden hat, auf dem gleichen Weg zurück transportiert, sollte es wieder unentdeckt bleiben. Und die Summe, die er mitnehmen würde, liegt unter dem Betrag, ab dem man Geld am Flughafen deklarieren muss.

Beschwingt, fast schon übermütig fährt Johan seinen Computer herunter und macht sich auf den Weg, um Franz vom Hort abzuholen. Er liebt es, sich dabei Zeit lassen zu können, im Hort mit den Erzieherinnen zu quatschen und seinen Sohn nicht zur Eile drängen zu müssen. Auf dem Rückweg, wenn beide entspannt sind, erzählt Franz dann oftmals viel und detailliert von seinem Tag. Wenn er erstmal zu Hause ist, sind solche Informationen nur noch schwer aus ihm herauszubekommen, zu sehr ist er dann mit seinen Gedanken schon wieder ganz woanders. Bei Rosa ist das anders. Sie erzählt von sich aus gerne beim Abendessen. Aber auch sie benötigt dafür eine entspannte Atmosphäre. Johan hofft, dass er seinen Schatz dafür einsetzen kann, öfter entspannt zu sein.

Er liebt seine Familie und wenn er von seinen Einsätzen zurückkehrt, gelingt es den dreien in der Regel gut, ihn in seine Rolle als Familienvater zu holen. Allerdings passiert es ihm zunehmend, dass er nicht mehr so schnell abschalten oder umschalten kann. Anfang des Jahres ist ihm das einmal ganz deutlich geworden.

Er hatte einen ungewöhnlich anstrengenden Einsatz in Moldau hinter sich. Anstrengend in mehrfacher Hinsicht. Er war nach der Landung in Chişinău direkt mit einem VW-Bus der DGZ in den Norden nach Soroca gefahren. Die Fahrt hatte wegen Schneefalls noch länger als üblich gedauert. Es herrschte seit Wochen Frost und in den Dörfern waren die Straßen vereist. Erst im Dunkeln kam er in Soroca an, wo er diesmal im Hotel Central untergekommen war, was nur für ihn geöffnet hatte. Nach seiner Ankunft verließ die Rezeptionistin, die er schon von außen am beleuchteten Empfangstresen gelangweilt sitzen sah, umgehend das Hotel, nachdem sie ihm die Schlüssel gegeben hatte. Soroca lag stockduster vor ihm, als er sich auf die Suche nach einem Abendessen machte. Aber alle Lokale, in denen er bisher hatte essen können, waren geschlossen. So blieb ihm nur ein Brot, eine Tüte Trockenfisch und ein Bier aus dem einzigen geöffneten Landen, einem kleinen Supermarkt. Nach einer unruhigen Nacht in einem kalten Zimmer unter einer tonnenschweren Bettdecke, mit Hundegebell, dass sich so laut anhörte, als seien die Hunde auf dem Flur vor seinem Zimmer, erwies sich die Suche nach einem Frühstück als ähnlich schwierig wie abends zuvor die Suche nach einem Abendessen. Hungrig ging er in sein Projektbüro im Gebäude der Kreisverwaltung am zentralen Platz in Soroca. Glücklicherweise war Aurica bereits da und nach einer herzlichen Begrüßung zog sie ihn in Richtung einer Bäckerei, die geöffnet und auch etwas zu verkaufen hatte. Er bestellte mehrere Plăcintă – er mag die herzhaften Variationen dieses typisch rumänisch-moldauischen Gebäcks mit Kartoffeln und Sauerkraut, auch wenn ihn der Name immer an Plazenta erinnert. Als er das Aurica erzählte, hatte sie ihm erklärt, der Name Plăcintă leite   sich   vom   lateinischen Wort "placenta" ab, was Kuchen bedeutet.

„Ja, Mutterkuchen eben", hatte Johan gesagt.

Einigermaßen gestärkt eilten sie zurück zum Büro, vor dessen Tür sich bereits eine Schlange von Leuten gebildet hatte, die auf den Beginn der Sprechstunde warteten. Es war in Soroca nicht unbemerkt geblieben, dass er mit dem DGZ-Bus gekommen war. Und so dauerte es nicht lange, bis Bitten an ihn herangetragen wurde, den ein oder anderen Transport zu übernehmen. Zunächst lehnte Johan solche Anliegen ab, mit dem Verweis darauf, dass es ihm nicht erlaubt sei, den Wagen außer für Projektzwecke zu nutzen und die Mitnahme von fremden Personen aus versicherungstechnischen

Gründen verboten sei – was beides stimmte. Nun war es jedoch so, dass in den Dörfern die Straßen und Gehwege vereist waren, und insbesondere um die Trinkwasserbrunnen war es spiegelglatt. Es kam nun häufig zu Unfällen, bei denen vor allem ältere Dorfbewohner auf den glatten Flächen ausglitten, stürzten und sich die Knochen brachen. Die Krankenwagen schafften es nicht oder nur Stunden später zu den Verletzten und als Johan in einem solchen Fall um Hilfe gebeten wurde, machte er sich zusammen mit Aurica auf den Weg. Es blieb nicht bei diesem einen Fall.

Am Ende der Woche hatte er so viel Elend gesehen, dass er sich nicht traute, über die miese Unterbringung und komplizierte Versorgungssituation zu klagen. Und es gab so viel zu tun, dass er Donnerstagmittag noch nicht fertig war und bei der DGZ anrief, um zu fragen, ob er den Wagen auch bis morgen haben könne. So machte er sich am Freitag auf den Rückweg nach Chişinău – und hatte den Wagen voll mit Leuten, die dringend einer der Städte auf dem Weg oder in der Hauptstadt zu tun hatten und die dort ohne ihn nicht hingekommen wären, da der öffentliche Verkehr in diesem Winter nicht funktionierte. In Chişinău gab er den Wagen bei der DGZ ab, nahm ein Taxi zum Flughafen. Und da trotz des Winterwetters die Flüge pünktlich waren, stand er nur wenige Stunden später am Bett seiner Tochter und hörte sich an, was für sie Wichtiges in dieser Woche passiert war. Was für ein Gegensatz. Wie sehr sich ihre Welt von der im ländlichen Moldau unterschied! Er fühlte sich in eine andere Zeit versetzt. Waren das beides Realitäten in derselben Zeit?

Er nahm Rosa fest in den Arm als wolle er fühlen, dass dieses hier tatsächlich eine Realität war. Dann las er Franz noch eine extralange Geschichte vor.

Seit diesem Tag ist ihm noch bewusster, dass er mehr Zeit mit seiner Familie, mit seinen Kindern verbringen möchte. Wie sehr die Zeit verrinnt und nicht wieder zurückgeholt werden kann! Die vielen Reisen zu seinen Projekten kommen ihm nun zunehmend als gestohlene Zeit vor – Zeit, die er nicht bei seinen Kindern sein kann. Die Gedanken an seinen Geldfund nähren immer mehr seine Hoffnung darauf, etwas weniger im Ausland arbeiten zu müssen, mehr Zeit für Rosa und Franz, aber auch Henrieke zu haben, sobald er einen Weg gefunden hat, das Geld für sich zu nutzen.

Er spürt zudem, dass er mehr Zeit benötigt, um Abstand zu seiner Arbeit in den Einsatzländern zu gewinnen, sich selber wieder zu Kräften kommen zu lassen, die man braucht, um bei so einem Job durchzuhalten ohne abzustumpfen.

An einem Sonntag fahren sie nach dem gemeinsamen Frühstück in einen kleinen Tierpark im Umland von Berlin. Es ist ein vollkommener, ein harmonischer Ausflug. Beide Kinder sind glücklich, freuen sich sichtlich und spürbar über die entspannte Atmosphäre, die Zeit zusammen, erzählen, lachen. Der Tierpark bietet an sich nichts Spektakuläres, doch dadurch, dass er kaum besucht ist, die Tiere sich streicheln und füttern lassen, durch seine Lage in einer Wald- und Wiesenlandschaft sowie die Abwesenheit von jeglicher Ablenkung durch jahrmarktähnliche Karussels, Scooterbahnen oder Quadstrecken, Spiel- und Imbissbuden ist er perfekt für sie vier an diesem Sonntagnachmittag, um ganz auf sich selbst konzentriert dieses kleine Glück auszukosten.

Nur Johan kann sich darauf nicht einlassen. Er ist mit seinen Gedanken schon beim bevorstehenden Abschied. Er muss im Auge halten, pünktlich zurückzufahren, um am Abend rechtzeitig am Flughafen zu sein und zu seinem mehrwöchigen Einsatz aufzubrechen. Wie gerne er einfach hierbleiben würde. Den Abend zusammen ausklingen lassen, in ausgelassener Stimmung nach einem gemeinsamen Abendessen die Kinder ins Bett bringen und dabei jedem der beiden ausreichend Zeit widmen zu können.

In solchen Momenten ist Johan klar, dass er diese Art von Arbeit nicht will.... Nicht so.

Die Trennungen von der Familie machen ihm zu schaffen. Die Erkenntnis, dass er mit diesem Job auf unabsehbare Zeit weitermachen muss, ängstigt ihn. Er erkennt, dass alle Alternativen schlechter sind. Er würde in der aktuellen Situation auf dem Arbeitsmarkt für Raum- oder Stadtplaner kaum eine Stelle finden, und wenn, dann müsste er ein deutlich niedrigeres Einkommen akzeptieren. Und er will gar nicht angestellt sein, vor allem nicht in einer Verwaltung. Und sie brauchen das Geld, nicht nur, weil sie ein altes Haus gekauft haben, dieses zu 100 Prozent finanzieren mussten und nun eine Menge Kosten für Zinsen, Tilgung und vor allem für die notwendigen Renovierungsarbeiten anfallen. Die Kosten, die zwei Kinder verursachen, sind ganz erheblich, wie Henrieke und er feststellen müssen. Und irgendwann wollen sie vielleicht studieren...

München

2006.

Also weiter mit diesem Job. Oft ist es so, dass er, wenn er erstmal am Einsatzort ist, schnell in Schwung kommt und auch mit Freude an den Projekten arbeitet.

Er sieht durchaus Sinn in seiner Arbeit, es ist eine wesentliche Triebkraft für ihn zu wissen, dass die Projekte dazu beitragen, die Lebensumstände vieler Menschen zu verbessern. Manchmal ist die Wirkung schwerer zu erkennen, eher abstrakt, manchmal aber auch sehr konkret. Er kann dann auch aus diesem Grund nicht anderes als weiterarbeiten. Er kann keine Bitten seiner Projektpartner abschlagen, übernimmt oft mehr Aufgaben, als anfangs vereinbart, organisiert Anschlussfinanzierungen und -projekte. Dann hat er Angst davor, dass dieser Job ihn auffrisst. Dass er nicht mehr richtig abschalten kann. Dass ein Zuviel an Arbeit in unterschiedlichen Ländern dazu führt, dass er sich nirgendwo richtig tief einarbeiten und auf die jeweiligen Umstände einlassen kann. Dass er Aufgaben nur noch abarbeitet und zynisch wird. Und dass dies alles dazu führt, dass er seine Unzufriedenheit und den Zynismus in seine Familie trägt.

Mit einem solchen Gefühl der Zerrissenheit fliegt Johan nach Armenien. Erst im Flugzeug bekommen die Gedanken an das Geld, das in seiner Reisetasche im DGZ-Büro in Yerevan auf ihn wartet, wieder Oberhand. Während der letzten Tage in Deutschland hatte er an die vielen Euros als Rettungsanker gedacht, den er werfen kann und der ihn dann die Möglichkeit verschafft, etwas zur Ruhe zu kommen, sich auf weniger Projekte zu konzentrieren, weniger zu reisen und mehr bei seiner Familie zu sein. Das hatte ihn durchaus beruhigt. Nun drängt sich wieder die Frage in den Vordergrund, wie er es denn anstellen soll, diesen Schatz so für sich zu nutzen, dass es tatsächlich zu einer Beruhigung seiner Situation beitragen kann, ohne dass er sich, Henrieke und die Kinder gefährdet.

Aber in welcher Gefahr befinde ich mich denn genau? Als er in München auf das Boarding des Fluges nach Yerevan wartet, stellt sich zunehmend Angst ein. Er beginnt, über mögliche Szenarien nachzudenken. Eine entscheidende Annahme in den meisten dieser Szenarien ist, dass der Besitzer des Geldes einflussreich und skrupellos ist und über die Mittel verfügt, ihn aufzuspüren. Wenn es sich um einen zwielichtigen Geschäftsmann oder gar ein Mitglied einer kriminellen Organisation handelt, könnten bereits private Ermittler unterwegs sein, um ihn und das Geld zu finden. Lokale Helfer des Besitzers könnten in Yerevan und Podgorica suchen.

Aber würden diese ihn erkennen?

Am Flughafen München sieht er sich um und versucht, Überwachungskameras zu entdecken. Auch wenn er kaum welche eindeutig erkennen kann, ist er sich sicher, dass an internationalen Flughäfen solche Kameras installiert sind, um die Sicherheit zu erhöhen. Er geht davon aus, dass nach den Terroranschlägen von 9/11 die Sicherheitsmaßnahmen an Flughäfen weltweit derart verschärft wurden, dass der Einsatz von Überwachungstechnologien nunmehr Standard ist. Wahrscheinlich wird auch der Lost and Found Schalter und die Aufbewahrungshalle für das Gepäck in Zvartnots mit einer Kamera überwacht. Möglicherweise hat die Sicherheitsabteilung des Flughafens oder eine private Sicherheitsfirma die Aufzeichnungen bereits durchsucht, um Hinweise auf den Finder der Tasche zu erhalten. Er überlegt, ob sein Gesicht auf einer Überwachungskamera zu sehen sein könnte und ob jemand ihn darüber identifizieren könnte. Er entscheidet sich (trotz Henriekes ablehnender Haltung dazu), seinen Bart weiter wachsen zu lassen und die Haare weiterhin im Balkan-Style zu tragen. Wann immer möglich setzt er nun ein Basecap auf und trägt eine Sonnenbrille – vor allem in Armenien und Montenegro. Ihm ist klar, dass das nur ein unzureichender Schutz ist, aber da er ja zumindest noch solange regelmäßig in diese beiden Länder reisen muss, bis er das Geld in Sicherheit gebracht hat, nimmt er als Tarnung, was sich gerade bietet.

Was die Geldscheine angeht, so befürchtet Johan, dass diese markiert sein könnten. Er hat irgendwo gehört oder gelesen, dass es Fälle gibt, in denen Banknoten mit einem speziellen unsichtbaren Stempel versehen wurden, der unter UV-Licht sichtbar ist. Das ist bei den Scheinen in seinem Schatz wohl nicht der Fall. Er hatte die zwei 200-Euro-Noten, die er beim letzten Mal mitgenommen und mittlerweile in einem Café und beim Einkaufen im Supermarkt eingesetzt hat, unter einer Schwarzlichtlampe untersucht.

Vielleicht handelt es sich um Geldscheine, deren Seriennummern bekannt sind, weil sie in einem Verbrechen verwendet wurden? Da er keine Möglichkeit sieht, herauszufinden, ob es sich um registrierte Seriennummern handelt, schließt er es von vornherein aus, das Geld auf ein Konto zu bekommen.

Ohne dass er ein Auge zugemacht hätte, landet er in Zvartnots. Bei der Einreisekontrolle versucht er, unauffällig nach Überwachungskameras Ausschau zu halten und zu erkennen, ob ihn irgendjemand beobachtet. Beides ohne Erfolg.

Glücklicherweise wird sein Gepäck diesmal zügig ausgeliefert, so dass er nicht zu lange am Gepäckband stehen muss. Er hat extra nur eine kleine rote Tasche aufgegeben, zum einen, damit sie sich möglichst stark von der großen schwarzen Tasche unterscheidet, zum anderen hat er ja einiges an Kleidung in der im DGZ-Store deponierten Reisetasche gelagert.

Zaza wartet hinter der Ausgangstür des Flughafens.

„Na, das ging ja schnell diesmal! Willkommen zurück in Yerevan!"

„Danke! Freut mich, dich zu sehen. Ja, es lief alles wie am Schnürchen diesmal. Zum Glück!"

Vor dem Hotel angekommen beobachtet Johan die wenigen zu später Stunde vor dem Hotel und in der Lobby herumstehenden Menschen. Aussichtslos, hier ein Gesicht wiederzuerkennen.

Erschöpft fällt er in sein Bett. Obwohl er keinerlei konkrete Anzeichen wahrnehmen kann, dass er verfolgt wird, verschwindet die Beklemmung, die er seit der Ankunft in Armenien verspürt, nicht. Und so schläft er auch in dieser Nacht nicht viel in diesem ruhigen Zimmer und wunderbarem Bett.

Am nächsten Morgen hat er den ersten Termin im DGZ-Büro. Es ist geplant, in dieser Woche nach Dilijan zu fahren und dort mit Vertretern der Provinzen Lori und Tavush an der Grenze zu Georgien einen Workshop zu den Perspektiven grenzüberschreitender Projekte durchzuführen. In diesem Zuge wollen sie auch einen Vorschlag für ein offizielles Treffen mit Vertretern der georgischen Grenzregion Kwemo Kartlien planen. Um diesen Vorschlag den georgischen Behörden zu unterbreiten, soll Johan anschließend zu einem Gespräch nach Rustavi reisen.

Beim Gespräch mit den DGZ-Mitarbeitern muss Johan ständig die Gedanken an das im Nebenraum versteckte Geld unterdrücken. Seit er das Büro betreten hat, versucht Johan aus Mimik, Gesten und Sätzen der Mitarbeitenden zu ergründen, ob irgendjemand etwas von dem Schatz weiß oder ahnt. Aber es gibt keine Anzeichen. Natürlich nicht.

„Du hast heute noch ein paar Abstimmungstermine", erklärt die Mitarbeiterin, die ihn bei organisatorischen Dingen unterstützt, und legt Johan ihren Kalender vor. Er notiert sich die Ansprechpartner, Zeiten und Orte für die Meetings.

„Du brauchst aber keinen Fahrer, alle zuständigen Ministerien und Behörden, die du aufsuchen musst, liegen in der Nähe. Ich zeichne sie dir auf der Karte ein."

„Besten Dank! Bin ich überall angemeldet?", fragt Johan, denn er erinnert sich, dass in vielen Behörden, vor allem in den Ministerien, der Zugang ohne Anmeldung nicht möglich ist.

„Ja, ich habe alle Kontakte angerufen. Sie freuen sich auf dich. Dieses Projekt ist hier ganz was Neues, alle wollen dabei sein! Du kannst davon ausgehen, dass bei den Treffen mit den georgischen Partnern zumindest die Vize-Minister, wenn nicht gar die Minister teilnehmen werden."

„Oh, das müssen wir aber dann den Georgiern gegenüber auch so kommunizieren..."

„Ja, das übernehmen wir. Natürlich wird dann auch der Büroleiter mit dabei sein wollen...."

„Na, das wird ja eine gesellige Runde!"

„In der Tat, vor allem abends: Da wird es ein großes Dinner geben. Das werdet ihr Mittwoch in Dilijan besprechen."

„Gut, ich gehe dann mal los."

„Brauchst du etwas aus deinem Koffer? Ich habe den Schlüssel zum Store."

Johan stockt für einen kurzen Moment. Betont entspannt antwortet er: „Nein, ich habe noch alles für heute Nacht. Ich würde morgen ein paar Klamotten für die Nacht in Dilijan und den Tag darauf rausnehmen."

„Soll Zaza dich Mittwoch am Hotel abholen und die Tasche mitbringen?"

„Oh, nein, das ist nicht nötig!", beeilt Johan sich zu sagen und hofft, dass sein ihm selbst irgendwie bemüht vorkommendes Gerede nicht so auffällig ist, wie es ihm scheint.

„Ich habe nur eine kleine Reisetasche im Hotel, mit der komme ich hierher und packe ein paar Sachen aus der großen Reisetasche um. Das geht ganz schnell."

Johan plant, bei seiner Rückkehr aus Rustavi am Donnerstag Zaza zu bitten, ihn noch schnell etwas aus dem Store holen zu lassen und dabei 7.400 Euro in die rote Tasche umzupacken.

Dilijan

2006.

Der Tag in Yerevan verläuft wie ein ganz normaler Tag im Leben des Johan als internationaler Consultant. Ein Termin folgt auf den nächsten. Er hat Glück, dass das Projekt, in dessen Rahmen er hier arbeitet, tatsächlich auf großes Interesse auf armenischer Seite stößt. Mit den für Armenien eher schwierigen Nachbarn Türkei und Aserbaidschan ist an grenzüberschreitende Aktivitäten nicht zu denken. Auch im Süden, an der Grenze zu Iran gibt es kaum bilaterale Kooperationen, ein vergleichbarer politischer Rahmen, wie ihn der Europarat für den Südkaukasus bietet, fehlt dort. Daher ist Armenien an einer Intensivierung des Austausches mit Georgien über die Grenze hinweg sehr interessiert. Auch steht das Thema einer Gebietsreform hoch auf der politischen Agenda in Armenien, so dass die von Johan ins Spiel gebrachte Idee, hierzu hochrangige Beratung und Unterstützung durch das Projekt zu organisieren, begeistert aufgenommen wird.

Das erste Treffen mit den georgischen Partnern will gut vorbereitet sein. Daher kommen aus allen beteiligten Ministerien Vize-Minister und hochrangige Beamte mit zum Planungsworkshop nach Dilijan. Wie Johan erfährt, sollen die Georgier dorthin eingeladen werden, also will man bei der Gelegenheit die Unterkünfte, das Essen und die Seminarräume samt Technik prüfen.

Wie so oft bekommt Johan im Laufe des Tages eine Einladung zu einem Abendessen bei einem der Beamten aus dem Ministerium für Stadtentwicklung. Offenbar haben sich die armenischen Gastgeber hier abgestimmt, um zu verhindern, dass entweder keine Einladung erfolgt, oder aber zu viele, so dass er als Gast gezwungen wäre, sich für ein Angebot zu entscheiden und den anderen abzusagen. Johan spielt mit und nimmt die Einladung dankend an, obwohl er lieber allein durch die Stadt gelaufen wäre, sich je nach Lust und Laune in ein Café, eine Kneipe oder ein Restaurant gesetzt hätte, das seinen Vorstellungen und spontanen Gelüsten entsprochen hätte.

Er absolviert das Dinner in einem für seinen Geschmack viel zu sterilen Restaurant. Die Klimaanlage hat den ohnehin kalt wirkenden Raum – weiß verputzte Wände, glänzende Fliesen auf dem Boden, dunkle Tische und Stühle, dazu Musik, die nicht zu den auf den Bildschirmen der an den Wänden statt Bilder angebrachten Fernsehbildschirme laufenden Programmen passt – auf eine dermaßen niedrige Temperatur heruntergekühlt, dass Johan seine Jacke anlässt und zudem einen leichten Schal aus Baumwolle, den er für genau diesen Zweck immer mitführt, um Hals und Schultern schlägt.

Dummerweise tappt er wieder einmal in die Falle und zeigt sich beim Thema Teppichknüpfen zu interessiert, so dass ihn sein Gastgeber auf eine Art, die man nicht ausschlagen kann, einlädt, nach dem Essen noch die Teppichweberei seines Cousins zu besuchen. Die liegt einiges außerhalb der Stadt und als sie dort ankommen, ist es stockdunkel, aber in der Fabrik wird noch gearbeitet.

Aha, denkt sich Johan, vielleicht ist es ja doch ganz interessant zu sehen, unter welchen Umständen hier Teppiche produziert werden.

Der Cousin stürmt aus seinem Büro und auf sie zu, noch bevor sie das Tor zur Fabrikhalle erreicht haben. Johan wird wortgewaltig in armenisch begrüßt – so nimmt er zumindest an, sein Gastgeber, der Mitarbeiter aus dem Stadtentwicklungsministerium, hält die Übersetzungen recht knapp.

Zu Johans Enttäuschung führt der Fabrikbesitzer sie sofort in ein Lager, in dem sich Teppiche unterschiedlichster Größe auf zahllosen Stapeln auftürmen. Johan versucht deutlich zu machen, dass er zu gerne sehen würde, wie diese Teppiche entstehen, aber zunächst wird so getan, als verstehe man sein Anliegen nicht. Erst als er konkret fragt, ob er nicht mal einen Blick in die Produktionshallen werfen dürfe – er erklärt sich als vom Fach, da sein Großvater Weber gewesen sei (was stimmt) – führt sie der Teppichfabrikant zur Halle, in der die Teppiche geknüpft werden. Sehr schnell ziehen sie an den Reihen von webstuhlartigen Anlagen vorbei, an denen die Arbeiterinnen – Johan ist sich sicher, nur Frauen gesehen zu haben – hoch konzentriert arbeiten. Sie erlauben sich nur einen kurzen Blick auf die Besucher und schauen sofort wieder auf ihre flinken Hände. Johan kann sich weder die Gerätschaften noch einzelne Handgriffe noch die Mitarbeitenden genau ansehen und er hat den Eindruck, das soll er auch gar nicht. In Nullkommanix stehen sie wieder im Teppichlager, wo der Cousin seines Gastgebers dann doch alle Zeit der Welt hat, die Teppiche vorzuführen. Es wird Kaffee gereicht, dann folgt süßes Gebäck, anschließend der berühmte Kognak. Johan weiß, worauf das hinausläuft und fühlt sich von Beginn an unwohl. Was ihn relativ entspannt bleiben lässt, ist die Gewissheit, dass sein Gastgeber ihn nicht einfach hier stehen lassen wird. Das würde dessen Chefin, die Ministerin, mit der sich Johan sehr gut versteht, nicht gutheißen. Aber er würde gerne zügig aus dieser Situation raus – und zwar ohne sich einen Teppich aufschwatzen zu lassen. Erste Versuche abzulehnen werden geschickt gekontert mit dem Hinweis, man habe Erfahrung, die Teppiche günstig nach Berlin zu schicken. Er muss wirklich viel und zu lange reden, bis es ihm schließlich gelingt, sich aus den Fängen des zum Verkäufer mutierten Fabrikanten zu lösen, nicht ohne dessen deutliche Anzeichen von Missfallen zu bemerken. Auf der Fahrt zurück in die Stadt herrscht Schweigen. Johan macht sich nicht die Mühe, das Schweigen zu brechen, die Stimmung aufzulockern. Vor dem Hotel bedankt er sich knapp für das Essen und sieht zu, dass er ins Foyer kommt.

Es ist schon spät, er ärgert sich, denn morgen muss er früh raus, weil sie sich früh am Vormittag auf den Weg nach Dilijan machen wollen. Trotzdem geht er noch in die Bar. Normalerweise ist er nicht der Typ für Hotelbars, aber erstens ist ihm nach dem aufgezwungenen Verkaufsgespräch nach einem Bier, und zweitens ist die Bar in diesem Hotel wirklich erlebenswert. Sie hat Stil.

Oft sieht man das nicht mehr. Johan, platziert sich an der Theke und bestellt ein armenisches Bier. Es gibt mehrere zur Auswahl und da er bisher ausschließlich das Kilikia getrunken hat, bestellt er jetzt ein Kotayk. Großartig! Er entspannt sich etwas. Er schaut sich in der Bar um. Ein paar Nachtschwärmer sitzen an den Tischen. Natürlich keine normalen, durchschnittlich verdienenden Armenier, denn die Preise hier sind ordentlich. Er stutzt.

Ich sitze hier sehr prominent als Einziger an der Theke, von jedem gut sichtbar. Ihm fällt auf einmal brühend heiß ein, dass er ja hier in Armenien seinen Schatz gefunden hat, und ihn vom Flughafen, noch in der Original-Reisetasche, hierher, in genau dieses Hotel gebracht hat. Das ist nur wenige Wochen her. Und wenn er verfolgt worden sein sollte oder wenn man ihn auf der Aufzeichnung einer Überwachungskamera erkannt haben sollte, würde man dann nicht auf jeden Fall auch hier auf sein Auftauchen warten?

Er nimmt einen tiefen Schluck. Versucht, sich mit dem Gedanken zu beruhigen, dass er aktuell ganz sauber hier im Hotel ist – kein Geld im Koffer oder im Safe. Keine verdächtige Reisetasche oder Kleidung. Aber natürlich wissen das die Verfolger.

Müssen sie nicht eher davon ausgehen, dass ich das Geld schon außer Landes geschafft habe? fragt er sich und hofft, dass die Antwort auf diese rhetorische Frage zu seiner Beruhigung beiträgt. Tut sie nicht.

Immer nervöser schaut er in den Spiegel hinter der Theke. Keiner scheint auf ihn zu achten oder ihn gar zu beobachten. Und natürlich kann er kein Gesicht wiedererkennen. Wie auch, bisher ist ihm ja auch noch überhaupt keins aufgefallen, das er sich hätte merken wollen.

Das bringt so nichts, stellt er fest. Wenn ich mitkriegen möchte, ob mich jemand beobachtet, muss ich anfangen, mir Leute zu merken, bei denen das der Fall sein könnte, und dann hoffen, dass ich sie bei anderer Gelegenheit wiedererkenne. Dabei darf ich mir aber nicht anmerken lassen, was ich da gerade tue – oder versuche.

Nachdem er ergebnislos die Gesichter der Menschen in der Bar betrachtet und versucht hat, sie sich einzuprägen, geht er auf sein Zimmer. Dank der verschiedenen alkoholischen Getränke, die er den Abend über zu sich genommen hat, macht sich eine ziemliche Schwere bemerkbar, kaum dass er sich auf das Bett gelegt hat. Er schläft sofort ein, wacht jedoch in der Nacht, von wilden Träumen bewegt, immer wieder auf.

Er ist froh, dass er nun erstmal nach Dilijan fährt – und das Geld weiterhin im Store der DGZ bleibt. Endlich klingelt der Wecker und völlig gerädert steigt Johan unter die Dusche. Er hat Zeit für ein ausgiebiges Frühstück eingeplant, denn zum einen freut er sich schon auf die wirklich spezielle und ortstypische Auswahl, den guten Service und das wunderbare Ambiente im Frühstückssaal. Und zum anderen weiß er nicht, wie lange die Fahrt dauern wird und wann er wieder etwas zu essen bekommt.

Während er an seinem Tisch auf sein Omelett mit armenischen Kräutern wartet, welches frisch für ihn zubereitet wird, versucht er – zur Übung – die Gesichter der anderen Gäste unauffällig zu mustern und herauszufinden, ob er unter ihnen einige von gestern aus der Bar wiedererkennt.

Tatsächlich sicher ist er in zwei Fällen: Ein Pärchen hat sich ihm eingeprägt – offensichtlich, weil sich die sehr attraktive Frau ihrem Gesichtsausdruck zufolge in der Bar elendig neben ihrem Mann (wenn es ihr Mann sein sollte) gelangweilt hat.

Und beim zweiten Gesicht erschrickt Johan, als er merkt, dass der dazugehörige Mann ihn ebenfalls ausgiebig betrachtet. Ja, er ist sich sicher, dass er ihn anstarrt. In dem Moment kommt der Kellner und stellt den riesigen Teller mit dem duftenden Omelett vor ihn auf den Tisch. Johan bedankt sich und schaut dabei zuerst auf den Teller und dann mit einem Nicken zum Kellner. Als sich dieser umdreht und Johan wieder zu dem starrenden Mann schaut, ist dieser dabei, die Rechnung zu unterschreiben. Danach steht er sofort auf, nimmt eine Arbeitstasche und ein Basecap, und verlässt den Saal, ohne noch einmal zu Johan zu schauen.

Was war das denn? Werde ich langsam paranoid?

Johan kann nicht fassen, dass ihn dieser kleine Augenblick tatsächlich aus der Fassung bringt. Er ärgert sich darüber, weil ja eigentlich nichts passiert ist: Der Mann war gestern in der Bar und jetzt beim Frühstück – er ist halt Hotelgast, so überraschend ist das nicht. Und er hat ihn angeschaut, zumindest für einen Blick. Vielleicht hatte er aber auch nur versucht, die Aufmerksamkeit des Kellners zu bekommen, der in diesem Moment an Johans Tisch getreten war.

Wie auch immer, das ist jetzt nicht zu klären. Und deshalb ärgert sich Johan, dass ihm dieser winzige… – ja was eigentlich? „Vorfall" kann man das ja wohl nicht nennen – sein Frühstück vermiest. Er stochert im Omelett und grübelt.

Er beschließt, dass er es als ein Alarmsignal werten würde, wenn er den Mann auch in Dilijan sehen sollte.

Ich wollte eine Übung im „Beobachten, ob ich beobachtet werde", und jetzt habe ich eine Übung bekommen.

Aber noch sind keine Schlüsse zu ziehen. Und ich muss zusehen, dass ich mich durch mein Verhalten nicht verrate oder Verdacht auf mich ziehe. Alles noch im grünen Bereich, wiederholt Johan zu seiner Beruhigung.

Die Fahrt nach Dilijan lenkt ihn ab. Sie fahren in einer Kolonne aus mehreren Wagen. Sie machen einen Stopp am nördlichen Ufer des Sewan-Sees, damit Johan das großartige Panorama genießen und Fotos machen kann. Vom Sewanawank-Koster hat man wirklich einen unglaublichen Blick über das heute türkisfarben schimmernde Wasser und die sich dahinter auftürmenden Berge.

Nicht viel später erreichen sie Dilijan.

Dieses Land ist echt nicht sehr groß, denkt sich Johan. Und dann ist auch noch ein Großteil der Fläche unzugängliches Bergland. Dilijan liegt in einem langgestreckten Tal in einem Nationalpark. Am Fuß des Tals fließt der Aghstev, ein kleinerer Fluss, der wahrscheinlich zu Zeiten der Schneeschmelze ordentlich anwächst. Zunächst fahren sie zu einem Ressort, in dem heute der Workshop und später auch das gemeinsame Event mit den Georgiern stattfinden soll. Es stellt sich heraus, dass nur Zaza und Johan, die morgen weiter nach Rustavi in Georgien reisen werden, hier übernachten. Alle anderen planen, am Abend zurück nach Yerevan zu fahren.

Der Workshop läuft vollkommen problemlos in einer sehr angenehmen Atmosphäre. Man ist sich schnell einig, wo die eigenen Interessen bei einer zukünftigen Kooperation über die nahe gelegene Grenze sind, was man den Georgiern vorschlagen möchte und wie man den Rahmen gestalten sollte, um es den umworbenen zukünftigen Projektpartnern leicht zu machen, den Vorschlägen zuzustimmen. Dazu gehört ein reichhaltiges armenisches Festmahl. Eine Location, die dafür infrage kommt, wird an diesem Abend getestet.

Das Restaurant liegt direkt am Fluss, die Gäste können aus vereinzelt auf einer riesigen Wiese oder auf kleinen Inseln im Fluss stehenden Blockhäusern und Holzbungalows unterschiedlicher Größe wählen. Es gibt traditionelle armenische Gerichte, die in scheinbar unendlicher Folge auf die Tische getragen werden, dazu armenischen Wein und Live-Musik einer Folklore-Gruppe. Es wird ein geselliger Abend, ein Erlebnis, das Johan vollkommen auskosten kann. Er taucht tief in die armenischen Gepflogenheiten großer Tafelrunden ein, deren wesentlicher Bestandteil die nie endenden Trinksprüche sind.

Rustavi

2006.

Am nächsten Morgen wird Johan früh vom Wecker geweckt und wacht einigermaßen verkatert auf. Zufrieden stellt er fest, dass er durchgeschlafen hat. Erholsam war der Schlaf aber wegen des großzügigen Alkoholkonsums in der letzten Nacht nicht so sehr – neben dem Rotwein gab es Kognak und Bier.

Nach einem schnellen Frühstück machen Zaza und er sich zügig auf den Weg in Richtung georgische Grenze. Sie müssen die etwas längere Route über Vanadzor und Alaverdi nehmen, die andere Strecke ist von der deutschen Botschaft nicht freigegeben, da sie zu nah an der Grenze zu Aserbaidschan verläuft, wo es wegen des Konfliktes um Berg-Karabach entlang des sich ständig verschiebenden Frontverlaufs immer wieder zu Schießereien kommt.

Als sie den Grenzübergang Bagratashen – Sadakhlo erreichen, bemüht sich Johan, die Prozeduren bei der Abfertigung und insbesondere die Kontrolle der Gepäckstücke zu beobachten und zu durchschauen. Das ist nicht so leicht wie gedacht. Denn es scheint neben dem offiziellen Ablauf der Grenzabfertigung eine Art inoffizielle Regelung zu bestehen, nach der sich ankommende Fahrzeuge mit bestimmten Männern, die im Vorfeld des Grenzübergangs herumstehen, in Verbindung zu setzen haben. Erst danach wird ihnen ein Platz in einer der auf die Abfertigung wartenden Autos zugewiesen. Die LKW stehen in mehreren Reihen auf gesonderten Spuren.

Zaza steigt aus dem Wagen und verschwindet für kurze Zeit in einem Häuschen, vor dem eine Traube Menschen – wiederum alles Männer – steht. Diese scheinen offensichtlich nicht für die Dienstleistung, die in dem kleinen weißen Häuschen ohne irgendwelche Hoheitszeichen angeboten wird, anzustehen.

Als Zaza zurückkommt und in den Wagen springt, hat er mehrere Zettel in der Hand, die er in das vorderste Fach der Mittelkonsole legt. Johan nimmt sie an sich und muss feststellen, dass er die blassen, mit einem Neun-Nadeldrucker auf Endlospapier gedruckten Buchstaben nicht entziffern kann, da sie in Armenisch sind.

„Was steht hier drauf?", fragt er Zaza.

„Nichts Besonderes, Formalitäten halt…".

„Muss man irgendwas deklarieren?"

„Im Prinzip schon, aber nichts, was uns betrifft."

Das hilft alles nicht wirklich weiter.

Langsam nähern sie sich der armenischen Grenzkontrolle. Als sie endlich dort ankommen, reicht Zaza ihre Reisepässe aus dem geöffneten Fenster auf der Fahrerseite. Ein Grenzbeamter studiert nun aufmerksam die Dokumente, während zwei andere scheinbar unbeteiligt hinter ihm stehen. Alle drei sind schwer bewaffnet.

Johan sieht, dass rechts vor ihm auf einer größeren betonierten Fläche neben ihrer Fahrspur ein paar Autos stehen, deren Ladung genauer geprüft wird. Ob dabei Gepäckstücke geöffnet werden, kann er nicht erkennen. Aber es macht nicht den Eindruck, als kämen hier technische Geräte zum Durchleuchten des Gepäcks zum Einsatz. Was ihn aufmerken lässt ist, dass linker Hand, vor dem eigentlichen

Grenzgebäude, Zollbeamte patrouillieren, und dabei einen Hund an der Leine führen.

Können Zollhunde Bargeld erschnüffeln?

Johan kann nicht weiter darüber nachdenken, denn er wird von Zaza angestoßen und aufgefordert, den Zollbeamten am Fahrerfenster anzuschauen. Der hält ihre Pässe in der Hand und blickt nun nacheinander Zasa und Johan genau an, schaut dann in den Innenraum des Wagens, reicht die Pässe durch das Fenster zurück und grummelt etwas auf Armenisch. Zaza fährt langsam an. Sie fahren über eine schmale Brücke, die den Grenzfluss, den Debed, überspannt. Auf der anderen Seite der Brücke grüßt sie die neue rotweiße Fünfkreuzflagge Georgiens.

Vor der Einreisekontrollstelle fährt Zaza rechts ran und bedeutet Johan, auszusteigen.

„Du musst als Nicht-Georgier deine Einreiseformalitäten dort in dem Gebäude erledigen. Du brauchst zwar kein Visum, aber sie checken und stempeln deinen Pass und registrieren dich."

„Du bist doch auch kein Georgier!"

„Nein, aber Fahrer. Wer soll denn sonst den Wagen durch die Abfertigung steuern?"

„Okay. Was ist mit meinem Gepäck?"

„Nimm das mal lieber mit, ist ja nicht viel. Das ist sicher besser. Außerdem kann ich mich dann schon mal in die Schlange stellen und wenn ich schneller abgefertigt werde als du, warte ich da vorne auf dich", Zaza weist mit der Hand auf einen kleinen Parkplatz hinter den Zollgebäuden.

„Gut. Dann bis gleich."

Johan greift seine Laptoptasche, holt seinen kleinen Rucksack aus dem Kofferraum und stellt sich in die Schlange am Einreiseschalter.

Während es nur sehr schleppend voran geht, schaut er sich im Gebäude um. Es ist ein einfacher, schlichter Zweckbau, in den ein paar neuere Schalter und Absperrungen eingebaut wurden, wahrscheinlich aufgrund der gestiegenen Anforderungen an solche Grenzübergänge. Auch eine Vorrichtung zum Scannen der Gepäckstücke und ein breiter Metalltisch, auf dem der Inhalt verdächtigen Reisegepäcks ausgebreitet und untersucht werden kann, ist offenbar vor nicht allzu langer Zeit eingefügt worden. Es ist einiges los, vormittags an einem ganz normalen Werktag, stellt Johan fest. Er sieht keinen anderen Reisenden mit einem EU-Pass in der Hand in der Schlange. Kurz hatte er gehofft, es gebe hier eine extra Abfertigung für EU-Bürger, aber das ist nicht der Fall.

Er ist froh, kein Geld aus seinem Schatz dabei zu haben. Hin und wieder müssen einzelne Personen ihre Taschen auf dem Metalltisch entleeren und dabei werden durchaus kleinere Dosen, Schachteln und Päckchen geöffnet.

Als er endlich an der Reihe ist, wird sein Reisepass ausgiebigst untersucht. Auf die Fragen des Grenzbeamten hinter der Scheibe muss er immer mehrfach antworten, weil seine in Englisch vorgebrachten Erklärungen zum Grund der Reise, zur Dauer des Aufenthalts und so weiter nie beim ersten Mal verstanden werden. Er bemüht sich, klar und unmissverständlich zu sprechen und deutlich zu machen, dass er im Rahmen eines EU-Projektes unterwegs sei (was in der Form gar nicht stimmt, aber aus Johans Sicht leichter zu vermitteln ist als die reine Wahrheit), in Rustavi Termine mit der dortigen Verwaltung habe, heute noch zurück nach Armenien reise und hoffe, ganz bald regelmäßig nach Georgien kommen zu dürfen. Am Ende kann er nicht sagen, ob der Grenzer irgendetwas von seinen Ausführungen verstanden hat, aber er bekommt den Stempel in seinen Pass und kann durch die Absperrungen hindurch zum Ausgang gehen. Sein Gepäck wurde weder gescannt noch geöffnet.

Draußen vor dem Gebäude sieht er den DGZ-Wagen auf der Parkfläche stehen, Zazas Arm hängt aus dem immer noch geöffneten Fenster. Er geht zur Beifahrerseite, schmeißt seinen Rucksack auf die Rückbank, nimmt die Notebooktasche vorne auf dem Beifahrersitz zwischen die Beine und schnallt sich an.

„Alles klar! Das ging ja problemlos."

„Ja, meistens ist das so. Es dauert halt ewig, auch weil sie die Einreisekontrolle für die Nicht-Georgier nicht in den Fahrzeugen durchführen."

Das Treffen der georgischen Partner in Rustavi verläuft aus Johans Sicht erfreulich. Sowohl der Gouverneur und mit ihm die Verwaltung der Grenzregion Kwemo Kartli, als auch das für Raumplanung zuständige georgische Ministerium sind sehr offen für die Kooperation mit den armenischen Partnern und eine Mitwirkung in dem Projekt. Johan wird mit dem Auftrag verabschiedet, die Vorbereitungen für einen gemeinsamen Auftaktworkshop wie geplant voranzutreiben. Zudem hätten sie auf georgischer Seite auch gerne eine Unterstützung, wie sie Johan für die armenische Seite leistet. Diesbezüglich kann Johan zusagen, so eine Projektbegleitung zu organisieren. Das Budget dafür ist vorhanden und seitens der DGZ hat man ihm bereits signalisiert, dass er sich mit dem DGZ-Büro in Tbilissi in Verbindung setzten soll. Alle gehen davon aus, dass diese Aufgabe Johan übernimmt.

Da werde ich wohl nicht drumherum kommen, denkt er sich auf dem Rückweg. Liegt ja eigentlich auch nahe – und das wird sicher spannend. Allerdings habe ich keine Ahnung, wie ich das zeitlich hinbekommen soll.

Er versucht zu dösen und stellt sich dabei vor, wie er das gefundene Geld nutzt, um ab jetzt erstmal keine weiteren neuen Aufträge anzunehmen. Eine schöne Vorstellung: All die laufenden Projekte einfach strecken, die Einsätze vor Ort zeitlich besser verteilen, sich für die interessantesten Aufgaben mehr Zeit nehmen, in die Tiefe gehen, sich nicht um Folgeaufträge kümmern müssen....

Der Stopp des Wagens vor der Grenze reißt ihn aus den Träumereien. Wieder muss er aussteigen und sich in eine Reihe vor dem Zollgebäude mit den Abfertigungsschaltern für die Ausreise anstellen. Er hat seinen Rucksack im Auto liegenlassen. Aber niemand fragt danach. Auf armenischer Seite, am anderen Ufer des Debed, wird genauer geprüft, Johan muss beide Gepäckstücke öffnen und auspacken.

Aus der Weiterfahrt Richtung Yerevan kommt er zu dem Schluss, dass es wohl keine gute Idee ist, zu versuchen, das Geld über diese Grenze zu bringen. Er hat die Kontrollprozeduren nicht wirklich durchschaut.

Jetzt erstmal die 7.400 Euro per Flug nach Montenegro bringen. Das dürfte doch relativ gefahrlos sein.

In Podgorica wird er dann damit das Motorrad in bar bezahlen und es ist nicht anzunehmen, dass Dejan die Scheine kontrolliert.

Also alles kein Problem, redet er sich ein, bemerkt aber, dass er keineswegs beruhigt ist.

Spät am Abend fährt Zaza vor dem Hotel vor.

„Danke für die sichere Fahrt", sagt Johan zur Verabschiedung. „Wir sehen uns morgen. Ich komme ins Büro zur Abschlussbesprechung. Und muss dann mal kurz an meine Tasche im Store, etwas umpacken. Es sieht ja so aus, dass ich noch ein paar Mal hierherkommen werde."

„Gut, wir sehen uns dann. Soll ich dich in der Nacht zum Flughafen fahren?"

„Nein, ist nicht nötig", erklärt Johan, obwohl er sich eigentlich doch ganz gerne von Zaza zum Flughafen fahren lassen hätte. Er hasst nächtliche Taxifahrten. Außerdem hätte er gerne das Geld gespart.

Darauf sollte es doch jetzt nicht mehr ankommen, taucht es da in seinem Kopf auf. Du hast doch jetzt genug Geld!

Irritiert schüttelt er sich kurz, hebt dann schnell die Hand zum Abschied und schlägt die Beifahrertür zu.

„Gute Nacht!"

Seine Nacht ist wiederum alles andere als ruhig. Obwohl er todmüde ist, fällt er einfach nicht in den Schlaf. Verschiedene Gedanken wechseln sich ab, ohne dass auch nur einer von ihnen zu Ende gedacht werden kann. Eine tiefsitzende Unruhe breitet sich immer wieder von Neuem vom Bauch ausgehend langsam über den ganzen Körper aus. Kein Wechsel der Liegeposition kann sie eindämmen, nur eine ganz kurze und kaum wirklich spürbare Erleichterung ergibt sich in dem Moment, in dem er sich bewegt. Oder ist das Gefühl durchgängig, und er bildet sich die Erleichterung nur ein, ist sie nur Ergebnis der Ablenkung des Gehirns durch die Aufgabe, eine Bewegung zur Seite, auf den Bauch oder den Rücken zu koordinieren?

Bewegung hilft gar nicht, stellt Johan fest, als er in dem glücklicherweise recht geräumigen Zimmer auf und ab geht. Im Gehen spürt er die Müdigkeit fast physisch auf seinem Körper lasten, die Augen schmerzen und er kann der Schwerkraft, die ihn in die Horizontale zieht, kaum etwas entgegensetzen. Also wieder lang ausgestreckt aufs Bett – doch die erwartete Entspannung, das angenehme Gefühl, aus früherer Erfahrung fest in der Erinnerung verankert, setzt diesmal nicht ein. Einzelne Positionswechsel vollziehen sich in immer engerer Taktfolge, bis sie zu einem durchgehenden Wälzen werden.

Das Befassen mit den körperlichen Auswüchsen der Schlaflosigkeit lenkt ihn aber immerhin davon ab, die Gedanken genauer zu betrachten, die durch sein Hirn mäandern. Am Morgen weiß er nicht, ob er froh sein soll, endlich aufstehen zu können, oder ob er dazu nicht viel zu müde ist. Er wickelt sich aus den schweißnassen Laken und stellt sind unter die Dusche.

Das heiße Wasser gibt ihm Energie, so fühlt es sich an, aber nicht ausreichend, um schwungvoll aus der Duschkabine zu steigen und sich für den Tag bereitzumachen. Johan lässt das Wasser über Gesicht und Körper rauschen und fühlt die Entspannung und kurzzeitig eine Leichtigkeit, die daher rührt, dass er an nichts denken muss, sondern sich ganz auf die Körperpflege konzentrieren kann.

Er greift sich schnell eines der großen weißen, weichen Handtücher und wickelt sich darin ein. Welch ein Luxus!

Das trägt durchaus dazu bei, dass ich besser in den Tag starte, stellt er fest.

Unterkünfte wie diese hier sind eher die Ausnahme in seinem Job. Generell wird anscheinend davon ausgegangen, dass es bei Menschen, die sich in der Entwicklungszusammenarbeit engagieren, nicht so darauf ankommt, wo sie übernachten. Ihnen wird eine gewisse Genügsamkeit unterstellt. Und auch angenommen, dass sie bereit sind, bei den Kosten für Reisen und Übernachtung zu sparen, um möglichst viel Geld aus dem Projektbudget für die Arbeit mit den Zielgruppen zur Verfügung zu haben. Johan kann dieser Argumentation nichts abgewinnen, seit er sich Einblicke in die Kalkulation solcher Projekte verschaffen konnte. Und auch die Überlegung, als Experte in der Entwicklungszusammenarbeit müsse man in einfachen Hotels mit lokalen Standards absteigen, weil die Partner vor Ort das schätzten, hat sich als unzutreffend erwiesen. Nach seiner Erfahrung erntet man bestenfalls ein Kopfschütteln, wenn die Projektpartner erfahren, dass man in einem billigen Hotel untergebracht ist, und nicht in einem der besseren, die sie ja alle kennen und in denen sie die Experten untergebracht hätten, hätte man sie gefragt. Im schlechten Fall kratzt das Image der einfachen Unterkunft an der Reputation des Experten: Wenn die Geldgeber ihm nicht die Wertschätzung entgegenbringen, ihn in einem guten Hotel unterzubringen, dann ist es sicherlich nicht einer ihren wertvollen, guten, erfolgreichen Mitarbeiter.

Johan nimmt eines der kleinen Handtücher und trocknet sich damit sein Gesicht und die Haare. Eine Übernachtung in diesem Fünf-Sterne-Hotel mitten im Zentrum, welches den Ruf als eines der ersten Häuser am Platz hat, kostet deutlich unter 100 Euro pro Nacht und ist damit günstiger als eine sehr einfache Unterkunft in einem dieser extrem schlichten Vertreterhotels, in denen er übernachten muss, wenn er in Frankfurt am Main ist, wo das Hauptquartier der DGZ liegt. Aber dennoch wird geargwöhnt, dass er sich unverhältnismäßigen Luxus gönne. Dabei ist das Hotel kein Luxusressort. Es ist auf Business-Reisende eingestellt, es hat ein Business-Center im Foyer und keinen Pool, Konferenzräume statt Spa-Bereich. Aber das Frühstück ist großartig – vielleicht der einzige Aspekt, der hier luxuriös ist. Neben den Handtüchern.

Er gönnt sich sein Luxusfrühstück – das letzte vorerst – und fast hätte sich seine Stimmung vollständig aufgehellt. Aber beim zweiten Kaffee, als er entspannt seinen Blick durch den wirklich außergewöhnlichen Frühstückssaal mit den vielen Details schweifen lässt, stutzt er plötzlich. Seit er die Reisetasche, die nicht seine ist, aus dem Lost and Found Bereich des Flughafens genommen und die darin verstauten Kleidungsstücke gesehen hat, malt er sich aus, wie wohl der rechtmäßige Besitzer der Tasche und der Kleidung aussehen mag. An sich war keines der Kleidungsstücke auffällig, aber in ihrer Gesamtheit ergeben sie doch ein bestimmtes Bild von ihrem Träger. Und das stimmt in keinem Fall mit dem eines

Betrügers oder Verbrechers ein. Welcher Kriminelle bügelt denn seine T-Shirts, Polohemden und sogar die Unterwäsche?

Vielleicht der Mann, der gerade am Dessert-Buffet steht und seinen Teller mit den traditionellen armenischen Trockenfrüchten und an langen Fäden aufgezogenen Walnüssen oder Haselnüssen, die mit einer bunten Traubensaft-Kuvertüre überzogen sind, füllt!

Dunkle Jeans, die wie neu wirken, rotes Poloshirt, gebügelt, lederne Segelschuhe, blank geputzt. Der Mann, der diese Kleidung trägt, ist in etwa so groß wie Johan und sorgfältig frisiert, was in seinem Fall bedeutet, dass er sich den Kopf heute Morgen rasiert hat. Er trägt Glatze, aber unfreiwillig, denn der dunkel durch die Kopfhaut schimmernde Haarkranz verrät, dass der Haarwuchs auf einen schmalen Streifen an den Kopfseiten und am Hinterkopf begrenzt ist. Dafür ist der Bartwuchs stark ausgeprägt und obwohl wahrscheinlich heute bereits rasiert scheint ein dunkler Schatten dort durch die Gesichtshaut, wo schon in wenigen Stunden schwarze Stoppeln einen solchen Bart bilden, für den andere drei oder fünf Tage benötigen. Die Augen liegen tief in ihren Höhlen und um sie herum liegt ein Schatten, der Johan daran erinnert, dass er aufgrund seines Schlafmangels im Moment sicher auch Augenringe trägt.

Eine Nationalität ist dem Mann nicht ohne weiteres zuzuordnen. Es könnte ein Armenier mit einer etwas helleren Haut sein oder ein Mitteleuropäer mit einer von vielen Reisen in sonnige Gegenden gebräunten Haut. Aber es handelt sich nicht um eine Urlaubsbräune, die man von einem

Sandstrand mitbringt, es ist die Art von gebräunter Haut, die man bei denjenigen sieht, die oft an der frischen Luft und an der Sonne sind. Insofern passen die Segelschuhe. Es könnte auch ein Montenegriner sein, schießt es Johan durch den Kopf. Einer von denen, die mit Geld aus zwielichtigen Quellen die neuen, teuren Villen an der Küste bewohnen und mit ihren Segelbooten oder Yachten in der Adria umher cruisen.

Der Mann dreht sich um und als sein Blick durch den Saal streift, kommt es Johan vor, als würde er eine Sekunde länger als nötig auf ihm verharren. Johan hat Angst, er könne zu lange zurückgestarrt haben. Deutlich überhastet führt der die Kaffeetasse an seinen Mund und verbrüht sich mit dem großen Schluck Oberlippe und Gaumen. Scheiße.

Das passt jetzt in diesem Moment auf jeden Fall. Er schaut wieder hoch und durch den Saal, bis er den Mann sieht, wie er sich an den Tisch setzt, an dem er zuvor offenbar bereits gesessen hatte. Denn es steht benutztes Geschirr darauf.

Er ist mit vorher nicht aufgefallen, denkt Johan. Er sieht aber auch absolut durchschnittlich aus, überlegt er weiter, das muss jetzt alles überhaupt nichts bedeuten. Die Klamotten, die er trägt, passen zum Casual Friday, und vielleicht hat er sich auch bereits bequeme Kleidung für den Rückflug angezogen, so wie ich.

Und der Blick durch den Saal hinüber zu ihm – einfach nur Einbildung? Er drehte sich um, nachdem er in die Auswahl der Köstlichkeiten auf dem Buffet vertieft war. Vielleicht brauchte er einen Augenblick, musste sich im Raum orientieren, um seinen Tisch zu finden.

Nach dem De-Briefing im DGZ-Büro lässt sich Johan von Zaza den Store aufschließen. Wie erwartet ist er alleine dort, als er 7.400 Euro abzählt und aus dem im Kopierpapier versteckten Geldstapel zieht. Dennoch nimmt er vorsichtshalber nicht das ganze Paket aus der Tasche, sondern fummelt etwas umständlich in den Papierstapeln und Geldscheinbündeln zwischen den zwei Einlegeböden herum und hofft, dass – sollte er beobachtet werden – es so aussieht, als wühle er in seinen Klamotten auf der Suche nach etwas Bestimmten. Die entnommenen Geldscheine steckt er zwischen Arbeitsunterlagen, nimmt sie zusammen mit diesen heraus und verstaut sie in der Laptoptasche.

Danach rückt er den oberen Einlegeboden in der Reisetasche wieder zurecht und verteilt die Kleidungsstücke darüber so, dass sie wie etwas nachlässig eingepackte Reiseklamotten wirken. Aber eigentlich ist er sich sicher, dass niemand diese Tasche, auf der ja ein Zettel klebt, der Johan als Besitzer ausweist, öffnen oder gar durchsuchen wird.

Beim Auschecken in der Nacht versucht Johan, unauffällig die Eingangshalle und den Platz vor dem Hotel, wo die Taxis vorfahren, zu scannen. Aber er kann weder den Mann aus der Bar, noch den Mann vom Frühstück entdecken.

Am Flughafen ist ihm bewusst, dass er auf der Verbindung unterwegs ist, über die seiner Überlegung nach dem Besitzer des Geldes – oder dessen Kurier – nach Yerevan gekommen ist. Aber so sehr er sich auch bemüht, er kann keinen der Männer bei Check-in, am Gate oder im Flugzeug erkennen.

Durmitor

2006.

Johan gleitet auf seinem nagelneuen Motorrad durch die schroffen Berge von Montenegro. Er hat das Küstengebiet hinter sich gelassen und ist begeistert vom Fahrerlebnis auf den schmalen, geschwungenen und stetig Richtung Osten ansteigenden Landstraßen. Die warme mediterrane Luft wird langsam kühler, der Fahrtwind ist aber immer noch sommerlich angenehm. Ein Traum: Mit dem perfekten Motorrad auf dieser wie für eine Motorradtour gemachten Strecke.

Wie sehr er solche Momente in den letzten Jahren vermisst hat. Ihm wird bewusst, dass seine Hobbies, die ihm ein Gefühl der Freiheit bereiteten, nach und nach Opfer seines Jobs geworden sind. Boot und Motorrad wurden verkauft, eine Neuanschaffung eines Motorrads, und sei es auch nur eine Vespa, ist erstmal ausgeschlossen. Aus den Plänen, mit gecharterten Booten Ausflüge zu machen, ist nie etwas geworden. Selbst zum Angeln kommt er kaum noch.

Sein Job entwickelt eine Eigendynamik, die er kaum noch kontrollieren kann. Was in Litauen mit den zahlreichen Dienstreisen begann, setzt sich nun fort und beschleunigt sich. Er absolviert Flüge und Aufenthalte statt auf Reisen zu gehen. Es findet sich keine Zeit mehr für Entdeckungen. Das Geheimnisvolle und Unvorhersehbare, das ihn am Reisen so reizt, verschwindet hinter dem ansteigenden Flugstress: Es ist paradox, aber mit zunehmenden Flugverbindungen und dem Aufkommen der ersten Billigflieger wird das Fliegen stressiger. An seine Destinationen kommt er größtenteils weiterhin von Berlin aus nicht mit Direktflügen, dafür wird es beim Umsteigen auf den Drehkreuzen voller, enger und knapper. Er muss immer längere Puffer für die Umstiege und längere Zeiten für die Abfertigung bei Abflug und Ankunft am Flughafen einplanen. Dazu kommen die laufenden Umbauten an den Flughäfen in Osteuropa, die die Umsteigeverbindungen zusätzlich störungsanfällig machen.

Seine verschiedenen Projekte arbeitet er immer häufiger ab wie ein Montagearbeiter. Er reist nicht mehr, er nutzt eine komplexe und fragile Transportkette von A nach B und zurück. Vor Ort ist er nicht der staunende, neugierige und aufmerksame Reisende, sondern jemand, der eine Agenda hat und diese möglichst pünktlich abarbeiten will. Der Job bietet nicht mehr den von ihm sehr geschätzten Nervenkitzel, sondern reinen Stress.

Aber jetzt genießt er die Tour auf seiner neuen Maschine. Lang vermisste Gefühle durchfluten ihn und lassen ihn diese Fahrt intensiver spüren als es der reine Fahrspaß vermocht hätte.

Er hat das Geld für die Maschine in Bar in bar an Dejan gezahlt. Über dieses Wortspiel hat er sich kräftig amüsiert, als er in einem Café am Rande des Hafens von Bar das Geld abzählte. Logischerweise konnte keine der anderen Personen seinen Spaß verstehen, da dieses Wortspiel nur auf Deutsch funktioniert. Ihm war endlich wieder nach einem befreiten Lachen zumute.

Seine Anspannung während der Reise von Yerevan nach Podgorica, auf der er zum ersten Mal in seinem Leben einen so hohen Geldbetrag in seinem Gepäck transportierte – oder war das schon Schmuggeln? – war hoch und hatte ihm zu schaffen gemacht. Bei der Gepäckaufgabe hatte er zunächst erleichtert seiner Reisetasche nachgesehen, in der sich unter dem normalen Dienstreisegepäck 7.400 Euro in 200-Euro-Scheinen befanden: Wie sie vom kurzen Gepäckband neben dem Check-in-Schalter auf ein längeres Transportband geschoben wurde, und wo sie nach wenigen Metern von einem rechteckigen Loch, vor dem ausgefranste schwarze Stoffstreifen baumelten, verschluckt wurde.

Beim Boarding hat er auf jede Auffälligkeit in den Abläufen und im Verhalten des Flughafenpersonals und der Flugzeugcrew achten wollen, was ihn total überforderte. In München fürchtete er, beim Ausstieg von der Flughafenpolizei festgenommen zu werden, als er hinter dem Ankunftsgate zwei Uniformierte mit Waffen stehen sah. Die interessierten sich jedoch offensichtlich nicht die Bohne für ihn. Er taumelte zum Abfluggate des Anschlussfluges nach Podgorica, unsicher, ob ihn dort eine Festnahme erwartete.

Vielleicht hat der Mann genau so eine Ahnung einer bevorstehenden Festnahme gehabt und das Geld deshalb nach der Landung nicht an der Gepäckausgabe abgeholt, kam es Johan in den Sinn. Er konnte den Gedanken nicht zu Ende denken, da ihn nun wieder sein Bemühen, die Situation im Wartebereich des Gates und die Einstiegsprozeduren zu beobachten und nach Verdächtigem zu scannen, vollkommen in Beschlag nahm.

Am Flughafen in Podgorica stand er kurz davor, seine Reisetasche nicht abzuholen. Er besann sich eines anderen – auch, weil ihm trotz intensivster Beobachtung seiner

Umwelt einfach nichts Ungewöhnliches oder gar Bedrohliches auffallen wollte. Betont lässig griff er die Tasche, ging sehr schnell – das war sicher nicht unauffällig – zum Taxistand und ließ sich zum Hotel Kerber fahren. Er schlief schlecht mit dem Wissen, einen Teil des gestohlenen Geldes bei sich im Zimmer zu haben und war froh, am Morgen Dejan vor dem Hotel zu treffen, um mit ihm zuerst einen Helm und Motorradhandschuhe zu kaufen, und anschließend zum Hafen zu fahren.

Johan konnte das Motorrad direkt übernehmen, nachdem es aus einem der kleineren Schuppen auf dem Hafengelände geholt wurde. Nach der Übergabe waren Dejan und ein Bekannter von ihm, der auch den Papierkram bei der Übergabe erledigt hatte, zusammen mit ihm nach Herceg Novi gefahren, um mit dem Notar Zulassung und Versicherung zu regeln. Bereits diese erste Fahrt auf seiner neuen Enduro hatte Johan vollkommen hingerissen und alle Bedenken, die ihn noch im Flugzeug und bei der Fahrt von Podgorica nach Bar etwas bedrückt hatten, hinweggefegt.

Der sehr repräsentativ residierende Notar wirkte alles andere als vertrauenswürdig auf Johan, aber Dejan und der Bekannte erweckten den Eindruck, als handele es sich hier um einen alten Bekannten und guten Freund, der halt zufällig auch Notar war und ein paar Dinge besser regeln konnte als andere.

Egal, dachte sich Johan, Hauptsache, das geht schnell über die Bühne.

Der Termin dauerte wirklich nicht lange, Johan wurde nach nicht einmal einer Stunde entlassen, Dejan und sein

Bekannter blieben noch. Das war Johan sehr recht so. Er hatte sich sofort auf die Tour gemacht, die er sich vorher bereits zurechtgelegt hatte: vom Strand in die Berge, mit einer Übernachtung allein in einer Hütte im Nationalpark.

Dort angekommen parkt er sein Motorrad, wirft das Gepäck in den Schlafraum, holt ein extra für diesen Moment eingepacktes Bier aus dem Rucksack und setzt sich auf die kleine Terrasse. Er kann sich an dem Anblick der Enduro vor dem dramatischen Hintergrund der dunkelgrünen Berge gar nicht sattsehen.

Kurz vor Sonnenuntergang hält es ihn nicht mehr und er beschließt, im letzten Tageslicht noch eine Runde mit dem Motorrad zu drehen.

Was für ein großartiger Tag! Johan liegt auf der Pritsche in der Berghütte. Er ist immer noch etwas aufgekratzt, aber müde. Draußen ist es wunderbar still, die einzigen Geräusche stammen von den Vögeln und dem Wind. Er horcht in sich hinein. Irgendetwas stört die vollkommende Beschaffenheit dieses Moments.

Irgendwann in der einsamen Nacht in den Bergen wird ihm klar, dass – so sehr er das Fahrgefühl auf dem Bike genießt – sich kein Gefühl der Freiheit und Zufriedenheit einstellt. Er ist erleichtert, dass er es geschafft hat, das Geld zum Bezahlen des Motorrads in bar zu Dejan zu bringen, klar. Aber selbst, wenn ihm das etwas Zuversicht gibt, auch den Rest des gefundenen Geldes tatsächlich für seine Familie nutzen zu können – in kleinen Schritten, nur in Mengen, die bei Barzahlung als unkritisch angesehen werden – kann er nicht feststellen, dass er nun sorgenfreier in die Zukunft schaut. Er hat nicht das Gefühl, sich damit ein wenig mehr Freiheit erkaufen zu können.

Das mit dem Motorrad in Montenegro ist schon klasse, aber so richtig kann er es dann doch nicht auskosten. Wahrscheinlich, weil ich meine Freude nicht mit meinen Liebsten teilen kann. Und eigentlich mehr noch: Wenn ich es recht betrachte, belüge ich sie gerade und schließe sie aus einem Teil meines Lebens aus!

Aber es ist Johan klar, dass er Henrieke gegenüber nichts von dem Schatz erzählen kann. Schon, dass er eine fremde Reisetasche aus dem Lost and Found Bereich am Flughafen Yerevan mitgenommen hat, könnte er nur schwer vermitteln. Und noch weniger, dass er, als er das Geld gefunden hat, beschloss, es zu behalten. Es hätte sicherlich Wege gegeben, den Fund zu melden – auch wenn ihm dabei sicher unangenehme Fragen gestellt worden wären. Zuallererst die, warum er eine fremde Tasche an sich nimmt. Das wäre ihm schon mehr als peinlich gewesen, in der deutschen Botschaft oder bei armenischen Behörden, die dann ja sicher eingeschaltet worden wären.

Nun hat er sich das Geld geangelt, kann sich aber nicht an einem Gefühl großer Unabhängigkeit und Freiheit erfreuen, so wie er es sich in Träumen vorgestellt hat, in denen er im Lotto einen hohen Betrag gewinnt. Zwar spielt er nur sporadisch Lotto, aber er hat ein Dauerlos der Aktion Mensch, also könnte theoretisch jederzeit ein Geldregen auf ihn niederprasseln. Nun kam der Geldsegen aus einer anderen Richtung und Johan hat den Eindruck, er komme nicht aus dem Himmel, sondern eher aus der Hölle.

Er kann seinen potenziellen Reichtum nur in engen Grenzen nutzen. Ähnlich wie er sein neues Motorrad nur stark begrenzt nutzen kann. Er kann es nicht einfach mit nach Hause nehmen und es bereitet ihm ein schlechtes Gewissen, wenn er es fährt und versucht, die Touren durch die tolle Landschaft zu genießen. Mit dem Geld verhält es sich ähnlich.

Dazu kommt die Angst, entdeckt, als Dieb enttarnt zu werden. Es ist ihm klar, dass dann Strafen drohen – von wem auch immer. Sein Ruf wäre ruiniert, sein Verhältnis zu seiner Familie zumindest auf eine harte Probe gestellt.

Und je nachdem, wer ihn wann ausfindig macht, könnte es auch auf eine Weise gefährlich für ihn werden, die er sich gar nicht ausmalen mag. Sollte der Besitzer mir auf die Spur kommen und das Geld zurückfordern, dann muss ich ja wahrscheinlich den Betrag, den ich bis dahin davon genommen habe, ersetzen – das könnte schwierig werden!

Nun liegt er hier in einer Blockhütte inmitten des traumhaften Durmitor Nationalparks und hat alles andere als angenehme Träume. Er versucht sich darüber klarzuwerden, wie er seinen Schatz nutzen kann, um vielleicht ohne Kompromisse, wie er sie bislang immer wieder eingehen musste, zu einem Leben zu kommen, wie er es sich immer erträumt hat. Irgendwo haben mich diese Kompromisse von dem Weg, der in Afrika so klar vor mir lag, abgebracht.

Buda Bar

2006.

Es ist tief in der Nacht. Die frische Luft wandert aus der Dunkelheit durch das geöffnete Fenster in Johans Zimmer. Er lauscht nach den Geräuschen des nächtlichen Waldes. Das beruhigt ihn, aber seine Gedanken drehen sich weiter um sein Leben in diesem Beruf, den er sich nicht nur ausgesucht, sondern auch zurechtgebogen hat, damit er zu ihm passt. Aber das Gerüst ist noch nicht ganz passgenau, das merkt er immer wieder.

Es ist nicht so, dass Johan durch seine vielen Projekte zu einem reichen Mann wird, der seine Familie so finanziell absichern und verwöhnen kann, dass sie über seine langen Abwesenheiten gerne hinwegsehen. Er hat ein anständiges Einkommen, aber er kann es sich nicht leisten, auf Aufträge zu verzichten. Seit dem Hauskauf und den darauffolgenden Renovierungsarbeiten erst recht nicht mehr. Seine Honorare sind eher niedrig im Vergleich zu Beraterhonoraren in anderen Branchen, aber Jobs in der Entwicklungszusammenarbeit sind eben schlecht bezahlt.

Die Bezahlung ist dabei eigentlich gar nicht das Problem. Ihn ärgert, dass immer noch nur die Tage, an denen er im Einsatzland arbeitet, bezahlt werden. Dass er so fast ständig im Ausland sein muss. Und dass deswegen Henrieke nach dem Mutterschaftsurlaub nur in Teilzeit zurück auf ihre Stelle gehen konnte. Und dass Henrieke die Bauarbeiten fast allein betreuen muss. Am Wochenende besprechen sie sich.

Unterhalb der Woche ist die Kommunikation nicht so leicht möglich, weil er tagsüber oft unterwegs und ohne Empfang oder in Besprechungen und Workshops in Chişinău, Soroca, Skopje, Tbilisi, Yerevan oder Baku sitzt. Und es ist einfach so teuer, mobil zu telefonieren.

Zusammen mit dem Honorar, das Johan „nach Hause bringt" kommen sie gut über die Runden. Aber für besondere Anschaffungen und bevor sie einen neuen Renovierungsschritt an ihrem Haus in Auftrag geben, müssen sie schon sparen – und wenn dann die Aufträge ausgelöst sind und die Arbeiten laufen, darf auch nichts schiefgehen, was zu Honorareinbußen bei Johan führen würde.

Einmal ist das so passiert. Johan hatte mehrere Monate lang ein Projekt in der Türkei vorbereitet – unentgeltlich, sein „Lohn" sollte die Position eines „Medium-term Experts" sein mit langer Laufzeit und einem anspruchsvollen Aufgabenbereich sein. Das klang alles wirklich gut, war auch etwas besser vergütet als üblich, und es hätte Direktflüge von Berlin nach Istanbul und Ankara gegeben. Aber in letzter Minute scheiterte das Projekt an irgendwelchen Vertragsdetails, Genaueres sollte Johan nie erfahren. Es dauerte einige Monate, bis er ein anderes Projekt akquiriert hatte und dort die erste Rechnung stellen konnte. In dieser Zeit gab es – wie in den Monaten der Vorbereitung des Türkei-Projektes – keinen oder nur geringfügigen Zahlungseingang auf Johans Konto. Sie verbrauchten ihre Ersparnisse nahezu vollständig.

Das darf auf keinen Fall wieder passieren.

Und da ist es doch gut, so ein Gelddepot zu haben, wo ich im Notfall an Bargeld komme. Wo ich schnell ein paar Scheine entnehmen kann, um Handwerker zu bezahlen. Oder die ein oder andere Anschaffung.

Lass mich darauf fokussieren, wie ich das Geld aus Armenien herausbekomme und wohin ich es stattdessen bringen kann.

Und ich sollte überlegen, wie ich einen Teil davon zeitnah so ausgeben kann, dass Henrieke und die Kinder auch davon profitieren, natürlich, ohne dass sie etwas vom Hintergrund erfahren.

Klar, er hat ein schlechtes Gewissen, das er mit diesen Gedanken beruhigen möchte.

Eigentlich armselig, denkt Johan. Aber es wirkt, er beruhigt sich und fällt in der frischen Bergluft in einen tiefen Schlaf.

Am nächsten Morgen setzt er sich früh auf sein Motorrad und fährt entspannt nach Podgorica, wo er relativ pünktlich im MIREI ankommt und gut gelaunt Fragen seiner Kollegen zum Fahrerlebnis beantwortet.

„Fährst du eigentlich mit dem Motorrad nach Deutschland?", fragt irgendwann Miroslav.

„Nein, erstmal nicht", erklärt Johan, hält dann inne. Er hat bisher überhaupt nicht daran gedacht, wo er das Motorrad unterstellen kann in den Zeiten, in denen er nicht hier ist.

„Hast du eine Idee, wo ich die Maschine parken kann, wenn ich nicht in Montenegro bin? Ich meine, eine Garage, in der noch etwas Platz ist, und die in der Nähe vom Hotel Kerber oder dem Ministerium liegt…"

„Ich kann mich mal umhören", Miroslav wiegt den Kopf. „Wahrscheinlich ist es am besten, du fragst auch Dejan – der hat überall seine Hände drin und wahrscheinlich einen Tipp."

„Natürlich – Dejan! Was sonst… Ich frage aber auch mal beim Hotel nach. Zunächst nur für die kommenden drei Wochen. Ich hoffe, bis dahin findet sich eine bessere Lösung."

„Du musst die Maschine gut sichern. Wenn sie zu offensichtlich eine Weile ungenutzt und unbeobachtet irgendwo steht, ist sie auf jeden Fall schnell weg."

„Hm, dann versuche ich mal, mich für heute Abend mit Dejan zu treffen. Kommst du mit?"

Nach der Arbeit sitzen sie zu dritt im Innenhof der Buda Bar und genießen ihr Nikšićko Bier.

„Ist schon klasse – als wäre ich schon immer mit diesem Motorrad gefahren. Ich habe das Gefühl, ich habe die Maschine richtig unter Kontrolle."

„Mir wäre die zu langsam…"

„Ach, die Endgeschwindigkeit ist für mich gar nicht entscheidend. Ich finde das Gefühl am besten, wenn das Motorrad beim Anfahren kraftvoll beschleunigt – und wenn ich auch am Hang oder auf einer Schotterpiste gut vorankomme. Ich will eher mal offroad unterwegs sein können als dass ich Straßenrennen fahre."

„Dann ist das die richtige Maschine für dich."

„Denke ich auch – und deshalb will ich die auch möglichst lange behalten. Hast du eine Idee, wo ich sie sicher unterstellen kann? Ich meine, in den Wochen, in denen ich nicht in Montenegro bin…"

„Würdest du dafür bezahlen?"

„Klar, je nachdem – es sollte sich irgendwie im Rahmen halten, aber…"

„Ich kenne einen Schrauber, der hat sicher Platz in seiner Garage in Podgorica. Die Besitzer sind in Fachkreisen recht angesehen. In der Werkstatt herrscht immer Hochbetrieb. Da würde dein Motorrad so sicher wie im Himmel stehen."

„Klingt gut. Ist das in der Nähe?" Was für eine Frage! Podgorica ist zu der Zeit so klein, dass nichts weit weg ist.

„Nicht weit – am Rande der Altstadt, am Bulevar Vojvode Stanka Radonjića, Richtung Flughafen."

„Frag doch mal für mich nach, auch wie viel das kosten würde."

„Mach ich. Aber mal was anderes: Das Geld, mit dem du das Motorrad bezahlt hast, hast du das in Deutschland von der Bank geholt?"

„Ja klar", Johan bemüht sich, den Schock, der ihm bei dieser Frage durch die Glieder fährt, zu verbergen. „Wieso fragst du?"

„Nur so. Hast du die bei der Einreise deklariert?"

„Nein, habe ich nicht. Hätte ich das tun sollen? Ich denke, bis 10.000 Euro ist das nicht notwendig…"

„Ne, alles bestens. Ich wollte nur wissen, wie das so funktioniert. Du hast ja kein Konto hier in Montenegro, von dem du das Geld abheben könntest. „

„Nein, brauche ich auch nicht. Ich lasse mir das Honorar auf mein deutsches Konto überweisen. Ich kann ja von hier aus darauf zugreifen."

Johan macht eine Pause. Während seiner Ausführungen, von denen er hofft, dass sie nicht zu auffällig ausufernd ausfallen, hat er Dejan beobachtet und versucht, als seiner Mimik zu lesen. Aber der hat sie sehr gut unter Kontrolle – oder denkt sich gerade wirklich nichts weiter.

„Dann hättest du ja auch hier das Geld von deinem deutschen Konto abheben können."

„Wahrscheinlich. Am Automaten kriege ich aber pro Tag nur 400 Euro. Und wie das funktioniert, wenn ich in einer Bank in Montenegro so einen hohen Betrag abheben will, weiß ich gar nicht", erklärt Johan wahrheitsgemäß.

Was in aller Welt reitet Dejan, ihm so eine Frage zu stellen? Hat er einen Verdacht?

Sicher musste er einen Teil des Geldes an die Organisation bezahlen, die die Motorräder ins Land gebracht hat. Vielleicht sogar den größten Teil, weil er selber nur Vermittler in diesem Geschäft ist. Und natürlich ist das kein reguläres Geschäft, denn Dejan hat zwar die Fahrzeugpapiere und eine Zulassung, konnte aber keine Quittung für den gezahlten Kaufpreis ausstellen. Was Johan nicht stört.

Er liegt in seinem fensterlosen, tristen Hotelzimmer – So schläft ein Fast-Millionär! – und überlegt, was hinter Dejans Interesse an der Herkunft des Geldes stecken könnte.

Er selber wird die Geldscheine sicher nicht überprüft haben. Wie sollte er das machen? Sollten die Banknoten registriert sein, könnte er selber das doch nicht prüfen, oder?

Kellersee

2006.

Als Johan von einem Einsatz in Moldau zurückkehrt, trifft ihn der Schlag, als er mit seiner Reisetasche über der Schulter schwungvoll die Kellertreppe hinuntergehen will, um sie dort auszupacken.

Da in Moldau, wie auch in fast allen anderen Ländern, in denen er unterwegs ist, in den Büros, in den Gaststätten und Restaurants, in den Hotels, eigentlich überall heftigst geraucht wird, stinken seine Klamotten selbst nach einem kurzen Aufenthalt stark nach kaltem Zigarettenqualm. Henrieke hat deshalb verfügt, dass er seine Tasche immer erst unten im Keller auspacken und die verqualmte Kleidung dort sofort in die Waschmaschine stecken muss.

Johan schafft es gerade noch, seinen Schwung zu stoppen, bevor er im wahrsten Sinne des Wortes Baden gegangen wäre. Er sieht vor sich nur sechs der zehn Treppenstufen, die in den Keller führen. Die anderen vier Stufen sind in dem braunen Wasser, das hüfthoch in allen Kellerräumen steht, nicht mehr sichtbar. Die prall gefüllten Umzugskartons, die sich dort bis zur Decke stapeln, haben sich komplett mit der trüben Flüssigkeit vollgesogen und sind samt Inhalt vollständig durchnässt. Einzelne Schachteln und kleinere Kartons dümpeln in dem See, der sich in ihrem Untergeschoss gebildet hat.

In der Woche, in der Johan in Soroca weilte, gab es in Berlin einen Sommerregen, der sich zu einem Starkregen auswuchs. So richtig heftig. Aber sie haben ja ein neues Dach auf dem alten Haus! Also: kein Problem. Allerdings konnte das Regenwasser über die Fensterschächte durch die undichten Kellerfenster eindringen. Außerdem – das stellen sie später fest – sind die unterirdischen Kellerwände nicht isoliert und lassen jede Menge Sicker- und Stauwasser durch. Und die Rückstausicherung hat einfach versagt – wahrscheinlich hatte sie schon länger nicht mehr funktioniert.

Deshalb war auch überall in den Kellerräumen der Putz abgeplatzt, fällt es Johan ein.

Gerade erst hatten sie vor dem Umzug ihr Hab und Gut ausgemistet, sich von vielen alten und nicht mehr unbedingt notwendigen Sachen getrennt. In den Kartons im Keller lagert also kein Ausschuss oder überschüssiges Gerümpel, sondern ihre weiterhin benötigte Winterkleidung, Sportgeräte und -ausrüstung, einiges an wichtigen Dokumenten und Erinnerungsstücken. Bei der sommerlichen Wärme hat es zügig angefangen zu schimmeln, und ein Großteil der Gegenstände aus den Kisten ist nicht mehr zu retten und muss entsorgt werden. Den Samstag verbringt Johan also bis zum Mittag damit, schimmeliges, nasses Gut, das sie schmerzlich vermissen werden, zur Müllkippe zu fahren. Sämtliche Elektronik muss zum Sondermüll, einschließlich des brandneuen Trockners, der nicht mehr anspringen will. Die Waschmaschine läuft zum Glück, als sei nichts gewesen. Ob die Heizung zu retten ist, wird sich zeigen.

Der Schaden ist groß und es dauert, bis der Keller freigeräumt und getrocknet ist. Das ist das eine. Das andere ist, dass sie – um so einen Schaden zukünftig zu vermeiden – den Keller isolieren, das Wasser vom Haus wegleiten und zuverlässige Rückstausicherungen einbauen müssen. Dazu müssen um das ganze Haus herum die Kellerwände freigelegt werden. Ein ziemlicher Aufwand – und Kosten, die sie überhaupt nicht in ihrem Plan hatten. Sie haben den Hauskauf zu 100 % kreditfinanziert und das Ersparte sowie laufende Einnahmen aus Johan Projekten für die Renovierungsarbeiten eingesetzt. Mit Einzug sind alle Mittel aufgebraucht, einschließlich privater Kredite von Familienmitgliedern. Und jetzt muss Geld für die dringenden Bauarbeiten her.

Schon während er im Keller das Wasser mit Eimern ins Freie schaufelte, setzten bei Johan die Überlegungen ein: Wie kann ich das benötigte Geld hierherbekommen, ohne bei möglichen Verfolgern oder bei Henrieke aufzufallen?

Die Lösung erarbeitet er sich Schritt für Schritt und endet in einem Ein-Personen-Stück in drei Akten.

Erster Akt.

„Weißt du, ich sehe jetzt mal zu, dass ich ganz bald den nächsten Einsatz in Armenien und Georgien durchziehe, dann kann ich nämlich eine Zwischenrechnung stellen, und das Geld ist 30 Tage später bei uns auf dem Konto. Vielleicht mache ich das dann wie beim letzten Mal und fliege von Yerevan direkt nach Podgorica, arbeite dort eine Woche und stelle auch dort eine Rechnung. Wenn ich die Gründe erkläre, stimmen die sicher sofort zu."

„Ich weiß, ich wollte in diesem Sommer öfter hier sein und einiges am Haus und im Garten machen. Klar, das wäre auch toll. Aber ich kann halt nicht selber den Keller trockenlegen und wir müssen daher die Bautruppe bezahlen."

„Und dass wir nicht groß in den Urlaub fahren, nach dem Umzug, hatten wir doch schon früh beschlossen und den Kindern auch so erklärt. Ich habe nicht den Eindruck, dass sie das allzu schade finden. Ehrlich gesagt denke ich, der Umzug ist Abwechslung genug für die Kinder. Und jetzt haben sie einen Garten, den sie im Sommer richtig nutzen können. Komm, wir stellen einen großen Pool auf und verbringen ein paar Urlaubstage hier. Ich könnte sowieso nicht entspannen, auch wenn wir nur irgendwo in Brandenburg an einem See wären. Nicht, wenn ich daran denken muss, dass zum einen das Geld dringend woanders gebraucht wird, und zweitens hier gearbeitet wird und keiner von uns da ist, um die Bauarbeiten zu beaufsichtigen."

„Ich wollte ja auch nicht sofort nach dem Einzug wieder so oft weg sein, aber ich habe ja nicht absichtlich den Keller geflutet."

„Ich verspreche dir und den Kindern, dass ich nach den Wochen in Armenien und Montenegro hier bleibe bis zum Ende der Ferien. Das können wir doch sicher den Kindern verkaufen. Wir zelten im Garten, grillen, bis der Arzt kommt, laden Freunde ein. Das wird auch toll. Und am Ende des Sommers ist das Geld da und alles läuft wieder wie geplant."

Zweiter Akt.

„Ja, ich regele das alles. Ich komme nach Yerevan und wir besprechen die Arbeiten zu den Reformen der territorialen Ordnung. Ich habe hier einen erstklassigen Experten an der Hand. Er ist Professor an der Uni und wäre perfekt für unsere Zwecke. Aber er ist nur in einem relativ kleinen Zeitfenster verfügbar."

Letzteres ist einfach erfunden, aber Johan muss etwas Druck machen, damit die DGZ-Mitarbeiter seiner Idee für den vorgezogenen Einsatz zustimmen.

„Ich müsste recht bald mit unseren Partnern die Aufgabenbeschreibung besprechen. Dann mache ich mich sofort an die Terms of Reference..."

„Und nebenbei klären wir alle offenen Fragen, die die Konferenz mit den Georgiern betreffen. Die solle doch möglichst bald nach der Sommerpause stattfinden."

„Bestens. Ja, die Flüge wie beim letzten Mal, ich muss in der Woche darauf in Podgorica sein."

Dritter Akt.

„Ja, Dejan, ich würde das nicht machen, wenn es nicht so dringend wäre. Wenn ich in Podgorica bin, zeige ich dir Fotos von unserem Keller. Muss alles neu gemacht werden. Und vieles, was wir wegwerfen mussten, müssen wir jetzt bald neu kaufen. Ich brauche schleunigst Geld für die Bauarbeiten und die Wiederbeschaffung. Da kann ich mir einfach kein Motorrad leisten, das ich nur in einer Woche pro Monat fahren kann."

„Natürlich ist mir bewusst, dass ich da Verlust mache. Bitte versuche, für mich herauszuholen, was möglich ist. Ich habe keine andere Wahl."

Auf der einen Seite schmerzt es Johan tatsächlich, sein Motorrad, den einzigen Luxus, den er sich als Schatzfinder gegönnt hat, schon nach einer längeren Tour wieder zu verkaufen, aber er kann sich daran nicht erfreuen, wenn seine

Familie das Geld für dringende Reparaturarbeiten am neuen Haus nicht aufbringen kann.

Und der Verkauf hat einen zweiten Vorteil: Dadurch muss Dejan den Eindruck bekommen, Johan könne unmöglich Bargeld irgendwo in einer versteckten Reserve haben, wenn er sich von einem langersehnten Motorrad trennt und dabei einen schmerzhaften finanziellen Verlust in Kauf nimmt.

Das bringt mich sicher etwas aus der Schusslinie.

Der Flug nach Yerevan, den das DGZ-Büro für ihn gebucht hat, geht diesmal über Wien. Manchmal muss er noch die DGZ als Auftraggeberin die Flüge und Übernachtungen buchen lassen, was diese in der Regel so handhaben, dass sie ihn bitten, seine präferierte Verbindung und Unterkunft anzugeben. Die Buchung erfolgt dann vom HQ aus. Aber immer öfter kann er die Buchungen selber vornehmen, wenn vorher der finanzielle Rahmen vertraglich geklärt wurde. Die Zeiten, in denen die DGZ Rabatte bei Lufthansa-Flügen oder günstige Kontingente bei Hotelketten aushandeln konnte, sind ohnehin vorbei. Dass er diesmal die Flugverbindung über Wien nehmen muss, wäre ihm normalerweise ziemlich egal gewesen. Das Umsteigen zu Weiterflügen in den Nicht-Schengen-Raum ist in Wien ähnlich kompliziert wie in München, der Service ebenso dürftig. Die Lounges kann er in der Regel wegen der kurzen Umstiegszeiten selten nutzen, meistens nur dann, wenn er seinen Anschlussflug verpasst hat. Und das passiert öfter in München. Zudem bleibt dort sein Gepäck auf den Reisen nach Montenegro häufiger hängen. Was aber diesmal für München gesprochen hätte, ist, dass er diese Verbindung bereits mit einem kleinen Teil seines Schatzes im aufgegebenen Gepäck geflogen ist und die Scheine nicht gefunden wurden.

Vielleicht haben sie ja in Wien andere, präzisere Sicherheitskontrollen?

Egal. So kurzfristig muss er froh sein, überhaupt noch einen Flug nach Yerevan bekommen zu haben. Beim Einchecken in Tegel geht er gedanklich bereits seine Weiterreise nach Podgorica am Ende der Woche durch. Er plant, so ungefähr 5.000 Euro mitzunehmen, denn wahrscheinlich wird er von Dejan in Montenegro nicht mehr als 5.000 Euro für den Verkauf seines Motorrades bekommen. Ein ziemlich hoher Wertverlust dafür, dass er es nur wenige Male, eigentlich nur einmal auf einer richtigen Tour, gefahren ist.

Wahrscheinlich sind keine 500 Kilometer auf der Uhr, schätzt Johan. Aber er ist froh, diesen Schritt gegangen zu sein. Es hat sich nie richtig angefühlt und als er mit dem Motorrad unterwegs war, hat es ihm zwar gefallen, aber ganz vorbehaltlos konnte er sich an dem Trip nicht erfreuen.

Das ist ja, als hätte ich das Geld auf diese Weise gewaschen, geht es ihm durch den Kopf. Dabei muss er etwas grinsen. Gefällt er sich etwa in der Rolle eines Gangsters? Irgendwie kommt ihm bei dem Gedanken an einen „Gangster" oder „Kleinkriminellen" Dejan in den Sinn – und bleibt dort.

Das Geld, das ich von ihm bekommen werde, ist sicher auch nicht ganz sauber, überlegt Johan. Er kann es nicht an Konkretem festmachen, aber sein Eindruck von Dejan, und auch die Art, wie seine Kollegen von ihm berichten, ist immer auch der eines Mannes, der seine Finger überall im Spiel hat und gute Gelegenheiten aufspürt und nicht liegen lässt. Von Anfang an wurde ihm Dejan vorgestellt als jemand, der alles organisieren kann, der sich umhören kann und auch Lösungen für unkonventionelle Aufgaben kennt. Das klingt schon etwas halbseiden. Auch die Garage, in der sein Motorrad momentan steht und auf seine Rückkehr wartet, ist sicherlich mehr als nur ein kleines Unternehmen, das mit Kfz-Reparaturen Umsatz macht.

Also werde ich kommende Woche mit gut 10.000 Euro zurück nach Deutschland fliegen. Im Falle einer Kontrolle kann ich sagen, dass ich mein Motorrad in Montenegro verkauft habe.

Sollten die Banknoten überprüft werden, würde er sagen müssen, dass er die vom Käufer erhalten habe. Weiter kann er nicht denken, denn dafür fehlt ihm einfach das Wissen um die Möglichkeiten, die Herkunft von Geldscheinen nachverfolgen zu können. Was ihn in solchen Momenten immer beruhigt, sind die Berichte über den laxen Umgang der montenegrinischen Behörden bei der Verfolgung von Geldwäsche, vor allem bei der Prüfung von auf Bankkonten eingezahltem oder sonstwie in Umlauf gebrachtem Geld. Hier sieht er eigentlich keine Gefahr.

Vielleicht sollte ich einfach ein Bankkonto in Montenegro eröffnen und einen Teil des Geldes dort einzahlen? Er beschließt, diese Idee weiterzuverfolgen.

In Armenien steigt er wieder im Marriott Hotel am Platz der Republik ab. Das wurde so gebucht und er hat es nicht ändern wollen. Natürlich ist ihm der Gedanke gekommen, dass er es einem möglichen Verfolger leicht macht, ihn aufzufinden. Andererseits will er sich ja möglichst unauffällig verhalten und keineswegs den Verdacht erwecken, er würde versuchen, sich zu verstecken oder Spuren zu verwischen. Aus einem ähnlichen Gedanken heraus hat er es auch geschehen lassen, dass seine Ansätze zur Veränderung seines Aussehens ziemlich schnell nachließen – sie waren zudem auf ziemliches Unverständnis seiner Familie gestoßen.

Nun hat er eine Woche mit vier Nächten vor sich, die er alle hier verbringen wird. Routiniert spult Johan seinen Einsatz ab und schafft das, was er sich vorgenommen hat: Die Partner sind erfreut über seine schnelle Rückkehr und mit dem Fortschritt der Arbeiten sehr zufrieden.

Und fast schon ebenso routiniert holt er am Tag vor dem Flug nach Montenegro 5.000 Euro aus seiner Reisetasche im Store. Das Geld packt er in eine große Kladde, die von einem Gummiband zusammengehalten wird und in der er die Scheine zwischen einer Menge Belegen, Arbeitsdokumenten, Notizzetteln und Broschüren verstecken kann. Die Kladde verstaut er in dem Gepäck, das er am Flughafen aufgeben wird.

Hercegovačka

2006.

Die Nervosität auf den Flügen bleibt nahezu unverändert, da kann er keine Entspannung feststellen. Am schlimmsten ist es auf den Nachtflügen, da trifft die Anspannung auf eine Müdigkeit und das Gefühl des Ausgeliefertseins. Johan hasst die nächtlichen An- und Abreisen zu den Flughäfen, die Taxifahrten durch die Dunkelheit und das Warten in einem Zustand zwischen Übermüdung und Überspannung. Seine Bemühungen, auf mögliche Verfolger oder Auffälligkeiten zu achten, laufen meist nur noch nebenher. In manchen Momenten ist sich Johan sicher, da seien aus der Menschenmenge Augen auf ihn gerichtet und Kameras würden nach ihm suchen, in anderen Momenten fühlt er sich wie ein vollkommen unbedeutendes Blatt in einem riesigen Laubhaufen.

„Das muss ja dringend sein, wenn du sogar an einem Wochenende anreist", begrüßt ihn Dejan gutgelaunt. Johan schildert ihm in vielen Details die Überschwemmung im Keller seines Hauses, betont, wie teuer die nun anstehenden Reparaturen sein werden und dass sie das Geld ja nicht im Budget für die Renovierung eingeplant hatten. Dann kommen sie auf den Verkauf des Motorrades zu sprechen.

Wie erwartet bietet Dejan 5.000 Euro an. Er habe jemanden an der Hand, der die Enduro für diesen Preis sofort nehmen würde. Gänzlich unerwartet geht er aber auf 5.500 Euro hoch, als Johan betreten schaut und damit den Anschein erweckt, er wolle den Preis verhandeln. Dabei hatte er eigentlich nur nochmal deutlich machen wollen, dass er das Geld dringend benötige. Johan muss vermeiden, dass bei Dejan der Eindruck entsteht, die finanziellen Einbußen spielten keine Rolle für ihn. Eigentlich ist es sogar tatsächlich so, dass ihn der Verlust nervt – er muss sich wirklich erstmal daran gewöhnen, dass er im Prinzip gerade über ziemlich viel Geld verfügt.

Die Übergabe des Motorrades vollzieht sich, ohne dass Johan seine Maschine noch einmal sieht. Dejan bringt ihm das Geld in sein Büro im Ministerium. Johan öffnet nur kurz den Umschlag, sieht das Bündel Scheine, verzichtet aufs Zählen. Mit einem Nicken verabschiedet sich Dejan auch schon wieder, er hat es, wie üblich, eilig.

„Also, wenn du in Montenegro ein Bankkonto eröffnen möchtest, sollte das kein Problem sein", antwortet Miroslav auf die entsprechende Frage von Johan. Dieser hat lange gezögert, sie zu stellen, es nun aber getan. Es ist die Zeit am Nachmittag, in der einen die Müdigkeit überkommt. Besonders, wenn man gerade eine langweilige Schreibtischarbeit vor sich und zu Mittag einen riesigen Burger verdrückt hat. Johan schätzt die Stimmung im Büro so ein, dass Miroslav über eine kleine Unterhaltung und Ablenkung gerade sehr erfreut sein wird.

Miroslav, der ihm gegenüber in seinem Schreibtischsessel sitzt, macht wirklich nicht den Eindruck, er wolle nicht bei irgendeiner wichtigen Arbeit gestört werden. Seit er weiß, dass er bald an die neu eröffnete Botschaft

Montenegros in Washington wechseln wird, fasst er seine Arbeit hier kaum noch an.

„Es gibt da verschiedene Banken. Die einzelnen Konditionen kenne ich nicht. Aber bei der NLB Banka haben wir letztes Jahr ein Konto für einen amerikanischen Langzeitexperten eingerichtet. Wir mussten eine Menge Dokumente zusammentragen, dann konnten wir einen Termin vereinbaren."

„Was denn für Dokumente?"

„Zum Beispiel eine Kopie des Reisepasses – und das Original musste er bei diesem Termin dabeihaben. Dann noch eine Kopie eines anderen amtlichen Ausweises, zum Beispiel des Personalausweises oder des Führerscheins. Und einen Lebenslauf… Und dann musste der Experte eine Ersteinlage leisten."

„Das ist alles?"

„Na ja, dadurch, dass wir als Ministerium seinen Arbeitsvertrag vorlegen konnten und sozusagen gebürgt haben, brauchten wir keinen Nachweis, woher das Geld kommt. Ich glaube, du müsstest neben dem Arbeitsvertrag auch noch Unterlagen einreichen, die belegen, dass das Geld aus legalen, einwandfreien Quellen stammt. Weil du ja deinen Vertrag nicht mit uns, sondern mit einem deutschen Institut hast."

„Wie weise ich so etwas denn nach?"

„Keine Ahnung, aber ich glaube nicht, dass das entscheidend ist. Soll ich mal für dich nachfragen?"

Johan ist sich unsicher. Aber jetzt, wo er schon gefragt hat, will er auch eine vollständige Antwort.

Die kommt am späten Nachmittag, kurz bevor sie zum Hotel Podgorica aufbrechen wollen:

„Also, wenn du kein Unternehmen hier gründen willst, benötigst du offiziell nur noch einen Nachweis, dass du in Montenegro wohnst, wenn auch nur teilweise. Und du solltest Kontoauszüge einer anderen Bank für mindestens sechs Monate vorlegen."

„Okay, ich will kein Unternehmen eröffnen. Und ich wohne im Hotel, wenn auch relativ regelmäßig. Was heißt in diesem Fall ‚offiziell'?".

„Na, mit einem Schreiben vom Ministerium könntest du angeben, dass du hier arbeitest. Und vielleicht bestätigt das Hotel Kerber ja, dass ihr einen Deal für die Unterkunft während dieser Einsätze habt. Das könnte reichen."

„Und der Nachweis, dass das Geld aus legalen Quellen kommt?"

„Das Geld für unser Projekt stammt doch aus Mitteln der Europäischen Agentur für Wiederaufbau. Das ist definitiv eine einwandfreie Quelle."

„Kannst du mir so ein Bestätigungsschreiben vom Ministerium besorgen? Ich frage beim Kerber nach…"

„Wofür brauchst du denn das Konto?"

„Also, zum einen will ich nicht immer mit so viel Geld hin und her fliegen. Zum anderen…", und hier kommt Johan schon ins Schwitzen.

„Ich hoffe einfach, dass ich länger in Montenegro arbeiten kann. Und vielleicht will ich dann länger hierbleiben, mir vielleicht auch eine kleine Wohnung kaufen, statt das Geld dem Kerber hinterher zu werfen – für ein Zimmer ohne Fenster! In Litauen hatte ich auch ein Konto, das macht manche

Dinge schon leichter. Und außerdem", Johan versucht einen verschwörerischen Blick, „hat das ja auch steuerliche Vorteile…".

Miroslav nickt wissend und erklärt, er werde sich drum kümmern, dass er sein Schreiben bekommt.

„Würdest du mich auch zur Bank begleiten, schon allein wegen Dolmetschen und so?"

„Das kostet dich dann aber mindestens eine Runde!"

„Ich lade dich zum Essen ein – Restaurant bestimmst du."

„Alles klar". Sie schlagen ein.

Das habe ich doch ganz gut hingekriegt. Johan ist zufrieden. Ich glaube nicht, dass bei Miroslav ein Verdacht aufgekommen ist. Das wäre doch schon mal ein Schritt nach vorne, wenn ich hier ein Konto hätte. Klar, ich darf es trotzdem nicht übertreiben mit Bareinzahlungen, aber die Ersteinlage ist ein unauffälliger erster Schritt. Und dann lasse ich mein Honorar für die Montenegro-Einsätze darauf überweisen. Den fehlenden Betrag auf meinem Girokonto gleiche ich durch Bargeld aus der Reisetasche aus. Wie gut, dass Henrieke keinen Zugriff auf das Konto hat.

Johan kann gegen Ende der Woche tatsächlich ein Konto bei einer montenegrinischen Bank eröffnen. Als es um die Ersteinlage geht, erzählt Johan dem Bankangestellten, dass die 2.500 Euro aus dem Verkauf seines Motorrades an Dejan stammen, was diesen nicht sonderlich interessiert.

Mit den 5.000 aus Yerevan hat er nun 8.000 Euro in bar in der Kladde in seinem Hotelzimmer, mit denen er sich auf den Rückflug nach Berlin machen will. Am Abend vor der Rückreise sitzt er allein in einem Restaurant in der Hercegovačka. Er liebt diese Straße mit der niedrigen Bebauung. Maximal zwei Stockwerke haben die kleinen Gebäude, die diese überhaupt nicht großstädtisch wirkende Fußgängertrasse säumen. Man hat wirklich nicht das Gefühl, in einer europäischen Hauptstadt zu sitzen.

Es ist ein lauer Abend und wie immer ist auf der Hercegovačka viel los. Sie bildet eine direkte Verbindung vom Korso zu einem weiteren Zentrum des Nachtlebens in Podgorica: der Buda Bar. Während Johan auf sein Essen wartet und sich ein kühles Nikšićko schmecken lässt, beobachtet er den vorbeiziehenden Strom an Flaneuren: Geschäftsleute auf dem Weg in den Feierabend, Jugendliche, die in ihr Abendprogramm starten, Familien auf dem Weg zum oder vom Njegošev Park am Ufer der Moraca. Von weitem schon erkennt er Dejan in der Menge, der nicht nur aufgrund seiner Körpergröße auffällt, sondern auch wegen der für ihn typischen ausladenden Schwünge der Arme, mit denen er seine Worte begleitet, so dass beim Erzählen der gesamte Oberkörper in Bewegung ist.

Er trägt eine Sonnenbrille und scheint Johan noch nicht gesehen zu haben, zu sehr ist er mit seiner Aufmerksamkeit bei seinem Gesprächspartner, der die Rolle des Zuhörers eingenommen hat. Zwischen den vielen Menschen kann Johan den Begleiter nicht sofort erkennen, aber als die beiden nur noch wenige Meter von ihm entfernt sind, ist für einen Moment der Blick unverstellt und in Johans Gehirn zuckt es gewaltig. Er sieht, erkennt und erschrickt zugleich, in einem Bruchteil einer Sekunde. Das Erkennen geht nicht so weit, dass er sofort sagen kann, was oder wen er da gerade sieht, aber es reicht, einen Alarm auszulösen und ihn erschrocken zusammenfahren zu lassen.

Hatte er zu Beginn der betreffenden Sekunde noch seine Hand heben wollen, um Dejan auf sich aufmerksam zu machen, so versteinert er zu deren Ende und ist nicht in der Lage, irgendeine Bewegung kontrolliert zu starten. In nächsten Augenblick ist er sich aber auch schon sicher, dass das die beste Option ist und entscheidet sich, unauffällig zu bleiben. Wie am Stuhl angeschraubt bleibt Johan sitzen, bewegt nur den Kopf und folgt mit seinem Blick Dejan, wie er mit seinem Gesprächspartner an ihm vorübergeht. Dejan wirkt voll und ganz damit beschäftigt, einige komplexe Sachverhalte zu erläutern, während sein Begleiter zwar zuzuhören scheint, aber dennoch aufmerksam seine Umgebung wahrnimmt. Und er hat in diesem Moment durchaus den allein an seinem Tisch bei einem Bier sitzenden Mann bemerkt, den er schon einmal vor einem Bier sitzen sehen hat. Nicht hier in der Hercegovačka in Podgorica.

Aber in einer Hotelbar in Yerevan.

Hotel Klassik

2006.

Touch down in Berlin-Tegel. Da Johan nicht erst am Freitag fliegen musste, haben die Flugverbindungen reibungslos geklappt und die Flüge hätten ganz entspannt sein können – wäre da nicht seine Angst vor Entdeckung, die ihn neuerdings immer begleitet. Diesmal ist sie sogar noch etwas stärker, da er sich so sehr auf die jetzt anstehenden Urlaubstage mit Henrieke und den Kindern freut – und die Vorstellung, es könne auf den letzten Metern noch etwas dazwischenkommen, ihn extrem nervös macht.

Zudem könnte es diesmal ja so sein, dass der Grund für die Verhinderung auf eine Kette ziemlich schwer vermittelbarer Aktionen seinerseits zurückzuführen ist und – so stellt Johan sich das in den schlimmsten Träumen vor – dazu führen kann, dass er den Zugang zu seiner Familie verliert. Entweder, weil er ins Gefängnis muss oder entführt wird. Oder weil Henrieke ihn verlässt, da er ihr Vertrauen missbraucht und die ganze Familie in Gefahr gebracht hat.

Zu Hause tut er alles, um Urlaubsstimmung aufkommen zu lassen. Er erzählt Henrieke vom Zahlungseingang, fingiert das Abheben des Betrages zum Bezahlen der Handwerker von seinem Konto bei der Berliner Volksbank. Zugleich gibt er beim Europa-Institut das Bankkonto in Montenegro als Konto an, auf das die Honorare ab jetzt gezahlt werden sollen.

In den Tagen, in denen sie als Familie ihren Urlaub im eigenen Garten und an verschiedenen Brandenburger Seen gestalten, findet er tatsächlich viel Ablenkung und kann sich hin und wieder entspannen. Aber in ruhigen Minuten wandern die Gedanken doch immer wieder zu seinem Schatz, der in einer Reisetasche mit doppeltem Boden mehr schlecht als recht versteckt ist und möglichst bald endgültig gehoben werden müsste. Der Store ist kein gutes Versteck. Zum einen zieht er die DGZ in seine Machenschaften hinein, zum anderen kann das Geld dort durchaus gefunden werden. Was, wenn die Sommerpause zum Großreinemachen in den Büroräumen genutzt wird? Wer weiß, wer dann alles im Store herumräumt?

Ihm wird mit dem räumlichen und zeitlichen Abstand zudem klar, dass Montenegro gefährlich für ihn geworden ist. Und das, wo er gerade ein Konto in Podgorica zur Verfügung hat.

Wie wäre es mit Moldau oder Mazedonien? In beiden Ländern sehen seine Einsatzplanungen vor, sofort nach der Sommerpause vor Ort zu sein und in die Bearbeitung der bis zum Jahresende geplanten Aufgaben einzusteigen.

Am ersten Montag im September verlaufen die Besprechungen mit der DGZ in Chişinău ganz in Johan Sinne. Die Projektleitung verständigt sich mit ihm darauf, dass er für weitere zwei Jahre monatlich einmal eine Woche in Moldau verbringt. Mit dieser Perspektive wird Moldau als zumindest vorübergehender Hafen für seinen Schatz interessant.

Am Dienstag fährt er hoch nach Soroca. Er ist jetzt ungewöhnlich lange nicht dort gewesen, so dass eine ganze Menge Arbeit auf ihn wartet. Aurica ist froh, ihn zu sehen – und begierig darauf zu erfahren, wie es mit dem Projekt weitergehen wird.

„Es wird auf jeden Fall ein Folgeprojekt geben", kann Johan ihr verkünden, „und das, was wir hier machen, wird Teil dieses neuen Projektes sein."

„Und kann ich so weiterarbeiten wie bisher?"

„Ich glaube, man wird dir eine Stelle im DGZ-Büro in Chişinău anbieten. Unser kleines Büro werden wir wohl schließen, weil unsere Aufgaben von der neuen Regionalentwicklungsagentur in Bălţi übernommen werden sollen. Die unterstützen wir dann im Aufbau. Wenn du magst, könntest du auch dort arbeiten…"

Wenig überraschend bevorzugt Aurica die Stelle im DGZ-Büro und den Umzug nach Chişinău, ein Wechsel nach Bălţi behagt ihr überhaupt nicht. Als Johan die zweitgrößte Stadt Moldaus zum ersten Mal besucht, erkennt er auch sofort, warum. Die Anfahrt erfolgt über endlose Schlaglochpisten. Von Weitem schon prägen verlassene Industrieflächen das Bild, die Schlaglochdichte nimmt auch in der Innenstadt nicht ab. Die Schriftzüge sind nun mehrheitlich in Kyrillisch, Bălţi ist eine russische Stadt. Maria, Johans Übersetzerin erklärt auch sogleich, dass man hier mit Rumänisch, der offiziellen Amtssprache Moldaus, nicht weit kommt. Das Hotel, in dem Johan Gespräche mit einigen Politikern der Region führen soll, ist ein überdimensionierter, grau-brauner Kasten, der in der Sowjet-Zeit mitten in das Herz der Innenstadt gepflanzt wurde. Ausgetretene Stufen, die aber wahrscheinlich schon immer unterschiedlich hoch waren, führen die stolpernden Besucher in eine erstaunlich niedrige Eingangshalle, in der drei mürrische Damen in Blümchenkitteln die Fremdlinge auf ihrem Weg zu einem altertümlichen Aufzug beäugen, der sich mit beeindruckendem Rumpeln ankündigt, um dann durch seine geringe Größe zu überraschen. Johan, Maria und Aurica nehmen die Treppe in den vierten Stock. Im Treppenhaus und auf den Fluren riecht es nach Chlor und Scheuermitteln – ein Geruch, den Johan bislang in jedem Hotel in Moldau wahrnehmen konnte. Kein Mensch ist zu sehen, es herrscht absolute Ruhe. Die fransige Auslegeware verschiedener Epochen schluckt die Geräusche ihrer Schritte und bereitet sie optisch auf den Besprechungsraum vor: Niedrige Schulbänke, unter die man kaum seine Beine bekommt – zumal unter der Tischplatte noch Fächer für Schulbücher angebracht sind – stehen fein säuberlich ausgerichtet in zwei Reihen vor einem Rednerpult.

Das Meeting ist dann eines der absurderen Art. Der designierte Direktor der Regionalentwicklungsagentur „Nord" und die anderen Herren, allesamt Politiker oder Kommunalbeamte, halten nacheinander von diesem Rednerpult kurze Ansprachen in den nahezu leeren Raum. Diejenigen von ihnen, die gerade nicht reden, stehen wichtig neben dem Pult in einer ordentlichen Reihe. Nachdem der letzte Redner zum Ende gekommen ist, winkt der zukünftige Direktor die Besucher zu sich nach vorne und führt sie durch die Tür in den Flur. Dort wurde inzwischen ein kleines Buffet mit Kaffee, Tee und Keksen aufgebaut. Hier kann dann Johan auch endlich sein Anliegen vorbringen, welches anscheinend auf Wohlgefallen stößt. Mehr ist aber nicht zu regeln an diesem Tag, schnell ist man wieder auseinander.

Von allen seinen Einsatzländern ist Moldau dasjenige, welches seinen Vorstellungen vom Arbeiten in der Entwicklungszusammenarbeit, die ja ganz maßgeblich von seinen Erfahrungen in Ghana und Kenia vor mehr als 16 Jahren geprägt sind, am nächsten kommt. Im Einzelnen kann er sich das gar nicht so leicht erklären, aber es muss mit der Abgeschiedenheit in Soroca, dem weitestgehend selbständigen und selbstverantwortlichen Arbeiten zu tun haben. Vielleicht auch mit der Weite – überraschend, in diesem kleinen Land, wahrscheinlich ist es mehr eine Leere außerhalb der Städte und zwischen den oft kleinen Städtchen, winzigen Ortschaften und Dörfern. Und das gerade mal 90 Minuten Flugzeit von Wien entfernt.

Johan fühlt sich den Menschen in diesem bitterarmen, vom Schicksal arg gebeutelten Staat inmitten Europas irgendwie nahe. Und er spürt, dass er hier mit seinem Projekt etwas bewirkt. Das Feedback bekommt er unmittelbar. Einmal, es ist ein Freitagmorgen und er soll am Nachmittag zurück nach Berlin fliegen, kommt er an die Rezeption seines Hotels. Seit seinem zweiten oder dritten Einsatz in Moldau kommt er hier unter, wenn er in Chişinău ist. Zunächst war es eine kleine, familiäre Pension, in der die Betreiber mit viel persönlichem Einsatz dafür sorgten, dass es den Gästen an nichts fehlt und damit über die zum Teil noch sehr mangelhafte Ausstattung der Unterkunft hinwegsehen ließen. Mit der Zeit hat sich diese kleine Pension zum wirklich angenehmen und beachtenswerten Hotel Klassik entwickelt, einem mittelgroßen, weiterhin als Familienbetrieb geführten Hotel mit immer noch sehr gutem Service und mittlerweile guter Ausstattung.

Er muss gar nicht sagen, dass er auschecken will, das hat die Frau hinter der Theke bereits erkannt, die – wie Johan seit langem weiß – die Tochter des Hotelbesitzers ist. Sie wedelt mit den Belegen, zeigt dann aber aufgeregt in Richtung Eingangstür. Dort stehen zwei kleine Bäumchen – wobei „klein" sich darauf bezieht, dass solche Walnussbäume ordentlich groß werden, diese hier jedoch vielleicht gerade mal 1,80 Meter hoch sind.

„Die wurden heute für Sie abgegeben", freut sich die Rezeptionistin mitzuteilen.

„Für mich? Von wem denn?"

„Von einem Herrn und seinem Sohn, die waren gestern Abend hier. Sie waren außer Haus, und die beiden wollten nicht warten. Sie sagten, sie müssten zurück nach Soroca."

„Und sie haben diese zwei Bäume für mich dagelassen?"

„Ja, sie sagten, sie wüssten schon…"

„Hm, ich weiß von nichts. Ich rufe mal Aurica an, vielleicht hat die eine Idee."

Aurica ist ganz aus dem Häuschen. „Hast du die Bäume schon gefunden?"

„Na ja, gefunden…. Sie stehen hier in der Rezeption und man sagt mir, die wären für mich."

„Ja! Als Dankeschön! Kannst du dich noch an den Bauern erinnern, den wir wegen der Umstellung auf ökologischen Landbau beraten haben? Er hat tatsächlich die beantragten Fördergelder bekommen. Davon hat er unter anderem junge Walnussbäume für die neue Plantage gekauft. Und als Dank an uns hat er zwei der Bäume nach Chişinău gebracht."

„Also ist einer für dich?"

„Ja, eigentlich schon, aber ich habe doch gar keinen Garten. Ich habe ihm gesagt, dass du beide nimmst. Du hast doch erzählt, dass ihr noch gar nichts in euren Garten investieren konntet. Jetzt habt ihr die ersten zwei eigenen Gehölze!"

„Das ist wirklich toll, aber werden Walnussbäume nicht riesengroß?"

„Diese nicht! Das ist eine veredelte Sorte, die wächst plantagengerecht... also nur so drei bis vier Meter hoch – sagt der Bauer. Er war wirklich sehr glücklich..."

„Aber was mache ich jetzt mit den Bäumen? Ich kann die doch nicht einfach mit ins Flugzeug nehmen!"

„Also, jetzt kommt erstmal Ion mit dem VW-Bus und bringt dich mit den Bäumen hierher. Später fährt er dich auch zum Flughafen und hilft beim Einchecken. Da gibt es sicherlich eine Lösung."

Die gibt es tatsächlich. Zuerst staunen die Damen am Check-In Schalter von Austrian Airlines und wissen nicht weiter. Aber zusammen mit den moldauischen Kollegen finden sie heraus, dass die mannshohen Gewächse ganz normal aufgegeben werden können – allerdings ohne Erde! Wegen irgendwelcher EU-Einreise- oder Hygienebestimmungen. Sie müssen aus den Töpfen raus und die Erde muss von den Wurzeln geschlagen werden. Gesagt, getan. Johan und Ion stapfen mit den Walnussbäumen vor die Flughafenhalle, gehen zum Grünstreifen, ziehen die Bäume aus den Bottichen und schütten die Erde aus. Dann versuchen sie, so viel Erde wie möglich von den Wurzelballen zu entfernen. Schließlich wickeln sie die Bäume von den Wurzeln bis zu den Kronen in Folie ein und stellen sich wieder beim Check-In an. Und wirklich: Lachend werden die Walnussbäume in Empfang genommen, mit einem Baggage-Tag versehen und auf das Transportband gelegt. Ion fragt nach einer Harke, um die Erde auf dem Grünstreifen zu verteilen und erklärt, dass er natürlich auch die zwei großen Töpfe wieder mitnehmen werde. Das bringt soviel Sympathiepunkte, dass für den Transport dieses Sperrgepäcks keine Extragebühr berechnet wird.

Einer der Bäume kommt mit einem Knick im Stamm in Tegel an, der andere übersteht den Flug unversehrt. Den geknickten Baum pflanzen Johan und Henrieke in den Vorgarten, wo er zwar angeht und bis zur Höhe des Knicks Äste und Blätter entwickelt, aber niemals Walnüsse tragen wird. Der unbeschädigte Baum, den sie in den Garten hinter das Haus pflanzen, wächst bis zu der erwarteten Höhe von vier Metern und nach einigen Jahren können sie sogar Nüsse ernten.

Obwohl es immer sehr anstrengend ist, arbeitet Johan gerne in Moldau an „seinem" Projekt – auch wenn es mittlerweile so weit gewachsen ist, dass es in die regulären Vorhaben der deutschen Entwicklungszusammenarbeit mit der Republik Moldau aufgenommen wurde und die Steuerung nun nicht mehr allein bei ihm liegt. Würde er diesen Auftrag aufgeben, wenn er es finanziell nicht mehr nötig hätte? Wahrscheinlich nicht, aber er würde seltener hierherkommen.

Johan sitzt im Restaurant seines Hotels in Chişinău und starrt auf den Fernseher, der hinten an der Wand läuft. Meistens, wenn andere Gäste da sind, laufen russische Propagandasender. Das Hotel ist – wie so viele Hotels in Moldau – in russischer Hand. Umgangssprache ist Russisch, auch alle Schilder, Formulare und die Speisekarte sind in Kyrillisch geschrieben. Das ist in vielen Restaurants der Fall. Vor allem im Norden Moldaus. Für Johan ist das durchaus ein Nachteil, da er gelernt hat, Rumänisch zu lesen und sogar etwas zu sprechen.

Anders als oft vermutet sprechen nicht alle Moldauer Russisch und Rumänisch. Es gibt eine klare Sprachbarriere. Während ein Teil der rumänisch-sprachigen Moldauer etwas Russisch oder Ukrainisch versteht, ist dies umgekehrt nur ganz selten der Fall. Als er einmal mit einer Gruppe Moldauer zu einem Besuch in Rumänien war, waren diese völlig begeistert von der rumänischen Beschilderung, den rumänischen Speisekarten in den Restaurants und davon, dass die Bedienung ganz selbstverständlich rumänisch sprach. Für einige aus der Gruppe war diese Dienstreise die erste Reise ins Ausland überhaupt, für andere die erste Reise, die nicht in die Ukraine – Odessa ist ein sehr beliebtes Ziel für Moldauer – oder nach Russland führte. Reiseerleichterungen und Möglichkeiten, einen Reisepass zu beantragen, verbessern sich nur langsam – das internationale Interesse an Moldau ist gering. Und das kleine Land mit seiner schrumpfenden Bevölkerung und seinen besetzten Territorien – Transnistrien – oder nach Autonomie strebenden Regionen – Gagausien, ein unzusammenhängendes Gebiet im Süden Moldaus mit einer turksprachigen Bevölkerung – ist einerseits klein und wirtschaftlich unbedeutend, und andererseits politisch ein Pulverfass. Das ist eine extrem ungünstige Mischung.

Johan erkennt, dass da im Fernsehsender, den man vermutlich extra für ihn eingeschaltet hat, eine Folge „Castle" läuft. Die kennt er schon – seine Tochter liebt diese Serie. Er bekommt, wie so häufig an diesen immer gleichen einsamen Abenden in nichtssagenden Restaurants, Heimweh. Dagegen helfen erstmal nur ein paar Bierchen. Natürlich gibt es hier nicht das moldauische Bier, stattdessen Baltika aus Russland, was ihm aber ziemlich egal ist. Baltika 3 ist ein akzeptables Lagerbier, das moldauische Chișinău-Bier ist nicht unbedingt besser.

Er versucht, seine Gedankenflüsse auf das Geld in Armenien zu lenken. Vielleicht gelingt es ihm, in einer Stimmung wie jetzt, wo er ungezwungen und ohne Zeitdruck Überlegungen anstellen kann, einen Plan zu entwickeln. Was auf jeden Fall gelingt, ist eine Art verträumter, verklärter Vorstellung von seinem Reichtum heraufzubeschwören.

Das Bauchgefühl sagt ihm, dass er das Geld nutzen muss, um sich freizustrampeln. Je eher, desto besser. So eine Gelegenheit kommt nicht wieder. Er möchte weniger Einsätze, mehr Zeit zu Hause bei der Familie.

Das kann ich alles haben.

Er ist bereit, ins Risiko zu gehen. Ein Plan muss her.

Teil III

Ambassador

2006

Für Donnerstagabend, dem Abend vor seinem Rückflug, lädt Johan Dejan und Miroslav auf ein Feierabendbierchen auf die riesige Terrasse des Hotels Ambassador ein. Hier gibt es einen tollen Blick auf den Fluss und eine nette Bar mit einer großen Auswahl guter gekühlter Getränke. Ein sehr schöner, ruhiger Ort, etwas außerhalb der Stadt, aber auch nicht zu weit vom Zentrum entfernt (Was ist hier schon weit entfernt?). Das Gebäude ist leider etwas heruntergerockt, die Zimmer dennoch ziemlich teuer, weshalb es für Johan keine Option ist, hier unterzukommen.

Bei dieser Gelegenheit bringt Dejan einige Dokumente mit – Unterlagen zum Verkauf des Motorrades und Abmeldebescheinigung – und überreicht sie Johan.

„Klasse! Besten Dank, dass du das so unkompliziert für mich geregelt hast." Johan nimmt die Papiere und steckt sie in seine Laptoptasche. „Die Getränke gehen heute auf mich", schiebt er hinterher.

„Auch für Miro?", fragt Dejan lachend nach.

"Ja, auch für ihn. Er hat mir sehr bei der Eröffnung eines Kontos hier geholfen."

Kaum hat Johan das ausgesprochen, spürt er instinktiv, dass er das nicht unbedingt in Anwesenheit Dejans hätte sagen sollen. Er schaut zu ihm. Der hebt nur die Augenbraue und mustert Johan – wie jemanden, der etwas geschafft hat, das er ihm gar nicht zugetraut hätte. Der aber jetzt in seine Schranken verwiesen werden muss.

Oder bilde ich mir das nur ein?

Johan ist verunsichert, ihm ist jedoch klar, dass er sich das in dieser Runde nicht anmerken lassen darf. Ist doch egal, Dejan hätte das sowieso erfahren, versucht er sich zu beruhigen.

„Also, was nehmt ihr?"

Der Abend wird noch ganz nett, aber Johan wird das Gefühl nicht los, als sei heute etwas anders als üblicherweise in den Feierabend-Runden mit den beiden. Er fühlt sich von Dejan und auch Miroslav beäugt, aber er kann seinen Verdacht an nichts Konkretem festmachen.

Im Bett im Hotel kommt ihm das Bild vor Augen, wie Dejan mit dem Mann, in dem Johan einen Verfolger zu erkennen glaubt, in tiefem Gespräch verwickelt an ihm vorbeigeht.

An die Frage: Hat Dejan mich wirklich nicht gesehen? schließt sich unmittelbar die nächste an: Hat der Mann mich erkannt? Hat er mich gesucht?

Am Freitag ist er morgens noch im Büro, sein Flug geht wie immer nachmittags. Überraschenderweise schneit Dejan rein und beginnt eine lockere Unterhaltung mit Miroslav und Johan. Dieser ist stutzig, denn gestern Abend war Dejan nicht so redselig. Nun aber erkundigt er sich nach einigem Geplänkel – betont unauffällig, wie Johan findet – nach dessen nächstem Einsatz.

„Und was machst du bis dahin?" fragt Dejan an Johan gerichtet. „Ich meine, du brauchst doch sicher mehrere Aufträge wie diesen hier, um finanziell über die Runden zu kommen."

Johan ist zu überrascht, um sofort einschätzen zu können ob Dejans Frage unverfänglich ist, auf jeden Fall wird er misstrauisch und antwortet ausweichend.

Im Wartebereich am Flughafen sinniert er über die Geschehnisse dieser Woche.

Montenegro wird zu heiß, sagt er sich und beschließt, trotz des Kontos, kein Geld aus seinem Schatz hierher zu schaffen. Bislang ist das Konto unverdächtig, die Einzahlungen stammen aus sauberen Quellen: den Überweisungen des Europa-Instituts und der Ersteinlage, für die er die Geldscheine vom Motorradverkauf verwenden konnte.

Auch am Wochenende kreisen seine Gedanken weiter um die Frage: Wohin mit dem ganzen Bargeld?

Eigentlich witzig, erscheint es Johan, so eine Luxusfrage! Ich hätte mir niemals träumen lassen, sie mir stellen zu müssen. Aber wie traurig ist es, dabei so voller Sorgen zu sein...

Am Ende steht die Überzeugung, dass er es darauf ankommen lassen muss: Er wird das Geld nach dem nächsten Einsatz in Yerevan nach Moldau bringen.

Die Arbeitswoche in Berlin beginnt mit der Abstimmung eines Einsatzes in Armenien. Das funktioniert besser als befürchtet, denn allen Beteiligten ist klar, dass das Projekt einen neuen Impuls benötigt – je früher, desto besser. Und ihm trauen sie alle zu, diesen Impuls geben zu können.

Die Daten für die Dienstreise nach Moldau in der daran anschließenden Woche kann er selber festlegen. Bestens.

„Nun also weiter mit der Frage nach der besten Flugverbindung von Yerevan nach Chişinău." Da gibt es die üblichen Optionen über Wien und München. Kurz überlegt Johan, ob es nicht sicherer sein könnte, einen Flug über Moskau oder Minsk zu buchen.

Vielleicht wird dort weniger kontrolliert? Und vielleicht sind die technischen Systeme dort nicht auf neustem Stand? Diese Überlegungen verwirft Johan aber schnell wieder als er sich vorstellt, dass er mit dem Geld im Gepäck ausgerechnet in Russland oder Belarus erwischt wird. Die Vorstellung, in einem dieser beiden Länder im Gefängnis zu landen, lässt ihn zu der Option greifen, die er bereits einmal – wenn auch mit einem sehr kleinen Teil des Gesamtbetrages an Euro – getestet hat: mit Austrian Airlines über Wien.

Und weiter? Hier wird Johans Plan bereits deutlich weniger konkret. Ihm kommt der Grenzübergang bei Soroca in den Sinn. Dort kann man mit einer winzigen Fähre über den Dnister, auf der nur maximal fünf Autos Platz finden, in die Ukraine übersetzen, die nächste Ortschaft ist Jampil. Wann immer er am Grenzfluss war und den Fährverkehr beobachtet hat, sind ihm keine größeren Kontrollen aufgefallen.

Wäre das eine Möglichkeit? Um dann von der Ukraine über Polen oder Rumänien in die EU einzureisen?

Da fällt ihm ein, dass er ja bereits einmal den Grenzübergang direkt von Moldau nach Rumänien passiert hat – auf der Studienreise mit den Moldauern nach Suceava und Iași. Er kann sich an keine Kontrolle des Autos erinnern. Aber das war ja auch ein DGZ-Fahrzeug.

Wie sieht es aus, wenn ich mit der Bahn von Chișinău nach Iași reise? Johan nimmt sich vor, sich diesbezüglich unauffällig bei Aurica und den anderen Kollegen in Chișinău und Soroca zu erkundigen.

Vielleicht kann ich ja auch das Geld mit dem DGZ-Bus außer Landes bringen? Wir wollen doch demnächst einen Workshop in Czernowitz durchführen. Johan ist nun sicher, dass er unter all diesen Optionen einen gangbaren Weg finden wird.

Und auf jeden Fall ist das Geld in Moldau zumindest einen Schritt weiter aus dem Blickfeld möglicher Verfolger, sagt er sich.

Also bucht er den Rückflug aus Armenien über Wien nach Chișinău. Er will das gesamte Geld mitnehmen.

Volles Risiko, ich habe keine andere Wahl.

Delhi

2007.

Der Lärm kommt aus allen Richtungen.

Vor allem vom Aufzug, wo tagsüber im Schacht gebohrt und gemeißelt wird, und der nachts unentwegt brummt und röhrt und Menschen ausspuckt, die sich auf dem Flur, gerne vor seinem Hotelzimmer, lang und lautstark verabschieden – oder sich entscheiden, in den Zimmern nebenan und gegenüber fröhlich weiterzufeiern.

Das Fünf-Sterne-Hotel wird gern für Hochzeiten gebucht und jetzt in der Saison findet auch an jedem Abend eine Hochzeitsfeier statt. Und was die Sache so relevant für lärmempfindliche Seelen macht: Es handelt sich um indische Hochzeitsfeiern. Zwar unglaublich faszinierend und interessant zu beobachten. All der Pomp! Die Farben! Das Buffet! Was für ein Aufwand! Das ganze Hotel wird in Beschlag genommen. Aber als unbeteiligter Hotel- und eben nicht Hochzeitsgast gerät man aus dem Blickwinkel des Hotelpersonals und die Interessen eines Geschäftsreisenden gehen in den Bedürfnissen der Hochzeitsgesellschaften unter. Der Außenbereich einschließlich der Pools sind nahezu durchgehend gesperrt. Gleiches gilt für die Terrassen und die schönsten Restaurantbereiche. Permanent wird entweder auf- oder ab- oder umgebaut. Jeden Abend Livemusik draußen vor dem Fenster mit dem eigentlich vorteilhaften Ausblick in den Garten. Und die Gäste, die zum Ende der Party singend in ihre Zimmer strömen und dort gerne noch zusammen singen und diskutieren, haben ohnehin keinen Blick für die unbekannten Mit-Gäste.

Am Anfang verbucht Johan es noch als Exotik, aber als er nach drei Tagen ohne Schlaf völlig gerädert im Workshop sitzt und seine Augen kaum noch aufhalten kann, verfliegt der exotische Anstrich dieser Rücksichtslosigkeiten.

Zwischen den Feiern wird mit Hochdruck gereinigt. Zum einen im wörtlichen Sinn: Hochdruckreiniger auf den Terrassen, an den Pools, Laubbläser auf den Grünflächen. Zum anderen im übertragenen Sinne: Desinfektionsmittel auf den Teppichen, auf den Wandflächen im Aufzug und in der Lobby. Ungeziefer wird aus allen Räumen und Ritzen hinausgeräuchert. Kein Rückzugsraum, wo man Ruhe und Luft zum Atmen hätte.

Ein Aufenthalt außerhalb des Hotels hilft nicht weiter. Der Lärm des Verkehrs und der Menschen in den Straßen, die dort ihrem Leben nachgehen, ist allgegenwärtig. Die Hitze ist nach wenigen Minuten unerträglich. Die Luft in der ganzen Stadt ist ähnlich schwül und stickig wie im Hotel – und nochmal viel staubiger. Kein Wunder, dass Delhi in den Listen der Städte mit der schlechtesten Luftqualität weltweit immer ganz vorne liegt.

Aber eigentlich ist das einer der Gründe, warum er hier ist. Als der Anruf kam, haderte er gerade mal wieder mit den Routinen, die sich in die Abwicklung seiner Projekte in Mazedonien (immer noch offiziell FYROM), Moldau und Montenegro eingeschlichen hatten.

„Wie sieht es aus? Wir müssen ein Vorhaben im Bereich Stadtentwicklung evaluieren."

Das war endlich eine Anfrage, auf die er immer spekuliert und gehofft hatte. Es kam nicht so häufig vor, dass er als Stadtplaner angefragt wird. Und dann ging es um eine Evaluation! Zwar hat er schon hin und wieder als Evaluator gearbeitet, aber um sich in der Szene einen Namen zu machen, benötigt er noch mehr Evaluationsaufträge für größere Projekte.

Und DGZ-Projekte sind tendenziell groß.

„Klingt super, das könnte ich mir durchaus vorstellen. Um welches Vorhaben geht es denn genau?"

„Um ein Vorhaben, das wir in Indien in zwei Bundesstaaten umsetzen."

Indien! Stadtentwicklung in Indien. Das ist definitiv groß! Und Indien als Einsatzland geht doch in die richtige Richtung!

Nach den Tagen in Delhi in dem lauten Fünf-Sterne-Hotel fliegt er zunächst nach Bhubaneswar, der Hauptstadt des Bundesstaates Odisha. Dort hat gerade ein ungewöhnlich starker Zyklon große Teile der Küstengebiete vollkommen zerstört, weite Teile des Hinterlandes stehen noch unter Wasser, als Johan mit den Partnern zu den Projektgebieten fährt. Das Ausmaß der Zerstörung und deren Auswirkungen auf die Menschen sind immens, und es fühlt sich gut an, zumindest einen kleinen Beitrag zur Linderung der Not leisten zu können, in dem er dafür sorgt, dass einige der Projektmittel in nun dringend notwendige Wiederaufbaumaßnahmen umgeleitet werden.

Bei der Ankunft in Bhubaneswar muss er lachen, als er sieht, dass er auf dem Flughafen BBI gelandet ist. Das ist für ihn als Berlinbewohner etwas Besonderes! Über lange Zeit waren die Politiker und Flughafenplaner in Berlin und Brandenburg davon ausgegangen, dass der neue Airport in Schönefeld nach der Eröffnung die Bezeichnung „Berlin Brandenburg International" bekommen würde und so wurde er während der endlos langen Planungs- und Bauzeit als Flughafen BBI bezeichnet. Diese Abkürzung hatte sich so fest in den Sprachgebrauch eingebrannt, dass nicht nur Politiker und Planer, sondern auch Medien und Bevölkerung nur noch vom BBI sprachen. Bis sich relativ kurz vor der Eröffnung herausstellte, dass die International Air Transport Association die verbindliche IATA-Bezeichnung BBI bereits lange vergeben hatte: nämlich an den Biju Patnaik International Airport in Bhubaneswar.

Der zweite Teil seines Indien-Einsatzes findet im Bundesstaat Tamil Nadu statt und Johan wird noch einmal deutlich, wie unterschiedlich dieses riesige Land ist. Gerne hätte er mehr Zeit, um das alles aufzunehmen – oder zumindest mehr, als es ihm jetzt bei dieser eng getakteten Dienstreise möglich ist.

Insgesamt weniger Projekte, dafür aber solche, wie dieses – und mit mehr Zeit, sich auf das Land einzulassen und bei der Projektarbeit in die Tiefe zu gehen. Auf diese Formel kann sich Johan festlegen, als er beim Rückflug aus Chennai aus dem Fenster schaut und noch Stunden nach dem Abflug immer noch den Subkontinent unter sich sieht.

Auf dem langen Flug nach Frankfurt kann er kaum schlafen. Irgendwann kreisen dann seine Gedanken wieder um das perfekte Versteck für sein Geld. Könnte er es nach Indien schaffen? In diesem so unübersichtlichen, teilweise chaotische Land müsste es doch leicht sein, das Geld unbemerkt zu lagen. Aber schnell wird ihm klar, dass das nicht wirklich eine Option ist. Denn auch wenn die Verwaltung zumindest im Bereich Stadtentwicklung – und in viel mehr hat er ja gar keine tieferen Einblicke erhalten – eher behäbig und ineffizient wirkt, heißt das ja nicht, dass keine Kontrollen von Finanzflüssen stattfinden. Und wenn er mit dem Bargeld in Indien erwischt würde – das mag er gar nicht weiter ausmalen! Dann säße er in einem indischen Gefängnis und müsste von hier aus juristischen Beistand organisieren. Er hat überhaupt keine Vorstellung davon, wie so etwas abläuft. Bis sich dann alles aufgeklärt hätte, würde sicher einiges an Zeit vergangen sein und er im Gefängnis verzweifeln. Und wer weiß, welcher Straftatbestand nach indischem Recht erfüllt wäre…

Indien ist definitiv keine Option, schließt er die Gedanken ab, bevor er doch noch einschläft – kurz bevor die Lichter wieder eingeschaltet werden.

Soroca

2007.

Verspätung. Mal wieder. Er jagt durch den Wiener Flughafen, um den Anschlussflug nach Chişinău noch zu erwischen. Im Rennen hört er den Last Call. Als er von Weitem das Gate sehen kann, winkt er dem dort durch den leeren Wartebereich schauenden Bodenpersonal zu, die offensichtlich drauf und dran sind, das Gate zu schließen.

Die durch die verspätete Ankunft aus Yerevan ausgelöste Hektik verdrängt den Stress, den Johans Gedanken an eine beträchtliche Menge undeklarierten Bargelds in seinem aufgegebenen Gepäck in ihm verursachen. Er hatte vorgestern, am letzten Tag seiner vorerst letzten Einsatzwoche in Armenien, seine Reisetasche aus dem Store im DGZ-Büro abgeholt. Im Hotel hatte er sich vergewissert, dass sich die Geldscheinstapel noch in der Verpackung aus Kopier- und Umschlagpapier unter seinen Wechselklamotten und zwischen den Einlegeböden befinden. Beim Auschecken hatte er die kleinere rote Tasche, mit der er angereist war, ausgeräumt und alle seine Kleidung, Arbeitsunterlagen, seinen Kulturbeutel und sonstige Gegenstände, die er nicht im Handgepäck transportieren wollte, in die schwarze Tasche gepackt. Diesmal hatte er Zazas Angebot, ihn in der Nacht zum Flughafen zu fahren, gerne angenommen.

„Ist ja vielleicht mein letzter Einsatz gewesen!"

„Ach komm, da stehen noch viele Aufgaben an, für die sie sich sicherlich erneut an dich wenden werden."

„Wir werden sehen. Toll, dass du mich fahren kannst. Ich habe diesmal ja mehr Gepäck, weil ich die Sachen aus dem Store mitnehme. Und gleich weiter nach Moldau reise."

Zaza stand pünktlich vor dem Hotel. Johan drückte ihm die große schwarze Reisetasche in die Hand, die Zaza elegant im Kofferraum verschwinden ließ.

„Kannst du die gebrauchen?", Johan zeigte auf die kleine rote Tasche. „In der hatte ich auf der Hinreise mein aufgegebenes Gepäck. Jetzt ist sie leer und ich kann sie nicht mitnehmen, weil ich schon meinen Laptoprucksack als Handgepäck habe."

„Stell sie einfach auf die Rückbank. Da wird sich schon eine Verwendung für finden. Ansonsten packe ich sie in den Store und du kannst sie wieder benutzen, wenn du ein neues Projekt hier hast!"

Der Abschied vor dem Flughafengebäude war kurz und schmerzlos.

Er kommt als Letzter in den Flieger. Wie immer hat er einen Fensterplatz reserviert. Johan zählt sich ganz klar zur Fraktion der Fenstersitzer. Natürlich kann man es so sehen, dass man dort weitgehend eingeklemmt sitzt und nicht so schnell aus der Sitzreihe kommt. Aber man muss eben auch nicht aufstehen, wenn der Nachbar raus will. Und das wollen sie ständig: um an ihr Handgepäck in der Gepäckablage zu kommen, um auf die Toilette zu gehen, um mit Bekannten, die irgendwo anders im Flugzeug sitzen zu quatschen, um sich die Beine zu vertreten, ein Glas Wasser zu holen...

Normalerweise wählt er seinen Fensterplatz möglichst weit vorne im Flieger. Diesmal war bei der Buchung des Fluges nach Chişinău ein Sitzplatz am Fenster nur noch im hinteren Teil zu haben. Also läuft er nun durch die vollbesetzten Sitzreihen der kleinen Maschine. Aus den Augenwinkeln betrachtet er die Passagiere, von denen einige ungehalten wirken und seinen flüchtigen Blick mit einem Augenrollen erwidern.

Was für Flachzangen, denkt er sich, nicht weniger aggressiv und genervt nach seinem angespannten Anstehen an Pass- und Sicherheitskontrollen und dem Spurt durch Terminals, an unzähligen Gates entlang.

Und dann sieht er ihn in Reihe 14.

Ganz klar, das ist der Mann, den er zuletzt in Podgorica neben Dejan gesehen hat. Er ist sich gleich beim Überfliegen des Gesichtes ziemlich sicher, reißt sich aber sofort zusammen, um den Blick nicht verharren zu lassen. Trotzdem spürt er, dass er in seinem zügigen Gang zu seinem Sitzplatz merklich gestockt hat und einen Moment zu lang seine Augen auf das Gesicht des Mannes gerichtet hat. Und der hat zurückgeschaut.

Wie ferngesteuert läuft Johan weiter, bis er seine Sitzreihe erreicht hat. Er versucht gar nicht erst, Platz für seinen Laptoprucksack in der Gepäckablage zu finden (die sind immer hoffnungslos überfüllt), sondern schiebt ihn unter den Sitz vor ihm, bevor er sich setzt und anschnallt. Er hat sein Handgepäck immer bei sich am Platz – schon allein, weil er während des Fluges nicht aufstehen will.

Wie kommt der Typ in dieses Flugzeug?

Johan glaubt nicht an einen Zufall.

Okay, mit viel Fantasie kann ich mir vorstellen, eine Person sowohl in Armenien als auch in Montenegro zu sehen. Dass diese dann in Yerevan im selben Hotel wohnt wie ich, ist nicht unwahrscheinlich, das Marriott ist das erste Haus am Platz und bietet ein unschlagbares Preis-Leistungs-Verhältnis. Und dass er in Podgorica mit Dejan unterwegs ist? Warum nicht, Dejan kennt einfach viele Leute und bietet sich ja auch gerne internationalen Geschäftsreisenden an.

Trotzdem sind das schon auffällig viele Zufälle!

Und jetzt auch noch Moldau?

Wer reist denn schon nach Moldau? fragt sich Johan.

Er ist sich mittlerweile auch sicher, dass der Typ ihn beobachtet.

Er hat mich auf der Hercegovačka gesehen, er hat mich gerade hier im Gang gesehen, und es ist ihm egal, dass ich ihn sehe. Wenn es kein Zufall sein kann, dass wir hier in demselben Flugzeug sitzen, dann muss er irgendwoher erfahren haben, wann ich wie wohin reise.

Es dauert nicht lange, das Flugzeug steht noch nicht auf der Startbahn, da ist Johan überzeugt: Er muss es von Dejan haben. Er war dabei, als ich Miroslav erzählt habe, dass ich erst nach dem letzten Einsatz in Armenien nach Moldau reise… und daher erstmal nicht nach Podgorica kommen kann.

Dejan!

Am Flughafen Chişinău ruft Johan sofort nach der Landung im DGZ-Büro an. Er erfindet einen Vorwand, warum er am Flughafen abgeholt und sofort nach Soroca gefahren werden muss. Er hofft inständig, dass Ion diese Woche mit ihm in den Norden kommen und auch dort bleiben wird. Er will nicht alleine fahren und noch weniger nachts ganz alleine im Hotel sein.

Da er nicht mehr in dem riesigen, leerstehenden Kasten des Victoria-Hotels übernachten wollte, hat er sich abwechselnd im Hotel Central und im Hotel Vila de Nord eingebucht. Beide deutlich kleiner, aber ebenso elendig und einsam – er ist meist der einzige Gast. Und wenn doch mal weitere Gäste im Haus sind, hört man sie durch die dünnen Wände und muss befürchten, dass sie in sein Zimmer kommen, da die Türen mit den spillerigen Schlössern, die oft nicht einmal richtig schließen, kaum gegen unbefugtes Betreten gesichert sind.

Vielleicht weiß der Typ nicht, dass ich diese Woche gar nicht in Chişinău, sondern in Soroca sein werde. Ich habe Dejan nie erzählt, wie und wo ich in Moldau arbeite.

Wenn es ihm also gelänge, direkt vom Flughafen nach Soroca zu kommen, ohne dass sein Verfolger das mitbekommt, könnte er für die Woche relativ sicher sein.

Passkontrolle. Der Mann war vor ihm aus dem Flieger gestiegen, stand dann im Vorfeldbus recht weit hinten eingepfercht und wartet nun ein paar Meter hinter ihm in der Reihe.

Vom Gepäckband, wo gleich seine Reisetasche mit dem Geld auftauchen muss, schaut Johan nervös zurück zum Einreiseschalter, hinter dem sein Verfolger noch auf die

Abfertigung wartet. Zudem schielt er besorgt auf die Ausgangstür: Dort stehen zwei schwer bewaffnete Polizisten oder Mitarbeiter der Zollbehörden – Johan kann die Uniformen nicht zuordnen – und beobachten die angekommenen Passagiere.

Ob die einen Hinweis haben? Suchen sie nach meiner Reisetasche? Oder direkt nach mir?

Johan weiß nicht, was ihm gerade mehr Sorgen bereitet. Um seine Nervosität zu überspielen, zückt er betont lässig sein Handy und ruft Aurica an. Er teilt ihr mit, dass er direkt vom Flughafen nach Soroca komme und bittet sie, gleich ein paar Termine zu machen.

Endlich springt das Gepäckband an. Seine Tasche ist unter den ersten Gepäckstücken, die aus dem Loch in der Wand auftauchen und auf das knatternde Transportband fallen. Johan geht ihr entgegen, nimmt sie vom Rondell, spürt die Blicke der Polizisten in seinem Nacken. Sein Koffer ist bei all seinen Reisen nach Moldau noch nie kontrolliert worden.

Warum sollte das heute der Fall sein? versucht er sich zu beruhigen.

Er dreht sich noch einmal zum Grenzkontrollschalter um: Sein Verfolger scheint weiterhin auf der anderen Seite zu warten.

Jetzt ganz entspannt schauen und möglichst locker an den Polizisten vorbei zum Ausgang.

Leichter gesagt, als getan. Wie immer, wenn er versucht, locker und entspannt zu wirken, kommen ihm seine Bewegungen und seine Mimik völlig unnatürlich und extrem auffällig vor. Dennoch scheinen die Polizisten ihn nur einen kurzen Augenblick zu mustern und dabei keinen Anlass zu erkennen, ihn aufzuhalten, zu befragen oder gar zu durchsuchen.

Johan spürt deutlich den Schweiß unter seinen Achseln.

Als er sich außerhalb des Sichtbereichs der Polizisten befindet, beschleunigt er seine Schritte. Ohne sich nochmal umzuschauen, rennt er jetzt zur Ausfahrtstraße vom Flughafen. Dort haben Ion und er vor langer Zeit bereits einen Treffpunkt ausgemacht. Seitdem hat Ion immer dort gestanden, wenn Johan aus dem Flughafengebäude kam.

Zum Glück ist das auch heute so. Johan könnte aufschreien vor Erleichterung. Ion kommt ihm entgegen, um ihm seine Reisetasche abzunehmen. Johan lässt das gerne geschehen und schaut sich jetzt doch um, um zu sehen, ob der Mann sie bei der Abfahrt beobachtet. Er kann ihn nicht erkennen, will aber auch nicht zu lange dort stehen und Ausschau halten. Schnell steigt er in den Wagen, den Ion bereits angelassen hat.

Alles bereit?

Alles bereit zur Tour nach Soroca!

Auf den langgestreckten Abschnitten der Landstraße Richtung Norden blickt Johan immer mal wieder nach hinten. Dort ist während der gesamten Fahrt kein Fahrzeug zu sehen. Auch ist keine Staubfahne zu erkennen, die auf diesen Strecken im trockenen Sommer ein fahrendes Auto auch auf große Entfernung verrät.

Schließlich kommt Johan einigermaßen beruhigt in Soroca an. Sie parken direkt vor dem Gebäude der Kreisverwaltung, in dem das kleine Projektbüro eingerichtet ist und wo Aurica bereits auf sie wartet. Während sie im Büro einen fürchterlichen Kaffee trinken, liegt die Reisetasche mit ihrem wertvollen Inhalt unbeaufsichtigt auf dem Parkplatz.

Ein komisches Gefühl, denkt sich Johan, aber wahrscheinlich ist diese unscheinbare Normalität die beste Tarnung. Hoffentlich...

Leider muss Ion am späten Nachmittag zurück nach Chişinău. Johan gruselt es beim Gedanken an die anstehenden Nächte, die er allein in einem verlassenen und dunklen Hotel verbringen muss.

Am Nachmittag unternehmen sie auf Johans Vorschlag hin einen Spaziergang zum Ufer des Dnister, dem Grenzfluss zwischen Moldau und der Ukraine. Mit Blick auf die Fähre erklärt er Aurica und Ion seinen Plan, eine Veranstaltung in Czernowitz durchzuführen, eine Art Kontaktbörse für grenzüberschreitende Projekte, auf der sich potenzielle Projektpartner treffen und austauschen können. Im Hinterkopf spielt er die Option, mit einem DGZ-Fahrzeug unkontrolliert in die Ukraine zu gelangen, weiter durch. Damit wäre die Spur des Geldes noch weiter verwischt.

Er lässt seinen Blick über den ruhig dahin strömenden Dnister gleiten. Der Fluss beschreibt an dieser Stelle einen weiten Bogen innerhalb einer riesigen grünen Ebene mit kleinen, nicht sehr hohen, bewaldeten Hügeln. Mit der kleinen Fähre, den Anglern am moldauischen Ufer und den wenigen Menschen, die sich offensichtlich alle hier eingefunden haben, um abseits der Stadt die Stille und Wärme des sommerlichen Nachmittags auszukosten, entsteht eine für Johan unerwartet friedliche und beruhigende Atmosphäre.

Ob das Geld erstmal in Soroca bleiben kann, bis ich eine andere Lösung gefunden habe? Oder bis der Plan, es in die Ukraine zu schaffen, etwas mehr durchdacht ist? träumt er, während er einen auf dem Wasser treibenden Baumstamm beobachtet und gegen das Sonnenlicht blinzelt.

Oder ist es besser im DGZ-Büro in Chişinău aufgehoben?

Kurz tendiert er dazu, alles auf eine Karte zu setzten und das Geld mit nach Deutschland zu nehmen. Aber jetzt, da er einen Verfolger auf seinen Spuren vermutet, würde das definitiv zu einer Gefährdung seiner Familie führen.

Ich sollte davon ausgehen, dass der Mann leicht herausfinden kann, wo ich wohne. Und wenn er erstmal das Geld bei uns in Berlin vermutet, bin nicht nur ich in Gefahr.

Am Abend läuft er den kurzen Weg vom Projektbüro in der Kreisverwaltung in seine Unterkunft. Aurica begleitet ihn und verabschiedet sich, nachdem er an der Rezeption die Schlüssel für den Haupteingang des Hotels und für sein Zimmer in Empfang genommen hat. Daraus, dass die Rezeptionistin zusammen mit Aurica das Hotel verlässt, schließt er, dass er hier für die Nacht allein sein wird.

Na, toll.

Jetzt sitze ich hier mit grob geschätzt einer dreiviertel Million Euro in der Tasche. Gezählt hat Johan das Geld bis heute nicht, aber seine Schätzungen basierend auf der Höhe und Anzahl der verpackten Geldstapel gehen in diese Richtung.

Allein in einem Hotel. Andere Gäste hat er nicht gesehen und kann auch kein Geräusch wahrnehmen, das auf weitere Bewohner in diesem grauen Gebäude hinwiese.

Er lässt sich auf das muffige Bett fallen. Bis zum Einschlafen gibt es jetzt nichts mehr zu tun. Zum Glück ist er nach der aufreibenden Reise ordentlich müde, so dass er sich bald schon bettfertig macht. Statt einzuschlafen, denkt er jedoch unaufhörlich über seine Situation nach.

Was, wenn der Verfolger mir nach Deutschland folgt? Dieser Gedanke hat sich seit heute Nachmittag in seinem Kopf festgesetzt. Er kennt wahrscheinlich meine Adresse bereits... Was, wenn er mich zu Hause aufsucht und das Geld verlangt?

Bei dem Gedanken wird ihm mulmig.

Aber warum lauert er mir dann nicht einfach vor meinem Haus auf, sondern folgt mir auf meinen Reisen?

Eine einzige Erklärung fällt ihm dazu ein: Er ahnt nur, dass ich das Geld – oder Teile davon – habe. Er verfolgt mich, um es herauszufinden.

Vielleicht haben ihn Hinweise von Dejan auf die Spur gebracht. Vielleicht war es ja doch möglich, die Scheine, mit denen ich das Motorrad bezahlt habe, zu identifizieren.

Das heißt, er wird versuchen, das Geld bei mir zu finden.

Und ich habe es jetzt gerade in meiner Tasche!

Johan fühlt, wie die Angst urplötzlich aufschießt und ihm Kehle und Gedankenfluss abschnürt. Dann soll er halt kommen. Alles ist besser, als wenn er zu Hause auftaucht.

Wenn der Typ hier einbricht, werde ich ihm die Scheine einfach geben.

Aber es fehlt ja bereits ein gewisser Teil. Johan hat in den vergangenen Monaten nach jedem Einsatz in Armenien etwas von dem Geld mitgenommen – und ist mit der Zeit immer mutiger geworden, so dass die Beträge höher wurden. Es ist ihm klar, dass er wirklich lange bräuchte, um das zurückzuzahlen. Wie wird der Mann wohl darauf reagieren?

Was, wenn er mich erpresst?

Ist es überhaupt sein Geld oder handelt der Mann im Auftrag einer anderen Person oder einer Organisation? Es scheint Johan, als wäre letzteres eher ungünstig.

Wenn er allein unterwegs ist, ist das Problem vielleicht gelöst, wenn ich ihn loswerde.

Wie soll ich ihn abschütteln, wenn er weiß, wo ich wohne? Damit wäre klar, dass er den Mann beseitigen müsste, um aus seiner Situation herauszukommen.

Ich muss anfangen, Antworten auf diese Fragen zu finden. Aber mit kriminellen Machenschaften kennt Johan sich einfach nicht aus. Er schaut nicht einmal die Krimis im Fernsehen.

Und wenn ich dazu den Verfolger einfach zur Rede stelle?

Johan lässt diese Überlegung auf sich wirken.

Was kann passieren? Ich frage ihn, ob es sein kann, dass ich ihn schon einmal gesehen habe. Im Marriott in Yerevan oder in Podgorica.

Er könne ihn auch fragen, ob er Dejan kennt, fällt Johan ein.

Wenn er bejaht, kann ich vorsichtig weiter fragen, ob das denn alles ein großer Zufall ist. Das klingt doch vollkommen unbefangen und ist eine logische Frage in diesem Zusammenhang.

Eine kleine Hoffnung gesellt sich zu seiner Idee, sich etwas Handlungsspielraum in seiner Lage zu verschaffen – ohne gleich darüber nachdenken zu müssen, den Mann umzubringen: Vielleicht trägt das auch dazu bei, dass er das Geld gar nicht mehr bei mir vermutet.

Das ist es. Fast schon beschwingt malt Johan sich aus, wie er den Mann mit seinen Fragen konfrontiert. In verschiedensten Varianten geht er dieses Gespräch durch und wird von Mal zu Mal wagemutiger, als er merkt, dass er in so einer Situation im Vorteil wäre. Es wäre nur gut, wenn dieses Zusammentreffen inmitten von anderen Menschen stattfinden würde.

Vielleicht lade ich den Typen in ein Café oder in ein Restaurant ein, damit wir uns unterhalten können.

Über diesen Überlegungen fällt er endlich erschöpft in einen unruhigen Schlaf, aus dem ihn abwechselnd seine wilden Träume oder die halb-wilden Hunde, die auf dem Platz vor seinem Fenster bellen und heulen, aufschrecken lassen. Gerädert und steif von der Nacht auf der durchgelegenen Matratze stellt er sich unter die Dusche in dem schimmeligen Badezimmer.

Soll ich das Geld in meine Laptoptasche umpacken und mit ins Büro nehmen? Oder es einfach hier lassen, und wenn es dann weg ist… Ja, was dann?

ресторан

2007.

Es tut sich nichts in Soroca. Die Arbeit läuft wie geplant, er hat diesbezüglich eigentlich entspannte Tage. Aber angespannt bleibt er in Lauerstellung, wie auf einem Beobachtungsposten. Der Mann taucht nicht auf. Fast schon enttäuscht sitzt er am letzten Nachmittag im Büro und überlegt, wie es weitergehen soll. Soll er das Geld hier oder in Chișinău lassen, für den nächsten Einsatz eine Veranstaltung auf der ukrainischen Seite der Grenze planen und bei der Gelegenheit den Schatz dorthin schaffen?

Johan entscheidet, dass das auf jeden Fall eine Option ist, die er sich offenhalten sollte.

Also bespricht er mit Aurica, wie sie für den kommenden Monat ein Event in Czernowitz organisieren können. Die DGZ hat dort ein Projektbüro und angeboten, bei der Organisation vor Ort zu unterstützen.

„Also komme ich beim nächsten Mal mit Ion und dem DGZ-Bus, damit wir zusammen mit einigen der Antragsteller nach Czernowitz fahren können. Ich brauche dann keine Übernachtung in Soroca, wir sollten am Montag direkt nach der Ankunft hier weiterfahren."

„Dann kommen wir aber im Dunkeln dort an. Lass uns lieber am Dienstagmorgen losfahren. Ich buche dich für eine Nacht im Central ein."

„Okay, denke dann aber auch an Ion."

„Klar, also zwei Übernachtungen."

„Ja, und auf dem Rückweg schmeißen wir hier nur dich und unsere Antragsteller raus und fahren weiter nach Chişinău. Oder – warte mal. Vielleicht fliege ich auch direkt von Czernowitz nach Berlin, wenn das geht. Das klären wir später."

Ion steht mit dem DGZ-Wagen vor der Kreisverwaltung. „Keine Zeit für einen Kaffee, wir müssen zügig zurück nach Chişinău. Ich habe heute noch was vor."

„Logisch, ich beeile mich."

Donnerstagabend in Chişinău. Er fährt mit Ion zum DGZ-Büro und steigt dort aus. Er merkt, dass der Fahrer es eilig hat und will ihn nicht bitten, ihn noch zum Hotel zu fahren. Nach einem kurzen Schwatz mit den DGZ-Mitarbeitern macht er sich auf den Weg.

Es ist nicht weit, er kann die Strecke auch mit seinem Gepäck gut laufen. Und dabei versuchen herauszufinden, ob sich sein Verfolger wieder an seine Fersen heftet. Wobei ihm bei diesem Gedanken dann doch etwas mulmig und das Geld in seiner Tasche auf einmal sehr schwer wird.

Es ist bereits dunkel, und die Straßen sind zum Feierabend voll. Die breiten Gehwege am Boulevard Stefan cel Mare sind mit jeder Menge Heimkehrern aus den Büros in der Umgebung bevölkert, die zu den Bushaltestellen eilen, mit Einkäufern und den ersten Hungrigen, die in eines der beliebten Buffets oder in ein Restaurant wollen.

Auch in den Seitenstraßen sind noch viele Menschen unterwegs, so dass es nicht leicht für Johan ist, sich unauffällig nach einem Verfolger umzusehen und in dem Gewühle etwas Auffälliges zu entdecken.

Kurz darauf klingelt er am metallenen Außentor seines Hotels, welches die um einen kleinen Hof entstandenen zwei Hotelgebäude und die Privatgebäude dahinter von der Straße abschirmt und ungebetene Gäste draußen hält. Wie vertraut es ihm schon ist, dass das Licht für die kleine Kamera über dem Klingelkasten nun angeht und kurz darauf aus dem Lautsprecher eine weibliche Stimme, die ihn wie immer bereits erkannt hat, in ungezwungenem Russisch-Englisch „Dobryi vecher, Mister Johan" tönt und der Summton ihm signalisiert, dass er das Tor nun aufdrücken kann.

Während er die Tür mit dem Fuß offenhält und seine Reisetasche über die Schwelle wuchtet, schaut er nochmals links und rechts in die Straße, kann aber nichts erkennen. Auch bei einem letzten schnellen Blick, bevor er das Tor schließt, erscheint ihm nichts auffällig, vor allem kann er den Mann, den er seit einiger Zeit seinen Verfolger nennt, nicht sehen.

In seinem Hotelzimmer breitet er sich aus: Verteilt seine Arbeitssachen, die getragenen Klamotten und seine noch unbenutzte Kleidung im Schrank, auf den Sesseln, auf dem Bett mit der golddurchwirkten Überdecke. Er stellt Zahnpaste und -bürste, Shampoo und Deo ins Bad. Er platziert seinen Laptop auf dem Tisch, schaltet ihn ein und verbindet sich mit dem WLAN. In dieser Pension fühlt er sich sicher und gut aufgehoben. Oft haben die Hotelbetreiber ihn um seine Meinung zum weiteren Ausbau gebeten – und viele seiner Vorschläge umgesetzt. Und so hat er hier eigentlich eine perfekte Unterkunft: geräumige, saubere Zimmer, nicht mit unnützen Möbeln vollgestellt, aber mit einem großen, freien Schreibtisch, warme Badezimmer mit funktionierenden Armaturen, zuverlässigen Internetzugang. Und ein kleines Restaurant mit einem wegen der überschaubaren Anzahl an Gästen eingeschränkten, aber durchdachten, vielfältigen Speiseangebot. Russische Küche. Nach den dürftigen Tagen in Soroca hat er riesigen Hunger und freut sich auf eine üppige Mahlzeit. Deshalb geht er, noch bevor er sich auf den Weg hinunter in den Speiseraum (Speisesaal wäre übertrieben) macht, in Gedanken die vertraute Speisekarte durch und überlegt, was er sich in welcher Reihenfolge bestellen wird. Dazu ein bis vier Baltika 3.

Und vielleicht sitzt ja sein Verfolger mit ihm im Restaurant – wie in Yerevan. Hier wäre er nicht zu übersehen.

Johan würde ihn ansprechen, das nimmt er sich fest vor. Gespannt schließt er die Zimmertür hinter sich und geht die Treppen hinunter, durch die unbesetzte Rezeption in den Speiseraum.

Dort läuft – wie üblich – der Fernseher, ebenfalls wie üblich ohne Ton.

Der Raum ist leer, kein Tisch, kein Stuhl besetzt.

Fühlt er bei diesem Anblick eine gewisse Enttäuschung?

Es klingelt, jemand hat den Klingelknopf draußen am Tor gedrückt. Eine der Töchter des Hauses kommt in Puschen aus der Küche, winkt ihm im Vorbeirennen zu, eilt zum Empfangstisch und drückt den Türöffner. Es summt. Kurz hört Johan, wie die Tür vom Hof zur Rezeption geöffnet wird. Eine Begrüßung auf Russisch. Klimpern von Schlüsseln, die gegen einen Anhänger aus Messing mit der Zimmernummer schlagen. Nochmal ein kurzer Wortwechsel, dann nimmt eine Person, offenbar mit Gepäck, die

Treppe nach oben, kurz darauf schlittert die Rezeptionistin auf ihren Puschen zurück in das Esszimmer, wo sie zur Servicekraft wird, eine der Speisekarten vom Stapel neben der Tür nimmt und zu Johan gleitet.

Die Unterhaltung findet in holprigem Englisch statt, da Johan kein Russisch spricht, und hier im Haus niemand Deutsch oder Rumänisch.

Ohne in die Karte zu schauen, bestellt Johan das Bier, die Pelmeni als Vorspeise, dann ein Kotelett mit Kartoffeln und dazu noch einen Shopska-Salat. Perfekt.

Das Bier kommt schnell. Während er einschenkt, hört er, wie in der Küche losgelegt wird.

Der Alkohol löst seine Gedanken. Die Speisen sorgen für ein warmes Gefühl, nicht nur in seinem Magen, sondern in der ganzen Bauchgegend, im gesamten Körper. Beim zweiten und dann dritten Bier geht er geschmeidig seine Optionen durch und ist sicher, bald einen guten Plan zu haben.

Er hat die Tasche mit dem Geld aus Armenien nach Moldau gebracht, ohne dass die Bündel mit den Banknoten bei Kontrollen an den Flughäfen aufgespürt worden sind. Das ist schon einmal gut.

Und er sieht Chancen, das Geld aus Moldau in die Ukraine zu bekommen. Ursprünglich hatte er auch die Möglichkeit einbezogen, das Geld nach Rumänien zu bringen, dann hätte er es innerhalb der EU. Aber dafür könnte er nicht den DGZ-Wagen nutzen, da eine solche Reise nicht in absehbarer Zeit auf der Agenda steht. Und die Grenzkontrollen auf den Bus- und Bahnverbindungen sind durchaus streng und gründlich. Obwohl Rumänien gerade der EU beigetreten ist, gehört es noch nicht zum Schengen-Raum, was bedeutet, dass an den Grenzen zu den anderen EU-Staaten noch wie früher kontrolliert wird. Da macht es kaum einen Unterschied zur Ukraine.

Ein Transport in die Ukraine, nach Czernowitz, bietet sich im nächsten Monat an. Dazu noch im DGZ-Fahrzeug. Er hat schon oft erlebt, dass mit den Papieren der deutschen Entwicklungsorganisation es an den Grenzen deutlich besser – das heißt mit nur oberflächlichen Kontrollen, wenn überhaupt – abläuft. Also hat er hier eine gute Option.

Johan weiß, dass die Spur des Geldes von Montenegro nach Armenien führt. Mit dem Auftauchen des Mannes im Flieger nach Chişinău liegt der Verdacht nahe, dass ein Verfolger ihr nun auch nach Moldau gefolgt ist. In Czernowitz wäre die Spur des Geldes wieder etwas verwischt.

Befeuert durch das vierte Bier steht er kurz davor, alles auf eine Karte zu setzen und das ganze Geld einfach morgen am Flughafen aufzugeben. Er ist auf den Austrian-Flug über Wien gebucht. Aber bliebe das Geld auch unentdeckt, wenn deutlich mehr Scheine im Gepäck sind und der Zielflughafen in der EU liegt? Das erscheint zu unsicher.

Johan entscheidet sich dann doch, hier im Hotel zu fragen, ob er seine Tasche mit dem Geld im Lagerraum deponieren kann. Er kennt den Raum hinter der Rezeption, in dem er üblicherweise sein Gepäck freitags nach dem Auschecken bis zur Abfahrt zum Flughafen am Nachmittag lagert. Da liegen auch andere Gepäckstücke.

An nächsten Morgen überlegt er, kurzfristig auf eine andere Flugverbindung umzubuchen, um dem vermeintlichen

Verfolger aus dem Weg zu gehen. Doch dann erinnert er sich an sein Vorhaben, den Mann direkt anzusprechen und bleibt bei den Flügen über Wien. Ich frage ihn einfach, ob er von Wien weiter nach Podgorica fliegt.

Aber weder am Airport Chişinău, wo man eigentlich kaum jemanden übersehen kann, findet er den Mann, noch kann er ihn beim Umstieg in Wien entdecken. Dort hat er keine Zeit, am Gate des Fluges nach Podgorica nachzusehen, da er sich sputen muss, den Berlin-Flieger noch zu bekommen.

Auf dem Flug nach Tegel erscheint es Johan logisch, dass der Mann offensichtlich heute nicht zurückreist.

Er muss mir ja nicht weiter folgen, er weiß ja, wohin ich reise.

Und dann kommt ihm eine Szene des gestrigen Abends in den Kopf. Der Gast, der noch spät im Hotel ankam, als er im Speisesaal saß! Es wäre für den ein Leichtes gewesen, heute Morgen Johans Abreise zu beobachten und dabei festzustellen, dass er die Reisetasche nicht bei sich hat.

„Mist, vielleicht bin ich meinen unverhofften Reichtum jetzt bereits schon wieder los…"

Wannsee

2007.

Landeanflug auf Berlin-Tegel. Das Flugzeug hat über dem Havelland die Höhe so weit verringert, dass Johan die in der tief stehenden Sonne glänzenden Seen inmitten der Wälder, Wiesen und Äcker gut erkennen kann. Er liebt Brandenburg. Seit er hier herzog, hat ihn die Landschaft in den Bann gezogen. Und ein ganz wichtiger Grund dafür ist das Wasser. Die Flüsse Havel, Elbe und Oder faszinieren ihn jeder auf seine eigene, unverwechselbare Art. Und die vielen nahezu unberührten, allesamt einzigartigen Seen ziehen ihn magisch an. Einen guten Teil der Freizeit mit seiner Familie verbringt er an den brandenburgischen Gewässern.

Er hat kurz nach der Rückkehr aus Litauen, als sich abzeichnete, dass sie auf längere Sicht in Berlin bleiben würden, den Angelschein gemacht. Und dann hat Henrieke ihm zu Weihnachten einen Segelkurs geschenkt. Er hatte schon lange damit geliebäugelt. Immer wenn sie an größeren Gewässern waren und er den Booten nachschaute, in Kroatien in den kleinen Adriahäfen, in Schweden an den Stegen der Sommerhäuser, in Litauen an der Ostsee und am Haff, wenn sie am nahegelegenen Wannsee spazieren oder baden gingen, träumte er davon, Segeln zu lernen. Er stürzte sich begeistert in diese Aufgabe und absolvierte in kurzer Zeit die Führerscheinprüfungen für Segel- und Motorboote auf Binnen- und Küstengewässern. Durch einen Zufall kam er an ein altes Segelboot, das er für 1.000 Euro kaufen konnte. Das Beste an dem Kauf war jedoch, dass er den Liegeplatz des Bootes in einer einfachen Bootswerft am Wannsee übernehmen konnte, der dank eines Uralt-Vertrages aus Vorwendezeiten spottbillig war.

Das Boot hatte eine kleine Kajüte und solange die Kinder klein waren, passten sie als Familie alle zusammen für ein oder zwei Nächte hinein. Als die Kinder größer wurden, schwand deren Begeisterung für das Boot. Nun hatten sie für die Wochenenden eigene Pläne und Johan fand sich alleine am Liegeplatz wieder, oft unter Zeitdruck, weil er eines der Kinder von oder zu einer Veranstaltung chauffieren musste. Als er dann immer häufiger wochenweise im Ausland arbeitete und nicht nur wochentags, sondern auch oft an einem der Wochenendtage unterwegs sein musste, fehlte irgendwann die Zeit für das Segelboot, das nun von einem Familienhobby zu ausschließlich Johans Hobby geworden war. Der stellte bald fest, dass das Verhältnis von Zeit, die er mit Pflege, Reparaturen, Winterfestmachen und Einlagern verbrachte, zu der Zeit, in der er wirklich entspannt segelte, zunehmend ungünstiger wurde. Nach ein paar Jahren verkaufte er dann schweren Herzens das Boot an einen Freund.

Wenn er jetzt aus dem Flugzeug unter sich die so vertraute Landschaft sieht, so nahe, aber in letzter Zeit auch weit entfernt, wird er melancholisch. Auf einigen der Flüsse, die er in der tiefstehenden Sonne schimmern sieht, und auf vielen der durch diese Flüsse verbundenen Seen sind sie mit ihrem Boot herumgeschippert. Wie sehr er sich danach sehnt, wieder in diese Landschaft einzutauchen, zu entspannen und die Vorzüge des Lebens in Berlin und seines großartigen Umlandes zu genießen.

Vielleicht kann ich mir ja mit dem gefundenen Geld wieder ein Boot kaufen? Ein neues, pflegeleichtes Segelboot, mit einer Mastlegeeinrichtung und gutem Motor ...

Ein Ruck reißt ihn aus den Überlegungen. Sie haben aufgesetzt. Während das Flugzeug zu seiner endgültigen Parkposition rollt, schaut Johan auf die sattsam bekannte Silhouette jenseits des Flugfeldes. Es geht zu einer Außenposition, natürlich. Unmittelbar vor dem neuen Terminal C kommen sie schließlich zum Stehen. Der letzte Ruck des Fliegers ist das Zeichen zum plötzlichen Aufspringen. Zigfach klicken die Verschlussmechanismen der Anschnallgurte und die Passagiere flüchten von ihren Sitzen. Diejenigen, die einen Platz am Gang haben, stellen sich eiligst auf und öffnen die Gepäckfächer – im besten Falle haben sie ihr Gepäck im Fach über ihren Sitzen untergebracht, im schlechtesten (und nach Johans Einschätzung viel zu häufigen) Fall müssen sie jetzt durch den dicht zugestellten Gang in den hinteren Bereich des Flugzeugs, um ihre Taschen aus den Ablagen zu nehmen. Diejenigen, die in der Mitte oder am Fenster saßen, warten nun in gebückter Haltung darauf, dass im Gang ein Platz frei wird, was allerdings erst geschieht, wenn die ersten Passagiere ausgestiegen sind und die Karawane im Innern des Fliegers in Bewegung kommt. Das dauert meist ewig und heute mal wieder besonders lange, weil „aus technischen Gründen" wie so oft nur vorne ausgestiegen werden kann.

Johan bleibt auf seinem Fenstersitz und kann von dort aus sehen, wie die Gepäckstücke über ein mobiles Transportband aus dem Bauch des Fliegers auftauchen. Am Ende des kurzen Bandes werden sie von Mitarbeitern des Ground Service unsanft auf einen Anhänger geworfen.

Er steigt aus, als sich das Gedrängel im Gang zum vorderen Ausgang des Flugzeugs gelichtet hat. Mittlerweile ist bereits der zweite oder dritte Bus voll und so bleibt er vor dem abfahrbereiten Shuttle stehen, tut, als suche er etwas und geht dem nächsten Bus, der sich bereits der Parkposition nähert, entgegen. Dabei kann er weiter beobachten, wie das ankommende Gepäck abgefertigt wird. Das Zugfahrzeug mit zwei Anhängern fährt nach dem Beladen vom Flugzeug in eine große Halle im Terminalgebäude C. Dort werden die Koffer und sonstige aufgegebene Gepäckstücke direkt von den Anhängern auf das Laufband geschmissen, das sie durch die Ankunftshalle vorbei an den wartenden Besitzer transportiert.

Hier findet offensichtlich keine Durchleuchtung statt. Johan nimmt seine Tasche und folgt dem grünen Pfeil am Boden zum Ausgang. Er hat nichts zu verzollen. An der Ausgangstür mit dem roten Pfeil stehen zwei bewaffnete uniformierte Sicherheitsleute vom Zoll, sie scheinen aber eher allgemein über die ankommenden Massen zu wachen als konkret auf einzelne ankommende Passagiere und deren Gepäck.

Hätte ich das Geld einfach mitnehmen sollen? Wahrscheinlich findet die Kontrolle an dem Flughafen statt, an dem man eincheckt, oder am ersten EU-Flughafen, an dem man landet – bevor das Gepäck im Transitbereich zum Anschlussflug weitergeleitet wird. Demnach wäre also seine Tasche in Wien durchleuchtet worden.

Bei dem Gedanken, das gesamte Geld in einem Koffer auf einem Flug nach Berlin aufzugeben, ist ihm irgendwie unwohl. Er erscheint ihm nicht logisch, dass bei der Kontrolle von Gepäckstücken an EU-Flughäfen zwar gefährliche Güter wie Sprengstoff, aber keine größeren Mengen an Bargeld aufgespürt werden können. Was ist mit den Sicherheitsfäden und den Hologrammen auf den Banknoten? Die enthalten doch Metall und können von entsprechenden Detektoren ausfindig gemacht werden.

Im Bus zum Jakob-Kaiser-Platz überlegt er, ob ein Transport mit dem Bus über die EU-Grenze nicht doch eine Option sein könnte. Vielleicht von Chişinău nach Iaşi, dann weiter mit Bahn nach Budapest? Von dort nach Ljubljana oder Villach und weiter mit dem Autoreisezug nach Berlin.

Er ist mit seinen Überlegungen nicht viel weiter, als er aussteigt, die Unterführung unter der Stadtautobahn hinabsteigt (die Rolltreppe ist wie fast immer defekt) und an der anderen Seite wieder hinauf geht. Von hier ist es nicht mehr weit bis zu seinem Auto.

Und wenn ich das Geld mit dem Auto hole? Nicht unbedingt aus Moldau, aber aus Czernowitz?

Jetzt liegt erstmal mindestens ein Monat vor ihm, in dem er nichts weiter machen kann, als sich eine Lösung auszudenken. Und hoffen, dass sein Versteck nicht aufgeflogen ist.

Spät am Abend fährt er den Wagen vor sein Haus. Das Haus, das Henrieke und er gekauft haben und seitdem renovieren. Das Haus, in dem die beiden Kinder aufwachsen sollen. In dem er sein Büro hat. Und in dem er viel zu wenig

Zeit verbringen kann. Einen Großteil dieser Zeit verbringt er dann in dem Büro. Auch an diesem Wochenende muss er gleich nach seiner Ankunft bereits wieder den nächsten Einsatz vorbereiten. Als er deshalb am Samstag am Schreibtisch sitzt, klingelt plötzlich das Telefon.

„Gerhard hier. Ich hoffe, es ist okay, wenn ich dich am Samstag anrufe?"

„Ja klar, kein Problem. Ich bin allerdings gestern erst aus Moldau zurückgekommen, daher will ich heute eigentlich nicht arbeiten…"

„Kenn ich. Wie war denn die Woche in Soroca? Geht es voran?"

„Ja, alles lief gut und wir sind weiterhin voll im Plan. Du kannst deine nächsten Einsätze so fahren, wie geplant."

„Gut zu wissen. Aber ich rufe wegen einer anderen Sache an. Es gibt da eine Ausschreibung für ein spannendes Projekt in Ho Chi Minh City. Die müssen standardmäßig ihren Regionalplan überarbeiten und wollen sich internationale Unterstützung dazu holen."

„Ja?"

„Das ist ein recht großes Projekt. Die Region besteht aus Ho Chi Minh City und den umgebenen Provinzen, ein Raum mit über 20 Millionen Einwohnern."

„Das ist wirklich groß… Und wer soll diesen Plan erarbeiten?"

„In erster Linie ist das die Aufgabe der zuständigen vietnamesischen Behörden. Aber die suchen nun per internationaler Ausschreibung Verstärkung. Die gesuchten Experten sollen dafür sorgen, dass der Plan gemäß den aktuellen

Anforderungen an Klimaschutz und Klimafolgenanpassung in der Stadtentwicklung erarbeitet wird."

„Sind wir solche Experten?"

„Ja klar! Ich kann ein Team zusammenstellen, das die geforderte Expertise im Bereich klimagerechte Stadt und Anpassung an die Folgen des Klimawandels vorweisen kann. Ein paar Professoren-Kollegen von mir sind interessiert. Und wir beide ..."

„Aber wir bekommen doch niemals den Zuschlag! Denk an die Ausschreibungen der EU – wir erfüllen nicht einmal die formalen Anforderungen für Bieter."

„Hier ist es anders! Es gibt einen internationalen Ideenwettbewerb und das beste eingereichte Konzept gewinnt. Es können auch Zusammenschlüsse von Planern bieten. Unser Büro übernimmt den Lead und alle anderen schließen sich als Associates im Rahmen einer Arbeitsgemeinschaft an."

„Da habt ihr also schon konkret drüber nachgedacht?"

„Natürlich. Leider drängt die Zeit etwas. Wir müssten in der kommenden Woche das Konzept entwickeln und präsentabel machen. Die Abgabefrist ist schon in zwei Wochen."

„Was genau ist meine Rolle?"

„Du kannst deine Ideen an jeder Stelle einbringen. Wir wollen dich als Praktiker und Projektmanager mit internationaler Erfahrung anbieten, so in etwa als komplementäres Element zu uns Professoren. Und du sollst das übergeordnete regionale Konzept erstellen, unter dem dann die Professoren die Fachplanungen einbringen. Das soll ja alles in einer integrierten Planung münden und dazu muss jemand den Gesamtprozess im Blick haben und koordinieren."

Ho Chi Min City. Vietnam. In Johans Kopf laufen bereits Filme ab, die ausgelösten Emotionen reißen ihn fast mit und er muss sich bändigen, um klar zu denken. Sollte ich nicht eher Aufträge ablehnen als annehmen?

Aber es geht ja erstmal nur um eine Bewerbung. Und dass ihm eine solche Aufgabe von diesem Expertenkreis zugetraut wird – das ehrt Johan schon.

Eigentlich genau mein Ding! Habe ich nicht genau deshalb Raumplanung studiert, um solche Projekte zu bearbeiten?

In einem Land, das ihn schon sehr reizt, und einer Stadt, deren Name sofort wilde, verheißungsvolle Assoziationen bei Johan auslöst. Und sie liegt in den Tropen, am Meer. In der Nähe des Mekong-Deltas – noch so ein Name, der auf Johan eine Wirkung entfaltet wie Mombasa, Kilimanjaro oder Sansibar.

Da kann ich nicht einfach Nein sagen. Eher sollte ich andere Anfragen ablehnen. Es ist ja nur eine Angebotserstellung in einem internationalen Bieterwettbewerb. Den Auftrag bekommen wir doch ohnehin niemals....

„Alles klar", hört Johan sich sagen, „ich komme Montag dazu. Um neun bei euch im Büro."

Wie sage ich das jetzt Henrieke, überlegt Johan, als er sein Büro verlässt und die paar Schritte Richtung Küche geht.

Und wie kann ich die nächsten Einsätze in Montenegro, Mazedonien und Moldau nach hinten verschieben?

Ho Chi Minh City

2007.

Schwitzend rennt Johan die Treppen hoch. Er will jetzt schnell in den siebten Stock seines Hotels, duschen. Es ist noch früh am Morgen, aber trotzdem ist es bereits warm und schwül. Er kommt gerade aus dem öffentlichen Le Van Tam Park vor dem Hotelgebäude, wo bereits seit fünf Uhr lautstark Sport betrieben wird. Menschen jeglichen Alters bewegen sich hier in Gruppen oder alleine, um sich fit für den Tag zu machen, bevor es zu heiß wird. Manche führen langsam Übungen aus, die Johan an Tai Chi oder Qi Gong erinnern. Andere laufen in unterschiedlichsten Tempi, aber alle in der gleichen Richtung (entgegen dem Uhrzeigersinn) auf dem äußersten Rundweg um die Grünanlage. Es gibt eine Fläche mit Outdoor-Trainingsgeräten, die sehr belagert ist. Dennoch geht es auch hier sehr gesittet zu, jeder macht seine Übung an einem Gerät und dann sofort Platz für die geduldig wartenden Frühsportler. Auf anderen Flächen wird zu lauter Musik aus großen Lautsprechern Aerobic gemacht, an anderer Stelle brüllt ein Vorturner Anweisungen wie Befehle an eine Schar von Sportlern, die sich wie in einem Bootcamp durch die Übungen scheuchen lassen.

Johan war vom ersten Tag an begeistert von diesem morgendlichen Treiben, obwohl er noch vor fünf Uhr durch dröhnende Musik und lautes Brüllen geweckt wurde. Sein einfach-verglastes und wahrscheinlich auch undichtes Fenster konnte den Lärm aus dem Park nicht mindern. Er schaute eine Zeit lang auf das Treiben dort unten und als ihm klar wurde, dass es definitiv vorbei war mit Schlafen, ging er hinunter und reihte sich zunächst in die Masse der Läufer, die auf den um die Grünanlage führenden Wegen kreisen, ein. Beim Laufen beobachtete er die unterschiedlichen Aktivitäten. Nach ein paar Runden stellte er sich dann bei den Geräten an und machte an anderer Stelle Dehnübungen. Dabei behielt er die Tai Chi- oder Qi Gong-Gruppen im Blick. Das interessierte ihn ganz besonders.

Seit Jahren trainiert Johan Kung Fu in Berlin einem kleinen Dojo gleich um die Ecke ihres Hauses. Dazu ist er durch einen Zufall gekommen. Eigentlich liebt er Mannschaftssport aller Art. Sein Problem ist aber, dass er wegen seiner vielen Auslandseinsätze kein verlässlicher Mannschaftskamerad sein und nicht regelmäßig am Training teilnehmen kann. Die Trainingszeiten der Vereine liegen meistens an den Wochentagen.

Als Franz mit Kung Fu begann, brachte Johan ihn oft zum Dojo und holte ihn ab. Dabei sprang die Begeisterung seines Sohnes auf ihn über. Als der Kung Fu-Lehrer ihm anbot, in das Erwachsenentraining einzusteigen, das immer am Sonntag stattfindet, sagte er zu. Irgendwann schloss auch Rosa sich ihnen an. Und seit Franz auch in die Erwachsenengruppe wechselte, trainieren sie jeden Sonntag gemeinsam. Somit hat sich Kung Fu zu einem sehr wichtigen Teil von Johans Leben entwickelt. Es ist der perfekte Sport für ihn. Und die Trainingszeit geht nicht von der wertvollen gemeinsamen Zeit mit seinen Kindern ab.

Als er im Park eine der Gruppen beobachtet, die auf den ersten Blick Tai Chi üben, bemerkt er, dass ihm einige der

Bewegungen bekannt vorkommen. Er stellt sich für seine Dehnübungen so auf, dass er dabei die Gruppe genauer studieren kann. In der Tat, einige der Bewegungsabläufe kennt er aus der Tiger-Langform! Seitdem übt er jeden Morgen diese Kung Fu-Form in der Nähe der Gruppe. Das bleibt natürlich nicht unbemerkt und schon bald kommt jemand aus der Gruppe auf ihn zu und erklärt ihm in sehr gebrochenem Englisch, er solle doch zusammen mit ihnen üben. Von da an bucht Johan, wann immer er in HCMC ist, dasselbe Hotel und geht morgens in den Park, um mit „seiner" Gruppe Kung Fu-Frühsport zu machen.

Das dauert gut zwei Stunden, um sieben rennt er dann – er betrachtet es als letzten Teil des Morgentrainings – die Stufen bis in den siebten Stock zu seinem Zimmer hoch, duscht dort und genießt dann im Restaurant auf der Dachterrasse des sehr einfachen und günstigen Hotels ein hervorragendes vietnamesisches Frühstück.

Ihr Konsortium hat die Ausschreibung dieses großen Projektes gewonnen. Eine Once-In-A-Lifetime-Gelegenheit, vor allem für Johan. Das musste auch Henrieke so anerkennen – vielleicht ist sie sogar ein bisschen neidisch.

Rosa und Franz finden es cool, dass Johan jetzt öfter – und für längere Zeit als üblich – nach Vietnam reisen muss. Er hat den Eindruck, als könnten sie erstmals mit einem seiner Einsatzländer etwas verbinden und mit seiner Tätigkeit dort etwas anfangen. Deshalb war es weniger schwierig als gedacht, die in der Regel dreiwöchigen Aufenthalte in HCMC in der Familie durchzusetzen. Vielleicht hat dazu auch beigetragen, dass er erstmalig mit einem Auftraggeber aushandeln konnte, bestimmte Aufgaben von seinem Büro aus abzuarbeiten.

Schwerer ist die Koordination mit den anderen Projekten. Das Europa-Institut pocht auf Einhaltung der vertraglich vereinbarten Einsätze in Montenegro. Und ausgerechnet jetzt hat das Projekt in Armenien und Georgien wieder Fahrt aufgenommen. Nun soll Aserbaidjan einbezogen werden. Auch für die Planung der Einsätze in Moldau haben sich Herausforderungen ergeben, weil nicht nur Johan, sondern auch Gerhard in vielen Wochen für die geplanten „Sprechstunden" in Soroca ausgefallen war.

Johan setzt weiterhin darauf, dass er beim nächsten Einsatz in Moldau das Geld im DGZ-Fahrzeug in die Ukraine bringen wird. In den eMails, die er mit Aurica wegen der Organisation des Workshops in Czernowitz ausgetauscht hat, hat sie ihm geschrieben, dass Ion empfiehlt, nicht mit der Fähre nach Jampil überzusetzen, sondern über die Landgrenze am Übergang Ocniţa zu fahren. Das sei der direkte Weg, viel kürzer und schneller. Es gäbe dort aus seiner Erfahrung kaum Wartezeit, in fünf bis zehn Minuten sei man mit dem DGZ-Bus durch.

Das klingt doch gut, macht Johan sich Mut.

Wird der Mann wohl in der kommenden Woche auch in Moldau sein? Weiß er, wann ich fliegen werde?

Johan hatte sich beim letzten Einsatz in Montenegro entschieden, Dejan und Miroslav falsche Daten für seine nächste Reise nach Moldau zu nennen, nur zur Sicherheit.

Zu Hause

Es ist zu viel. Es ist alles viel zu viel.

Sie liegen im Garten hinter ihrem Häuschen. Er ist immer noch fast so verwildert wie zu der Zeit, als sie zum ersten Mal auf das Grundstück kamen. Nur in der Mitte haben sie eine Fläche gerodet, mit Gartenschere und Sense gerade genug Platz geschaffen, um einen dieser großen aufblasbaren Pools aufstellen zu können. Weil sie ja nicht in den Urlaub fahren werden. Nicht, solange noch so viel Geld in die Renovierung des Hauses gesteckt werden muss.

Johan sieht sich um. Das Haus ist von innen so weit ausgebaut, dass sie einziehen konnten. An der Außenhülle haben sie noch nichts gemacht. Der alte Putz ist löchrig. Die seitlich ans Haus anschließende Garage müssen sie wegen Baufälligkeit abreißen. Der kleine Anbau, in dem sie den Essbereich eingerichtet haben, ist undicht und muss baldmöglichst abgedichtet, wärmegedämmt und ebenfalls verputzt werden. Rund um das Haus ist an den Außenwänden ein tiefer Graben ausgehoben, um den Keller abzudichten und Drainagen zu legen.

Sie lieben dieses Haus und den Garten. Beides ist perfekt für ihre Familie.

Wie gerne ich hier mehr Zeit verbringen würde. Zeit zu haben, ein paar der dringend notwendigen Arbeiten anzupacken. Und dazwischen einfach in diesem Garten entspannen..., träumt Johan.

„In allen Projekten werde ich gedrängt, die Zahl der Arbeitstage hochzufahren und schnell die nächsten Einsätze vor Ort zu planen. Aber natürlich immer unter der Maßgabe, mehr Zeit in den Projekten vor Ort zu verbringen."

„Aber siehe es doch mal positiv", versucht Henrieke zu beruhigen. „Es ist doch toll, wenn alle mit deiner Arbeit zufrieden sind und dich am liebsten noch viel mehr einbinden würden."

„Ja klar, da bin ich durchaus froh. Ich versuche auch, überall das Beste zu geben."

„Mit Erfolg – du musst dir aktuell um Akquisition keine Gedanken machen."

„Aber die Kehrseite der Medaille ist, dass ich so viel auf dem Tisch habe, dass ich nicht mehr überall mit ganzer Kraft und vollem Einsatz dabei sein kann – und ich habe Angst, dass dadurch die Qualität meiner Arbeit sinkt, dass meine Partner enttäuscht sind und ich dann keine Projekte mehr bekomme."

„Dann musst du halt irgendwo reduzieren…"

„Das sagt sich so leicht. Ich weiß nicht, wo ich absagen kann, ohne dass mir das schadet."

„Dir fällt es ja sogar schwer, nicht zuzusagen", merkt Henrieke durchaus treffend an.

Johan stöhnt. „Die Langzeitprojekte in Montenegro und Moldau werden immer wieder verlängert – wenn ich da nicht mitmache, habe ich das Gefühl, wichtige Auftraggeber zu verprellen und unsere Projektpartner im Stich zu lassen."

„Aber die müssen doch Verständnis dafür haben, dass du nicht unendlich verfügbar bist!"

„Anscheinend nicht. In Moldau bin ich persönlich zu weit involviert, weil ich Initiator des Projekts bin. In

Montenegro habe ich frühzeitig einen ganz langfristigen Vertrag abgeschlossen…"

„Ausgerechnet diesen Vertrag, das ist doch der mit dem geringsten Honorar und dem ständigen Ärger wegen angeblich zu hoher Reisekosten, oder?"

„Genau, das wäre der erste Vertrag, aus dem ich aussteigen würde! Aber auch im Südkaukasusprojekt muss ich viel mehr machen, als ich im Konzept vorgesehen hatte. Echt blöd, dass ich kurz vorher noch den Auftrag in Mazedonien angenommen habe. Und das Indien-Projekt… Gut, dass das zeitlich sehr begrenzt war. Alle anderen Projekte gehen so richtig ab, werden aufgestockt, bekommen Aufmerksamkeit – da komme ich nicht raus."

„Und dann kommt so etwas wie Vietnam…", seufzt Henrieke.

„Ja, da konnte ich einfach nicht ablehnen…. Dieses Projekt ist für mich zu wichtig, um es schleifen zu lassen, da muss ich mich voll reinhängen. Auch dort wollen die vietnamesischen Partner, dass ich viel mehr vor Ort in HCMC bin als ich es geplant und angeboten habe."

Johan schüttelt den Kopf. „Ich könnte jede Woche im Einsatz sein. Und an den Wochenenden muss ich Reisen vor- oder nachbereiten. Ich habe keine Ahnung, wann wir mal wieder eine längere Unternehmung mit den Kindern machen können…"

„Jetzt kommt ja gerade viel Geld rein, da kannst du anschließend etwas zurückschalten", wirft Henrieke nach einer Weile ein. Für ein paar Momente schauen sie beide stumm zu Rosa und Franz hinüber, die zusammen auf einer Decke im Gras liegen, lesen und dabei Eis löffeln.

Der Gedanke gefällt Johan. Dabei denkt er jedoch nicht nur an die ausstehenden Honorarzahlungen, sondern auch an die vielen Banknoten, die in seiner Reisetasche im Hotel in Chişinău darauf warten, von ihm abgeholt zu werden.

Er merkt, dass er in Gedanken schon dabei ist, das Geld einzusetzen, dass Risiken nur noch am Rande vorkommen.

Er wird ins Risiko gehen und den Schatz schnellstmöglich herholen.

Über diese Gedankenspiele fällt er auf seiner Gartenliege in einen tiefen Schlaf.

Camera de depozitare

2007.

Am frühen Montagmorgen macht sich Johan auf den Weg nach Moldau. Er ist angespannt, wie so häufig in letzter Zeit. Das Aufstehen in aller Herrgottsfrühe, die Fahrt zum Jakob-Kaiser-Damm, das Suchen nach einem Parkplatz, das Warten auf den Bus, das Warten beim Einchecken, bei der Sicherheitskontrolle – das alles nervt ungemein. Dazu kommt die Ungewissheit, was ihn dieses Mal in Chişinău erwartet. Ist das Geld noch da?

Im Flugzeug dämmert er vor sich hin, er ist nach den letzten drei Wochen in Vietnam immer noch ziemlich müde. Beim Umstieg in München wird ihm bewusst, dass er sich eigentlich gerade ganz entspannt bewegen kann und nicht befürchten muss, er würde von Sicherheitskräften aus der Menge der Flugreisenden herausgegriffen und festgehalten, weil sein Gepäck verdächtig ist.

Komisch, dass mir das so auffällt. Das ist doch im Grunde genommen der Normalzustand.

Da heute ausnahmsweise der Flug pünktlich war, kann er beim Transit etwas durchatmen, muss nicht rasen und drängeln. Dabei fragt er sich erneut, wann es so gekommen ist, dass er dieses „Normale", die entspannte Routine verloren hat.

Er hat noch Zeit, sich eine Wochenzeitung zu kaufen.

Wahrscheinlich aus alter Gewohnheit, jetzt, wo ich mich erinnere, wie es in früheren Zeiten war.

Da hat er immer Tages- und Wochenzeitungen sowie Magazine aus der Lounge in Tegel mitgenommen. Einen Teil hat er in Ruhe über die Woche in seiner Freizeit gelesen. Den anderen Teil hat er im DGZ-Büro verteilt – die Kollegen freuten sich immer sehr darüber – vor allem vor ein paar Jahren, als es noch nicht so viele Online-Angebote für Nachrichten gab. Heute hat er in der Lounge gar nicht daran gedacht, zu sehr waren seine Gedanken mit der Reise nach Moldau und dem Workshop in der Ukraine beschäftigt. Er hatte sich geärgert, dass er keine Ruhephase nach der Rückkehr aus HCMC einplanen konnte und dass aus den laufenden Projekten soviel Druck kam, die nächsten Einsätze schnellstens zu planen und baldmöglichst vor Ort zu sein. Das bedeutet, dass er auch nach dieser Arbeitswoche keine Ruhe finden wird. Am kommenden Montag würde er wieder um diese Zeit hier durch den Flughafen – oder durch den in Wien oder Frankfurt – laufen.

Es sei denn, ich sichere mir jetzt endgültig das Geld. Dann kann ich die Einsätze so legen, dass sie mir passen, und wenn das den Auftraggebern nicht gefällt, können sie mich gerne austauschen.

Johan ist jetzt entschlossen zu handeln.

Gerade als er sich etwas entspannter in einen der Stühle am Abfluggate setzt, um einen Blick in die Zeitung von heute zu werfen, sieht er, wie gut 30 Meter entfernt ein Mann mitten im Gang zu den Gates zunächst steht, dabei seinen Blick durch die Wartebereiche der zwei Gates zwischen ihm und

Johan wandern lässt, sich dann nach rechts wendet um im Durchgang zum Hauptgang des Terminals mit der Ladenzeile zu verschwinden.

Johan ist vollkommen elektrisiert von diesem Anblick, kann aber, als der Mann aus seinem Blickfeld verschwunden ist, nicht sicher sagen, ob er hier seinen Verfolger erkannt hat. Er hat ihn auf jeden Fall an diesen Typen erinnert, den er bereits in Yerevan, Podgorica und letztens in Chişinău zweifelsfrei erkannt hat. Aber stimmt das wirklich? War das immer ein und derselbe Mann?

Ich meine, das ist schon so ein Allerweltstyp. Je länger er sich die Begegnungen mit dem vermeintlichen Verfolgen vor Augen ruft, umso unsicherer wird er.

Warum sollte er mich auch verfolgen? Wenn er Dejan kennt und einen Bezug zwischen mir und ihm herstellen konnte, dann hätte er ja einfach Dejan fragen können, wo ich zu finden bin.

Dabei geht ihm auf, dass es durchaus sein kann, dass der Mann ihn zwar in Podgorica im Restaurant an der Hercegovačka gesehen hat, aber nicht erkennen konnte, dass ich Dejan kenne. Ich habe ihn ja nicht gegrüßt!

Vielleicht bilde ich mir das alles ja auch nur ein.

Johan entschließt sich, nicht weiter darüber nachzudenken, sondern sich im Flieger in seine Zeitung zu vertiefen. Dennoch beobachtet er den Einstieg genau. Da er diesmal den Flug erst spät und nicht selber buchen konnte, hat er wieder einen Sitzplatz ganz weit hinten bekommen – in der letzten Reihe, direkt vor der Toilette.

In die engste Sitzreihe! schimpft er, während er sich zu seinem Sitz quetscht. Zumindest ist es ein Fensterplatz.

Als er endlich sitzt, ist bereits fast jeder Passagier an seinem Platz und Johan kann nicht sagen, ob der Mann, den er gesehen hat, zugestiegen ist.

Eingekeilt im letzten Winkel der Passagierkabine lässt er den Flug über sich ergehen. Der Ausstieg ist natürlich wieder nur vorne und so kommt er als letzter aus der Maschine.

Draußen auf dem Flugfeld muss er zusammen mit einem kleinen Rest der Flugzeuginsassen auf den Bus warten, der sie zum Ankunftsgebäude fährt. Als sie dort aussteigen, steht nur noch eine überschaubare Gruppe vor den Schaltern mit der Passkontrolle. Sein mutmaßlicher Verfolger ist nicht darunter.

Heute sind mal drei Schalter besetzt, stellt Johan überrascht fest. Ausgerechnet… jetzt ist der Mann, wenn er denn mitgekommen ist, wahrscheinlich schon durch. Wenn er kein Gepäck aufgegeben hat, werde ich ihn auch nicht am Gepäckband aufspüren können.

Er sieht ihn tatsächlich weder bei der Gepäckausgabe noch vor dem Flughafen. Sein Smartphone mit der moldauischen SIM-Karte klingelt. Es ist Aurica. Sie teilt ihm mit, das Ion krank ist und Johan daher mit dem Taxi zum DGZ-Büro fahren soll.

„Und wie komme ich später nach Soroca? Ich meine, wie kommen wir nach Czernowitz?"

„Du bekommst einen DGZ-Wagen und sollst selber fahren."

Eigentlich liebt Johan das. Seit den Tagen in Afrika, als er mit dem Land Rover monatelang durch Kenia fahren konnte, kommt die Erinnerung an diese traumhaften Tage zurück, sobald er einen großen Four-Wheel-Drive durch weite Landschaft und über schlechte Straßen fährt. Aber heute ist ihm das nicht so recht. Er geht schon während des Telefonats zum Taxistand, wartet dort, da alle Taxis bereits belegt sind.

Hier stehe ich nun wie auf dem Präsentierteller für den Verfolger, denkt er sich ärgerlich, auf einmal überzeugt davon, dass er beobachtet wird. Zu Aurica sagt er in bemüht unbekümmerten Ton: „Okay, das ist ja kein Problem. Da haben wir einen Platz mehr im Auto – ich denke, es gibt in Soroca eine Menge Leute, die gerne mit nach Czernowitz fahren würden!"

„Das stimmt. Also, sieh zu, dass du nicht zu spät hier ankommst."

„Klar, aber das hängt auch davon ab, mit wem ich im DGZ-Büro noch sprechen muss und wann ich den Wagen kriege. Ich melde mich, wenn ich dir eine ungefähre Zeit nennen kann."

Und ich muss noch im Hotel vorbei, meine Reisetasche abholen... – das sagt er natürlich nicht laut.

Im DGZ-Büro wartet man bereits mit einer schlechten Nachricht auf ihn: Der VW-Bus wird heute in einem anderen Projekt benötigt. Zwar wäre einer der VW-Passats frei, doch der biete nicht so viele Plätze und Johan könnte nicht einmal diejenigen mitnehmen, die bereits eine Zusage für die Mitfahrgelegenheit nach Czernowitz erhalten haben. Ob es nicht ausreiche, erst morgen zu fahren?

Johan überlegt nur kurz. Eigentlich passt ihm das ganz gut. So kann er heute hier in Chişinău in seinem Hotel übernachten.

„Kann ich denn morgen recht früh von hier losfahren? Wir wollten uns gegen Mittag in Soroca mit allen Mitfahrern treffen."

„Leider kommt der Wagen erst um neun Uhr wieder hier auf den Hof. Danach machen wir noch einen Check und ich denke, du kannst dann so um zehn los."

Auf dem Weg zum Hotel ist Johan gespannt wie ein Flitzebogen. Als er an der Rezeption steht, versucht er, hinter der angelehnten Tür zum Abstellraum seine Reisetasche im Regal an der hinteren Wand zu erkennen. Das klappt nicht, aber nur Minuten später stößt die Rezeptionistin diese Tür vollständig auf und lädt Johan mit einer eleganten Handbewegung ein, sein Gepäck herauszuholen. Lächelnd betritt Johan den kleinen Raum und greift die Tasche. Auf den ersten Blick kann er keine Anzeichen dafür finden, dass die geöffnet wurde.

Oben im Zimmer stellt Johan die Tasche auf dasjenige der zwei Betten, in dem er nicht schlafen wird. Er bevorzugt immer einen Schlafplatz am Fenster, solange man von dort die Zimmertür im Blick hat.

Eilig nimmt er seine Klamotten heraus und legt sie neben die Tasche auf das Bett. Für eine Nacht räumt er sie nicht in den Schrank. Dann kann er den Einlegeboden greifen und neben das Bett stellen. Nun sieht er die vier Kopierpapierpackungen nebeneinander, wie sie fast den gesamten Boden der Reisetasche ausfüllen. Er nimmt die rechte Packung heraus und legt sie mit der Unterseite nach oben auf den Schreibtisch. Jetzt kann er das leicht wächserne Verpackungspapier, das um den Papierstapel gefaltet ist, öffnen. Vor ihm scheint ein Stapel von 500 Blatt Kopierpapier zu liegen. Man erkennt, dass die einzelnen Blätter nicht gänzlich sauber gestapelt sind, nicht alle Blätter sind bündig und sowohl an den kurzen wie auch an den langen Seiten des Stapels sind die Kanten nicht so glatt und eben, wie man es kennt, wenn man einen neuen Satz Kopierpapier aus der Verpackung nimmt.

Johan geht mit den Zeigefingern an den beiden Längskanten von oben nach unten und versucht, ungefähr 30 Blatt abzuschätzen. Dann hebt er diesen Teil des Stapels an, so dass er sehen kann, was sich darunter befindet. Ein kurzer Check ergibt, dass das Geld – wahrscheinlich vollständig – noch da ist.

Johan spürt, dass die physische Beschäftigung mit dem Geld, das Wiegen der Geldbündel in der Hand, das Stapeln und Verpacken der Banknoten, ihn deutlich mehr in den Bann zieht, als die abstrakten Überlegungen der vergangenen Wochen, in denen sein Schatz eher ein Synonym für etwas Unkonkretes war.

Jetzt aber kommt ihm in den Sinn, dass er sich ein paar der Scheine nehmen und sich teure Dinge kaufen könnte. Wahrscheinlich würde er in Chişinău kaum einen Laden finden, in dem er das Gefühl hätte, ohne Probleme mit einem 200-Euro-Banknote zu bezahlen.

Vielleicht kann ich mir bei einem Juwelier eine teure Uhr kaufen? Oder im Elektronik-Markt einen Laptop der Oberklasse.

Er könnte sagen, er brauche ihn, weil sein mitgebrachter Computer kaputtgegangen sei.

Das wird jetzt schon wirklich konkreter, stellt Johan fest.

Und das Verhältnis zu dem Geld wird inniger. Er traut sich nicht, es alleine im Zimmer zu lassen und unten im Restaurant essen zu gehen.

So lässt er sich ein Sandwich aufs Zimmer bringen und bleibt den ganzen Abend im Bett.

Beim Einschlafen hofft er auf schöne, süße Träume, die sich darum drehen, wofür er das Geld nun ausgeben wird. Er hat das Gefühl, hier in Moldau, anders als in Armenien und Montenegro, ohne großes Risiko mit den Scheinen shoppen gehen zu können. Vielleicht findet er eine Bank – noch besser wäre ein Geldautomat – wo er eine der 200er-Noten in kleinere Scheine wechseln lassen könnte.

Tatsächlich aber kreisen seine Gedanken um den morgigen Transport des Geldes zunächst ins DGZ-Büro, dann nach Soroca und anschließend über die Grenze in die Ukraine.

Das wird spannend!

Ocniţa

2007.

Am Folgetag macht er sich nach dem Frühstück auf den Weg zur DGZ. Er hat nun seine Reisetasche samt Inhalt dabei und ist daher etwas angespannt. Schon im Frühstücksraum des Hotels breitete sich eine innere Unruhe in ihm aus, als er in Gedanken die Abläufe des heutigen und der kommenden Tage durchging – und auch, weil ihm die Vorstellung daran, dass sein Schatz alleine im Hotelzimmer liegt, während er unten im Speisesaal frühstückt, nicht behagte. Aus diesem Gefühlsmix heraus hat er entschieden, das Geld ab jetzt in der Tasche immer mit sich zu führen. Wenn sie in Czernowitz sind, wird er sich einen Vorwand einfallen lassen, um Aurica gegenüber zu erklären, er müsse dringend zurück nach Berlin. Sie soll dann den DGZ-Bus über Soroca zurück nach Chişinău bringen. Er selber will mit Ukraine International Airlines von Czernowitz nach Kyjiw fliegen. Er hat herausgefunden, dass es fast täglich einen Flug zum Flughafen Boryspil gibt. In Kyjiw will er bleiben, bis er sich über die sicherste Art der Weiterreise nach Berlin klar geworden ist.

Wahrscheinlich wird es wohl ein Direktflug, überlegt er.

Kurz darauf steht er auch schon auf dem Hof der DGZ.

„Der Wagen steckt noch im Stau, wird aber gleich hier sein", teilt man ihm mit. Es dauert auch nicht lange, bis er den VW-Bus mit dem Logo der DGZ samt deutscher Flagge einfahren sieht. Während ein technischer Check gemacht und das Fahrzeug aufgetankt wird, nimmt Johan sich die Papiere, kontrolliert gemeinsam mit dem Vertreter von Ion, ob auch alle Dokumente für die Polizeikontrollen auf der Strecke in den Norden und vor allem für den Grenzübertritt vollständig sind.

„Damit sollte es keine Probleme geben. Wenn doch Fragen aufkommen, bitte sofort bei uns unter dieser Nummer anrufen", Ions Vertreter unterstreicht eine Telefonnummer auf dem obersten Blatt des ziemlich dicken Papierstapels, den er danach Johan in die Hand drückt. „Und bei den Check Points der Polizei kein Geld zahlen, egal, was die Polizisten auch sagen. Immer sofort bei uns anrufen", schärft er ihm nochmal ein.

„Ja, ich weiß, ich bin ja die Strecke schon öfters gefahren und habe noch nie gezahlt."

„Ah, sehr gut. Na dann: Gute Fahrt!"

„Danke! Und bis Ende der Woche!" Johan ruft den letzten Satz betont laut und deutlich.

Zunächst quält er sich durch die chronisch verstopften Straßen der Innenstadt von Chişinău, aber schon bald ist er auf der Ausfallstraße Richtung Norden und erreicht nach gut einer dreiviertel Stunde den riesigen Kreisverkehr bei Stăuceni, von wo es nur noch über einsame Landstraßen mit rapide abnehmendem Verkehr immer Richtung Norden geht. An zwei, drei Punkten muss er noch aufpassen, um auf der richtigen Straße zu bleiben, aber ansonsten geht es nur noch geradeaus. Man könnte einfach durchrauschen – wenn es die Straßenverhältnisse zulassen würden. Aber die zahlreichen und in der Regel sehr tiefen Schlaglöcher zwingen zu hoher Aufmerksamkeit und zu häufigem Bremsen.

Und die Polizeikontrollen bremsen einen ebenfalls aus. Sie sind im ganzen Land obligatorisch, oft gibt es gleich mehrere davon auf der Strecke von Chişinău nach Soroca. Manchmal winken die Polizisten direkt zum Weiterfahren, wenn sie das DGZ-Logo mit den deutschen und moldauischen Nationalflaggen am Fahrzeug erkennen, aber spätestens, wenn der Fahrer die offiziellen Dokumente durchs Fenster reicht, dürfen sie unbehelligt weiterfahren. So ist das jetzt auch bei Johan.

Andere müssen wahrscheinlich in die Tasche greifen, ist sich Johan sicher, das hat ihm Ion auf einer der gemeinsamen Fahrten eindringlich geschildert.

Wenn die wüssten, was sie heute bei einer Durchsuchung bei mir finden würden...

Bei Floreşti liegt einer der Punkte, an denen er aufmerksam sein muss, um weiter in Richtung Soroca zu fahren. An einer unscheinbaren Gabelung geht es rechts ab. Ob man richtig gefahren ist, erkennt man erst, wenn nach ein paar Kilometern linker Hand das Dörfchen Stoicani auftaucht. Man muss genau hinsehen, es ist hinter den vielen nicht sehr hohen Hügeln kaum zu erkennen.

An der Abbiegung geht er etwas vom Gas, um kurz hinter dem dortigen Buswartehäuschen wieder schneller zu werden.

Es fühlt sich doch fast so an wie damals in Afrika, träumt Johan. Allein im Land Rover über die Staubpisten, durch einsame Landschaften.

Eigentlich ähnlich und doch so anders. Er denkt an Mit-Stipendiaten, die danach „in der Spur" geblieben und heute auf Posten in Afrika sind.

Eigentlich bin ich doch ganz dicht dran an dem Lebensentwurf von damals. Und jetzt im Moment fühlt es sich doch auch gut an.

Der Gedanke an das Geld in seiner Reisetasche hinten im Wagen beruhigt ihn. Überrascht stellt er fest, dass er zum ersten Mal in einer Art und Weise über seinen unverhofften Reichtum nachdenkt, bei der nicht Unsicherheit und Angst, sondern positive Gefühle dominieren: die Aussicht auf ungeahnte Möglichkeiten, auf Sorglosigkeit, Entschleunigung. Und diese Gefühle haben sich ganz sich selbstverständlich ergeben und kommen ihm nun vor wie ein Aspekt unter vielen in seinem Leben.

Ich mache diesen Job hier noch und dann warte ich entspannt, bis es endlich mit Afrika klappt. Und dann konzentriere ich mich nur auf ein einziges Projekt. Wenn das finanziell nicht reichen sollte – was zu erwarten ist, denn aktuell kommt er mit drei bis fünf parallel laufenden Projekten gerade so über die Runden – spielt das gar keine große Rolle!

Er überlegt, wie er die Scheine über die Zeit wohl dosiert in kleinen Mengen in seinen ganz eigenen, privaten Finanzhaushalt einschleust. Für Henrieke – und noch mehr für alle anderen Personen – wird er es so konstruieren, dass ein höheres Honorar und größere Anteile an Tagen, die er in Deutschland abrechnen kann, dazu führen, dass das Geld aus dem Projekt ausreicht.

Der VW-Bus rumpelt über die Piste, Johan sieht die von der Sonne beschienenen gelblich braunen Hügel, das herrliche Hellblau des Himmels, eine menschenleere Landschaft, in der auch die wenigen Dörfer, durch die er fährt, unbewohnt wirken. Die Konzentration auf die Fahrbahn hat etwas Meditatives, das andauernde Bemühen, Schlaglöcher möglichst früh zu erkennen und den Verlauf der Straße hinten Hügelkuppen und nach scharfen Kurven zu antizipieren, nehmen unbemerkt so viel von seiner Aufmerksamkeit, dass er kaum andere Gedanken zulassen und weiterverfolgen kann.

Heute Abend… Er freut sich auf die Fahrt nach Czernowitz. Er ist vor Jahren schon einmal dort gewesen, für einen einmaligen Auftritt bei einer Konferenz, in der es um eine verstärkte grenzüberschreitende Zusammenarbeit im zusammenwachsenden Europa ging. Das war eine interessante Aufgabe gewesen. Zusammen mit anderen Konferenzteilnehmern wurde er in einer Autokolonne von Lwiw aus nach Czernowitz gefahren und er erinnert sich, wie begeistert er von der Weitläufigkeit, der Großzügigkeit und Maßlosigkeit der Landschaft war. Die riesigen breiten Flüsse!

Irgendwann komme ich zum Angeln her, hatte er sich schon gesagt, als er im Landeanflug auf Kyjiw die gigantischen Flusssysteme des Dnepr inmitten des Grüns und Gelb gesehen hatte. Als er durch diese Landschaft fuhr, war ihm sofort klar, wieso die Flagge der Ukraine blau und gelb sein muss. Vor dem Rückflug hatte er sich auf einem Markt irgendwo am Rande des Zentrums der Stadt eine Angelausrüstung gekauft.

Aus dem Nichts erscheint plötzlich eine Person auf der Straße. Mitten auf der Fahrbahn.

Johan steigt voll in die Bremsen, drückt sich vom Lenkrad ab, mit durchgestreckten Armen presst er sich in den

Sitz, während das rechte Bein, ebenfalls voll durchgedrückt, den Fuß auf das Bremspedal stemmt. Keine Zeit für eine gekonnte Vollbremsung, Johan kann in dieser Situation nicht auf sein Wissen zurückgreifen, um den Wagen durch kontrolliertes Intervallbremsen in der Spur zu halten. Sein Gehirn hat im Bruchteil einer Sekunde etwas wahrgenommen, was ihn so paralysiert hat, dass sein Standardprogramm für kontrollierte Bremsungen unterbrochen wurde.

So eine Bremsung wäre auf diesem welligen Sanduntergrund ohnehin schwierig gewesen. Der Bus fängt an zu schlingern und zu schwimmen. Johan hat zum Glück ausreichend Erfahrungen mit solchen Situationen sammeln können, damals in Afrika, dass er nicht panisch gegensteuert. Er bekommt den Wagen auf der Fahrbahn zu stehen – und schlittert nicht in den seitlich verlaufenden Graben.

Der Motor ist abgewürgt. Es ist auf einmal totenstill um ihn herum. Johan starrt durch die Windschutzscheibe und sieht, wie der aufgewirbelte Staub langsam zurück auf die Straße sinkt. Als er sicher ist, dass da niemand vor ihm auf der Straße steht oder liegt, will er seinen Kopf über die rechte Schulter nach hinten drehen, um nachzusehen, ob durch die Heckscheibe etwas zu erkennen ist. Im Ansatz dieser Bewegung meint er, etwas im Außenspiegel an der Fahrerseite zu bemerken und stockt. Kurz, sehr kurz denkt er an eine optische Täuschung, dann erkennt er, dass dort im Rückspiegel das Spiegelbild einer Person erscheint.

Grenzübergang

2007.

Und die Person ist bereits dicht am Fahrzeug. Mit wenigen schnellen Schritten steht sie auf Höhe des Fahrersitzes. Johan ist unfähig, sich zu bewegen. Die Fahrertür wird aufgerissen.

Johan spürt etwas Kaltes an seiner linken Schläfe und irgendwie ist ihm klar (auch ohne, dass er viele Krimis oder jemals einen Tatort gesehen hätte), dass es sich dabei um den Lauf einer Pistole handeln muss. Er wagt nicht, den Kopf zu drehen. Ohnehin ist ihm bewusst, wer ihn da so unsanft gestoppt hat und ihn nun mit einer Waffe bedroht. Sein Gehirn hat ihm noch während des parallel ablaufenden Bremsvorgangs gemeldet, dass er die Person auf der Fahrbahn bereits einmal gesehen hat. Oder mehrmals? In Yerevan, in Podgorica, im Flugzeug? War das immer ein und dieselbe Person gewesen? Oder jedes Mal ein anderer Mann mit den gleichen, jedes für sich genommen sehr verbreiteten Merkmalen? Alle Erkenntnisse zu diesem Mann klicken blitzartig in seinem Bewusstsein auf – und gleichzeitig auch seine Zweifel daran.

Er dreht langsam den Kopf. Da keine Reaktion von dem Mann mit der Pistole erfolgt, dreht er ihn so weit, dass der ihm ins Gesicht sehen kann. Den Lauf der Waffe spürt Johan nun mitten auf seiner Stirn. Er erkennt den Verfolger. Aber hat er ihn wirklich mehrfach gesehen, oder nur einmal? Und wo war das?

„Hände hoch". Zwei Worte in einem Englisch, das so nur von einem Menschen gesprochen wird, der die Sprache nie richtig gelernt hat und sie nicht wirklich beherrscht.

Was für ein Klischee, denkt Johan und wundert sich im selben Moment über diesen Gedanken, während er mit den Händen über dem Kopf beobachtet, die der Mann vorn am Auto entlang zur Beifahrerseite läuft, ihn nicht aus den Augen lassend. Immer den Lauf der Pistole auf Johans Kopf gerichtet.

Der ist so perplex, dass ihm gar kein Gedanke zur Flucht oder Verteidigung kommt. Stattdessen wundert er sich über seine Ruhe. Irgendwie hatte er dieses Szenario immer im Hinterkopf, wusste, dass es so laufen könnte. Aber er hat es nie so ernst genommen, dass er sich eine Strategie für diesen Fall zurechtgelegt hätte.

Neben der Ruhe spürt er eine überraschende Neugier. Tatsächlich, ich bin neugierig – wie auf die Auflösung eines Rätsels, an dem er sich lange die Zähne ausgebissen hat.

Der Mann steigt auf den Beifahrersitz, die Pistole ist jetzt wieder so nah an Johans Kopf, dass er den Lauf spüren würde, wenn er den Kopf leicht nach rechts neigen würde. Also bewegt er ihn unweigerlich etwas nach links, aber die Pistole folgt der Bewegung und bleibt in einem ähnlichen Abstand zu ihm.

Diese Ruhe! Er wundert sich immer mehr. Ihm kommen Fragen in den Sinn, die er seinem Verfolger stellen müsste. Aber er ist unschlüssig, ob er überhaupt etwas sagen soll.

Soll doch der Typ reden. Zumindest er sollte ja einen Plan haben.

„Das Geld", sagt der Mann.

Johan dreht vorsichtig den Kopf zu ihm und sieht ihn an. Sagt erstmal nichts.

Erst mal schauen, was da noch kommt.

Und versucht, seinen Verfolger und jetzt Straßenräuber so anzusehen, dass er nicht verrät, ob er weiß oder ahnt, um welches Geld es sich handelt.

Johan senkt ganz langsam die linke Hand und signalisiert, dass er beabsichtigt, diese zu seiner linken Hosentasche zu führen.

„Nicht das Portemonnaie. Die Tasche."

Okay, er weiß, was er will. Auch keine große Überraschung. Aber wie …

„Die Reisetasche mit dem Geld, das du in Armenien gestohlen hast."

„Gefunden", korrigiert Johan. Sein erstes an den Räuber gerichtete Wort. Leider erzielt er damit nicht die erwünschte Wirkung. Der Bandit hat offensichtlich nicht die Absicht, sich auf eine Diskussion einzulassen. Ohne eine Miene zu verziehen, schiebt er die Pistole ein Stück weiter vor, so dass sie Johans Schläfe wieder berührt.

Mit einem Kopfnicken deutet Johan in den hinteren Teil des VW-Busses. Die Tasche steht hinter dem Beifahrersitz auf dem Boden, vor der ersten der zwei Sitzreihen.

Der Mann könnte die Tasche also vom Beifahrersitz greifen und nach vorn zu sich ziehen. Dazu müsste er sich aber nach hinten drehen und tief hinab beugen. Johan überlegt bereits, ob er aus dieser für den Räuber unvorteilhaften Position etwas machen könnte. Da wechselt der Mann die Hand, mit der er die Pistole vor Johans Kopf hält. Er hält sie nun in der linken Hand, mit rechts öffnet er die Beifahrertür und steigt langsam aus dem Auto, ohne Johan aus den Augen zu lassen.

Ein Schritt zurück, Pistole wieder rechts.

Mit linker Hand öffnet er die Schiebetür zum Passagierbereich des Busses, greift die Tasche, stellt sie vor der Beifahrertür ab, schließt die Schiebetür, nimmt die Tasche und schiebt sie in den Fußraum vor dem Beifahrersitz und setzt sich anschließend wieder neben Johan.

Johans Gedanken bewegen sich weg von der Tasche. Er beobachtet das Manöver des Räubers und nimmt die Präzision wahr, mit der er die Handwaffe geschmeidig von einer Hand in die andere wandern lässt, ohne dabei das Ziel – also ihn – auch nur kurz aus dem Visier zu lassen. Zu seiner Überraschung bleibt er weiterhin erstaunlich ruhig und muss feststellen, dass sich in seinem Kopf scheinbar selbständig Überlegungen dazu formen, wie er sich aus dieser Situation befreien könnte.

Er traut sich durch seine Kung Fu-, Karate- und Selbstverteidigungstrainings Einiges zu, aber über allem steht die Warnung, dass man gegen eine Schusswaffe nichts ausrichten kann. Ein Kampf ist immer nur die allerletzte Option.

Aber wie sieht es mit Fluchtmöglichkeiten aus?

Hier eher düster, stellt Johan schnell fest. Das flache Gelände links und rechts der auf diesem Abschnitt fast schnurgerade verlaufenden Straße bietet keinerlei Deckung.

Vielleicht ergibt sich ja noch eine Fluchtgelegenheit, an einem anderen Ort, macht sich Johan Mut. Das hängt davon ab, was der Kerl jetzt vorhat. Er hat das Geld. Ist es damit zu Ende? Wird er einfach verschwinden?

Langsam beginnt sein Gehirn wieder zu funktionieren, Antworten auf Fragen zu finden. Es arbeitet auf Hochtouren, als Johan auf Befehl des Mannes den Wagen anlässt und losfährt.

Er weiß, dass ich ihn gesehen habe und wiedererkennen könnte. Aber er könnte davon ausgehen, dass ich nicht zur Polizei gehe, da das Geld ja aus deren Perspektive gar nicht mir gehört. Ich kann also eigentlich nichts gegen diesen Dieb unternehmen. Eine Hoffnung keimt in Johan auf.

„Woher weißt du, dass ich das Geld habe? Hatte…", korrigiert sich Johan sofort. Er spricht den Mann in Slowenisch an, in der Absicht, dadurch eine Art Beziehung zu ihm aufbauen zu können – so etwas, wie ein Gefühl von Komplizenschaft.

Der Gangster und der Dieb, schießt es Johan durch den Kopf. Ein nicht unbekanntes Motiv. Allerdings geht das für den Dieb meist nicht gut aus. Und Johan weiß ja immer noch nicht, mit wem er es hier zu tun hat.

Ist das ein Einzeltäter oder steht eine Organisation hinter ihm?

Wenn er ihn in ein Gespräch verwickeln kann, kann er es vielleicht herausfinden.

„Wanze."

„Was?"

„Da ist ein Peilsender in einem der Geldbündel."

Johan ist perplex. „Du wusstest die ganze Zeit, wo das Geld ist?"

„Ja."

„Wieso hast du mich dann verfolgt?"

„Ich habe dich gar nicht verfolgt. Ich habe eine gute Gelegenheit gesucht, mir das Geld wiederzuholen."

„Und jetzt ist eine gute Gelegenheit…", Johan formuliert das nicht als Frage. Der Mann nickt stumm.

„Nimmst du das Geld jetzt einfach mit in den Flieger?"

„Nein, du fährst mich rüber in die Ukraine."

„In die Ukraine?"

„Ja. Du hast die notwendigen Papiere mit. Wir nehmen den Grenzübergang bei Ocniṭa."

„Und dann?"

„Das wirst du schon sehen. Fahr weiter. Ich sage dir den Weg an."

Sie fahren stumm weiter. Nach gut einer Viertelstunde fällt Johan beim Blick in den Rückspiegel auf, dass gut 100 Meter hinter ihnen ein Wagen fährt. Mehrere Blicke später stellt er fest, dass der schwarze geländegängige Pickup offensichtlich in gleicher Geschwindigkeit fährt wie

Johan mit dem VW-Bus. Der könnte doch sicher auf dieser Piste schneller als ich sein. Wieso überholt der nicht?

Ob die Leute in dem Auto etwas von diesem Überfall mitbekommen haben? Er kommt zu dem Ergebnis, dass das eher unwahrscheinlich ist. Während der Bus mitten auf der Fahrbahn stand und der Mann eingestiegen ist, hat er kein Fahrzeug hinter sich bemerkt.

Aber ich war auch abgelenkt...

Johans Gedanken sind schnell wieder bei dem Mann neben ihm, der noch immer seine Pistole auf seinen Kopf gerichtet hält. Die Strecke nach Ocniţa kennt er, dennoch fragt er den Mann, als sie westlich von Soroca an eine Kreuzung gelangen: „Hier jetzt links?"

Der Mann nickt. „Wir nehmen die Strecke über Drochia."

„Alles klar."

Johan ist unsicher, ob er den Mann in ein Gespräch verwickeln soll. Er versucht es.

„Ich hatte auch vor, das Geld in die Ukraine zu bringen."

„Und dann?"

„Tja, weiter bin ich mit meinen Überlegungen nicht gekommen. Ich kenne mich da ja nicht so aus...."

„Musst dir keine Gedanken mehr darüber machen."

„Nein, wohl nicht."

Auf der überwiegend ohne große Kurven verlaufenden Straße sieht Johan immer noch den Wagen, der nach dem Abzweig Richtung Drochia aus seinem Blick geraten war. Er fährt etwas langsamer, gerade so, dass es der Mann mit der Waffe neben ihm nicht bemerkt oder sich zumindest nicht darüber wundert. Der schwarze Pick-up kommt etwas näher, hält dann aber die Distanz.

Kurz vor Drochia biegt Johan rechts ab, Richtung Donduseni, ohne den Mann zu fragen. Hier ist Ocnița auch ausgeschildert. Johan schaut im Rückspiegel, ob der schwarze Four-Wheel-Drive auch hier abbiegt, aber er kann ihn nicht sehen. Auch auf der Straße nach Donduseni und später nach Ocnița taucht er nicht mehr auf.

Er wird nervös, aber ihm fällt nichts ein, womit er ein unverfänglich klingendes Gespräch in Gang bekommen könnte. Er hat so viele Fragen, die er aber allesamt nicht direkt stellen kann. Schließlich erreichen sie nach etwas weniger als zwei Stunden Ocnița.

„Zum Grenzübergang", befiehlt der Mann.

Dazu müssen sie das Grenzstädtchen von Süden nach Norden durchqueren. Es ist nun Nachmittag, am Grenzübergang für PKW stehen zwar nur wenige Autos vor ihnen in der Schlange, dennoch zieht sich die Abfertigung hin. Johan sieht, dass stichprobenartig einige Wagen und deren Insassen eingehender durchsucht werden. Er schaut zum Mann neben sich, der scheint gelassen. Seine Pistole hat er in der Jacke versteckt.

Könnte ich bei der Grenzkontrolle Zuflucht bei den Grenzern suchen und den Dieb auffliegen lassen?

Wenn er das täte, hätte er die Organisation, die hinter ihm steht, gegen sich. Und das sind sicher keine staatlichen

Behörden, soviel steht fest. Denn dann hätte der Mann ihn verhaftet und würde nicht versuchen, mit dem Geld in die Ukraine zu kommen.

Als ein Grenzbeamter zu ihnen an den Wagen kommt, grüßt Johan freundlich und reicht die Dokumente so herüber, wie Ion es ihm erklärt hat. Dazu noch seinen Reisepass. Der Mann neben ihm greift mit links in die rechte Brusttasche seiner Jacke und zieht ebenfalls einen Reisepass heraus. Johan staunt nicht schlecht, als er erkennt, dass es sich um einen montenegrinischen Diplomatenpass handelt. Fast wäre ihm ein „Ist der echt?" herausgerutscht.

Erwartungsgemäß läuft die Abfertigung von nun an reibungslos. Auf die Fragen des Grenzbeamten, der mit den Dokumenten und Pässen aus dem Zollgebäude zum Auto zurückkommt, antwortet Johan, dass sie zu einer Veranstaltung wollen, auf der es um grenzüberschreitende Zusammenarbeit geht und an der viele internationale Experten teilnehmen. Diese würde von der DGZ in Czernowitz durchgeführt.

Der Grenzer nickt, grüßt mit einer unvollständig wirkenden Handbewegung zum Schirm an seiner Mütze, und winkt sie mit einer ausladenden Bewegung durch.
Bei den ukrainischen Grenzbeamten läuft es ähnlich.

Und dann sind sie mitsamt Schatz in der Ukraine.

Sokyrjany

2007.

Schon kurz nach der Grenze fahren sie durch das erste Städtchen auf ukrainischem Gebiet. Offensichtlich ortskundig lotst ihn der Mann mit der Waffe durch Sokyrjany. Johan hat zwar keinerlei Orientierung, bemerkt aber anhand der Straßenschilder und Wegweiser, dass sie sich nicht auf der direkten Route nach Czernowitz befinden.

Johan ist mit der Einschätzung seiner aktuellen Situation noch nicht weitergekommen. Er hat kein Gefühl dafür, was jetzt passieren wird. Ist der Mann zufrieden damit, das Geld wiederzuhaben? Und was ist, wenn er merkt, dass etwas von dem Geld fehlt? Bislang hat er nicht einmal die Pakete in der Tasche kontrolliert.

„Ich muss heute noch nach Soroca, ich werde dort erwartet. Wenn ich mich nicht bei meiner Assistentin melde, wird sie sicher versuchen, mich anzurufen. Was soll ich ihr sagen?"

Johan hofft, durch die Antwort auf das, was jetzt mit ihm geplant ist, schließen zu können.

„Du kannst sagen, dass du unterwegs bist und etwas später kommst."

„Hm, wenn ich jetzt nicht langsam umdrehe, komme ich sehr viel später als angekündigt."

„Dann fahr dort hinter dem Hügel vor uns rechts ran."

Johan ist verblüfft. Geht der Typ wirklich auf meine Sorgen ein?

Als sich der Wagen auf dem höchsten Punkt des flachen Hügels befindet, geht Johan vom Gas. Die Straße verläuft schnurgerade nach Westen, er muss gegen die mittlerweile schon recht tief stehende Sonne anblinzeln. Es gibt keine Standspur oder auch nur einen Randstreifen neben der schmalen Fahrbahn, das Bankett ist bröselig und so fährt er ganz vorsichtig rechts in die Böschung.

„Hier. Ich steige hier aus."

Die Straße ist wenig befahren. Die Landschaft liegt im golden und ockerfarben reflektiertem Nachmittagslicht dieses Spätsommertags. Wie die Farben eines 200-Euro-Scheins, kommt es Johan in den Sinn. Die Luft verströmt einen Geruch nach Heu. Es ist immer noch warm. Am Horizont vor ihnen sind Waldränder zu erkennen, zu beiden Seiten erstreckt sich flaches Land, aus dem vereinzelte Hügel herausragen. Es ist ruhig, kaum ein Geräusch ist zu hören.

Auch Johan ist immer noch merkwürdig ruhig. Die Szenerie erinnert ihn an die Stopps, die sie in Kenia auf ihren Touren an besonders eindrucksvollen Orten machten. Oder, wenn das Licht stimmungsvolle Atmosphären schuf. Oder einfach nur, um die ganz normale, alltägliche Aussicht in die grandiose Landschaft, in der sie für eine Zeit lang leben durften, bewusst aufzunehmen.

Er fühlt sich zurückversetzt in die Zeit, als er sorgenfrei und unvoreingenommen unterwegs war, Erfahrungen sammelte und alles, was ihm auf seinen Wegen passierte, mit großer Neugier wahrnahm. Das Licht, die Landschaft, die Ruhe – all das löst ein beruhigendes Gefühl in ihm aus, das stark mit dem Gefühl kontrastiert, das er angesichts seiner Situation eigentlich erwarten würde.

Gerade will er ansetzen um sich seine aktuelle Lage einmal nüchtern, sozusagen mit dem Blick von außen, vor Augen zu führen, da öffnet der Mann neben ihm die Beifahrertür und steigt aus.

Johan beobachtet, wie der Mann sich umdreht, sich zurück in den Innenraum des Busses und über den Beifahrersitz beugt. Langsam zieht er die Reisetasche zu sich. Er bemüht sich jetzt nicht mehr, die Pistole ständig auf Johan gerichtet zu halten. Auch schaut er ihn nicht mehr unentwegt an, sondern widmet sich nun dem Inhalt der Tasche. Stück für Stück wirft er Johans Kleidung und sonstiges Reisegepäck auf die Straße und auf den Grasstreifen, auf dem sie stehen, bis er die Pakete mit dem Geld sehen kann. In aller Ruhe betrachtet er sie, greift sich eines der Pakete, die Johan geöffnet und aus denen er ein paar Scheine entnommen hat.

„Wieviel?"

„Keine Ahnung, ich habe es nie gezählt."

„Wieviel fehlt?"

„Nicht viel. Ich wusste nicht, wie ich es ausgeben kann. Ob es markiert ist. Ob es Falschgeld ist…"

Johan beschwichtigt, obwohl der Mann keineswegs droht. Im Gegenteil, er belässt es bei der Erklärung, wiegt alle Pakete einmal in seiner rechten Hand – in der linken hält er die Pistole – und verstaut sie dann sorgfältig wieder in der Tasche.

Johan redet weiter: „Ich bin ja nur durch einen Zufall an das Geld gekommen. Weil mein Gepäck nicht mitgekommen ist. Weil ich Klamotten für die wichtigen Termine in Yerevan brauchte…"

Er steht hier mit einem bewaffneten Mann in einer menschenleeren Gegend im ukrainischen Grenzgebiet, und dieser Mann hat durchaus Grund, ziemlich sauer auf ihn zu sein. Und vielleicht muss er ihn auch als potenziellen Zeugen beseitigen, wer weiß das schon?

„Raus aus dem Auto!"

Damit hatte Johan bereits gerechnet. Er löst den Sicherheitsgurt, öffnet die Fahrertür und schwingt sich vom Sitz auf die Straße. Dort steht er in gut einem Meter Entfernung vom Mann, der die Waffe jetzt auf Johans Brust gerichtet hat.

Die Pistole befindet sich in einer guten Schlag- oder Kick-Distanz, geht es Johan durch den Kopf und er spielt tatsächlich Bewegungsabläufe durch, bei denen er mit einem Kick aus der Drehung oder mit einer Blockbewegung seines linken Arms die Waffe von seinem Körper wegbekommen könnte. Dann einen schnellen Schritt nach vorne, direkt auf den Mann zu, und dann…

Ja, und dann weiß er auch nicht mehr weiter und die Warnung, dass man gegen eine Feuerwaffe kaum etwas ausrichten kann, schrillt wie eine Alarmklingel. Da wird wohl etwas dran sein. Nur in ansonsten absolut ausweglosen Situationen solle man versuchen, die Knarre wegzuschlagen oder zu wegzutreten.

Und er schätzt seine Situation nicht als ausweglos ein. Wenn der Mann ihn hier einfach zurücklässt, wird er versuchen, zurück zur Grenze zu gelangen, erklären, er sei überfallen und der VW-Bus der DGZ geklaut worden. Dann würde er wahrscheinlich irgendwie nach Soroca oder zurück nach Chişinău gebracht. Er hätte eine tolle Geschichte zu erzählen und ansonsten würde sein Leben weitergehen, wie bisher.

Wenn er einen Angriff wagt, wird er wahrscheinlich hier sterben.

„Ich nehme das Auto. Steckt der Schlüssel?"

„Ja", antwortet Johan und hofft, dass in seiner Stimme keine Erleichterung zu hören war, denn mit dieser Ansage macht der Mann genau den nächsten Schritt, den sich Johan in diesem Szenario vorgestellt hat.

Er wird mit dem Wagen wegfahren und mich hier zurücklassen.

Damit ist die Geschichte für mich zu Ende.

Oder doch nicht? Wie aus dem Nichts sind da auf einmal Zweifel: Wieso bin ich so ruhig und was verleitet mich zu der Einschätzung, dass der Typ darüber hinaus nichts mit mir vorhat?

Mit einem Wink der Pistole bedeutet der Mann Johan, von der Tür wegzutreten, und Johan bewegt sich in der angezeigten Richtung und stellt sich auf die Straße.

Der Mann geht zur Fahrertür, die offen steht. Soweit Johan sehen kann, stellt er die Reisetasche in den Fußraum des Beifahrersitzes.

„Meine Laptoptasche! Da sind mein Notebook und mein Reisepass drin." Er ruft es dem Mann, der sich gerade auf den Fahrersitz schwingt, die Waffe immer noch nahezu ununterbrochen auf Johan gerichtet, auf Slowenisch zu.

Der antwortet in Serbisch oder einer ähnlichen Sprache, die Johan zwar nicht genau identifizieren kann, aber durchaus so weit versteht, dass er begreift, was der Mann meint: „Das ist für das gestohlene Geld!"

„Sind wir dann quitt?"

Der Mann knallt die Fahrertür zu, der Motor springt an und sein abruptes Aufheulen beendet die Stille. Mit durchdrehenden Rädern wühlt sich der Wagen seinen Weg auf die Fahrbahn, wo er weiter beschleunigt und langsam, ganz langsam auf dieser endlosen Straße aus Johans Blick verschwindet.

Der steht unbewegt da und schaut dem so vertrauten DGZ-Bus nach. Seine Gedanken haben seine Situation bereits gescannt. Er ist unversehrt, er hat in seinen Hosentaschen ein Portemonnaie, in dem neben den Kreditkarten auch sein Personalausweis steckt, und auch sein Mobiltelefon, zwar mit einer moldauischen SIM-Karte, aber immerhin. Es ist ein Sommerabend, er wird es locker vor Anbruch der Dunkelheit schaffen, zurück in das Städtchen hinter dem Hügel zu laufen. Dort muss er sich Hilfe organisieren.

Wieder nimmt er die Ruhe wahr, die in der Abendstimmung über dieser Landschaft liegt. Er war noch nie hier, aber es fühlt sich angenehm an, warm und einladend. In ihm macht sich ein Gefühl von Vertrautheit und Geborgenheit breit, was eigentlich völlig abwegig ist, wenn man den Umstand bedenkt, dass er in diesem Landstrich zuerst entführt und dann ausgeraubt wurde. Und zwar hat man ihm nicht nur den DGZ-Bus unter dem Hintern weggezogen, sondern ihn auch um ein Vermögen gebracht, mit dem er gerade begonnen hatte, für seine Zukunft zu planen.

Trotzdem fühlt er sich …

Erleichtert trifft es wohl am besten, denkt Johan. Er schaut sich um. Auf der Straße und auf dem Seitenstreifen liegen seine Sachen weit verstreut. Kurz überlegt er, sie alle einfach dort liegenzulassen, aber er entschließt sich, eines der Oberhemden zu benutzen, um daraus ein Päckchen zu schnüren, in das er einen Satz Wechselklamotten – Unterwäsche, T-Shirt, eine Hose und einen leichten Pullover – und den Inhalt seines Kulturbeutels packt. Damit macht er sich auf den Weg.

Er läuft den Hügel hinauf und sieht dabei auf sein Handy, ob es ihm Netzzugang anzeigt. Leider nein.

Also schnell in die Stadt hinter dem Hügel und dort nach Hilfe suchen. Vielleicht gibt es dort ja eine Polizeistation, hofft er. Beim Durchfahren wirkte sie allerdings recht klein und verlassen. Im Zweifelsfall muss er zurück zum Grenzübergang.

Das war ja nicht weit, sie sind nur ein paar Minuten gefahren. Dort kann ich mich sicher ins moldauische Netz einwählen, auch wenn ich nicht über die Grenze komme – ich habe ja keinen Reisepass mehr.

Während er überlegt, ob ihn wohl der Grenzbeamte wiedererkennen würde, läuft er weiter. Die Bewegung tut ihm gut und er läuft leichtfüßig, als wäre eine große Last von ihm abgefallen.

Von dem Hügel aus müsste ich schon das Städtchen sehen können.

Aus irgendeinem Grunde beruhigt ihn dieser Gedanke noch weiter. Er fühlt die warmen Strahlen der sich dem Horizont zuneigenden Sonne in seinem Nacken. Er schaut beim Laufen auf den langen Schatten, den er vor sich auf den brüchigen Asphalt wirft. Verwundert fragt er sich, wieso er in dieser Situation eine so gute Laune haben kann.

Ich fühle mich richtig beflügelt! Voller Leichtigkeit!

Seine Gedanken treiben ihn voran. Er beschließt, sofort nach Soroca oder gleich nach Chişinău zu fahren und mit dem nächsten Flieger zurück nach Berlin zu fliegen.

Angesichts dieser Geschichte wird mir jeder glauben, dass ich erstmal eine Pause brauche.

Er merkt, wie diese Überlegungen seine Vorfreude auf sein Zuhause steigern – und seine Schritte beschleunigen. Es fehlt nicht viel und ich hüpfe hier die Straße entlang.

Johan lacht und schüttelt den Kopf.

Er hört den Motor eines stark beschleunigenden Autos, kann den Ursprung aber nicht zuordnen. Kommt der Mann mit dem Bus zurück? Er blickt hinter sich und sieht nur die bis zum im Gegenlicht verschwindenden Horizont reichende Landstraße. Er dreht sich wieder um, er ist gleich auf dem Scheitelpunkt des Hügels angelangt.

Gleich müsste ich die Stadt sehen.

Was er als Nächstes sieht, ist die viel zu nahe Front eines riesigen schwarzen Pick-Ups. Keine Zeit für einen Ausfallschritt zur Seite – jahrelanges Training ist jetzt ohne praktischen Nutzen.

Wozu noch die Arme heben?

Er begreift, was gleich, in wenigen Bruchteilen einer Sekunde, mit ihm passieren wird. Er erkennt die Unausweichlichkeit. Und er lässt sich darauf ein.

Wenn er jetzt um ein passendes letztes Wort gebeten worden wäre – und das noch vor Ablauf der wenigen Sekundenbruchteile bis zum Aufprall hätte aussprechen können – dann wäre es ein ziemlich unspektakuläres „Na gut" geworden.

Und eigentlich bedauert Johan in diesem Augenblick nur das.

Lwiw

2007.

Er sieht nichts.

Aber er spürt, dass da etwas um ihn herum passiert. Er kann keine Geräusche identifizieren, da ist ein Rauschen in seinem Kopf, das alle Geräusche mitreißt.

Kann ich überhaupt hören?

Da ist nichts, außer Schmerz.

Er möchte schreien.

Schreie ich bereits? Schreie ich die ganze Zeit um mein Leben?

Bin ich in Gefahr?

Angst gesellt sich zum Schmerz. Dann flutet ein ungewohntes, nein, ein vollkommen unbekanntes Gefühl seinen Körper.

Wirklich meinen Körper? Spüre ich einen Körper?

Oder flutet diese wohlige Wärme mein...?

Johan verliert wieder das Bewusstsein.

Und wacht irgendwann wieder für ein paar Augenblicke auf – nur, um von Schmerz und Angst getrieben schreien zu wollen. Er kann nicht sagen, ob er wirklich schreit. Er hört weiterhin nichts.

Er kann auch nichts sehen, kann nicht sagen, ob er die Augen geöffnet hat.

Er bleibt im Dunkel, Schmerz und Angst und dann: Nichts.

Aber der Schmerz und die Geräusche kommen wieder, verschwinden, kehren immer wieder zurück. Johan kommt es jedes Mal aufs Neue so vor, als erlebe er das zum ersten Mal.

Aber was heißt hier schon „erleben"?

Irgendwann drängt das Leben zurück. Johan erscheint es, als erwache er aus einem tiefen Schlaf. Aber da ist Schmerz, er fühlt ihn jetzt in seinem Körper, erst ganz unspezifisch, einfach Schmerz, überall.

Dann, als schärften sich seine Sinne, nimmt er den Schmerz an ganz bestimmten Stellen seines Körpers wahr.

Er spürt seinen Körper.

Aber seine Sinne…

Ich kann nichts sehen! fährt es ihm durch den von pulsierenden Stößen schmerzenden Kopf.

Kann ich hören? Er lauscht. Da ist ein alles übertönendes Rauschen, wie ein reißender Gebirgsfluss zur Schneeschmelze. Aber dahinter, da sind Töne, die zu ihm durchdringen. Ja, ganz deutlich: Er hört es piepen und summen.

Sind da Stimmen? Er kann es nicht mit Gewissheit sagen. Er will etwas rufen.

Da kommt nichts aus meinem Mund, denkt er.

Er denkt. Er ist bei sich, bei Bewusstsein. Und langsam kann er sich erschließen, in was für einer Situation er sich gerade befindet.

Ich liege irgendwo, habe Schmerzen, kann nichts sehen, nicht sprechen und höre hauptsächlich Geräusche, die aus meinem Körper zu kommen scheinen.

Er versucht festzustellen, ob er atmet. Aber das fällt ihm schwer. Es gelingt ihm nicht. Ohne sich darüber zu wundern, versucht Johan zu ergründen, wo er liegt.

Er kann den Untergrund nicht ertasten. Seine Hände scheinen nicht das zu tun, was er von ihnen erwartet. Bewegen die sich überhaupt?

Angst steigt in ihm auf. Angst! Er erinnert sich an dieses Gefühl, als sei es ganz frisch und doch so verwoben mit seinem Körper. Sein Herz beginnt zu rasen.

Ich spüre mein Herz! Der Schmerz, der mit dem Herzrasen verbunden ist, macht ihm nichts aus.

Er hat keine Angst vor dem Schmerz.

Die Angst steht für sich.

Die Stimmen! Sind da wirklich Stimmen? Johan lauscht gegen die Angst.

Und tatsächlich, er nimmt jetzt ganz deutlich Stimmen wahr. Das Piepen wird lauter, und auch das Summen. Aber eben auch die Stimmen. Sie sind bei ihm.

Er kann nichts verstehen. Aber das ist egal. Die Stimmen beruhigen ihn.

Johan fällt wieder ab ins Dunkel, ohne jegliches Geräusch.

Die Stimmen! Johan erinnert sich daran, sie gehört zu haben.

Wann? Wie lange ist das her?

Er glaubt, sie zu hören. Ja, wirklich, das sind sie wieder. Oder immer noch?

Froh, irgendetwas wiederzuerkennen, konzentriert er sich auf die Stimmen. Das ist schwieriger als erwartet. Seine Aufmerksamkeit wird immer wieder zu den verschiedenartigen Schmerzen in seinem Körper gelenkt, den er in seiner gesamten Ausdehnung zu spüren glaubt.

Er stellt fest, dass er ruhiger ist.

Ruhiger als wann? Er kann sich an seine Angst erinnern! Wann habe ich die verspürt? Und weswegen? Wovor hatte ich Angst?

Ist da noch etwas von der Angst? Nein, im Moment nicht.

Im Moment! Da ist so etwas wie ein Zeitgefühl in ihm, das nun Fragen aufwirft.

Wie lange liege ich schon hier?

Die Stimmen sind weg! Urplötzlich fällt ihm auf, dass er außerhalb des Grundrauschens nur noch das Piepen und Summen hört.

Diese Geräusche kenne ich. Sie sind mir vertraut. Wahrscheinlich liege ich hier schon länger.

Und ohne, dass er es sich bewusst erschlossen hätte, hat er nun ein Bild von sich, in dem er in einem Krankenhauszimmer liegt. Das beruhigt ihn.

Alles, was er fühlt und hört – die anderen Sinne lassen ihn weiterhin im Stich – ergibt Sinn vor dem Hintergrund der Vorstellung von sich in einem Krankenzimmer.

Es ergibt Sinn – ich erkenne einen Sinn! Ich kann denken!

Diese Erkenntnis führt aber nicht zu einer Erleichterung, sondern es scheint, als diene sein Denkvermögen aktuell ausschließlich dazu, auf äußerst beunruhigende Umstände hinzuweisen.

Zunächst einmal: Er kann nichts sehen.

Bin ich blind? Sind meine Augen geöffnet? Liegt da etwas auf meinen Augen?

Seine Hände machen keinerlei Anstalten, ihm zu helfen, einige der Fragen durch vorsichtiges Tasten zu beantworten.

Oh mein Gott, bin ich gelähmt?

Da ist die Angst wieder. Ohne Anlauf hat sie sich auf ihn gestürzt und vollständig Besitz von ihm ergriffen. Sein Herz rast wieder.

Summen. Piepen. Lautes Piepen.

Stimmen.

Die Stimmen sind wieder da!

Er will sprechen. Es gelingt ihm nicht.

Angst. Herzrasen.

Die Stimmen bleiben.

Er versteht sie nicht.

Wieder Angst. Herzrasen. Und ausgerechnet jetzt Schmerzen über Schmerzen.

Dunkel. Stille.

Wie spät ist es? Was für eine Frage! Sie erscheint ihm so unangemessen. Das ist die erste Frage, die mir in dieser Situation einfällt?

In welcher Situation eigentlich? Ihm wird klar, dass er nichts von seiner Situation weiß.

Er hört. Piepen. Summen.

Er sieht. Nichts. Aber ein Bild von sich in einem Krankenzimmer erscheint vor seinem inneren Auge.

Er fühlt. Schmerzen. Überall. Nicht zu sehr darauf konzentrieren. Lieber an etwas anderes denken.

Was ist zuletzt passiert? Woran kann ich mich erinnern?

Ich habe Stimmen gehört. Das klappt doch schon ganz gut.

Ich hatte Angst. Wovor denn? Ihm wird bewusst, dass er nichts sehen und sich nicht bewegen kann. „Bin ich blind und gelähmt?" Er versucht diese Frage laut zu stellen. Er kann sich nicht hören.

Die Angst ist zurück. Und das Herzrasen. Und die Schmerzen drängen sich nach vorn.

Stimmen. Gut.

Aber sie hören mich nicht!

Ich verstehe sie nicht!

Angst. Herzrasen. Schmerz.

Ich will schreien! Erinnerungen an Schmerzen und Schreie kommen in ihm hoch, überwältigen ihn.

Angst. Stimmen.

Ich verstehe nicht!

„Johan!"

Alles steht still. Da ist nichts mehr. Kein Piepen, kein Summen. Kein Schmerz. Keine Angst.

Ich höre. Ich verstehe. Mein Name! Ich bin Johan! Henrieke ist hier!

Berlin

2007.

„Sie haben unfassbares Glück gehabt!"

„Ich weiß. Das haben die Ärzte in Lwiw auch immer wieder betont."

Johan liegt in einem Krankenzimmer in Berlin, um sich herum ein ganzes Team von Ärzten. Gleich nachdem er aus Lwiw eingetroffen ist, haben sie sich um ihn versammelt und besprechen die anstehenden Untersuchungen. Johan hat den Eindruck, das seien so viele, dass es hier vor allem um die richtige Reihenfolge geht.

Es hat Wochen gedauert, bis er transportfähig war. In dieser Zeit wurde er in einer Spezialklinik in Lwiw bestens medizinisch behandelt. Die ukrainischen Ärzte holten ihn ins Leben zurück, nachdem er mehr tot als lebendig Stunden nach seinem Unfall eingeliefert wurde. Er hatte lange auf der Straße gelegen, bevor ein Bauer, der mit seinem Traktor vorbeikam, ihn fand. Dieser Bauer konnte ihn auf dem Trecker nicht mitnehmen, hatte auch kein Telefon dabei und so fuhr er, so schnell es mit einem Traktor eben geht, nach Sokyrjany, um von dort die Rettungskräfte zu informieren. Die benötigten eine geraume Weile, um an den Unfallort zu kommen. Als sie dort eintrafen, hatten zum Glück bereits die herbeigeeilten Stadtbewohner beim Durchsuchen von Johans Taschen sein Portemonnaie mit dem Personalausweis gefunden und festgestellt, dass Johan Deutscher ist. Ein

Mann, der als Grenzbeamter an der nahen Grenzstation zu Moldau arbeitet, hat daraufhin die Deutsche Botschaft in Kyjiw angerufen und informiert.

Die sorgte dafür, dass kurz nach dem Eintreffen des Ambulanzwagens, einem uralten Gefährt aus sowjetischer Produktion und für die Versorgung eines Schwerverletzten völlig unzureichend ausgestattet, ein Rettungshubschrauber auf dem Acker neben der Unglücksstelle landete und Johan in die Spezialklinik nach Lwiw bringen konnte.

Dort schaffte man es, ihn nach einer Notoperation zu stabilisieren und sich dann Schritt für Schritt um seine zahlreichen Knochenbrüche und sonstigen Verletzungen zu kümmern. Sie holten ihn erst nach Tagen aus dem künstlichen Koma. Die Botschaft und das DGZ-Büro in Lwiw hatten dafür gesorgt, dass Henrieke informiert wurde und zu ihm fliegen konnte. Sie stand an seinem Bett, als er aus dem Koma erwachte.

Henrieke blieb noch ein paar Tage, in denen sie Johan nicht nur unendlich wichtigen Beistand leistete, sondern auch zusammen mit der Deutschen Botschaft die Organisation des Rücktransports anleierte. Als Johan außer Lebensgefahr war, flog sie zurück nach Berlin, um Rosa und Franz nicht zu lange allein zu lassen. Vor allem nicht in dieser schwierigen Situation.

Gleich wird sie ihn hier in diesem Krankenhaus besuchen. Johan freut sich ungemein darauf, sie haben sich ein paar Wochen nicht gesehen. Ob die Kinder heute schon mitkommen dürfen?

„Man geht weiterhin von einem Raubüberfall aus", erklärt der Arzt, der offensichtlich Johans Akte auf dem Arm trägt und darin blättert, den anwesenden Kollegen.

„Können Sie sich mittlerweile an irgendetwas erinnern?", fragt er nun Johan.

„Ja. Ich habe den Eindruck, dass ich keine Erinnerungslücken habe."

Die Erinnerung kam ziemlich schnell nach dem Erwachen aus dem Koma zurück, in kleinen Schüben, aber nach ein paar Tagen war sie vollständig da. Johan kann sich seitdem einwandfrei erinnern, was vor dem Unfall abgelaufen ist. Allerdings entschied er sich, dieses Wissen nur eingeschränkt zu teilen.

Die Version, die er seitdem Henrieke, den Ärzten, Polizisten sowie Mitarbeitern der Botschaft, der DGZ, der Krankenkasse, der Unfallkasse und allen anderen, die danach fragen, haarklein erläutert, ist eigentlich nicht weit entfernt von der Wahrheit.

Die Erzählung muss mit dem Kapern des DGZ-Busses auf der Straße nach Soroca in Moldau beginnen, das war Johan schnell klar, denn ansonsten werde ich nicht erklären können, warum ich direkt in die Ukraine gefahren bin, statt wie vereinbart Aurica und einige andere Leute aus Soroca abzuholen.

Also, der unfreiwillige Stopp, die Bedrohung mit der Waffe, die Entführung und die Fahrt über die Grenze – alles ist tatsächlich so passiert. Johan muss nicht lügen.

Er schildert auch, dass er einen schwarzen Pick-up bemerkt hatte, der nach der Entführung auffällig lange hinter ihnen fuhr.

Dann hinter Sokyrjany die Aufforderung anzuhalten. Und hier lässt Johan ein paar Details aus:

Der Mann durchsuchte meine Reisetasche nach Wertgegenständen. Er hat ein paar Dinge in der Tasche gelassen, vor allem aber meine Laptoptasche und meinen Reisepass dazu gepackt, ist damit in den VW-Bus gestiegen und davongefahren. Ich war froh, dass ich zumindest noch mein Portemonnaie und das Smartphone behalten habe.

Und weiter: Nach kurzer Überlegung wollte ich in die Stadt oder zur Grenze laufen, um die Polizei zu informieren. Weil ich ja damit rechnen musste, noch eine oder zwei Nächte in Soroca oder Chişinău verbringen zu müssen, bevor ich nach Berlin fliegen kann, habe ich so viele Sachen, wie ich tragen konnte, zusammengerafft, und mich auf den Weg gemacht. Und dann hat mich der schwarze Pick-up überfahren. Ich bin ziemlich sicher, dass das ganz gezielt passierte. Ich hatte keine Chance, auszuweichen.

Das Geld in der Reisetasche erwähnt er nicht. Erwähnt es nie wieder. Es spielt auch keine Rolle. Es hat nie existiert.

Johan kann den Mann mit der Pistole genau beschreiben. Er hat sich auch erinnert, dass dieser an der Grenze einen montenegrinischen Diplomatenpass vorgezeigt hat. Das konnte der Grenzbeamte, der sie kontrolliert hat, bestätigen. Es stellte sich schnell heraus, dass der Pass gefälscht war.

Den Fahrer des Pick-ups kann Johan nicht beschreiben, er kann auch nicht sagen, ob ein Beifahrer in der Fahrerkabine gesessen hat. Weder der Pick-up noch der VW-Bus sind bisher wieder aufgetaucht. Und der Mann mit der Pistole hat nicht versucht, mit dem gefälschten Diplomatenpass oder Johans Reisepass auszureisen. Die Suche nach den Fahrzeugen und dem Mann läuft noch.

„Die bringen Menschen also für einen VW-Bus, einen Reisepass und ein wenig Geld um", konstatiert der Arzt erschüttert. Einer seiner Kollegen wirft ein: „Es gibt Länder, da töten Jugendliche bereits für noch viel weniger..."

Die Untersuchungen dauern mehrere Stunden – und weitere werden in den kommenden Tagen folgen. So bald wie möglich soll eine Reha beginnen.

Als Johan endlich wieder in sein Krankenzimmer geschoben wird, ist er vollkommen geschafft. Die Schmerzen, die ihn auf dem Transport und während der Untersuchungen hier im Krankenhaus immer wieder gequält haben, klingen langsam ab. Auch ohne, dass er starke Schmerzmittel genommen hätte. Er ist froh, einen klaren Kopf zu haben.

Ich bin fast wieder zu Hause! Johan atmet tief durch. So sehr er sich auf Henrieke und die Kinder freut, er ist froh, jetzt diesen Moment für sich zu sein. Durchzuschnaufen. Und zu überlegen, wo er nun steht. Und wie es ihm damit geht.

Ich bin in Sicherheit. Das kann er sich nicht oft genug vor Augen führen. Dieses Gefühl von Sicherheit erfüllt ihn, seit er im Krankenhaus in Lwiw wieder zu sich kam. Er wunderte sich darüber, wie sehr er sich in dem Krankenhaus geborgen fühlen konnte. Daraus entwickelte sich eine tiefe Dankbarkeit den Ärzten und allen, die ihm helfen, gegenüber. Jetzt und hier in Berlin überwältigt ihn sein Empfinden, in Sicherheit und geborgen zu sein, erneut und mit voller Wucht.

Auf absehbare Zeit werde ich nicht reisen können. Er spricht diesen Satz laut aus und lässt ihn auf sich wirken. Und spürt Erleichterung. Da, wo er Druck und Angst erwartet hätte, ist eine Leichtigkeit und hoffnungsfrohe Aufbruchsstimmung. Ja, Aufbruch. Er kann nicht nur, er muss aufbrechen. Auf ganz neue Wege. Und er muss das niemandem erklären, keine Entschuldigungen erdenken oder Ausflüchte erfinden. Es ist offensichtlich. Für jeden. Auch für seine Auftraggeber.

Ich bin frei.

Er muss sich Zeit nehmen. Sagen die Ärzte. Und das wird er tun. Sich die Freiheit und die Zeit nehmen, die er braucht. Ganz sicher. Um seinen Weg neu zu finden.

Einen Weg, auf dem er sich wohlfühlt. Der breit genug ist, um ihn zusammen mit Henrieke, Rosa und Franz zu gehen. Immer nebeneinander, dicht beieinander.

Die Tür geht auf. Er sieht die besorgten, fragenden und zögerlichen Gesichter seiner Familie. Wie hat er sie vermisst! Als er ihnen ermutigend zunickt, stürmen Rosa und Franz zu beiden Seiten des Bettes auf ihn zu und werfen sich in seine Arme. Was für ein Gefühl! Schmerzen? Keine Ahnung!

Henrieke beugt sich über ihn und küsst ihn. Küsst ihn innig auf den Mund und küsst ihm die Tränen weg.

Wo kommen die Tränen her?

Er hat in der ganzen Zeit nach dem Unfall nicht geweint. Jetzt kann nichts mehr die Tränen stoppen. Und ihm wird immer leichter.

Was für ein Glück!

Vom selben Autor

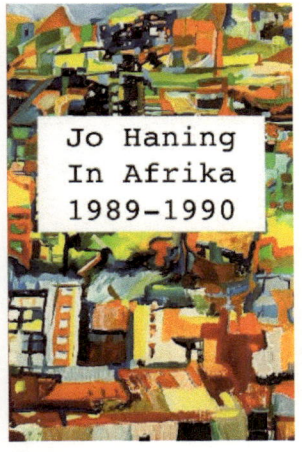

Mit seiner Erzählung „In Afrika" hat Jo Haning gewissermaßen ein Prequel zu diesem Roman veröffentlicht. Darin träumt Johan in den deutschen Wendejahren von einem aufregenden Job in der Entwicklungszusammenarbeit, wie es damals heißt.

In Nairobi erlebt er den Tag der Wiedervereinigung, erkennt dessen Bedeutung für sein Leben allerdings erst Jahrzehnte später.

Aus heutiger Sicht sind Johans Reisen in abgelegene Regionen Afrikas 1989 und 1990 abenteuerlich: ohne erreichbar zu sein, ohne Zugang zu Infrastrukturen und Informationen, die wir im Jahr 2024 für unentbehrlich halten. Die Berichte aus Ghana und Ostafrika liefern Einblicke in zurückliegende Zeiten voller Zuversicht und Unvoreingenommenheit.
Im Rückblick erkennt Johan die Zeichen, die bereits damals das Ende dieser Zeiten ankündigen.

Als eBook (*ISBN: 9783769345698*),
Hardcover (*ISBN: 9783769320329*) und
Taschenbuch (*ISBN: 9783769318845*) erhältlich.

Autorenwebsite: johaning.de

*Erstellung und Gestaltung wurden
mithilfe von WriteControl vorgenommen*

Cover: Stefan Elsing 2025